伊夫林·沃作品系列

Brideshead Revisited

故园风雨后

EVELYN WAUGH

〔英〕伊夫林·沃 著

王一凡 译

人民文学出版社
PEOPLE'S LITERATURE PUBLISHING HOUSE

Evelyn Waugh
Brideshead Revisited

图书在版编目(CIP)数据

故园风雨后/(英)伊夫林·沃著;王一凡译.—
北京:人民文学出版社,2017(2023.1重印)
(伊夫林·沃作品系列)
ISBN 978-7-02-012415-2

Ⅰ.①故… Ⅱ.①伊… ②王… Ⅲ.①长篇小说-英国-现代 Ⅳ.①I561.45

中国版本图书馆CIP数据核字(2017)第029982号

责任编辑 **朱卫净 邱小群 刘佳俊**
封面设计 **钱 珺**

出版发行 **人民文学出版社**
社　　址 **北京市朝内大街166号**
邮政编码 **100705**

印　　制 **山东临沂新华印刷物流集团有限责任公司**
经　　销 **全国新华书店等**

开　　本 **890毫米×1240毫米 1/32**
印　　张 **13**
字　　数 **283千字**
版　　次 **2018年1月北京第1版**
印　　次 **2023年1月第3次印刷**

书　　号 **978-7-02-012415-2**
定　　价 **69.00元**

如有印装质量问题,请与本社图书销售中心调换。电话:010-65233595

作者的话

我不是我：你也不是他或她
他们不是他们

目录

献给劳拉

前言

这部小说此次再版，有不少细微增补和一些重要删减之处，这些增删让我失去原本在同辈人中享有的尊重，把我带入一个我并不熟悉、充斥着读者热情来信以及媒体摄影记者的世界。本书描写了上天眷顾的一群各不相同但又紧密联系的人——这个主题也许有些自以为是和宏大，但我不会为此致歉。我更加不满的是它的形式，还有很多明显缺点也许只能归咎于我写作此书时所处的环境。

1943年12月，我在跳伞时受轻伤，得以幸运地离开军队，休息一段时间。富于同情心的指挥官让我一直休养到1944年6月，所以此书得以完成。我带着一种连自己都觉得奇怪的激情写作，同时又迫不及待地想重返战场。那是一个物资匮乏、灾难又迫在眉睫的凄凉时代——一个只剩下大豆和基本英语的时代——因此，书中充满对美食和美酒的贪求，对过往辉煌的怀念，以及对修辞和华丽词藻的偏爱。现在，我不再忍饥挨饿，不免觉得这部分内容令我生厌。我改动了一些比较粗俗的段落，但并没有将其完全删除，因为这仍是本书不可或缺的一部分。

至于朱莉娅在情绪爆发时说的关于罪孽深重的一番话，以及马奇曼侯爵临终前的独白，我对这两处的态度是矛盾的。这当然不是真实人物说过的真实的话。但这两个处与其他部分，比如说，查尔斯和父亲早期相处的几个场景大不一样。我并不愿将这两处放在一本在其他部分都基于现实的小说中。但我在此将这两处原封不动地保留下来，因为，这两处就像是勃艮第美酒（很多人都把这个词拼错了）和月光，真实反映出写作者当时的心境；当然，我保留这两处，也是因为很多读者喜欢，可这并非首要因素。

在1944年春天，人们怎么也不可能预见到今日大众对英国乡村庄园的狂热喜爱。在那时，这些代表我们国家重要艺术成就的古老庄园似乎注定会像16世纪的修道院一样，走向衰落与破败。所以，我当时热切而虔诚的心情不免显得有些夸张。今天，布赖兹赫德庄园已向游人开放，庄园里的珍宝被专家重新归置，建筑得到比马奇曼侯爵时期更好的保护。英国贵族好好保护庄园，其完好程度在过去简直无法想象。胡珀之流的冒进举动在很多地方都被叫停。因此，本书的不少内容便成了对一副空棺材唱出的赞歌。可如若要使此书赶上潮流，除非将其彻底摧毁。本书表面上描写的是20世纪20及30年代的情形，实际上，却是作为第二次世界大战的回忆录呈现给年轻一代读者的。

伊夫林·沃

1959年于库姆弗洛里

序　幕　旧地重游

我到达C连在山顶的尽头时，停下脚步，回头眺望，军营的全貌透过清晨灰蒙蒙的迷雾，从脚下映入眼帘。那一天，我们正要离开。三个月前，我们驻扎此地时，这里还是一片白雪皑皑；现在，早春的第一批新叶正舒展开来。三个月前，我暗自思量，未来无论还会有多么荒凉的景象摆在我们眼前，我恐怕也不用担心它会比眼前这一幕更加残忍。现在回想起来，这里没有给我留下丝毫快乐的回忆。

我与军队之间的爱在这里消失殆尽。

这里是电车轨道的尽头，喝得烂醉如泥的士兵从格拉斯哥回来时，可以在座位上打盹，睡到终点再被人唤醒。从电车站到军营大门还有一段距离；在这四分之一英里的路程中，他们有时间在走到哨兵室之前把衣服扣好，把帽子戴整齐。在这四分之一英里的路程中，水泥路面逐渐被野草取代。这里是城市的最边缘。密密麻麻、整齐划一的住宅区和电影院在此终结，穷乡僻壤由此开始。

军营所在位置不久前还是牧场和耕地；小山洼里的农舍现在是军营指挥部；爬满常青藤的断壁残垣曾是果园的围墙；洗衣房后面还有果园的半亩残缺老树。军队进驻前，这里原本是要清理拆除的。如果再有一年和平时期，那这农舍、围墙、苹果树都将不复存在。光秃秃的黏土河堤之间，已经铺好半英里的水泥路面，路两侧纵横交错的露天沟渠表明市政工程的承包商曾经在这里设计了一整套排水系统。如果再有一年和平，这里将成为城郊住宅的一部分。可现在，让我们度过整个冬天的小屋只能等待被拆毁的命运。

路的远处，是大家冷嘲热讽的对象。哪怕是在冬天，它也处于四周大树的半遮半蔽中。那里就是市立精神病院，铸铁的栏杆和庄严的大门让我们营地粗糙的铁丝网相形见绌。天气暖和的日子，我们能看到精神病人在细长的砂石小路和修剪漂亮的草坪上走来走去，蹦蹦跳跳。他们是快乐的卖国贼，早就放弃对不平等的抗争，消除任何疑虑，完成全部职责，毫无争议地成为这个世纪所有成就的合法继承人，心安理得地享受继承自前人的一切。以前，我们行军经过时，士兵们会隔着栏杆，冲着他们大喊："给我把床暖着，哥们。我很快就会来了。"可我手下才调来的排长胡珀嫉妒他们享有的特权："希特勒如果在这里，会把他们都送进毒气室，"他说，"我认为我们应该从希特勒身上学点什么。"

隆冬时分，我们进驻此处，我带来的是兵强马壮、充满希望的一队人。我们从荒野沼泽来到这片码头港区时，大家纷纷传说，我们终于要被调往中东了。日子一天天过去，我们清扫积雪、平整演练场，我看到他们脸上的表情从失望变为听天由命。他们嗅着从炸鱼店飘出的香气，竖起耳朵听着熟悉的象征和平的工厂汽笛声和舞会音乐声。在休息的日子里，他们无精打采地在街角晃荡，一有长官靠近，便赶紧躲开，生怕对长官敬礼会让他们在新情人前失了颜面。连指挥部里，堆满记录小过小错的违纪条和请求准假的事假条。天色半明半暗，在装病者的哀号声、抱怨者阴沉的脸色和呆滞的目光中，新的一天又开始了。

而我，不管怎么说，都应该去鼓励他们——可我自顾不暇，怎么去帮助别人呢？将我们组编起来的那位上校在我们驻扎此地期间被提拔，调到很远的地方去了，继任者更年轻，不怎么讨人喜欢，是从另一个团来交叉任职的。战争刚爆发时，一起接受训练的志愿兵现在还留在食堂的所剩无几，他们以这样或那样的方式，几乎都走了——有的因伤病退伍，有的被提拔到别的部队，有的转到文职部门，有的自愿加入特勤队，有一个在野战靶场不幸身亡，还有一个被送上军事法庭——他们的位置被新兵代替。这段时间里，收音机无休止地在休息室播放，大家还没到晚饭时间就猛喝啤酒。一切都和以前不一样了。

三十九岁的我在这儿变老了。每到傍晚，我就感觉身体僵硬，疲惫不堪，不想踏出军营半步。我形成独占固定的几把椅子和几份报纸的习惯；我有规律地在晚饭前喝三杯杜松子酒，一杯不多，一杯不少；九点整的新闻一过，我立刻上床睡觉，并总是在起床号响起前一小时烦躁不安地醒来。

在这里，我最后的爱消亡了。它的逝去，是那样悄无声息。在我驻扎营地最后一天前不久，我又在起床号吹响前醒了，躺在尼森式活动营房中，盯着眼前的一片漆黑，耳旁是其他四位同屋人低沉的呼吸和喃喃呓语。我在脑海里翻来覆去地想着那天要办的事情——我把两个要参加武器操作培训的下士的姓名报上去了吗？今天我手下超假不归队的人数又会是最多吗？我能够放心地让胡珀带一班预备兵出去勘察地形吗？——我在黑暗中躺一个小时，惊讶地意识到，在我内心深处，一种长久以来处于病态的东西悄悄死去。我觉得自己就像一位进入婚姻第四个年头的丈夫，突然明白，自己对原本深爱的妻子不再有欲望，不再有温柔，也不再有尊重；有她相伴时不再高兴，更无意取悦她，对她以后可能做的、说的、想的一切，都不再好奇；不奢望改善现状，对失败也不再自责。我很清楚这种婚姻理想幻灭后的乏味状态，因为军队和我的关系就像婚姻。从最初纠缠不休的猛烈追求，到现在，除了由法律、责任和习惯组成的冷冰冰的联系，再没有剩下其他什么。我出演这部家庭悲剧中的每一场戏，发现原本小小的口角变得越来越频繁，眼泪越来越难以令我感动，争执后的和解也越来越不甜蜜。最后，这关系中只剩下疏远和冷漠的指责。我越来越坚信，错不在自己，而在我曾经爱过的这个人。我察觉到她语气中的虚伪，并学会忧心忡忡地辨别她的语气；我看到她眼中的茫然、怨恨与不理解，也看到她紧绷的嘴角透露出自私。我了解她，如同一个男人必定会了解同一屋檐下的女人。日复一日，年复一年，三年半过去了。我熟悉她的懒散，她施展魅力时惯用的伎俩和方法；我熟悉她的嫉妒与自私，以及她说谎时手指紧张的小动作。现在，她被剥去所有的光环后，我才意识到，我由于一时糊涂，竟然把自己和这样一个志趣与己相悖的陌生人不可分割地绑到一起。

因此，在部队开拔的这天早晨，我对我们的目的地毫不关心。我还会继续自己的工作，但能奉献给军队的只是默默忍受罢了。我们接到命令，九点十五分准时在附近的铁轨支线登上火车，并把当天剩余的口粮放进背包带走。这就是我需要知道的一切。副连长带领一支先遣小分队走了。连队的储备物资也在前一天整理打包完毕。胡珀被派去检查营房。七点半，全连列队集合，装备包都堆在营房前面。自从 1940 年一个令人疯狂而振奋的清晨，我们误以为自己即将踏上保卫加莱的征途后，这样的换防行动发生过多次，我们每年都要换三四个地方；这一次，新来的指挥官特别强调“安全”的重要性，甚至让我们费时费力地把军装和交通工具上所有可辨别身份的标志都取下来。“这是实战状态下很有意义的训练，”他说，“我如果发现有军妓在那边等着我们，那我就知道，有人泄密了。”

伙房冒出的炊烟飘散在晨雾中，整个营地尽收眼底，就像一个由众多捷径组成的毫无规则的迷宫，尚未完工的房屋坐落其上，很久以后才会被考古学家挖掘出来。

代号“青鳕”的发掘行动提供了有价值的线索，证明20世纪城市奴隶社会与紧随其后的部落无政府状态之间的联系。在这里，你可以看到一个高度文明的种族，他们能建造复杂的排水系统和永久性公路，但被低端种族超越。

我想，在未来的某一天，专家们也许会这样写吧。接着，我转过身，跟连军士长打了个招呼：“胡珀在吗？”

“我整个早上都没见过他，长官。”

我们走到被清理一空的连指挥部。我发现，在营房设施损失清单完成后，又有一扇窗户碎了。“夜里被风吹掉下来了，长官。”军士长说。

（所有的破坏都可以归咎于这样的原因，或者“是工兵演习弄坏的，长官”。）

胡珀出现了。他是个面色蜡黄的年轻人，头发从前额一直梳到脑后，没有分开。他说话时带着单调的中部口音，进入连队才两个月。

士兵们都不喜欢胡珀，因为他对自己的工作知之甚少，有时还会在稍息时喊某个人的名字，比如“乔治”。但我差不多算喜欢他，这主要是因为在他来的第一天晚上，在食堂发生的一次小意外。

当时，新上校和我们相处还不到一周时间，我们都不清楚他的脾性。他在休息室里喝完一杯又一杯杜松子酒。他第一次注意到胡珀时，已经醉了，有些吵吵闹闹。

“赖德，那个年轻军官是你的人吧？”他对我说，“他的头发该剪了。”

“是的，长官，”我说，他的头发确实需要剪了，“我保证会让他剪掉。”

上校喝了更多杜松子酒，盯着胡珀，用大家都能听见的声音说：“天哪，他们现在给我们派的都是什么样的军官哪！”

那天晚上，上校就是不放过胡珀。晚饭过后，他突然非常大声地说：“在我原来的团，如果有年轻军官是这副模样，副官们死活也要帮他把头发剪掉。”

没人对这一提议表现出兴趣，我们毫无回应似乎惹怒了他。“你，”他转身对A连一位正派的小伙子说，“去拿剪刀来，帮那位年轻的军官把头发剪了。”

“这是命令吗，长官？”

“这是你长官的期望，据我所知，这是最容易执行的那种命令。”

“好的，长官。”

于是，在冰冷而尴尬的气氛中，胡珀坐在椅子上，脑后的头发被剪去几刀。闹剧刚一开始，我就离开了休息室。后来，我为胡珀的遭遇向胡珀致歉。“这样的事在团里并不经常发生的。”

我说。

“哦，没关系，”胡珀说，“这点玩笑我还受得起。”

胡珀对军队不抱任何幻想——或者说，不抱任何特别的幻想。他仿佛隔着一层模模糊糊的迷雾观察整个世界。他来参军并非自愿，而是被迫。他竭尽所能，试过所有办法，想要延期服役，但未能如愿。他接受这样的结局，他说：“就像接受麻疹一样。”胡珀不是浪漫主义者。他小时候不曾骑过鲁珀特王子[①]的骏马，也没有在克珊托斯河岸[②]的篝火旁坐过。我在胡珀这个年纪，已经没什么能让我热泪盈眶，除了诗歌，以及学校里教的能让学生和老师都泪如雨下的印第安人苦难故事。可是胡珀常常流泪，但绝不是因为亨利五世在圣人纪念日的演讲[③]，也不是因为塞姆皮雷的墓志铭[④]。他接受的历史教育中，没有什么关于战争的内容，只有大量关于人道立法和近代工业变革的细节。对我来说，加里波利、巴拉克拉瓦、魁北克、勒班陀、班诺克本、龙塞斯瓦利斯、马拉松、亚瑟王倒下的西部战场——以及数百个这样古战场的号角声总能穿越历史的长河，带着少年的勇气，以无比清晰又无可抗拒的力量，召唤现今处于百无聊赖又混乱不堪状态的我。但对胡珀而言，这样的声音毫无意义。

我把最简单的任务交给他都不放心，但他很少抱怨。他无比看重效率。有时，他根据自己相当有限的从商经历，说起军队对

---

① 鲁珀特王子（1619—1682），英国内战时期很有才华的保王派指挥官，是著名的将军、科学家、殖民总督和业余艺术家。

② 是荷马史诗《伊利亚特》中提到的位于特洛伊附近的一条河。

③ 莎士比亚名著《亨利五世》中国王亨利五世在战前所做的一段动员演讲。

④ 希腊诗人西蒙尼德斯为塞姆皮雷战役中牺牲的斯巴达三百勇士所写的墓志铭。

薪酬、供给以及“工时”的处理方式：“商人可休想靠这种方式占到便宜。”

他呼呼大睡，我烦躁难眠。

在我们共同相处的几周里，我觉得胡珀俨然是英国青年的代表。所以，我每次读到一些报道，宣称我们在未来需要什么样的年轻人以及世界应该如何感谢年轻人时，总会把文中泛指的青年用“胡珀”二字取代，看结论是否仍然成立。于是，在起床号响起前天色尚暗的时间里，我时常在思量“胡珀联盟”“胡珀旅社”“国际胡珀协会”，以及“胡珀宗教”等。他是所有这些新名词的试金石。

如果硬要说他来了之后有什么变化，那就是，现在的他比刚从军官训练学校来这儿时更不像个军人。那天早上，他全副武装，看上去却不像军人的样子。他像跳舞一样，拖拖拉拉地走过来，立了个正，戴着羊毛手套的手掌从前额划过。

“军士长，我想跟胡珀说句话……喂，你到底上哪儿去了？我叫你去检查营房的。”

“我迟到了吗？对不起。我收拾自己的东西去了。”

“那是你的勤务兵的工作。”

“呃，严格来说，我想应该是这样。但你也知道是怎么回事。他有自己的事情要做。要是没跟这些人处好，他们会在其他时候报复你。”

“好吧，那现在去检查营房吧。”

“好嘞呦。”

“天哪，别再说什么‘好嘞呦’了。”

“对不起。我一定会记住的。刚刚顺口就说出来了。”

胡珀离开后，军士长又回来了。

“指挥官刚刚上路，长官。”他说。

我出去迎接他。

指挥官猪鬃般的红色小胡须上挂着细细的水珠。

“喂，这里所有的东西都点清了吗？”

“嗯，我想是的，长官。”

“‘你想是的’？你应该确定。”

他的目光落在那扇打碎的窗玻璃上。“那个登记在损失清单里了吗？”

“还没有，长官。”

“‘还没有’？我就想知道，如果不是我亲眼看到，你打算什么时候把它登记进去。”

他跟我在一起时并不自在，威吓的语气大抵源自内心的怯懦，但我并不因此而感到好受一点。

他带我走到小木屋后面的铁丝网旁，这是我的营房和运输排之间的分界线。他轻松地跃过铁丝网，走向野草丛生的水沟和河岸，它们曾是农场田地的边界。他用手杖到处翻找，就像一只拱土寻找松露的猪。不久之后，他发出一声胜利的欢呼。他找到众多垃圾堆中的一处，对爱整洁的军人来说，这可是重大发现：扫帚头、火炉盖、锈迹斑斑的水桶、一只袜子、一条面包，连同香烟盒和空罐头，全都埋在杂草堆和荨麻丛下面。

“看看，”指挥官说，“这给接替我们的团留了个好印象哪。”

“这种行为真差劲。”我说。

“简直是耻辱。你在离开军营之前，要确保这些东西会被烧掉。”

“好的，长官。军士长，派人去运输排告诉布朗上尉，指挥官让他把这里的水沟清理干净。”

我这是公然违抗他的命令，我不知道他能否容忍。他忍住了。他迟疑不决地站了一会儿，用手杖捅着沟里的淤泥，然后转过身，大踏步走了。

“长官，你不应该这样，”军士长说，自我入伍以来，他就一直是我的向导和支柱，“你真的不应该。”

“又不是我们丢的垃圾。”

“也许不是，长官，但你也知道这里的情况。你如果没处理好与上级的关系，上级以后会找机会报复你。”

我们列队走过疯人院，两三个上了年纪的病人在栏杆后面小声地嘀咕着什么。

“嗨，哥们，回头见”，“我们过不了多久就会回来了”，“保持笑容，下次再见”，士兵们对他们喊。

我和胡珀走在先锋排的最前头。

“我说，你知道我们要去哪儿吗？”

“不知道。”

“你觉得我们这次是真的要去打仗了吗？”

“不是。”

“又是虚张声势？”

“对啊。”

“人人都在说，我们要打仗了。可我真不知道该怎么想。话说回来，如果我们永远都不去打仗，那做这些演习和训练岂不是很愚蠢吗？”

“我不担心这个。迟早，大家都会有很多仗打。”

“啊，我可不想打很多仗，知道吧？能跟别人说我打过仗就够了。”

一辆古董般的火车在支线上等着我们。负责人是一位铁路运输官员。疲惫不堪的士兵忙着把最后一批装备包从卡车搬到火车的行李车厢。半小时后，我们做好出发的准备，一个小时后，我们出发了。

我坐的车厢里只有我和我的三个排长。他们吃了三明治和巧克力，抽完烟，睡着了。没有一个人带了书。刚开始三四个小时，列车会在两个站点间停下来，这样的情况在当时经常发生。这时，排长们会把头探到窗外，看看我们所在小镇的名字。再后来，他们对外面没了兴趣。中午和傍晚时分，有人用勺子把温热的可可从大罐舀进我们的水杯。火车穿过干线两侧风景单调的平原地区，缓缓向南行驶。

那天发生的最重大的事件是指挥官的“听令会”。我们按照传令兵的指示，在指挥官的车厢集合，发现他和副官都头戴钢盔，全副武装。他开口说的第一句话便是：“这是听令会。我希望你们能打扮得体地来参加。我们现在虽然还在火车上，但这一点并不重要。”我原本以为他会立即打发我们回来，但他对我们怒目而视后，说道：“坐下吧。”

“我们离开时，营地的状况简直令人觉得羞耻。我不管走到哪里，都能看到军官们没有尽职尽责的证据。一个队伍离开后，营地的状况最能体现军官的工作效率。正是这样的事决定一个营和营级军官的名声。而且——”他真的说过这句话，还是我从他充满怨恨的语气和眼神中揣摩出了他的言外之意？我想，他应该没有说出这番原话——“我绝不允许几个临时军官的懒散作风破坏我的职业名誉。”

我们坐在那里，拿着笔记本和铅笔，等着记录详细的任务安排。稍微敏感一点的人都看得出来，他没什么威慑力；他自己也许也发现了，因为他又以学校校长般任性的口吻补充一句：“我要求的只不过是忠诚的合作。”

然后，他看着自己的笔记本，念起来：

“命令。”

“情报。本营现正在 A 地与 B 地间转移。这是重要的交通线，易受到敌军炸弹和毒气攻击。

“目的。我们的目的是到达 B 地。

“途径。火车将在大约二十三时十五分到达目的地……”诸如此类。

他最后宣布的“后勤事宜”令我意外。C 连留下一个排的人，其余人员在火车到达后留在铁轨旁卸车，将会有三辆载重三吨的卡车将所有物资运送到新营地的临时堆放处；C 连必须一直工作到任务完成；留下的那一个排负责看守临时堆放处和新营地周边的警戒。

“还有问题吗？”

“我们能给工作的人发可可喝吗？”

“不能。还有别的问题吗？”

我把命令转述给军士长后，军士长说：“可怜的老 C 连又倒霉了。”我知道他是在埋怨我先前不该违抗指挥官的命令。

我把命令告诉几位排长。

“我说，”胡珀说，“小伙子们肯定会有情绪。他们会很生气的。他好像总是挑我们去干脏活。”

“你去负责警戒吧。”

“好嘞呦。不过，我说，天这么黑，我怎么找得到营地的边界线呢？”

熄灯后没多久，一个传令兵从车厢远处走来，沉闷的啪啪脚步声惊动我们。一位颇有经验的中士大喊：“上第二道菜啦。”

“我们遭到液体芥子气的攻击了，”我说，“把窗户都关好。”接着，我立刻写了一份简短的情况说明，表示没有人员伤亡，也没有什么东西受到污染，还说已选派人手在队伍下车前将车皮清洗消毒。指挥官似乎很满意这份报告，因为我们没有再接到他更多的命令。天黑后，我们都睡着了。

深夜，我们终于到了，火车停在支线上。我们接受的安全训练和当时的实战状况都要求我们必须避开站点和月台。一片漆黑中，士兵们从还没停稳的列车车厢跳到铺满煤渣的轨道旁，引发各种混乱和破坏行为。

“在路堤下面的小路上集合。看来，C连又跟平时一样，开始拖拖拉拉了，赖德上尉。”

“呃，长官。我们在漂白时遇到了一点困难。”

“漂什么白？”

“给车皮消毒啊，长官。”

“哦，我相信你们都很认真。算了，不要消毒了，继续下面的工作吧。”

此时，我那些半梦半醒、满脸阴沉的手下喧哗着在路上列好队。没过多久，胡珀那排大踏步走进黑夜中。我看到运货卡车和排列有序的士兵，他们把物品从一个人传给另一个人，最终传送到陡峭的路堤下面。他们很快就发现，自己在做一项有明确目的的工作，反而轻松起来。我跟他们一起搬了半个钟头，副连长跟着第一辆返回的卡车来了，我便停下工作，去找他。

“营地还不错，”他报告说，“是一个很大的私人宅子，有两三个湖。如果运气好，说不定还能抓到几只鸭子。镇上有一家酒吧和一间邮局。方圆几英里内都没有别的小镇了。我想办法给我们俩弄到了一间小屋。”

凌晨四点，工作完成。我坐在最后一辆卡车上，沿着弯曲的小道前行，路旁伸出的粗大树枝扫过车窗玻璃。我们在不知道是什么地方离开小道，开上公路；我们又在不知道是什么地方来到两条公路交汇处的一片开阔地，一圈悬挂着的防风灯表明，这里便是卸货处。我们卸完车，终于可以跟着向导去营房休息。夜幕中没有一颗星星，天空飘落下蒙蒙细雨。

我一直睡到勤务兵来叫我，才拖着疲惫的身躯起床，默默地穿好衣服，刮完胡须。我走到门口，问副连长：“这个地方叫什么名字？”

他告诉了我。就在那一刻，仿佛有人关掉收音机，无数个日子以来，一个在我耳边没完没了地愚蠢号叫的声音突然停止。随之是无边无际的沉默，起初让人觉得空虚，但随着我受损的感官渐渐恢复知觉，我的耳旁又充斥着各种甜蜜的、自然的、早已被我忘却的声音：他说出的那个名字，我再熟悉不过。这个名字好像拥有古老而神奇的魔力，人只要一听到它，往昔岁月就会涌上心头，如幽灵般让人魂牵梦萦。

我迷惘地站在小屋外。雨停了，厚重的云层低低地压在头顶。

尚是清晨时分，从伙房飘出的炊烟直升阴沉的天空。铺满碎石的车道上长满野草，被车轮碾得满是泥泞。车道在山坡上蜿蜒，在一处山丘下消失。车道的另一侧是胡乱搭建的铁皮屋，从屋里传出叮叮当当、叽叽喳喳的声音，以及口哨声、嘘声和像是发自动物园的各种嘈杂声，那是一个营的士兵又开始新的一天。眼前与四周，是一片我熟悉的精致的人造景观。这个偏僻幽静的地方，被孤零零的山谷环绕遮掩。我们的营地位于缓坡上。在我们前面，是一直延伸到附近地平线的大地，那景色实在难以令人陶醉。两者之间，是一条奔流的小溪——小溪名叫新娘河，发源于不到两英里之外的一个名叫新娘泉的农庄。以前，我们偶尔会走到那里喝茶。溪水向下奔流，水量渐增，最终汇入埃文河——入河口建有堤坝，形成三个湖，其中一个最多只能算是芦苇丛中的湿地，另外两个面积就大多了。湖面倒映着云朵和湖边高大的山毛榉树。树林里都是这种山毛榉树和橡树，橡树灰蒙蒙、光秃秃，山毛榉树上却带着一抹新芽的浅绿。两种树与林中空地、开阔的草坪组合在一起，形成一个简单但像是经过细心设计的图形——现在，还有小鹿来这儿悠闲地吃草吗？——另外，为避免观者视线漫无目的地游荡，湖边还立有一座多利安风格的神庙，爬满常青藤的拱门跨过河堰接口的最低处。所有这一切都是一个半世纪前就规划或栽种好了，所以到了今天，人们才能看到它如此成熟的模样。我从自己所站的地方望去，一片绿荫遮住林后的房屋，但我很清楚那屋子的样子和位置。它隐藏在一片酸橙树间，像一只蹲在蕨草丛中的雌鹿。

胡珀悄悄走到我面前，敬了个礼。敬礼姿势是他模仿别人而来，但别人很难模仿他的敬礼。他整夜无眠，脸色灰暗，胡子也没有刮。

“B 连来拯救我们了。我让小伙子们去洗漱一下。”

“好的。”

“房子就在那上面，拐过弯就是。”

“好的。”我说。

“旅部下周就要搬进去了。把那里当成军营真是不错。我刚才去看了看。依我说，真是非常华丽。还有一件怪事，里面居然还有一个罗马天主教堂。我进去看了，他们正好在做礼拜，但只有一个神父和一个老头。我觉得挺尴尬的。你比我更擅长与这些人打交道。”也许是因为我看起来充耳不闻，他做了最后一次努力，想勾起我的兴趣：“那里还有一个可怕的大喷泉，就在台阶前面。喷泉基座全是石头和石雕的动物。你一定从来没见过那样的喷泉。”

“啊，胡珀，我见过。我以前来过这里。”

这句话经过圆形屋顶的反射，回荡在我的耳边，似乎更加响亮了。

“哦，那好，那你一定对一切都很熟悉了。我去洗漱了。”

我以前来过这里，知道关于它的一切。

第一部　我也曾生活在世外桃源

第一章

"我以前来过这里。"我说。我来过这里，第一次是在二十年前的六月，一个天空万里无云的日子，和塞巴斯蒂安一起来的。当时，水渠里长满奶黄色的绣线菊，空气中充满夏天的气息。那一天仿佛有着特殊的光芒，无论我后来又在不同的心境下来了多少次，但在这最后一次旧地重游时，我内心回想的始终是这第一次。

我那天来时，并不知道自己的目的地就是这里。当时正值牛津大学划船比赛周。当时的牛津还是一座精雕细刻的城市——可现在，它就像被汹涌而至的海水迅速淹没的莱昂内斯[①]，被人遗忘，也无法挽救。当时的牛津，街道是宽敞的、安静的，人们像纽曼[②]笔下的人物那样走路、说话；牛津秋天的迷雾、春日的灰绿，还有她难得一见的夏季光芒——都散发出已存在数个世纪的青春而温柔的气息。我来时正值夏天，栗树开着花，嘹亮清晰的钟声飘荡在山形墙和圆屋顶上空。遁世的静谧让我们的欢声笑语有了回声，带着它穿越一切干扰嘈杂，欢快地久久回响。划船比赛周期间，一群女人不请自来，大约有数百之众，在鹅卵石小路上叽叽喳喳、蹦蹦跳跳，爬上台阶欣赏风景，寻找乐子。她们喝着干红

---

① 古代传说中沉入海底的一块陆地。

② 约翰·亨利·纽曼（1801—1890），罗马天主教神父、诗人及宗教学作家。

葡萄酒，吃着黄瓜三明治，由船夫带领，坐在方头平底船里游河，还成群结队地涌上学校游艇。在《艾瑟斯》杂志社①与辩论社②，迎接她们的是吉尔伯特与苏利文式③笑话，这些笑话突兀、奇怪、滑稽，又让人难堪；在学院教堂，迎接她们的则是音效独特的圣诗合唱。这帮入侵者的喧嚣渗透到每一个角落，在我就读的学院，虽然没有这样的喧哗，却出现了一场它独有的最粗俗的骚乱。我们要举办一次舞会。我住的四方院前院被铺上地板，搭起帐篷；门房小屋的周围摆满棕榈树和杜鹃花；最糟糕的是，住在我楼上的导师竟然把他的房间借出，用作舞会的女衣帽间。这位贼眉鼠眼的导师还和自然科学会有些关系，他把将要举办舞会这一骇人听闻的消息印成通知，挂在离我的橡木大门不到六英寸的地方。

没有人比我的校工对此反应更强烈。

“在接下来的几天中，请没有女士作伴的先生尽可能远离此地用餐，”他垂头丧气地说，“你会在这里吃饭吗？”

“不会，朗特。”

“他们说，这是为了给下人们一个机会。什么机会呀！我还得去给女衣帽间买个插针包。你说他们为什么办舞会？我真不明白这有什么意义。以前，划船比赛周里从来没有舞会。校庆舞会，那是另一码事，那是在假期期间，不是在划船比赛周。难道茶会、游河还不够吗？先生，你要是问我，我会说，这都是战争导致的。

---

① 创办于 1892 年，是牛津著名的学生杂志之一。

② 创办于 1823 年，牛津辩论社，也译作牛津联盟，是牛津最古老的社团之一，曾有众多政治精英、时代名人、诺贝尔奖得主在此演讲。

③ 吉尔伯特与苏利文是指维多利亚时期英国幽默剧作家威廉·吉尔伯特与作曲家亚瑟·苏利文。他们共同创作了多部喜剧。

要不是打仗，绝不可能发生这种事。”当时是1923年，对朗特来说，对千千万万其他人来说，一切都和1914年再也不一样了。“现在，刚到傍晚，大家就开始喝酒，”他习惯性地一半身子站在门里，一半站在门外，继续说道，“或者是一两位绅士一起吃午餐。这些都不算什么。可舞会有什么道理啊。都是从战场上回来的人搞出来的。他们年纪大了，什么都不知道，什么都不愿意学。真的是这样。还有人跑到共济会教堂，和镇上的人一起跳舞呢——不过，学监会抓到他们的，你看着吧……哎呀，塞巴斯蒂安少爷来了。我不能站在这儿聊天了，还得去买插针包呢。”

塞巴斯蒂安走进来，他穿着鸽子灰法兰绒衣服，配着白色绉纱，打着夏尔凡[①]领带，而我系的是印着邮票图案的领带。“查尔斯，你们学院到底发生什么事了？来了个马戏团吗？我看除了大象，马戏团的一切你们这里都有了。我不得不说，整个牛津突然变得极其怪异。昨天晚上，到处都是女人。你得马上走，免得危险。我弄了辆汽车、一篮子草莓，还有一瓶佩拉庄园的好酒——你肯定没有尝过，所以就别装了。美酒配上草莓，简直是天堂般的享受。”

“我们去哪儿？”

“去看一个朋友。”

“谁？”

“霍金斯。你带点钱，万一看到什么想买的就买。车是哈德卡斯的。我如果把自己害死了，你把车子剩下的部分还给他。我开车技术不太好。”

---

① 于1838年创立于巴黎，高级服装品牌。

大门外，曾是护院住处的冬季花园旁，停着一辆敞篷双人座莫里斯·考利小汽车。塞巴斯蒂安的玩具泰迪熊坐在驾驶座上。我们把它放在我们俩中间。“照顾好他，别让他晕车了。”然后，我们就出发了。圣玛丽教堂的大钟敲了九下。在商业街上，我们差点撞上一名神父。他胡须花白，戴着黑色草帽，静悄悄地骑着自行车，沿马路逆行。接着，我们穿过卡尔法克斯，经过车站，很快进入开阔郊野的伯特利路。在当时，去郊区还是很容易的。

“时间还早吧?”塞巴斯蒂安说，“那些女人还在做她们下楼前要对自己做的那些事。懒惰把她们给毁了。我们走了。愿上帝保佑哈德卡斯。”

“无论哈德卡斯是谁，请上帝保佑他。”

“他原本打算和我们一起来的。懒惰也把他给毁了。哎，好吧，是我告诉他十点出发。他是我们学院非常悲观的人。过着双重生活。至少我觉得他是这样。他总不能不分白天黑夜，一直扮演哈德卡斯吧?——他会死的。他说他认识我父亲，但这不可能。”

“为什么?”

“没有人会说自己认识我爸爸。社交圈里，人人对他避之不及。你没听说过吗?”

“我们都不会唱歌，真可惜。”我说。

我们在斯文登驶离大路。艳阳高照，周围全是不用灰泥、仅以石砖和料石砌成的房屋。大约十一点，塞巴斯蒂安没有提醒我，便将车开上一条马车道，停下来。天气炎热，我们只能找地方遮阴。在山丘上的榆树林中，我们坐在被绵羊啃过的草坪上，吃着草莓，品着美酒——塞巴斯蒂安所言不虚，两者确实美味无比。

接着，我们点燃粗大的土耳其香烟，仰面躺下。塞巴斯蒂安的眼睛盯着头顶的树叶，我看着他的侧脸。蓝灰色的烟雾升起，一直飘向绿色的树荫深处。没有一丝风扰动烟雾，烟草的香味与周围甜蜜的夏日气息混合在一起，醇香的金色葡萄酒让我们仿佛悬在离草坪一指高的空中，飘飘欲仙。

“应该在这里埋下一坛黄金，”塞巴斯蒂安说，“我应该在每个我得到过快乐的地方都埋下一点宝贝。等我又老又丑又痛苦的时候，可以回到这些地方，把宝贝挖出来，回忆过去。”

这是我大学第三学期的事。我认为，我的牛津生活始于我和塞巴斯蒂安的初次见面，那次偶然相遇发生在第二学期期中。我们就读于不同的学院，来自不同的中学。他那天晚上如果不是碰巧在我们学院喝醉，而我的寝室又如果不是正好在四方院前院的一楼，那我在三四年的大学生活中可能永远也不会认识他。

堂兄贾斯珀警告我，住在一楼房间是危险的。我当时刚来学校，他认为应该对我进行一番详细的指导。父亲没有给我任何指导。那段时间，他和往常一样，避免同我进行严肃的对话。我还有两周就要来牛津时，他还完全不曾提及这个话题。后来，他异常羞涩地说：“我和别人谈起你要去念书的事。我在阿西纳姆绅士俱乐部遇到你未来的院长。我想谈谈伊特鲁里亚[①]人对不朽的理解，他想谈谈为工人阶级开设业余课程的事。于是，我们各让一步，谈起你。我问他应该给你多少零花钱。他说：‘一年三百镑吧，不能再多了，大部分人都是这么多。’我觉得三百太少了。我

① 古代位于意大利中西部的一个国家。

读大学时，零花钱比大部分人多。现在回想起来，除了大学，世界上再没有什么别的地方，也没有什么别的阶段，能让几百镑对一个人的重要程度和受欢迎程度产生如此大的影响。我在考虑是不是给你六百镑，”父亲抽了一下鼻子，他开心时总是这样，“但又仔细想了想，院长如果知道了，可能会觉得我是故意对他不敬。所以，我打算给你五百五十镑。”

我谢过他。

“是，我是太骄纵你了，不过这些钱都是存款利息，你知道吧……我想，我在这个时候应该给你一些建议。以前，除了你的堂伯阿尔弗雷德，从来没人给过我建议。你知道吗？在我上大学前的那个夏天，你堂伯阿尔弗雷德特地骑马跑到伯顿来，给我提建议。你知道他的建议是什么吗？他说：‘内德，我必须要求你做一件事。请你在开学后的每周日一定戴礼帽。这是评价一个人最重要的标准，比其他任何标准都重要。’”父亲深深地吸了吸鼻子，继续说，“你知道吗？我还真一直戴着礼帽。有些人戴，有些人不戴。我从来不觉得没戴礼帽的人有什么不同，也从来没有听见别人对他们评头论足，但我自己一直都戴着礼帽。这个例子表明，在适当的时候，以适当的方式，给别人提出明智的建议会产生怎样的效果。我希望自己能对你提些建议，但我没什么可说的。”

堂兄贾斯珀弥补了这一遗憾。他是我父亲哥哥的儿子，不止一次在提到自己父亲时，用半开玩笑的语气称他为“一家之主”。他当时在读大学四年级，上学期，他差一点拿到划船比赛最高级别的蓝色奖。他是坎宁俱乐部的秘书，本科生联盟的主席，学院响当当的人物。在我来念书的第一周，他就正式登门拜访，并留下来喝茶。他吃了一顿非常丰盛的午餐：蜂蜜面包、凤尾鱼吐司和富勒核桃蛋糕。他吃完饭后点燃烟斗，靠在柳条椅上，列出我必须遵守的行为准则，涉及各方各面。直到今天，我还可以一字不差地复述出他的许多原话："……你念的是历史？这是一门很好、很有声望的学科。最差的是英国文学，倒数第二差的是现代经学[①]。你要么争取一等荣誉学位[②]，要么混个四等。两者之间的名次没有任何价值。花时间取得一个二等学位，那是浪费。你应该去听最好的讲座——比如，阿克莱特关于德莫斯蒂尼[③]的讲座——不管这些讲座是不是你们学院的……衣服，要像在乡间别墅里那样穿。永远不要穿粗花呢外套配法兰绒裤子——要自始至终穿套装。还有，去找个伦敦的裁缝；那里的裁缝做的衣服更好，赊账时间也能长一些……俱乐部，现在加入卡尔顿俱乐部，第二学年初，再加入格瑞德。你如果想通过竞选参加辩论社——也不是件坏事——但先要在外面树个好名声，比如，先加入坎宁或查塔姆俱乐部，或先在报纸上发言……离野猪山远点……"对面山形墙上的天空霞光闪耀，接着变得黯淡。我往火炉里加了些炭，又打开灯，两者的光芒照亮他穿的伦敦定制灯笼裤和利安德[④]领带……"不要像对待中学校长那样对待大学导师，要像在家里对待牧师那样对待他们……你会发现，要花第二学年一半的时间甩掉你在一年级结识的坏朋友……要小心盎格鲁天主教——他们都是口音难听的鸡奸犯。其实，要与所有宗教团体保持距离，宗教里的人只

---

① 由哲学、政治学、经济学组成的跨学科课程，首家提供该学位的高等院校即为牛津大学。

② 英国大学学位根据学生的成绩分为一等荣誉、二等荣誉、三等荣誉学位和普通学位等。

③ 古希腊雄辩家。

④ 成立于 1818 年，牛津划船俱乐部成员都戴着粉色领带。

会干坏事……”

他终于要走了，临走前说：“最后一点。换个地方住。”我的房间很大，有深凹的窗户和18世纪的彩绘镶板。我只是一年级新生，能分到这样的房间已经算幸运了。“我见过太多因为住进前院一楼房间而堕落的人，”堂兄异常沉重地说，“大家会顺道走进来。他们把衣服丢在这里，又在晚餐前来取。你请他们喝雪莉酒。你意识到自己其实是在念书时，已经给学院里所有的坏学生开免费酒吧很久了。”

我不知道自己到底有没有自觉遵守他的建议。可以肯定的是，我从来没有换过房间。夏天的傍晚，窗台下盛开的紫罗兰总是让整个房间芬芳四溢。

回想起来，人们总是容易赋予青春或早熟或纯真的虚伪色彩，就像篡改门框上对应身高的日期。我很愿意想象——我有时确实这样想过——我要用莫里斯的艺术品和阿伦德尔的画装饰房间，用17世纪对开本大书，和以俄罗斯皮革、波纹绸缎装订而成的法国第二帝国小说摆满我的书架。可惜，现实并非如此。我在入住的第一天下午，就骄傲地将梵高《向日葵》的复制品挂在壁炉上，又竖起罗杰·福莱普罗旺斯风景画屏风——我在欧米茄工艺厂变卖资产时以低价买来的。我还贴上了一张麦克奈特·科夫的海报，以及从诗歌书店买来的诗歌配图贴画。可回想起来，最令我伤心的是，我竟然还把波莉·皮彻姆①的陶瓷小人放在壁炉上两根细长的黑色蜡烛之间。我的藏书很少，也都很普通：罗杰·福莱的《视觉与设计》，美地奇出版社的《什罗普郡少年》《维多利亚女王

---

① 约翰·盖于1728年所写《乞丐歌剧》中的女主角。

时代名人传》，几本《乔治诗选》，《罪恶的街》《南风集》——我最早结识的朋友都很适合这样的背景，这些朋友包括柯林斯，毕业于温彻斯特学院，很有成为牛津大学未来导师的潜力，阅读广博，有着孩童般的幽默；此外，还有由学校知识分子组成的一个小圈子，他们处在浮夸的“唯美主义者”和无产阶级学者之间，维持中立的文化路线，而无产阶级学者还在伊夫利路与惠灵顿广场的寄宿屋里疯狂地收集真相。第一学期，我发现，这个小圈子接纳了我，他们给了我在中学六年级时得到的那种有朋友相伴的感觉。我喜欢这种感觉，它让我为大学生活做好了准备。我刚入学时，有自己的房间、支票簿，光是在牛津生活这一点就足以让我兴奋，但内心深处仍然感到，这应该并非牛津可以给予我的全部。

塞巴斯蒂安出现后，这些模糊的身影悄悄隐入背景中，消失了，就像在迷雾天隐入石南花丛的高原山羊。柯林斯向我揭露现代美学的谬论：“……来自蕴意形式的全部论据是否成立，取决于其数量。你如果允许塞尚①在他的二维画布上呈现三维效果，那就必须允许兰塞尔②画笔下的西班牙猎犬露出忠诚的目光……”可塞巴斯蒂安慵懒地翻开克莱夫·贝尔③的《艺术》一书，并念起其中一段话，我才睁开眼睛。他念的是：“一个人对一只蝴蝶、一朵花的感觉，和他对一座教堂、一幅画的感觉一样吗？”我说：“有啊，我就是这样的人。”

我在认识塞巴斯蒂安之前很久就见过他。这是必然的，他从入学第一周开始，就是全年级最引人注目的角色，这既是因为他

① 塞尚（1839—1906），法国著名画家。
② 埃德温·兰塞尔（1802—1873），英国画家，擅画动物与人像。
③ 克莱夫·贝尔（1881—1964），英国形式主义美学家。

摄人心魄的俊美，也是因为他看似出格的怪诞行为。我第一次见到他是在杰曼理发店门口，那天，我震惊于他的外貌，但更震惊于他手里那只大大的玩具泰迪熊。

“那位，”我坐在椅子上时，理发师说，“就是塞巴斯蒂安·弗莱特少爷。他是个相当有意思的年轻人。”

“显然。”我冷冷地说。

“他是马奇曼侯爵的二公子。他的哥哥，布赖兹赫德伯爵，是上学期走的。那也是个特立独行之人，一位很安静的绅士，像个老头。你猜塞巴斯蒂安少爷来干吗？他想给泰迪熊找把发梳，必须是鬃毛很硬的那种。塞巴斯蒂安少爷说了，不是用发梳给它梳毛，而是要在它生闷气时用发梳吓它，说要拿发梳打它的屁股。他买了一把上好的象牙背的梳子，还让人在上面刻了‘阿洛伊修斯’这几个字——那只熊的名字。”这个男人这么大了，应该有很多机会消除对大学生的幻想，可他显然也被塞巴斯蒂安迷住了。倒是我，一直保持吹毛求疵的心态。此后，我又见过他几次。有一次，他坐在带顶篷的双座小马车上。还有一次，他戴着假胡须在乔治餐厅吃饭。柯林斯当时正在研究弗洛伊德，可以用一大堆专业术语解释塞巴斯蒂安的这些行为，但我对塞巴斯蒂安的态度并未有所缓和。

最终，我们见面了，见面的情形并不令人愉快。三月上旬的一天，临近午夜时分，我一直在招待学院的知识分子喝加热过的红葡萄酒；炉火正旺，我的房间里充斥着浓浓的烟雾和香味，脑子里塞满各种形而上学的理论，感觉格外疲惫。我推开窗户，从外面的院子里传来熟悉的醉酒者的笑声和踉踉跄跄的脚步声。一个声音说：“站稳啦。”另一个声说：“快点来。”还有一个声音说：

“有的是时间……学院……汤姆钟楼的钟声敲完再说。”有一个声音比其他声音都更加清楚：“你们知道吗，我有一种说不出来的难受。我要走开一分钟。”紧接着，一个面孔在我的窗口出现，我认出他就是塞巴斯蒂安，可这张脸并不像我之前看到的那样生动活泼。他涣散的目光盯着我看了一会儿，俯身栽进我的窗口，吐了。

晚宴聚会常常以这样的方式结束；遇到这样的情况，大家都会很有默契地付给校工一笔小费；我们在不断尝试和失误中学会了喝酒。塞巴斯蒂安在走投无路时，偏偏选中我这扇窗户，这似乎是种疯狂又让人欢喜的宿命。但不管怎么说，我们相识的情形不吉利。

他的朋友把他架到大门口，过了几分钟，聚会的东道主来道歉。这是一个和我差不多年纪的伊顿毕业生，性格温和。他自己也大醉酩酊，翻来覆去地解释，最后，还眼泪汪汪起来。“酒的种类太多了，”他说，“不是酒的质量问题，也不是数量问题。是因为混在一起喝了。你要是明白这一点，也就抓住了问题的根本。你要是理解了这一点，也就会原谅一切。”

“好吧。”我说，但声音里带着怨气，我担心自己第二天早上会受到朗特的指责。

“你们五个人喝了几桶热红酒，”朗特说，“这样的结果是必然的。就连走到窗口都来不及了吗？喝不了的就不要喝了嘛。”

“不是我的朋友吐的。是从学院外面来的一个人吐的。”

“好吧，不管是谁吐的，清理起来都一样恶心。”

“橱柜上放了五先令。”

“看到了，谢谢你，可我宁愿不要钱，也不愿意一大早来收拾这种残局。”

我拿起外套，让他做事去了。在那段日子，我还经常去课堂。十一点过后，我回到学院，发现房间里摆满鲜花，好像有人把集市上某个卖花小摊一整天要卖的花都搬来了——事实的确如此，房间的每一个角落、每一个可以用作花瓶的容器里都插上了花。朗特正偷偷把最后一些花用棕色的纸包起来，准备拿回家去。

“朗特，这是怎么回事？”

“先生，是昨天晚上的那位绅士，他给你留了张字条。”

字条是用蜡笔写的，占满我整整一张上好的华特曼·H.P.绘画纸：“十分懊悔。阿洛伊修斯不愿意跟我说话了，除非它看到您原谅了我，所以，请您今天与我共进午餐。塞巴斯蒂安·弗莱特。”他想当然地以为我知道他住在哪里——现在回想起来，这是他典型的行事风格。幸好，我确实知道他住在哪里。

“这位先生很有意思，我相信，为他打扫将是我的荣幸。我猜你要出去吃午饭了吧，先生？我已经这么跟柯林斯先生和帕特里奇先生说了——他们原本想在这里跟你一起吃个便餐。”

“是的，朗特，我要出去吃饭。”

那次午餐聚会——事实证明，它确实是一次聚会——开启了我生活的新篇章。

我去时犹豫不决，因为那是一个陌生的地方，我的耳中回响着一个微弱而又严肃的声音，这个声音用柯林斯的语气警告我，叫我不去为妙。可那段日子里，我正急切地寻求关爱，心中充满好奇和一种连自己都不想承认的隐忧。我担心，在那里，我将最终找到围墙上的一扇矮门。我知道，很多人在我之前找到了它，它通向一个与世隔绝的迷人花园，这花园位于灰暗城市的中心，但从任何一个窗口都看不到它的存在。

塞巴斯蒂安住在基督教堂学院的草甸大楼。我去时，只有他一个人，他正从桌子中间一个满是青苔的大鸟巢里拿出一只凤头麦鸡蛋，剥着蛋壳。

“我刚刚数过了，”他说，“每人五个，还多两个，所以我正在吃多出来的两个。我今天无缘无故觉得特别饿。我把自己毫无保留地交给多贝尔与古德尔药房的人，现在感觉晕晕乎乎的。我开始怀疑，昨天晚上的一切只是个梦。请你不要叫醒我。”

他令人神魂颠倒，有一种中性的美，那种美在极致的青春中，高声歌唱爱情，可第一股寒风吹来，它便凋落了。

他的房间里堆满各种奇怪的东西——装在哥特式琴盒里的小风琴，象脚废纸篓，一筐蜡制水果、两个大小不成比例的塞弗尔花瓶、几幅挂在画框里的杜米埃的画——而朴素的学校家具和巨大的午餐桌让这一切看起来很不协调。他的壁炉架上摆满了伦敦各大沙龙女主人送来的请柬。

“那个禽兽霍布森，把阿洛伊修斯带到隔壁去了，”他说，“也许这样更好，因为这里没有多余的蛋给它吃了。你知道吗，霍布森恨死阿洛伊修斯了。我真希望有你那样的校工。今天早上，他对我的态度可好了，别的校工说不定会对我很凶。”

其他人也到了。三个大一新生，都是从伊顿公学毕业的，态度温和、举止优雅、神情超然。他们都在前一天晚上去伦敦参加了舞会，但他们说起舞会，就好像在毫无感情地说某个近亲的葬礼。每个人走进房间时，都先去拿鸡蛋，再看塞巴斯蒂安，最后才用客客气气但不感兴趣的眼神打量我，仿佛在说：“我们做梦也不敢冒昧地暗示您，我们还素未谋面呢。”

“这是今年的第一批鸡蛋，”他们说，“你是从哪儿弄来的？”

“我妈妈从布赖兹赫德庄园寄来的。母鸡们总是为了我妈妈提早下蛋。”

我们吃完鸡蛋，正在吃纽堡酱龙虾时，最后一位客人到了。

“亲爱的，”他说，“我之前一直脱不开身。我和我那可——可——可笑的助教一起用午餐。他对我的离开感到非常奇怪。我跟他说，我要去换踢足——足——足球的衣服。”

他又高又瘦，肤色黝黑，有一双漂亮的大眼睛。我们其他人都穿着粗花呢外套和粗革皮鞋，他却穿着布料光滑、带宽白边的深棕色西装和小山羊皮鞋，系着大大的领结。他一边走进房间，一边取下手上黄色的软革手套。他有部分法国高卢血统，部分美国北方血统，也许还有部分犹太血统，看起来很像异国人。

来人不用我多说，正是安东尼·布兰奇，一个出类拔萃的“唯美主义者”，这个恶毒的外号从查韦尔河畔一直传到萨莫维尔。他像孔雀般昂首阔步地走在街上时，经常有人会把他指给我看；我曾在乔治餐厅听到他大声批判陈规陋习；现在，我终于认识他了，我发现自己在塞巴斯蒂安魅力的影响之下，也相当喜欢他。

午餐过后，他拿着扩音器站到阳台上。我不知道这个扩音器是怎么神奇地出现在塞巴斯蒂安房间的各种古董之中的。一群穿着运动衫的人把自己裹得严严实实，正朝河边走去。他用衰弱的声音，对着他们，朗诵起《荒原》中的段落：

“我，帖瑞西士，早已忍受一切。”

他站在威尼斯风格的拱门下，对他们哭诉：

就在这张沙——沙发和床——床上上演过的，

我曾在底比斯的城墙下坐过，

也在最低——低——低贱的死人中走过……

然后，他轻轻地走进房间。"我把他们都吓了一跳！对我来说，所有划——划船的人都是格蕾丝·达令[①]。"

我们坐着，小口喝着君度[②]酒，最温和也最冷漠的那位伊顿毕业生拿起小风琴，自弹自唱起来："他们把她战死沙场的士兵带回了家。"

四点过后，我们才散。

安东尼·布兰奇第一个走。他轮流向我们每个人彬彬有礼地正式道别。他对塞巴斯蒂安说："亲爱的，我恨不得在你身上扎满带刺的箭，就像插——插——插针包那样。"他对我说："塞巴斯蒂安能找到你真是太厉害了。你一直都躲在哪儿呀？我要去你的老巢看看，像赶鼬——鼬——鼬鼠一样，把你赶——赶——赶出来。"

其他人也在他之后很快离开。我站起身跟在他们后面，可塞巴斯蒂安说："再喝点君度吧。"于是，我留下来，过了一会儿，他说："我要去植物园了。"

"为什么？"

"去看常春藤啊。"

这似乎是个很好的理由，我和他一起去了。我们走在墨顿学

① 格蕾丝·达令（1815—1842），维多利亚时期著名的女英雄，1838 年与父亲从沉船上救起十几个人。

② 一款法国出产的橙味甜酒。

院的围墙下时，他挽起我的胳膊。

“我还从来没去过植物园。”我说。

“哦，查尔斯，你还有很多东西要学呢！植物园有个漂亮的拱门，有好多不同种类的常青藤，我之前也不知道它们的存在。如果没有植物园，我都不知道自己应该去哪儿。”

最后，我终于回到自己的房间，它还和我早上离开时一模一样，但我察觉到一丝幼稚浅薄的气息，我以前从来不曾有过这样的困扰。到底出了什么问题？除了金色的黄水仙，一切看起来都是那么不真实。是屏风的问题吗？我把它转过去对着墙。感觉好点了。

这就是那架屏风的结局。朗特一直就不喜欢它，几天后，他把它拿走，放在楼梯下一个隐蔽的角落，后面堆满拖把和水桶。

那一天，是我与塞巴斯蒂安友谊的开始。然后，就是六月的那个清晨。在高高的榆树树荫下，我躺在他身旁，看着从他嘴里喷出的烟雾飘向我们头顶的枝桠。

没过多久，我们继续开车。又过了一个小时，我们饿了。我们在一家半是旅店半是农庄的地方停下来，吃了鸡蛋、火腿、腌胡桃和奶酪，又在阴凉的客厅里喝啤酒。一台老旧的时钟在暗处滴滴答答地走着，一只猫在空空的壁炉里睡觉。

我们继续开车，下午早些时候，到了目的地：经过几扇铸铁大门，绿色田野里两幢一模一样的古典木屋，一条林荫大道，又经过更多的大门和开阔的公园，车道拐了个弯。一片崭新而神秘的景色突然展现在我们眼前。我们来到一个小山坡的顶上，脚下半英里之外的地方，树丛中露出灰色与金色的光芒，那是一所古老宅院的圆顶和柱子在闪光。

“怎么样？”塞巴斯蒂安停下车。圆屋顶后面，是渐行渐远的溪水，溪水周围是小小的山坡，山坡守卫着溪水，掩藏着它。

“怎么样？”

“多么好的住处啊！”我说。

“你一定要去看看前院的花园和喷泉，”他往前俯身，把汽车挂上挡，“那是我家里人住的地方。”即便是在那时，我全神贯注欣赏美景时，他说的这句话也让我立马产生一种不寒而栗的感觉——他没有说“那是我家”，而是说“那是我家里人住的地方”。

“别担心，”他继续说，“他们都不在家。你见不到他们。”

“但我想见见他们。”

“哦，你见不到的。他们都在伦敦。”

我们开车绕过前门，来到侧院——“到处都上着锁。我们最好从这条路进去”——穿过以石板铺路、以石板作顶的碉堡般的用人院——“我想带你去见见霍金斯奶奶。这也是我们此行的目的”——爬上没有地毯但擦洗得干干净净的榆木楼梯，又走过中间铺着一条粗毛窄地毯的宽木板走廊，再穿过铺着油毡布的过道，经过有许多小楼梯和几排深红色和金色消防水桶的天井，最后爬上一段楼梯，楼梯的尽头是一扇门。屋子的穹顶是假的，这一设计的用意就是让屋子从楼下看起来就像是香波尔城堡[①]的炮塔。圆顶只不过是附加的一层楼，被分隔成很多房间。这里就是育婴室。

塞巴斯蒂安的保姆坐在敞开的窗前，她的前方是喷泉、湖水

① 位于法国卢瓦尔-谢尔省，全世界最有特色的城堡之一，法国文艺复兴时期建筑，融合传统法国中古时代风格与古典意大利风格。

和寺庙。在遥远的最后一个山坡上，有一座闪闪发亮的方尖碑。她双手摊开，放在膝上，手里松松地握着一串念珠。她在熟睡。年轻时长久的劳作，中年时权威的地位，老年时的宁静与安心，都在她满是皱纹的安详脸庞上刻下深深的烙印。

“呀，”她醒了，“这真是个惊喜。”

塞巴斯蒂安吻了吻她。

“这位是谁？”她看着我说，“我想我还不认识他。”

塞巴斯蒂安为我们作了介绍。

“你来得正是时候。朱莉娅今天来了。他们可玩得真开心。没有他们在，这里格外无聊。只有钱德勒太太、两个女孩子和老伯特。往后，他们又都要去度假了。八月份要清理锅炉，你要去意大利看老爷，其他人也都出去了，我们要到十月份才能安定下来。我认为朱莉娅应该和其他年轻女孩子一样享受生活，但我永远都搞不明白，她们为什么总要在夏天最好的时候离开这美丽的花园，跑到伦敦去。周四，菲普斯神父来过了，我对他说了这一模一样的话。”她最后加上这句，仿佛她的观点得到了神灵的权威支持。

“您刚刚说朱莉娅在这里？”

“是的，亲爱的，你刚才一定是和她错过了。还不是那个保守妇女组织。夫人原本想要招待她们，但她身体不舒服。朱莉娅在家待不了多久，她一演讲完立马就走，不会等到下午茶开始。”

“我们恐怕见不到她了。”

“别这样，亲爱的，她看见你一定会非常惊喜。我跟她说过了，她应该喝完茶再走，保守妇女组织的那些人就是来喝茶的。好了，说说你的情况吧。你在认真念书吗？”

“恐怕不是很认真，奶奶。”

“啊，我猜一定天天玩板球吧，跟你哥哥一样。可他也抽时间学习了。圣诞节之后，他就没回来过。我想，他应该会回来参加农业展。你在报纸上看到那篇关于朱莉娅的文章了吗？她带了一份来给我看。朱莉娅比那上面写的好多了，不过，文章里的话还是相当中听的。‘马奇曼夫人携其可爱的女儿亮相本次社交季……这位才貌双全的女孩……是最受欢迎的初入社交圈少女’，哎呀，都是实话。她把头发剪了真是可惜，她那头长发多好看啊，和夫人一样。我对菲普斯神父说，这是违背自然的。他却说：‘修女也剪头发。’我说：‘哎呀，神父，修女当然剪头发了，但你不是希望朱莉娅小姐当修女吧？这是个什么话！’”

塞巴斯蒂安一直和老太太聊天。这是个很漂亮的房间，奇特的造型配合穹顶的曲线。墙上贴着绸缎和玫瑰图案的壁纸。墙角摆着摇摆木马，壁炉上挂着一幅圣心石版画，南美蒲苇和芦苇草遮住空空的壁炉。抽屉柜的顶端放着各种小玩意，都被细心地拂去灰尘，那是她的孩子们在不同时期给她带回家的小礼物。有贝壳和火山石的雕刻，压花的皮革制品，漆画木制品、瓷器、橡木化石、镶嵌银器、萤石、雪花石膏工艺品、珊瑚，以及各种节日小纪念品。

没过多久，奶妈说：“拉铃吧，亲爱的，我们喝点茶。一般是我下楼去找钱德勒太太喝茶，今天我们就在楼上喝。平日里照顾我的女孩子和其他人去伦敦了。新的一个才从村子里过来。一开始，她什么都不懂。不过她学得很快。拉铃吧。”

可塞巴斯蒂安说我们该走了。

“不见见朱莉娅吗？她如果知道了，一定会很难过的。她见到你会多么惊喜啊。”

“可怜的奶妈，”我们离开育婴室时，塞巴斯蒂安说，“她的生活太无趣了。我真的很想把她带到牛津和我一起住，但她肯定会一天到晚叫我上教堂。我们必须趁我妹妹还没回来赶紧走。”

“你是在为谁感到羞耻吗，是她，还是我？”

“我是在为自己感到羞耻呢，”塞巴斯蒂安严肃地说，“我不想让你跟我的家人混在一起。他们都太有魅力。我这一辈子，他们都在夺走属于我的东西。你如果被他们的魅力迷住，就会变成他们的朋友，而不是我的朋友。我不会让他们这么做的。”

“好吧，”我说，“你这么说我很高兴。我能不能看看这屋子的其他地方？”

“都锁起来了。我们是来看奶妈的。亚历山大女王日那天，这里到处都会开放，只需要一先令。呃，你如果想看，就那时候再来吧……”

他领着我穿过一扇四周垫着粗毛呢的门，走进昏暗的走廊。我只能模模糊糊地看见鎏金的檐板和头顶拱形的石膏吊顶。接着，他打开一扇沉重却灵活的红木大门，带我走进一个黝黑的大厅。光线从百叶窗的缝隙中照射进来。塞巴斯蒂安拉开窗栓，把百叶窗折起。午后柔和的阳光如流水般倾泻而入，照亮光秃秃的地板、两个巨大的一模一样的雕花大理石壁炉，照亮画着古典神灵和英雄人物的拱形天花板、鎏金的镜子、人造大理石壁柱以及用布遮盖的一堆堆家具。这短暂的一瞥，就像是站在公共汽车车顶瞧见灯火通明的舞厅。然后，塞巴斯蒂安迅速关上窗户。“你看，”他说，“就是这样。”

自从我们在榆树下喝过酒之后，在拐过车道的转角之后，在他说过“怎么样”之后，他的情绪就变了。

“你看，没什么好看的。有些东西是很漂亮，我想有一天带你看看——不是现在。有个小教堂，你倒是应该看一下。它可是新艺术主义的代表作。”

在布赖兹赫德工作的最后一位建筑师为这里增添了一处石柱廊，在侧翼添了几个小房子。其中一处便是这小教堂。我们从公用门廊（另一扇门直通正屋）进去。塞巴斯蒂安把手指伸进圣水池里蘸了蘸，在胸前画了个十字，屈膝半跪下来。我也照做。“你为什么要这么做？”他生气地问。

“只是出于礼貌。”

“唉，你不必为了我这么做。你本来只是想看一看。这里怎么样？”

教堂的内饰曾被悉数破坏，后来，又按照19世纪90年代的艺术和工艺风格重新装修和精心布置。墙壁上画满穿印花棉罩衫的天使、蔓枝蔷薇，还有鲜花盛开的草地、活蹦乱跳的羔羊、用凯尔特文写成的经书，以及全副武装的圣者，它们清晰明快的色彩排成错综复杂的图形。用浅色橡木雕刻出的三联画有独特的质感，像是在黏土模子里做出来的。圣体灯和所有的金属家具都以青铜制成，表面是手工敲打出的点点铜绿。通往圣坛的台阶上铺着草绿色地毯，地毯上点缀着白色和金色雏菊。

“天哪。”我说。

“这是爸爸送给妈妈的结婚礼物。你如果看够了，我们走吧。”

我们在车道上与一辆窗户紧闭的劳斯莱斯擦身而过。司机开车，后座上有个模糊的女子身影，正回头从窗户里看我们。

“是朱莉娅，”塞巴斯蒂安说，“我们走得正是时候。”

我们停下车，和一个骑自行车的人说了几句话。“那是老伯特。”塞巴斯蒂安说。接着，我们便出发，穿过铸铁铁门，经过小屋，最终开上回牛津的大马路。

“对不起，”过了一会儿，塞巴斯蒂安说，“我今天下午脾气恐怕不太好。布赖兹赫德总是能影响我。但我必须带你来看看奶妈。”

为什么？我不知道，但什么都没说。塞巴斯蒂安的生活由一系列这样的“必须”组成。“我必须买一身邮筒那样的红色睡衣”，“我必须在床上睡到太阳照窗户”，“我今天晚上必须喝香槟”。当然，他也常说“这东西对我有反面效果”这句话。

过了很久，他突然暴躁地说：“我可没有一直问你家的事。”

“我也没有问你呀。”

“可你看起来满脸疑问。”

“呃，那是因为你在关于家人的事上太神秘了。”

“我倒是希望自己在每件事情上都很神秘。”

“我也许的确好奇别人的家庭——你看，我一点也不了解家庭。我家只有父亲和我。有个姑姑照看过我一段时间，可父亲把她赶到国外去了。我妈妈在战争中死了。”

“哦……你的家庭真是不同寻常。”

“她跟着红十字会去了塞尔维亚。从那以后，我父亲的脑子就不太正常了。他一个人住在伦敦，没有朋友，喜欢收集东西。”

塞巴斯蒂安说：“你不知道自己避开了多少麻烦。我们家的人太多了。你找本《德布雷特贵族年鉴》翻翻就知道了。”

此刻，他的心情很轻松。我们离布赖兹赫德越远，他似乎也就把自己的不安抛得越远——被抛开的还有一直暗中困扰他的烦躁情绪。我们开着车，太阳就在身后，我们看起来像在追赶自己的影子。

“现在是五点半，还来得及去格德斯托吃晚餐。我们在鳟鱼酒馆喝点酒，把哈德卡斯的车停在那里，再去河边散散步。这不是最好的安排吗？”

这就是我第一次短暂参观布赖兹赫德庄园的全部过程。那时，我怎么会知道，有一天，自己会变成中年步兵上尉，眼含热泪地回忆这段经历呢？

第二章

夏季学期快要结束时，堂兄贾斯珀最后一次来看我，郑重劝诫我。头一天下午，我完成历史学科的最后一门考试，刚好没课了。贾斯珀身穿暗黑西装，系着白领带，表明他正处于考试期间最紧张的时刻。他疲惫不堪，充满怨气，像是害怕自己在品达[①]的俄耳甫斯主义[②]这门课中没有发挥出最好水平。那天下午，是责任感让他来到我的宿舍，尽管这对他来说是件麻烦事，也碰巧给我带来了麻烦。他在门口抓到我时，我正要出门最后一次确认晚餐的安排——我那天晚上要请人吃饭。这也是我们为了安慰哈德卡斯举办的数次聚会中的一次——上回，塞巴斯蒂安和我把他的车丢在外面，给他在学监那里惹了个大麻烦。从那以后，安慰他就成了我们的一项任务。

贾斯珀不肯坐下，他不是来闲聊的。他背对壁炉站着，用他自己的话来说，他要“像个大伯”那样跟我谈谈。

“……过去一两周，我试着联系了你好多次。实际上，我感觉你在躲着我。如果真是这样，查尔斯，我只能说我并不意外。

“你也许觉得，这不关我的事，但我对你有责任。你和我都很清楚，自从你的——呃，自从战争以后，你父亲就不太与外界接

---

① 品达（公元前 522—前 443），古希腊抒情诗人。
② 据说由希腊神话中的歌手俄耳甫斯创立的一种宗教和礼仪。

触——他生活在自己的世界里。我不想坐视不管，眼看你犯错，一条合适的建议也许能把你从错误中拯救出来。

“我预感到你第一学年肯定会犯错。我们都犯过。我当时就和基督教联盟几个非常讨人厌的学生混在一起，他们在长假期间为啤酒花采摘工人传教。你呢，我亲爱的查尔斯，你也许还没意识到，你已经径直走向大学校园中最最差劲的一伙人。你也许以为，我住在自己的宿舍，不知道你们这边的状况，但我能听到很多事。事实是，我听到太多事了。我发现，我成了你们晚宴俱乐部里的笑柄。你似乎还和一个叫塞巴斯蒂安·弗莱特的家伙形影不离。他也许还不错，这个我不清楚。他的哥哥布赖兹赫德是个非常聪明的人。但我看，你这个朋友很奇怪，总是惹来别人议论纷纷。当然了，他们全家都很奇怪。你知道吗，自从战争以后，马奇曼夫妇就分居了。这是件稀罕事，大家原本以为他们是对恩爱夫妻。结果，马奇曼先生带着义勇骑兵队去了法国，再也没有回来。好像被人杀害了。夫人是罗马天主教徒，不能离婚——又或者，我猜，不愿意离婚。罗马天主教徒只要有钱，什么都能做，他们又那么有钱。弗莱特也许还不错，可安东尼·布兰奇——这是个你找不到任何借口原谅他的人。”

“我也不大喜欢他。”我说。

“唉，他老在这里转悠，学院里的强硬派不喜欢他。宿舍里的人都受不了他。昨天晚上，他又被扔进水星喷泉的池子里。你结交的这帮人在各自的学院里都没干什么正事，这很能说明问题。他们以为自己有的是钱，能干任何事。

“还有一件事。我不知道叔叔给了你多少零花钱，但我敢打赌，你花的起码是那个数的两倍。所有这些——”他大手一挥，比画着周围能证明我挥霍的证据。的确，我的房间已脱去朴素的冬装，迅速变成内容丰富的更衣室。“你为那个付钱了吗？”（橱柜上有一盒卡比内特公司生产的百支装帕塔加斯雪茄[①]）“那些呢？”（桌上有十几本毫无意义的新书）“还有那些呢？”（莱俪[②]玻璃酒瓶和玻璃器皿）“还有那个特别令人讨厌的东西呢？”（我最近才从医学院买来的人类骷髅头，我把它放在一碗玫瑰花中，它现在是书桌上最主要的装饰品。骷髅头的前额刻着一句拉丁箴言：“我也曾生活在世外桃源”。）

“我为那个付钱了，”我很高兴为自己洗脱了一项罪名，“付的还是现金。”

“你和他们在一起不可能干成什么事。这本来也不要紧，尤其是你如果想在别处建功立业的话——可你在别处有什么建树吗？你在辩论社或其他任何一个俱乐部里发过言吗？你和任何一本杂志有过联系吗？你在牛津大学戏剧协会里有位置吗？还有你的衣着！”堂兄接着说，“我记得你刚来学校时，我就建议过你，要像在乡间别墅那样穿衣服。可你现在好像把去参加梅登赫德戏剧节的衣服和去郊区花园参加欢乐合唱赛的衣服混在一起穿了，不伦不类。

“还有喝酒的问题——一个男人，一学期喝醉一两次，没人介意。实际上，在某些场合，他应该喝醉。但我听说，经常有人在大中午就看见你醉醺醺的。”

他住口，他完成任务了。对考试的担忧又在他的脑子里冒出来。

---

① 哈瓦那雪茄中最古老的品牌之一，卡比内特公司生产的雪茄品质优秀。
② 国际知名水晶品牌。

"对不起，贾斯珀，"我说，"我知道这一切一定让你觉得尴尬，可我偏偏就是喜欢这帮坏人，我就是喜欢在吃午饭时喝醉。我目前还没有花到零花钱的两倍，但十分肯定，学期结束之前一定能花到。平常这个时候，我已经喝了一杯香槟。你要和我一起喝一杯吗？"

堂兄贾斯珀绝望了。我后来得知，他写信把我挥霍无度的事告诉了他的父亲，他的父亲又写信告诉我的父亲，但我的父亲对此并不在意，没有采取任何行动。一个原因是，在过去近六十年的时间里，他一直十分讨厌我这个大伯；另一个原因是，正如贾斯珀所说，我母亲死后，他就生活在自己的世界里。

总而言之，贾斯珀概括出我第一年大学生活的主要特征。不过，我自己要补充些细节。

我很早就决定与柯林斯一起过复活节假期，可塞巴斯蒂安只要有任何暗示，我就会毫无愧疚地抛下这位昔日好友，让他一个人过节。然而，塞巴斯蒂安没有任何暗示。于是，柯林斯和我在拉文纳度过节俭而颇有教育意义的几周。阴冷的海风从亚得里亚海吹到拉文纳巨大的墓穴[①]之间。在只适合天暖时居住的旅店卧室里，我给塞巴斯蒂安写长长的信件，每天都去邮局等待他的回信。他回了两封信，两封信寄自不同的地址。他没有说起自己的近况，而是以一种遥远的梦幻般的文风写道："……妈妈和两位随行诗人患了三次严重的感冒，头疼，所以，我只能到这儿来。现在是锡亚蒂拉[②]的圣尼科迪默斯[③]节。他殉教而死，秃头上被钉了山羊

① 拉文纳有多处基督教早期遗址，已被列为世界遗产。
② 土耳其阿克希萨尔的旧称。
③ 罗马天主教和东正教中的一位圣人。

皮，因此成为所有秃顶者的守护神。告诉柯林斯，我敢肯定他会比我们俩都先秃。这里的人太多了。一个人，天哪！他戴着号角形助听器，我觉得很好玩。现在，我得去抓鱼了。我们隔得太远，我没法把鱼寄给你，但我会把鱼骨留着……”这封信让我心神不宁。柯林斯在这里做了些笔记，并据此写出一篇小论文，指出原始的马赛克镶嵌工艺远不如其照片精美。他在这里埋下了一生辉煌成就的种子。多年以后，他写成关于拜占庭艺术的第一部长篇巨著，这一系列作品至今尚未全部完成。在那第一部书长达两页的致谢前言中，我感动地找到自己的名字：“……感谢查尔斯·赖德，我正是借由他见多识广的眼界，第一次见到加拉·普拉西提阿陵墓①和圣维塔莱教堂②……”

我有时会想，如果不是塞巴斯蒂安，我也许会和柯林斯走同一条艰苦道路，研究文化。我父亲年轻时申请牛津万灵学院，参与激烈的竞争一年后，失败了。他后来虽然取得别的成功与荣誉，但早期的失败对他产生了深远影响，并经由他影响到我，使我未经充分思考就产生一种错误的想法，认为理性的人生应该是有正确的、符合实际的目标。毫无疑问，我也会失败，我失败后，也许会在别处开始一种不那么严肃的学术生活。我想象，或者说坚信，一股温泉乱流从不那么坚硬的泥土深处涌上来，喷射到阳光中，冷却后的水蒸气会形成美丽的彩虹。温泉拥有的力量是岩石都无法抑制的。

---

① 意大利拉文纳的一座罗马建筑，内有三座石棺，其中最大的石棺被认为安葬了罗马帝国皇帝狄奥多西大帝的女儿加拉·普拉西提阿的遗体。陵墓内部布满基督教题材的马赛克。

② 位于意大利拉文纳的一座天主教堂，始建于527年，548年完工。因典型的拜占庭风格而闻名于世，教堂里存有一幅著名的马赛克镶嵌画。

结果，那次复活节假期是贾斯珀警示过的堕落的开始，是陡峭下坡路前一段短短的平路。之后到底是下坡，还是上坡呢？我感觉，我每学会成年人的一个习惯，反而会觉得自己更年轻了些。我童年时是孤独的，少年时代又生活在战争带来的贫困与丧母之痛的阴影下。我终于进入英国青年普遍艰难的单身时期，面对过早膨胀的自尊心和学校威严的体系，给自己施加悲哀而冷酷的压力。可我在与塞巴斯蒂安共度夏季学期后，仿佛获得一种自己以前从来不知晓的短暂魔力，仿佛拥有了快乐的童年。只不过，这个童年的玩具是丝绸衬衫、烈酒雪茄，以及各种可以说是罪孽深重的恣意妄为。我们获得了孩童般的清新快乐，这种快乐纯真无瑕。学期末，我第一次参加大学考试。我如果想继续待在牛津，就必须通过考试。我通过了。考前一周，我就禁止塞巴斯蒂安进入我的房间，每天就着加冰的黑咖啡和炭烤饼干，学习到深夜，把早已忘记的课文拼命塞进脑袋。现在，我连一个字都不记得了。但我那学期学到的其他古老的知识，将以各种形式，伴随我直至生命最后一刻。

“我就是喜欢这帮坏人。我就是喜欢在吃午饭时喝醉”。当时，这样的生活就足够了。现在，我还需要其他生活吗？

二十年后的今天，回首过去，如果让我重新选择，我没有什么不去做或需要去做的事情。堂兄贾斯珀好斗，我只能变成强壮的斗鸡才能与之匹敌。我可以告诉他，我的淘气行为就像人们用来掺在杜罗[①]纯葡萄汁里的酒精，是一种黑暗配方，让人沉醉。它让青春立刻变得更加丰富，也更加缓慢，就像酒精抑制了葡萄汁的发酵过程，让它无法下咽，不得不年复一年地被静置在黑暗中，

---

① 葡萄牙一个以波尔图葡萄酒闻名的地区。

直到很久以后，才适合摆上餐桌。

我还可以告诉他，了解并爱一个人是一切智慧的根源。可我坐在堂兄面前时，却又觉得没有必要与之辩论。我看着他，他穿着深灰色西装，系着白色领带，罩着学士长袍。他终于不再烦恼与品达之间没有结果的斗争。我一边听着他严肃的声音，一边暗自嗅着窗台下盛开的紫罗兰的芬芳。我有我自己的秘密和充分的理由，它们就像揣在胸口的护身符，危难时刻，我会伸手找到它们，将其紧紧握在手中。所以，我并没有跟他说实话。我故意说我平常那时候会喝杯香槟，还故意邀请他和我一起喝。

贾斯珀郑重劝诫我之后第二天，我又接受了一次劝诫。形式不同，来自出乎我意料的一个人。

那个学期，我见安东尼·布兰奇的次数，超过了我对他的喜爱之情所能承受的范围。我生活在他的朋友圈中，我们频繁见面更多是出于他的选择而非我所愿，因为我对他是敬而远之的。

他只比我大一点点，但他当时好像背负着犹太人流浪经历的包袱。他确实是个没有国籍的流浪者。

他童年时，家里人努力把他培养成英国人。他在伊顿公学读了两年书。接着，在大战中期，他不顾遭遇潜艇的危险，前往阿根廷与母亲汇合。于是，他母亲身边，除了贴身男仆、女佣、两名司机、一条狮子狗和第二任丈夫，又多了位聪明大胆的男学生。他与他们一起周游世界，淘气得如同贺加斯[①]画笔下的小听差。和

---

① 威廉·贺加斯（1697—1764），英国著名画家、版画家、讽刺画家，欧洲连环漫画的先驱。

平时期到来，他们回到欧洲，混迹于酒店、豪华别墅、疗养胜地、赌场以及海滨沙滩。他十五岁时，因为一场打赌，被打扮成女孩模样，带到布宜诺斯艾利斯的赛马俱乐部，在大赌桌旁下注。他曾与普鲁斯特、纪德[①]共进晚餐，和科克托[②]、迪亚吉列夫[③]交往甚密；菲尔班克[④]给他寄来签有热情题字的小说；他在卡布里岛引起了三场不可调和的争端；据他自己描述，他还在切法卢练习过巫术，在加利福尼亚戒过毒，在维也纳治疗过恋母情结。

有时候，在他的身边，我们好像个孩子——但只是大部分时候，并非一直如此，因为安东尼的身上有一种疯狂和激情，其他人早在悠闲的少年时期就把那种疯狂和激情挥洒在别处了，比如，挥洒在了运动场上和学校教室里。安东尼花样百出的恶劣行径与其说是为了寻欢作乐，倒不如说是为了让人大吃一惊。他精心的表演经常让我想起我在那不勒斯街头见过的一个小顽童。在一群英国游客面前，小顽童带着嘲弄的表情乱蹦乱跳，清楚地做着下流的动作。而安东尼说起那天晚上在赌桌旁的故事时，你仿佛能从他四处乱转的眼珠中看到他是怎样偷瞄继父同伴们面前不断减少的筹码。我们在足球场的稀泥中撕扯打滚时，我们狼吞虎咽地吃着松饼时，安东尼却在亚热带的沙滩上，为美女们补涂防晒油，在精致的小酒吧里喝着餐前开胃酒。所以，我们身上已被驯化的那股野蛮劲在他身上仍然活跃。他是残酷的，就像个喜欢残害小昆虫的荒唐小孩，又像个无惧无畏的小学生，低着头往前冲，对

---

① 安德烈·纪德（1869—1951），法国作家，诺贝尔文学奖得主。
② 让·科克托（1889—1963），法国著名诗人、剧作家、导演。
③ 迪亚吉列夫（1872—1929），俄国芭蕾舞蹈家、艺术批评家。
④ 菲尔班克（1886—1926），英国小说家。

着班长挥舞小拳头。

他邀请我共进晚餐，我得知只有我们两人时，不免有点慌张。“我们等一下去泰姆吧，”他说，“那儿有家特别好的酒店，酒店幸好还没有引起布灵顿俱乐部[①]那帮人的注意。我们可以喝点莱茵酒，想象自己是在……在哪儿呢？反正不是和乔——乔——乔洛克斯一起远——远——远足。不过首先，我们要喝点开胃酒。”

在乔治酒吧，他点了酒。“请来四杯亚历山大鸡尾酒。”他把四杯酒摆在自己面前，发出响亮的“啧啧”声，引来每个人愤怒的目光。“我觉得你会比较喜欢雪莉酒，不过，我亲爱的查尔斯，你不能喝雪莉酒。这种调制酒难道不好喝吗？你不喜欢吗？那我替你喝了吧。一，二，三，四，顺着喉咙都下去喽。那帮学生怎么都在看我！”接着，他带我走出酒吧，上了正在等我们的汽车。

“希望我们在那里不会碰到本科生。眼下，我对他们没有任何好感。你听说他们周四是怎么对我的吗？太淘气了。幸好我穿的是很旧的睡衣，而且那天晚上天气还挺热，不然我可真要发火了。”安东尼跟人说话时，习惯把脸凑得很近。他呼出的气中充满鸡尾酒香甜浓郁的气味。我靠在租来的汽车的角落，尽量躲着他。

“亲爱的，想象一下我独自一人勤奋学习的模样。我刚买了本相当难懂的书，书名叫《滑稽的圆舞》。我知道，我必须在周日去加辛顿之前读完它。因为大家到时候一定会讨论它，你如果说你没有看过时下最热门的书，那就尴尬了。我想，唯一的解决方法就是不去加辛顿，可我刚刚才决定把它读完。于是，亲爱的，

---

① 牛津著名的学生社团。

我吃了一个煎蛋卷，一个桃子，喝了一瓶维希[①]矿泉水，换上睡衣，安心下来，准备看书。我得说，我的脑海里思绪万千，但还是一直翻动手里的书页，我看着光线一点点变暗，亲爱的，这在派克沃特[②]可算是特别的经历了——夜幕降临，岩石看上去就像是要在我眼前消失。我想起马赛旧港口那些建筑物正面鱼鳞状的石砖。突然，我被一阵从来不曾听过的哭喊和猫咪叫春般的哀嚎声惊动了。我看见楼下的小广场有二十来个可怕的年轻人。你知道他们在喊什么吗？他们像念祷告文一样，大声喊道：'我们要布兰奇。我们要布兰奇。'在公众场合如此喧哗！哎，我看我今天晚上是别想再看赫胥黎先生的书了。但我必须承认，我已经无聊到一定的程度，非常欢迎任何干扰。你知道吗，我被叫喊声弄得激动起来。他们喊叫声很大，但看起来很羞涩。他们不停地说'博伊呢'，'他是博伊·马尔卡斯特的朋友'，'博伊得把他带下来'。你一定见过博伊吧？他常常进出可爱的塞巴斯蒂安的房间。他完全符合我们意大利人对英国贵族的期待。我可以跟你打包票，他是完美的结婚对象。伦敦的年轻女孩都在追求他。但有人告诉我，他对她们非常傲慢。亲爱的，他吓呆了。简直就是个呆子——这就是马尔卡斯特——更重要的是，亲爱的，他还是个无赖。他复活节时来到勒图凯[③]，不知怎么回事，我似乎邀请了他留下来。他打牌输了一点点钱，却指望我来支付他的一切花销——哎，马尔卡斯特也在这群人中。我看见他丑陋的身影在楼下蹿来蹿去，听见他说：'这样不好。他出去了。我们回去喝杯酒怎么样？'我听

---

① 法国中部城市，著名的温泉疗养地。

② 基督教堂学院中一处建于 18 世纪的四方院。

③ 法国北部海滨城镇，度假胜地。

到这话，把头伸出窗口，对他喊道：‘晚上好，马尔卡斯特，你这老酒鬼，你这马屁精，你怎么和这群小伙子混在一起了？你在赌场勾搭那可怜的妓女时，是我借给你三百法郎，你今天是来还钱的吗？这点钱解决不了她的麻烦，麻烦可大了，马尔卡斯特。上来还我钱吧，你这可怜的流氓！’

“亲爱的，我这番话让他们有了动力，叽叽喳喳地爬上楼。大概有六个人走进我的房间，其他人站在门外装腔作势地嚷嚷。亲爱的，他们看起来太奇怪了。他们才在俱乐部吃过可笑的晚餐，还穿着彩色的燕尾服——有点像用人的制服。‘亲爱的，’我对他们说，‘你们看起来好像一群无法无天的用人。’这时，一个特别激动的小个子开始指控我犯下违背天理的恶行。‘亲爱的，’我说，‘我也许是同性恋者，但并不贪得无厌。你独自一人时，再来找我吧。’他们用不堪入耳的污言秽语辱骂我，我突然烦躁起来。我想起十七岁时遇到的麻烦事，当时，文森公爵（当然，是那老头阿曼德，不是年轻的菲利普）找我决斗，因为我和公爵夫人（当然，是年轻的斯蒂芬妮，而不是老太婆波碧）有了点风流韵事，而且，我还可以向你保证，我们之间远远不止心灵上的交流——现在，你让我怎么忍受这帮满脸粉刺、醉意熏天的小处男对我如此粗鲁……于是，我一改轻松玩笑的语气，采取了一点攻势。

“接着，他们说：‘抓住他。把他丢到水星池里。’你也知道，我有布朗库西[①]的两个雕塑，还有不少其他漂亮东西，不希望这些东西被他们毁了。于是，我平静地说：‘你们这些可爱的乡巴佬

① 布朗库西（1876—1957），出生于罗马尼亚的雕塑家，主要创作、活动地点在巴黎。20世纪现代雕塑先驱，最伟大的雕塑家之一。

如果对性心理有那么一丁点了解，就会知道，没有什么比你们这些小胖子的粗暴行为更能让我快活的事了。那是最下流、最迷幻的感觉。如果有谁想成为我快乐的伴侣，就来抓我吧。但你们如果只想满足自己某种隐晦的本能冲动，看我洗澡，那么，蠢人们，安静地跟我到喷泉那里吧。'

"你知道吗？他们听到这话，看上去都有点傻了。我和他们走下楼，没人敢走在我周围一码以内。我跳进水池，你知道吗，池水无比清爽。我在里面玩了一会儿，摆出高傲的姿态。最后，他们转过身，闷闷不乐地走回去了。我听到博伊·马尔卡斯特说：'不管怎么说，我们确实是把他弄进水星池了。'查尔斯，你知道吗，未来三十年，他们会经常说起这句话。他们会和母鸡一样面黄肌瘦的小女人结婚，生下和他们一样白痴得像猪的儿子，他们的儿子会穿上同样的彩色西装，在同样的俱乐部晚宴上喝得酩酊大醉。到了那时，有人提起我的名字时，他们还会说：'有一天晚上，我们把他丢进了水星池。'而他们在谷仓前玩耍的女儿们会吃吃窃笑，觉得父亲在年轻时是多么无赖，只可惜老了之后如此无趣。哎，北方人就是讨厌！"

据我所知，这并不是安东尼第一次被人赶下水池，但那天的意外似乎让他无法释怀，他在晚餐时又提起此事。

"你想象不出来，这样不愉快的事会发生在塞巴斯蒂安身上吧？"

"是啊。"我说，我想象不出。

"是吧，塞巴斯蒂安就是这么有魅力。"他对着烛光，举起手中的莱茵美酒，又重复一遍："这么有魅力。你知道吗？第二天，我特地去找塞巴斯蒂安。我原本以为头天晚上的故事会逗他一乐。

结果，你猜除了他那只好玩的玩具熊，我还看到了什么？是马尔卡斯特和他头天晚上那帮朋友中的两个。他们看起来特别愚蠢，塞巴斯蒂安却镇定得像《刺——刺——刺青》[①]杂志里的庞——庞——庞森比·德·汤金斯太太[②]。他说：‘你应该认识马尔卡斯特先生吧。’那呆子说：‘哦，我们只是来看阿洛伊修斯的。’他们和我们一样，觉得那玩具熊很有意思——又或者，我是不是该暗示，他们比我们更喜欢那只熊？接着，他们走了。我说：‘塞——塞——塞巴斯蒂安，你知道吗，那帮只会拍——拍马屁的鼻——鼻涕虫昨天晚上羞辱了我，要不是天气暖和，我只怕已经得了重——重——重感冒。’他说：‘可怜的人。我想他们应该喝醉了。’你看，塞巴斯蒂安就是要替每个人都说好话，他就是这么有魅力。

“我看得出来，他完全把你迷住了，我亲爱的查尔斯。哎，我并不觉得意外。你认识他的时间当然没有我认识他的时间长。我们是在同一所中学读书的。你也许不相信，那时候，大家说他有点像个婊子；应该说只有几个跟他很熟的坏孩子这么说。社团里的每个人都很喜欢他，还有所有的老师。我想，他们喜欢他的真正原因是嫉妒他吧。他似乎从来不会惹上麻烦。我们其他人总是因为琐碎小事被打得很惨，可塞巴斯蒂安从来不会挨打。他是我们宿舍唯一一个从来没挨过打的男生。我现在仿佛还能看见他十五岁时的模样。你知道吗，他从来没长过粉刺什么的，其他男生全都满脸粉刺。博伊·马尔卡斯特简直像是得了淋巴结核。但

① 1906年开始发行的英国政治漫画杂志。
② 英国小说家、插画家乔治·杜·莫里耶（1834—1896）为《刺青》杂志创作的一个人物，形象为年轻貌美又诡计多端的女暴发户。

塞巴斯蒂安就是没有粉刺。还是，他只有一个？一个特别顽固的，就在他脖子后面。我现在想起来了，他确实有一个。纳西瑟斯[①]身上还有个脓疱呢。他和我都是天主教徒，我们那时常常一起做弥撒。他总是在忏悔室里待很久，我就想，他有什么可说的呢，他从来没做过什么错事。从来没犯过大错，至少，从来没有受到过惩罚。也许，他坐在忏悔室里，就是为了让自己显得更有魅力吧。你知道，我每次离开忏悔室，都可以说是笼罩在愁云惨雾之中——我不知道愁云惨雾从何而来。我面对的只有不友善的愤怒目光；我和导师每次会面都不愉快。我尴尬地发现，那个老头虽然态度温和，但明察秋毫。他知道的关于我的那些事，我以为除了塞巴斯蒂安之外，没人会知道。这是个教训，永远不要相信态度温和的老头，又或者说，永远不要相信充满魅力的公学男生——到底哪种人不值得信任呢？

“我们再喝一瓶这种酒，还是来点别的？来点别的吧，来点上了年头的血红勃艮第，怎么样？你看，查尔斯，我十分了解你的口味。你一定得和我去趟法国，尝尝那里的美酒。我们可以在酿酒的季节去。我要带你住在文森家。我现在跟他们和解了，他有全法国最好的葡萄酒；他的和德波塔伦亲王的葡萄酒是最好的——我也要带你去亲王那儿。我觉得，你会发现他们都很有意思，当然，他们也会爱上你的。我想把你介绍给我的好多朋友。我对科克托说起过你。他迫不及待地想见你。你看，亲爱的查尔斯，你是个与众不同的人，一个艺术家。啊，是的，你不要觉得不好意思。你冷酷而镇静的英国式外表之下住着一个艺术家。我

---

① 古希腊神话中的美少年。

看过你藏在房间里的小画了。都很精美。你，亲爱的查尔斯，希望你明白我的意思，你并不是一个精致的人，完全不是。艺术家都是不精致的。可我是精致的；塞巴斯蒂安从某个方面来说也是精致的。艺术家应该是永垂不朽的，意志坚定，目标明确，观察敏锐——而且，他不管看起来如何，应该是充——充——充满激情的。是吧，查尔斯？

“可谁赏识你呢？那天，我和塞巴斯蒂安谈起你，我说：‘你知道吗，查尔斯是个艺术家。他画起画来就像年轻时的安格尔[①]。’你知道塞巴斯蒂安说了什么吗？‘是啊，阿洛伊修斯也画得很漂亮，不过当然了，他的风格更现代。’他这话多有趣，多有魅力。

“当然，有魅力的人不需要头脑。四年前，斯蒂芬妮·德·文森真是让我动了心啊。亲爱的，我甚至用和她一样的彩色指甲油来涂我的脚趾甲。我说她的语言，用和她一样的方式点烟。我在和公爵打电话时，用斯蒂芬妮那样的语气。公爵会以为我就是她，会和我长时间亲密谈心。公爵是个老派的人，一门心思都放在手枪和军刀上。我继父认为和公爵交谈，对我是极好的教育。他以为这会使我逐渐摆脱他所谓的‘英国式习惯’。可怜的人，他算是个典型的南美人……除了公爵，我从来没听过任何人说斯蒂芬妮的坏话。但我亲爱的，斯蒂芬妮简直就是个白痴。”

安东尼深陷在对往昔罗曼史的回忆中，不结巴了。美好的回忆在咖啡和烈酒的作用下，瞬间涌上心头。“这是正宗的绿——绿——绿查特[②]酒，是僧侣在被驱逐前就酿好的。它在舌尖上缓缓

---

① 让·奥古斯特·多米尼克·安格尔（1780—1867），法国画家，新古典主义画派领头人。

② 法国查特修道院的僧侣酿制的一种黄绿色的酒。

淌过时，会带来五种完全不同的味觉体验。就像吞下一道光——光谱。你是不是希望我们现在是和塞巴斯蒂安在一起？你当然会这么想。我呢？我不知道。我们俩都在想那个充满魅力的小家伙，这是肯定的。我觉得你一定是把我催眠了，查尔斯。是我带你来这儿的，还花了不小的代价，亲爱的。我只想聊聊自己，可我发现，我只聊了塞巴斯蒂安。真奇怪，他身上也没什么神秘的地方，除了一点，那就是，他怎么会出生在那样一个邪恶的家庭。

“我不记得你认不认识他的家人了。我觉得，他应该不会让你见到他们。他太聪明了。他的家人都是些相当可怕的人。你难道没觉得塞巴斯蒂安身上也有一点阴森的气质吗？没觉得？那种气质也许是我想象出来的吧。但有时候，他看起来真像他家的其他人。

“他家的布赖兹赫德，有点古板，像是从封闭了几个世纪的洞穴里走出来的。阿兹特克[①]的雕塑家雕的塞巴斯蒂安的雕像，就是他的样子。他是个学识渊博又信仰盲目的人。一个讲究礼仪的野蛮人，一个冰天雪地中的喇嘛……嗯，你希望他是什么样的人，他就是什么样的人。还有朱莉娅，你知道她长什么样吗？谁能抵挡她的魅力？她的照片和比彻姆药丸的广告一样，总是定期出现在画报上。她的脸完美无瑕，有着15世纪文艺复兴时期佛罗伦萨式的美。任何一个有她那种姿色的人大概都会被艺术所吸引，可朱莉娅小姐并没有。她就像——嗯，就像斯蒂芬妮一样聪明。她没有任何矫揉造作之处。她那么快乐，那么得体，那么自然。我不知道她有没有过乱伦行为。我很怀疑有。她想要的只是权力。

---

① 墨西哥境内人数最多的一支印第安人。

应该专门为她设立一个宗教法庭，判她火刑。我记得，他们家还有一个妹妹在学校。目前还不知道关于她的任何情况，只知道她的家庭女教师发了疯，不久前溺水自尽了。我敢肯定，她一定很讨人厌。所以，你看，可怜的塞巴斯蒂安真的没什么办法，只能做一个温柔而迷人的人。

“一个人谈起父母时，那才叫敞开了一个无底大洞。亲爱的，马奇曼那对夫妻啊。马奇曼夫人是怎么过下去的？这简直是我们这个时代的一大谜题。你见过她了吧？美，非常美；没有任何掩饰。她的头发刚开始出现几缕银丝，显得特别优雅。她不施粉黛，肤色白皙，大大的眼睛——那双眼睛看起来真大，眼皮上隐隐可见蓝色的细微血管，别人大概只能用指尖上的一点颜料才能润出那样的效果。她戴着珍珠首饰和如星光般璀璨的名贵珠宝，以及各种传家宝，都是古老的镶嵌工艺。她的声音像祈祷般宁静，可充满力量。至于马奇曼先生，嗯，也许是胖了点，但还是相当帅。他是贵族、酒色之徒，像拜伦笔下的某个角色。他总是倦怠，他的懒散具有传染力。他绝对不会让你看到他被轻易打败。亲爱的，莱因哈特[①]音乐剧里的修女把他毁了——彻底毁了。他那张紫色的大脸庞不敢在任何地方露面。他是历史上最后一个被社会驱逐的真实例子。布赖兹赫德不愿见他，两个女儿不能见他；当然，塞巴斯蒂安见过他，因为塞巴斯蒂安人太好了。除他之外，再没有人靠近他。去年九月，马奇曼夫人住在威尼斯的佛格利尔宅邸。实话告诉你吧，夫人在威尼斯的所作所为实在是有点荒唐。她虽然从未靠近利多海滩，但总是和艾德里安·波森爵士坐着贡多拉

① 马克斯·莱因哈特（1873—1943），奥地利著名戏剧导演。

小船在水道里游荡——那神态，亲爱的，和瑞卡蜜耶[①]一个样。有一次，我从他们身边经过，和佛格利尔家的船夫对视了一眼。我认识那船夫，亲爱的，他给我使了个那样的眼色。夫人裹着薄如蝉翼的紧身纱裙，参加各种聚会。亲爱的，她仿佛是在出演凯尔特人[②]的话剧，又像梅特林克[③]笔下的女主角。她也去教堂。唉，你也知道，威尼斯是全意大利唯一一个没有人上教堂的城市。总而言之，那一年，她就是个可笑的人物。后来，你猜谁在马尔顿家的游艇上出现了？正是可怜的马奇曼爵爷。他在那里买下一座小宫殿，可他能被世人接受吗？马尔顿勋爵把他和他的贴身男仆送上救生艇。亲爱的，他们又换了船，上了一艘开往的里雅斯特的汽船。他甚至都没带上情妇，情妇每年都在那段时间放假。没人知道他们是怎么听说马奇曼夫人也在那里的。还有，你知道吗？有整整一周时间，马尔顿勋爵一直躲躲闪闪，好像做了什么见不得人的事。他确实感到了。佛格利尔亲王夫人举办舞会，马尔顿勋爵和他游艇上的任何人都没有收到邀请——就连德·潘诺塞斯也没有。马奇曼夫人是怎么做到的？她是怎么让全世界的人都相信马奇曼爵爷是个魔鬼的？事实呢？他们结婚十五年，然后，马奇曼爵爷奔赴战场。从那以后，他再也没有回来了，勾搭上一位极具天赋的舞蹈家。这样的例子成千上万。夫人不愿离婚，因为她是虔诚的教徒。哎，这样的例子之前也是有的。通常，人们

---

① 瑞卡蜜耶（1777—1849），以美貌与美德著称于当时的法国社会，她所主持的沙龙吸引了 19 世纪初期巴黎政界和文坛的重要人物。

② 公元前两千年左右活动在中欧地区一些有着共同文化和语言特质的有亲缘关系的民族的统称。

③ 梅特林克（1862—1949），比利时剧作家、诗人，1911 年获诺贝尔文学奖。

总会同情戴了绿帽子的丈夫，但马奇曼爵爷没有博得任何同情。大家都认为，这老无赖折磨夫人，偷走她祖传的财宝，把她赶出家门，还往自己的亲生儿女的肚子里塞上馅料，烤熟了吃掉，然后头戴花环，去所多玛与蛾摩拉[1]的花丛中寻欢作乐。事实呢？他是她四个漂亮儿女的父亲，他把布赖兹赫德庄园和圣詹姆斯的马奇曼公馆都交给妻子，还给了她怎么花都花不完的钱。他以最传统的爱德华时期的风格，穿着前襟雪白的衬衫，带着漂亮的中年女演员，坐在拉鲁餐厅里时，夫人却豢养一小帮奴隶般憔悴的囚徒，供自己独自享乐。她吸走他们的血。艾德里安·波森洗澡时，你可以看到他的肩膀上到处都是牙印。亲爱的，他可是我们这个时代最伟大也是唯一的诗人。他的血都流干了，身上什么都没剩。还有五六个性别、年龄各异的人，像幽灵般跟着她。她的牙齿一旦咬住他们，他们就再也逃不掉了。这是一种妖术。除此以外，没有别的解释。

“所以，你看，塞巴斯蒂安偶尔显得有些无趣，我们也不能怪他——你不会怪他，对不对，查尔斯？从小在那样混乱的家庭中长大，他除了保持单纯和迷人，还能怎么办呢，尤其是他的脑子还不那么聪明。我们就算再爱他，也不能过分要求他，是吧？

“诚实地告诉我，你有没有听塞巴斯蒂安说过任何能让你记住超过五分钟的话？你知道吗，我听他说话时，总是会想起让人讨厌的《空泡》[2]。对话应该像玩杂耍，把球和盘子往上扔，越扔越高，一个上去，一个下来，在舞台的脚灯下，这些坚固又漂亮的

---

① 《圣经》中因罪恶深重而被神毁灭的两座城市。

② 英国画家约翰·埃弗瑞特·米莱斯（1829—1896）画的一幅金发小孩吹肥皂泡的名画，后被数家公司用于其生产的香皂的广告宣传，影响深远。

物件闪闪发光，你如果失手没接住，它们就会砰的一声掉在地上。亲爱的塞巴斯蒂安开口说话时，就像有一个圆圆的小肥皂泡从古老的陶管口飘出来，不知会飘向何方。在那一瞬间，泡泡四散出彩虹的光芒，可马上——噗的一声！它消失了，什么都没有留下，什么都没有了。”

接着，安东尼谈起艺术家应该拥有怎样的经历，应该从朋友们那里接受怎样的表扬、批评与鼓励，又应该在追求情感的道路上承受怎样的风险。他喋喋不休，我昏昏欲睡，思绪混乱。我们开车回家，在玛格达林桥上摇晃时，他的话又让我想起这顿晚餐的主题：“喂，亲爱的，我敢肯定，你明天早上做的头一件事就是跑到塞巴斯蒂安那里，告诉他我说过的关于他的一切。但我可以告诉你两点：一，这丝毫不会影响塞巴斯蒂安对我的感情；二，亲爱的，我显然已经让你无聊到快要昏迷，但请你一定记住，你不管跟他说什么，他都只会立刻跟你说起他那只有趣的玩具熊。晚安。睡个好觉吧。”

我并没有睡好。在床上昏昏沉沉地翻来覆去一个钟头后，我醒了，口渴难忍、烦躁不安，一会儿热，一会儿冷，处于极不自然的兴奋状态。我喝了很多酒，绿查特酒和其他各种酒混在一起。我还吃了黑月桂蛋糕，整晚一动不动地坐着，几乎一言不发，没有像平常那样，跑出去像小狗般撒欢透气。但这些原因，都无法解释我那个夜晚经受的压抑与折磨。梦境没有将黑夜扭曲成可怕的模样。我躺在床上，头脑清醒。我对自己重复安东尼的话，无声地模仿着他的口音以及抑扬顿挫的语气。我闭上眼睛，也能看见晚餐桌对面他那张被烛光映照出的苍白面孔。我摸黑把客厅里的画拿到灯前，坐在打开的窗口，慢慢翻看。四方院里的一切都是漆黑的，死一般寂静，只有每隔一刻钟就会响起的钟声，回荡在山形墙上空。我喝着苏打水，抽着烟，心烦意乱，直到破晓晨光初现，渐起的瑟瑟清风把我送回床上。

我醒来时，朗特站在敞开的门口。“我让你一直睡着，”他说，“我想你应该不会去参加领圣餐仪式吧。”

“你说得对。”

“绝大多数一年级新生都去了，不少二年级和三年级的学生也去了。都是因为那新来的教堂牧师。以前从来没举办过全院的领圣餐仪式——只有为想参加的人搞的领圣餐礼，还有礼拜和晚礼拜。”

这是本学期的最后一个星期天，也是本学年的最后一个星期天。我去洗澡时，四方院里挤满穿着长袍和白法衣的本科生，他们正走在从教堂去礼堂的路上。我洗澡回来时，他们成群结队地站着抽烟，贾斯珀也骑着自行车从他的宿舍来到这里，加入他们的行列。

我沿着空空荡荡的布罗德大道，去贝利奥尔学院对面的茶餐厅吃早饭——我周日经常如此。空中回荡着从周围塔楼传来的钟声，阳光在开阔的地面投下长长的影子，驱散夜晚的恐惧。茶餐厅安静得像图书室，几个从贝利奥尔学院和三一学院独身前来的男人还穿着在卧室里穿的拖鞋。我走进去时，他们只抬头看了我一眼，便又回头去看周日的报纸。我带着年轻人在一夜无眠后特有的激情，吃完炒鸡蛋和苦味果酱，点燃香烟，坐了一会儿。贝利奥尔和三一学院的学生们一个接一个付完账，趿着拖鞋，啪嗒啪嗒走回街对面各自的学院。快到十一点时，我才离开，走的时候听见整座小镇杂乱的钟声都停了，单一的和谐钟鸣取而代之，向城市宣告，仪式即将开始。

除了经常上教堂的人，其他人那天早上似乎都没出门。本科生、研究生、家庭主妇和商人都以绝不会让人认错的英国人上教堂的步伐走着，既不匆忙慌张，也不慵懒闲散。他们手上拿着以黑色羔羊皮和白色赛璐珞装订成的、分属五六个不同教派的祷告书，走向圣芭芭拉教堂、圣哥伦布教堂、圣阿洛伊修斯教堂、圣玛丽教堂、皮塞礼堂、黑衣修士院，以及天知道的其他什么地方。他们走向重建后的诺曼式建筑及复兴后的哥特式建筑，走向拙劣模仿威尼斯和雅典风格的建筑。大家在夏日的阳光中，走向各自民族的神殿。只有四个骄傲的异教徒以行动表明他们并不信这些宗教。那四个从贝利奥尔大门走出来的印度人，穿着刚刚换洗一新的白色法兰绒衣服、熨烫整齐的外套，裹着雪白头巾，肥厚的棕色手掌中拿着色彩鲜艳的坐垫、野餐篮子和萧伯纳的《不愉快戏剧集》，朝河边走去。

在谷物集市，一群游客站在克莱顿酒店的台阶上，和司机讨论地图。我在街对面穿过金十字酒馆庄严的拱门，和一群我们学院的本科生打了招呼，他们刚在那儿吃完早餐，现正拿着烟斗，在爬满藤蔓的庭院里闲晃。一群男童子军也要去教堂，他们戴着颜色鲜艳的绸带与徽章，以并不整齐的队列大步慢跑过去。在卡尔法克斯，我遇到市长和社团的队伍，他们穿着鲜红的长袍，佩着金链，走在仪仗队后面，排队去市教堂听传经布道，身后的行人无动于衷地看着他们。在圣阿尔德兹大街，我从一帮唱诗班的男孩身旁经过，他们的衣领上过浆，笔挺笔挺，头上戴着奇怪的帽子，朝汤姆大门和总教堂走去。所以，我是穿过了一个到处都是虔诚灵魂的世界，去找塞巴斯蒂安的。

他不在。我看了看散落在写字台上的信件，那些信件都没有透露出什么信息。我又仔细查看壁炉台上的请柬——没有新的。然后，我读着《女人变狐狸》这本书，直到他回来。

“我刚才去旧王宫教堂做了弥撒，”他说，“我这学期还没有去过呢，贝尔主教上周两次邀请我去吃晚餐，我知道这意味着什么。妈妈一直在给他写信。所以，今天我一屁股坐在最前面，他不可能看不到我。仪式结束时，我大喊‘万福玛利亚’，总算完事了。你和安东尼的晚餐如何？你们聊了些什么？”

“嗯，主要都是他在说。告诉我，你念伊顿公学时认识他了吗？”

“我念第一学期时，他就被开除了。我记得经常见到他。他一直是个引人注意的角色。”

“他和你一起去过教堂吗？”

“我想应该没有，为什么这么问？”

“他见过你家里的人吗？”

“查尔斯，你今天真奇怪。没有吧，我想他应该没见过。”

“他也没有在威尼斯见过你的母亲吗？”

“我记得母亲好像说过这件事，可我忘了她是怎么说的了。我想，她当时是和我们家的几个意大利亲戚待在一起，佛格利尔一家人吧。然后，安东尼和他的家人也在那个酒店出现了，但佛格利尔家并没有邀请他们参加宴会。我记得，我告诉妈妈安东尼是我朋友时，她似乎说过几句。我不知道安东尼为什么会想参加佛格利尔的宴会——那个亲王夫人总是为自己的英国血统骄傲不已，别的什么都不会聊。总而言之，没人讨厌安东尼——我觉得，至少不是特别讨厌。大家只是觉得他母亲不好相处。”

“文森公爵夫人又是谁？”

“是叫波碧吗？”

“斯蒂芬妮。”

“那你得去问安东尼了。安东尼自称和她有过一段风流韵事。”

“是真的吗？”

“我认为是的。我想，在戛纳，这多多少少算是人生必修课吧。你为什么对这些事情这么感兴趣？”

“我只想知道安东尼昨天晚上说的话有多少是真的。”

“我想，一句真话也没有。这就是他最大的魅力。”

“你也许觉得这是种魅力。但我觉得很可怕。你知道吗？他昨天一整晚都在努力让我讨厌你，差点就成功了。”

“是吗？真蠢。阿洛伊修斯绝对不会赞同这样的行为，你呢？你这自以为了不起的老熊。”

就在此时，博伊·马尔卡斯特走进房间。

第三章

长假开始，我回到家，既没有计划，也没有钱。为了满足期末的花销，我把欧米茄屏风以十镑的价格卖给了柯林斯，现在这十镑只剩下四镑。我开出最后一张支票，从账户里透支几先令。他们告诉我，没有父亲的授权，我不能继续透支。我下一笔零花钱要到十月份才到。总之，我的前景相当暗淡，我在脑海里翻来覆去地思量，有点懊悔过去几周的放纵无度。

学期伊始，我付完膳宿费和学杂费，手里还有一百多镑。现在，那些钱被挥霍一空，而且，我在所有可以赊账的地方没付过一分钱。这些钱花得毫无理由，我在花钱后也并不觉得开心，这些钱都算是打了水漂。塞巴斯蒂安曾取笑我："你花起钱来就像个赌徒。"可那些钱都是花在他身上或是和他一起花的。他自己的财务状况似乎总是令人担忧。"都是律师在处理，"他绝望地说，"我猜，他们贪污了不少。不管怎么说，我好像从来没拿到过什么钱。当然，我想要什么，妈妈都会给我的。"

"那你为什么不找她要更多零花钱？"

"哦，妈妈喜欢把一切都当成礼物。她太好了。"他说，这给她在我心中的印象又增添了一笔。

现在，塞巴斯蒂安消失了，开始他的另一种生活，而我并未受邀同行。我被丢下了，孤立无援，满腹懊恼。

我们年华老去，回忆那些浅薄而放荡的漫长夏日时，会否认青春期的善良品德，这是多么心胸狭隘的行为。一个人在讲述自己早年生活时，如果从来没有说起对年少美好品德的怀念，对所犯错误的懊悔和改正的决心，没有说起曾经阴郁低落的时刻，那他的故事就算不上坦诚，人生的低潮就像赌场轮盘桌上转出来的零，出现规律大体是可以计算出来的。

第一天下午，我待在家里，从一个房间游荡到另一个房间，隔着窗玻璃看着外面的花园和街道，满脑子都是慷慨激昂的自我谴责。

我知道，父亲也在家，但他的书房是神圣不可侵犯的。直到晚餐前，他才现身跟我打招呼。他五十七八岁了，但看上去远远不止这么大；如果只看他的脸，可能会以为他有七十，如果听到他说话，大概会以为他年近八十。此刻，他朝我走来，踱着做作的官员式步伐，面带羞涩的微笑欢迎我。他很少在外面吃晚餐，他在家吃晚饭时，会穿带饰扣的天鹅绒便服，这类衣服很多年前流行过，可能马上又要流行起来，不过在当时，绝对老气过时。

"我亲爱的儿子，他们没告诉我你回来了。一路上累吗？他们给你倒茶了吗？你还好吗？我最近壮着胆子从索南夏因那里买了样东西——一个公元5世纪的赤陶公牛。我正研究它呢，忘记你是今天到家。车厢很挤吗？你是坐在角落里吗？"他自己很少旅行，听到别人的旅行故事总是兴奋而好奇。"海特给你拿今天的晚报了吗？当然了，没什么新闻——都是些废话。"

用人宣布晚餐开饭。父亲长期习惯带一本书到餐桌上，今天，他想起我在家，便偷偷把书扔到椅子下面。"你想喝什么？海特，我们有什么可以给查尔斯先生喝？"

“还有些威士忌。”

“有威士忌。还是你想喝点别的？我们还有什么别的吗？”

“家里没有别的了，老爷。”

“没有别的了。你告诉海特你喜欢喝什么，让他去买来。现在，我都不在家里存酒了。我不能喝，也没人来看我。不过你在家时，想喝什么就喝什么吧。你会在家待很长时间吗？”

“我不确定，父亲。”

“假期很长啊，”他惆怅地说，“我念书时，我们会去参加所谓的读书会，一般都是在山区。为什么？为什么，”他脾气暴躁地重复，“难道大家认为山区的景致有利于学习？”

“我想花点时间去上艺术学校——学学人体写生。”

“亲爱的儿子，你会发现学校都没开门。学生们都去了巴比松[①]之类的地方，到野外写生了。我念书时有个叫‘素描俱乐部’的地方——男男女女混在一起，”抽鼻子，“骑自行车啦，”抽鼻子，“穿着圆点图案的灯笼裤，打着荷兰麻布雨伞。大家都认为，那才叫自由恋爱，”抽鼻子，“真是胡闹。我想现在可能还有这样的俱乐部。你可以去体验体验。”

“假期最大的一个问题是钱，父亲。”

“哦，我在你这个年纪可从来不担心这种事。”

“你看，我手头现在非常紧。”

“是吗？”父亲以毫不感兴趣的语气说。

“实际上，我真不知道接下来的两个月要怎么过。”

---

① 位于巴黎南郊的一个小镇，这里曾经诞生过巴比松画派，该画派活跃于19世纪30至40年代，主张描绘具有民族特色的法国农村风景。

“哦，我最不擅长做的事就是给别人提建议。我从来没经历过你所谓的‘手头紧’的痛苦。还可以怎么形容这种状态呢？缺钱？拮据？经济压力大？处境尴尬？身无分文？”抽鼻子，“破产？负债？我们就说你负债好了，不用管它。你爷爷曾经对我说：‘要量入为出，但如果真的遇到困难，就来找我。不要去找犹太人。’这是废话。你可以试试。你只管去杰明街找那些绅士，他们说你只要写张字条，就可以借钱给你。可亲爱的儿子啊，他们一英镑都不会给你的。”

“那你说我该怎么办呢？”

“你堂兄梅尔吉奥在投资方面过于大胆，现在负债累累，去了澳大利亚。”

父亲兴高采烈地说着，他上次如此开心，还是因为在一本伦巴第祈祷书中找到两页公元 2 世纪的古本手稿。

“海特，我的书掉了。”

海特从他脚下把书捡起来，放在桌子中央的果盘旁。在晚餐剩下的时间里，父亲很安静，只偶尔欢快地抽一抽鼻子。我想，他这么开心应该不是因为书。

没过多久，我们离开餐桌，坐到花园房。在那儿，他显然已把我抛诸脑后。我知道，他的思绪早已远离此时此地，沉迷在遥远的年代。那时的他行动自如，那时的时间都是一百年一百年地过，那时的人面目模糊，朋友们的名字意义与现在完全不同。他以其他人都会觉得极不舒服的姿势，在直背扶手椅上歪歪扭扭地坐着，对着光线斜着高举手中的书。他时不时从表链上拿出一个金色的铅笔盒，在书页空白处做笔记。窗户开着，窗外是夏日的夜晚；唯一的声响是时钟的滴答滴答声，遥远的贝斯沃特路上汽车的低鸣声，以及父亲有规律的翻书声。我原本觉得，哭穷之后抽雪茄是很不礼貌的行为。可现在，我无所谓希望是否会落空，回到自己房间，拿了一支雪茄。父亲连头都没有抬。我在雪茄上钻开孔[①]，点燃，又恢复自信，说："父亲，你肯定不愿意我待在这里，和你度过整个假期吧？"

"什么？"

"我在家待这么长时间，你难道不会觉得厌烦吗？"

"我相信，我即便觉得厌烦，也不会表露出来。"父亲温和地说，又读书。

一个晚上过去。最后，所有房间里各式各样的钟都响起十一点的和谐奏鸣。父亲合上书，取下眼镜。"我非常欢迎你回家，亲爱的儿子，"他说，"你想在家待多久就待多久，"他走到门口，停下脚步，转过身，"你堂兄梅尔吉奥是当了普通水手之后才去澳大利亚的，"抽鼻子，"我搞不懂，什么叫'普通水手'？"

在接下来的一周里，天气湿热难耐，我与父亲的关系急剧恶化。白天，我很少看见他。他一连数个小时都待在书房，偶尔出来一下。我有时听到他趴在栏杆上喊："海特，备车。"然后，他出门去了，有时候出去半小时或者更短，有时候出去一整天。他从不解释自己出去干什么。我经常看见用人们用托盘端着少得可怜的小孩子吃的零食，送到楼上给他吃——面包干、牛奶、香蕉，等等。我们如果在走廊或楼梯上相遇，他只会神情茫然地看着我，说一句"啊哈"，或者"天气真热"，或者"很好，很好"，但晚

① 高级雪茄烟的吸入端在包裹茄衣时是完全封住的，吸食前须剪开或钻孔。

上，他穿着天鹅绒便服来到花园房时，又会正式问候我。

晚餐餐桌是我们的战场。

第二天晚上，我也带着书来到餐厅。他游离的眼神立刻注意到并牢牢盯住我的书。我们从大厅经过时，他偷偷把自己的书放在茶几上。我们坐下后，他哀怨地说："我真的觉得，查尔斯，你可以跟我说说话。我今天非常累，很想聊一聊。"

"当然好了，父亲。我们聊点什么？"

"让我高兴高兴。让我走出自己的世界，"他的语气有些暴躁，"告诉我现在都是些什么新戏。"

"我没去看戏。"

"你应该去，知道吧，你真的应该去。一个年轻人天天晚上都待在家里是不正常的。"

"呃，父亲，我跟你说过了，我没有闲钱上戏院。"

"我亲爱的儿子，你不要让金钱以这种方式成为你的主人。哎呀，你的堂兄梅尔吉奥在你这个年纪，已经与人合作写了一首歌。那是他为数不多的快乐的冒险经历之一。你应该去看戏，这也是教育的一部分。你如果读过伟人的传记，就会发现，差不多有一半的伟人都是从观众席首次接触戏剧的。有人告诉我，没有什么比看戏更有趣的事了。你在剧院里会找到真正的戏剧评论家和热爱戏剧的人。他们称看戏为'与众神同坐'。票价也很便宜，你在大街上等候入场时，还可以看到'街头艺人'的表演。我们找天晚上一起去与众神坐坐吧。你觉得艾贝尔太太的厨艺怎么样？"

"没什么变化。"

"都是你的费丽帕姑姑教的。她给了艾贝尔太太十份菜谱，从那以后，她的菜就再没有变过。我一个人在家时，没有留意吃的是什么，现在你回来了，我们就必须有所改变。你喜欢吃什么？现在应季的有什么？你喜欢吃龙虾吗？海特，告诉艾贝尔太太，明天晚上给我们做龙虾。”

那天的晚餐包括一种寡淡无味的白色的汤，配着粉红色酱汁的炸过头的比目鱼鱼排，放在一堆锥形土豆泥上的羔羊肉，以及立在海绵蛋糕上的炖梨果冻。

“我完全是因为尊重你的费丽帕姑姑，才这么大费周章地吃饭。她定下规矩，说晚餐吃三道菜的人才算是中产阶级。‘你一旦让用人为所欲为，’她说，‘很快就会发现，每天的晚餐都是排骨。’我最喜欢吃排骨。实际上，艾贝尔太太不在家的晚上，我都会去俱乐部点排骨吃。但你的姑姑规定，我在家时必须吃三道菜加一份汤；有时候是鱼、肉和开胃菜，有时候是肉、甜点和开胃菜——还有各种其他组合。

“有些人就是能把自己的想法干脆利落地表达出来，这很厉害。你姑姑就有这样的本事。

“我以前每天晚上和她一起吃晚餐——就像你和我现在这样，想来还真有点奇怪呢，儿子。她一直坚持不懈地努力，想让我走出自己的世界。她跟我说她看过的书。她觉得，她这样才能和我建立起一个家，知道吧。她觉得，她如果丢下我一个人，我一定会变得很怪异。也许，我已经变得很怪异了。我现在怪异吗？可她那一套没用。最终，我还是把她赶走了。”

他说这话时，语气中透露出明白无误的威胁。

我现在发现，自己在父亲家简直就是个陌生人，这主要也是因为费丽帕姑姑。母亲去世后，姑姑搬来与我和父亲同住，正如父亲所说，她那时无疑想和我们建立起家庭。当时，我对每天晚上餐桌边上演的种种痛苦一无所知。姑姑成为我的伙伴，我毫无疑虑地接纳了她。这样的状况持续了一年。一年后的第一个变化，是她重新启用她原本打算出售的位于萨里的房子，我去学校念书期间，她就住在那里，只偶尔来伦敦几天，购物娱乐。夏天，我们一起住到海边小屋。在我中学最后一年，她离开英格兰。“最终，我还是把她赶走了。”父亲带着嘲弄与得意说起那个温柔的女人时，我听得出这话里有向我挑战的意思。

我们离开餐厅时，父亲说：“海特，你跟艾贝尔太太说了我明天要定龙虾的事吗？”

“还没有，先生。”

“不要说了。”

“好的，先生。”

我们走到花园房的椅子边时，他又说：

“我真不知道海特到底打不打算说龙虾的事。我觉得他没打算说。你知道吗？我觉得他以为我是在开玩笑。”

第二天，一件武器碰巧送上门来。我遇到中学时代的故交乔金斯。我一直不太喜欢他。以前，费丽帕姑姑还在时，他来家里喝过茶，姑姑说，他也许是个内心充满魅力的人，但第一眼看去没有任何吸引力。现在，我热情地和他打招呼，邀请他共进晚餐。他来了，和以前相比几乎没有改变。一定是海特告诉父亲有客人来，因为他换下天鹅绒便服，穿上燕尾服，还配上黑色马甲、高领衬衣和很窄的白色领带：这是他的全套晚礼服。他穿着这身衣服，显出一种抑郁的气质，像是在服国丧。他年轻时就有这种气质，发现这种气质颇能引起别人的同情之心，便一直养着这种气质。他从来没穿过无尾礼服。

“晚上好，晚上好。你能大老远来，真是太好了。”

“哦，也不是很远。”乔金斯回答，他就住在苏塞克斯广场。

“科学消灭了距离，”父亲慌张地说，“你是来出差的吗？”

“嗯，我是做生意的，您是想问这个吧。”

“我有个堂兄也是做生意的——你不会认识他的，他比你大很多。那天晚上，我还跟查尔斯说起他的事。我经常想起他。他成了，”父亲停下来，刻意强调下面这句古怪的话——“一个惨败者。”

乔金斯紧张地咯咯笑了两声。父亲用责备的眼神盯着他。

“你觉得他的不幸遭遇很好笑吗？还是因为你对我说的这个词不熟悉？毫无疑问，你会说他‘破产’了吧。”

父亲掌控着局面。他形成一个小小的幻觉，总觉得乔金斯是美国人。整个晚上，他同乔金斯玩着一场微妙的单方面猜谜游戏，向乔金斯解释在谈话中出现的任何一个英国式用词，并把英镑折合为美元，还彬彬有礼地以这样的话迎合乔金斯：“当然，按照你们的标准……”，“乔金斯先生一定觉得这儿很狭窄吧，你习惯了宽敞的空间……”。我的客人隐隐约约感觉到，我父亲误解了他的身份，但一直没有机会解释。晚餐时，他一次又一次看我父亲的眼神，总觉得会从中看出点简单的暗示，表明这一切只是个精心设计的玩笑，可他看到的只有温和慈祥。这让他困惑不已。

有一次，连我都觉得父亲过分了。当时，他说：“你住在伦敦，恐怕只能遗憾地错过你们国家的游戏了吧？”

“我们国家的游戏？”乔金斯问。他反应很慢，但感觉到，他终于有机会澄清自己的身份了。

父亲把视线从他身上转到我身上，表情从温和变为恼怒，但再次去看乔金斯时，表情又变得温和。他就像个在满堂红面前打出四条的赌徒。“你们国家的游戏，”他温柔地说，“就是板球啊。”他无法控制地抽了抽鼻子，全身颤抖，用餐巾擦擦眼睛。“当然，你在城市里工作，一定没什么时间去打板球。”

他在餐厅门口与我和乔金斯道别。“晚安了，乔金斯先生，”他说，“希望您下次‘横跨重洋’时，还能来寒舍做客。”

“我说，你爸爸那些话到底是什么意思？他好像以为我是美国人。”

“他有时候就是这么奇怪。”

“我是指他建议我去看看威斯敏斯特大教堂的那番话。好奇怪。”

“是啊。我也没法解释。”

“我差点以为他是在故意作弄我。”乔金斯困惑地说。

几天后，父亲做出反击。他找到我，问：“乔金斯先生还在这儿吗？”

“不在，父亲，当然不在。他那天只是来吃晚餐的。”

“哦，我真希望他能同我们住在一起。他是个多才多艺的年轻人。你今天在家吃晚饭吗？”

“在。”

“我今天要办一个小小的晚餐聚会，丰富一下你每天晚上在家的无聊生活。你觉得艾贝尔太太能把客人招待好吗？不能吗？不过，我们的客人也不是很严苛。库斯伯特先生和奥米·赫瑞克女士是所谓的核心人物。我希望晚餐后能来点音乐。我特地为你邀请了几个年轻人。”

我听到父亲的这一计划时，便有种不祥的预感，现实比我想得更糟。所有的客人齐聚在父亲大言不惭地所谓“艺术殿堂”的房间里时，我才明白，父亲特意将他们挑来，就是为了让我不自在。所谓的“年轻人”包括大提琴学生格洛丽亚·奥米·赫瑞克小姐；她的未婚夫，来自大英博物馆的一个谢顶年轻人；还有一位只会说德语的慕尼黑出版商。我看见父亲和他们站在一箱陶瓷工艺品后面，对我抽鼻子。那天晚上，他在扣眼里别了一支小小的红色玫瑰，玫瑰仿佛战场上骑士的勋章。

晚餐漫长，菜肴经过精心挑选，也和精心挑选出的客人一样，带着存心嘲弄的意味。这不是费丽帕姑姑定下的菜谱，而是根据更早时期的菜谱改进而成，年代也许比父亲能下楼吃饭的时间更早。餐盘精美华丽，红色与白色的盘子交替使用。菜肴与葡萄酒一样寡淡无味。晚餐过后，父亲带着德国出版商来到钢琴旁，出版商弹起钢琴后，父亲却离开客厅，向库斯伯特·奥米·赫瑞克先生展示“艺术殿堂”里的伊特鲁里亚①公牛。

这是一个可怕的夜晚。宴会终于结束后，我惊恐地发现，时间竟然还只是十一点过几分。父亲给自己倒了一杯大麦水，说：“我的朋友们真是无趣！你知道吗，如果不是因为你在这儿，我绝对不会主动邀请他们。我最近对玩乐没什么兴趣。可你现在长时间在家，我们会有很多个这样的夜晚。你喜欢格洛丽亚·奥米·赫瑞克小姐吗？”

“不喜欢。”

“不喜欢？你是讨厌她嘴唇上毛茸茸的小胡须，还是讨厌她那

---

① 意大利中西部的一个古国。

双大脚？你觉得她在这儿玩得开心吗？”

“不开心。”

“我也有这样觉得。我想，没人今天晚上玩得开心吧。那位外国年轻人弹起钢琴真是可怕。我是在哪儿认识他的呢？还有康斯坦提亚·斯密斯维克小姐——我又是在哪儿认识她的呢？但无论如何，我们必须遵守好客之道。你在家时不应该觉得无聊。”

在接下来的两周里，我与父亲的斗争导致两败俱伤，但我受到的伤害可能更甚，因为父亲有更多的储备资源可以调用，操控范围更广，我被钉死在高山与大海之间的桥头堡上。他从未宣布战斗目标，直到今日，我仍不知道他的所作所为是不是只为惩罚我——他脑海的深处，真的产生某种地理政治学观点，想要把我赶出这个国家吗？就像把费丽帕姑姑赶去博尔迪盖拉[①]，把梅尔吉奥堂兄赶去达尔文那样？更有可能的情况是，他只是喜欢战斗，他在战斗中才能光芒四射。

我收到塞巴斯蒂安的来信，我是当着父亲的面收到这封引人注目的信的。那天，他正在家中吃午餐。我看到他好奇地打量着信，便把信带走，独自读信。信纸和信封都是维多利亚晚期厚重的讣告用纸，印着黑色的皇冠和黑色的边框。我迫不及待地读起来：

威尔特郡，布赖兹赫德城堡

日期我也不知道

最亲爱的查尔斯：

我在一张书桌后面找到一盒这样的纸，所以，我必须给你

① 意大利一座海滨城市。

写一封信，以悼念我失去的纯真。它似乎从未存在过。医生从一开始都差不多这样认为。

我很快就要去威尼斯，和父亲住在他罪恶的宫殿中。我希望你能来。我真希望你就在那儿。

我一直都不是一个人。家里人轮流出现，整理好行李，又再度离开。白色的树莓已经成熟。

我决定不带阿洛伊修斯去威尼斯。我不希望它认识一大帮讨人厌的意大利熊，染上什么坏习惯。

爱你，或尽随你意。

塞

我熟悉他写的信，我在拉文纳时就收到过。我不应该失望，可那一天，我把硬邦邦的信纸撕成两半，扔进垃圾篓时，却满腹怨恨。我看着窗外脏兮兮的花园和贝斯沃特不规则的轮廓，看着乱七八糟的排污管、消防梯和格外打眼的小温室，仿佛在脑海中看到安东尼·布兰奇苍白的脸正从凌乱的树叶后面注视着我，像他那天在泰姆时在烛光中注视着我那样。在过往车辆低沉的嘈杂声中，我听到他清晰的话语……“塞巴斯蒂安偶尔显得有些无趣，你千万不要怪他……我听他说话时，总会以某种方式想起让人讨厌的《空泡》，重复的画。”

此后接连数日，我都认为自己在恨着塞巴斯蒂安。再后来，一个周日下午，一封他发来的电报驱散旧阴影，但带来更深的新阴影。

父亲出门后回来，发现我处于狂躁而焦虑的状态。他站在大厅里，戴着巴拿马草帽，对我笑容满面。

“你绝对猜不到我今天是怎么过的。我去动物园了。真是太开心了。动物们似乎都很享受今天的阳光。”

“父亲，我必须马上走。”

“是吗？”

“我的一个好朋友出了可怕的事故。我必须马上去看他。海特正替我收拾行李。半小时后有趟火车。”

我把电报给他看，内容很简单：“受伤严重，速来，塞巴斯蒂安。”

“哦，”父亲说，“我看到你这么担心很难过。可我看完这封电报，只能说他的伤势应该没有你想得那么严重——要不然受伤者本人不会自己署名。不过，当然，他也有可能人是完全清醒的，只不过瞎了，或脊椎断了，瘫痪了。他为什么要你去呢？你又不懂医术，又不是神父。你难道是希望去继承点遗产？”

“我跟你说过了，他是我非常要好的朋友。”

“好吧，奥米·赫瑞克也是我非常要好的朋友，可我不会在一个温暖的周日下午冲到他临终病榻前。我会想，奥米·赫瑞克太太欢迎我去吗？不过，我看你完全没有这样的疑问。我会想你的，亲爱的儿子，但你不需要为了我急着赶回来。”

八月那个周日的傍晚，帕丁顿车站，阳光透过屋顶朦胧的窗户射进来，书报摊没有开门，几个乘客不慌不忙地走在行李搬运员旁边。我如此焦虑，这样的场景无法抚慰我的情绪。火车上几乎是空的。我把箱子放在三等车厢的角落，在餐车找了个座位。“先生，过了雷丁站后上第一顿正餐，先生，大概会是七点钟。您现在想要点什么吗？”我点了杜松子酒和苦艾酒。火车刚出站台，酒就送来了。刀叉发出如常的叮当响，明艳的风景从窗外一掠而过。我对这一切毫无兴趣，脑海中的恐惧就像酵母，各种灾难场景就像发酵过程中的巨大泡沫，涌上表面。我仿佛看见有人站在楼梯口，漫不经心地握着手中上了膛的枪；一匹马高高立起后又倒在地上，翻滚；阴森的水塘下隐藏着木桩；粗大的榆树枝在平静的清晨突然坠落；汽车从隐蔽的角落里冲出来。平静生活中各种各样的危险从我的脑子里冒出来，像鬼魂般缠绕着我。我甚至想象一个嗜杀成性的疯子，嘀咕着站在暗处，挥舞长长的铅管。火车在玉米地和茂密的森林间飞驰，傍晚金色的夕阳笼罩大地，车轮转动的单调声音在我耳中不断重复："你来得太迟了。你来得太迟了。他死了。他死了。他死了。"

晚饭后，我换乘本地支线列车。薄暮时分，我来到梅尔斯德·卡伯里，此行的目的地。

"先生，是要去布赖兹赫德吗？朱莉娅小姐已经在院子里了。"

她坐在一辆敞篷汽车的驾驶座。我一眼就认出她了。怎么可能认不出呢？

"你是赖德先生吗？上车。"她的声音和塞巴斯蒂安一模一样，连语气都一样。

"他怎么样了？"

"塞巴斯蒂安？哦，他挺好的。你吃过晚餐了吗？呃，我猜吃得并不好吧。家里还有些吃的。只有塞巴斯蒂安和我在家，我们想等你一起吃。"

"他到底怎么了？"

"他没说吗？我想，他一定是觉得你如果知道实情，肯定就不会来了。他脚踝上的一根骨头裂了，很小的伤，医生都不知道管这伤叫什么。他们昨天照了X光，让他休养一个月。他觉得无聊透顶，所有计划都泡汤了；他从来没这么小题大做过……其他人都走了。他想让我留下来陪他。哎，我想你知道他装起可怜起来有多烦人。我差点屈服，后来，我说：‘你肯定能另外找到个什么人吧。’他说，大家要么不在英国，要么很忙，总之，没人会来。最后他同意试着问问你，我答应他，你如果不愿意来，我就留下来，所以，你应该想象得到我有多么欢迎你来。我得说，你一接到电报就立刻大老远赶来，真是太高尚了。”可她说这话时，我听出来，或者说，我觉得自己听出来，她的语气中有那么一丝藐视的意味，她认为我不该这么听塞巴斯蒂安的差遣。

“他是怎么受伤的?”

“信不信由你，玩门球时受伤的。他突然发起脾气，被铁环绊倒。不是什么光荣负伤。”

她与塞巴斯蒂安很像。我坐在她身边，在越来越浓的暮色中，被一种既熟悉又陌生的双重幻觉弄糊涂了。就像通过高倍望远镜，看到一个人远远走来。你仔细观察他脸上和衣服的每一处细节，觉得只要伸出手就能触碰到他。可奇怪的是，你走动时，他听不见你的声音，连头都没有抬一下。然后你看着他，突然想起来，对他来说，你只不过是远处的一个小黑点，他都不知道你是不是个人。我了解朱莉娅，朱莉娅不了解我。她乌黑的头发并不比塞巴斯蒂安的头发长多少。她也和塞巴斯蒂安一样，把头发从前额直梳到脑后。她的眼睛紧盯着渐渐变黑的路面，那双眼睛也和塞巴斯蒂安的眼睛一样，但似乎更大。她涂着口红的嘴唇显出对这个世界的一丝恶意。她的手腕上戴着手链，手链上吊着各色小饰品，耳朵上是小小的金耳环。她浅色外套下露出一两寸长丝绸印花裙边；裙子在当时算短的，她的双腿也是大家当时认为好看的纤瘦细长的形状，一直踩在汽车油门上。她那么性感，那种性感那么陌生又那么熟悉，填满我们之间的空隙。我觉得，她比我认识的所有其他女性都更具女性魅力。

“我最怕在晚上的这个时候开车，”她说，“可家里好像没有会开车的人了。塞巴斯蒂安和我简直是在露营。我希望，你来的时候没有指望我们会为你办一场盛大的聚会。”她往前俯身，从储物箱里拿出一盒香烟。

“我不抽，谢谢。”

“那帮我点一根吧，好吗？”

这是我这辈子第一次听到如此请求。我把点好的香烟从嘴里拿出来，放进她的嘴里。我听到蝙蝠交配时发出的那种微弱的吱吱声——只有我听得见这声音。

“谢谢。你以前来过这里吧。奶奶告诉过我。我们都觉得你们俩没跟我喝茶就走了实在奇怪。”

“是塞巴斯蒂安的决定。”

“你似乎总让他牵着你的鼻子走。你不应该这样。这对他不好。”

此时，我们拐过车道转角。森林和天空中的色彩已然消退，整幢房子除了敞开大门后面的金色广场，其他部分就像一幅灰色的浮雕画。一个男人正等着接过我的行李。

“我们到了。”

她带我走上台阶，走进大厅。她把外套扔到大理石桌上，弯腰逗弄一条前来迎接她的狗。“我猜，塞巴斯蒂安可能已经在吃饭了。”

她话音刚落，带巴斯蒂安摇着轮椅，在大厅远处的两根柱子之间出现。他穿着睡衣和长袍，一只脚上裹着厚厚的绷带。

“喂，亲爱的，我接到你的好朋友了。”她说，语气中又带着一丝不易察觉的轻蔑。

“我还以为你要死了。”我说，我这时才意识到，原本以为会看到一场悲剧的我到这儿后并没有如释重负，而是因为被欺骗而愤怒不已。

“我也以为自己要死了。疼起来真让人受不了。朱莉娅，你觉得，你今天晚上去找威尔克斯要酒，他会给我们香槟吗？”

“我讨厌香槟，而且，赖德先生已经吃过晚餐了。”

“赖德先生？赖德先生？查尔斯在任何时候都喝得下香槟。你知道吗，我看到这只被裹得严严实实的脚，总觉得自己得了痛风，特别想喝香槟。”

我们在一间名叫“画厅”的房间用餐。这是一个宽敞的八角形房间，设计风格晚于其他房间的风格。墙壁上装饰着以花环围绕的勋章，穹顶上，一组庞贝全盛时期的人物像牧羊人那样站着。镀金的椴木家具、地毯、悬挂的青铜烛架、镜子和壁挂式烛台，一切都与其他房间不同，应该是出自某位名工巧匠之手。“只有我们俩在家时，我们一般都在这里吃饭，”塞巴斯蒂安说，“这里太舒服了。”

他们吃饭时，我吃了个桃子，将我与父亲之间的战争讲给他们听。

“听你这么说，他是个挺好的‘宝贝儿’嘛，”朱莉娅说，“现在，我要跟你们俩告别了。”

“你要去哪儿？”

“育婴室。我答应奶妈，和她再玩最后一局跳棋。”她吻了吻塞巴斯蒂安的头顶，我替她把门打开。“晚安，赖德先生，再见了。我想我们明天不会见面了。我很早就会离开。你把我从病床前拯救出来，我对你的感激之情无以言表。”

“我妹妹今天晚上很高傲。”朱莉娅一走，塞巴斯蒂安就说。

“我觉得她不喜欢我。”我说。

“我觉得她谁都不喜欢。可我爱她。她太像我了。”

“你爱她吗？她像你吗？”

“我是指长相和说话的方式。我绝不会爱性格与我相像的人。”

我喝完葡萄酒，走在塞巴斯蒂安的轮椅旁。我们穿过有柱子的大厅，向图书室走去。一整个晚上，我们都坐在那儿。在那以后的一个月里，几乎每个晚上，我们都坐在那儿。图书室位于可以俯瞰湖泊的宅院侧面，窗户开着，正对满天繁星与芳香的空气，正对月光下靛蓝色和银色的山谷美景，正对喷泉中潺潺流落的清澈泉水。

“我们俩会度过一段天堂般的好时光。”塞巴斯蒂安说。第二天早上，我剃须时，从浴室的窗口看到朱莉娅。她正开车离开前院，车上载着行李。她消失在山顶，没有回头看一眼。我感到一种解脱和平静，就像多年以后，在经历了提心吊胆的一夜后，听到表示“警报解除”的汽笛声。

第四章

青春的柔情——它是何等独特而珍贵！它的逝去，又是何等迅速而无可挽回！激情、博爱、幻想、绝望，所有属于青春的一般特征——所有的一切，除了柔情——都是与我们一同来到又离开这个世界的。这些本就是生命的一部分，可柔情呢——那不知疲倦的精力和体力的放松，那与世隔绝的利己主义思想——仅仅属于青春，并随青春死亡而死去。也许，在灵薄狱[①]的大殿上，英雄们会因为失去的至福直观[②]得到一些柔情的补偿；又或许，至福直观本身就同这一卑微的体验在起源上存在遥远的关联。总而言之，我在布赖兹赫德过着充满青春柔情的日子时，相信自己离天堂是很近的。

"这幢房子为什么叫'城堡'？"

"因为他们移动它之前，它的确是座城堡。"

"什么意思？"

"就是这个意思。以前，一英里以外的山下村子边有座城堡。

---

① 根据一些罗马天主教神学家的解释，灵薄狱是用来安置耶稣基督出生前逝去的好人和耶稣基督出生后从未接触过福音的逝者的。另外，灵薄狱还安置了未受洗礼而夭折的婴儿的灵魂。

② 指天使或圣徒在天国对上帝的直接认知，指完全被净化但仍保有理性的灵魂，直接面见三位一体的天主。

后来，我们喜欢上这里的山谷，便把城堡拆了，用车把石砖运上来，建了座新房子。我很高兴他们这么做了，你的看法呢？”

“这要是我的房子，我永远都不会住到别处去。”

“可你看，查尔斯，这里并不是我的，只有现阶段是。这里经常住满巧取豪夺的野兽。要是能一直像现在这样就好了——一直都是夏天，一直都是孤独的，水果一直成熟，阿洛伊修斯的脾气也一直都这么好……”

正因如此，我喜欢回忆塞巴斯蒂安在那个夏天的样子。我们独自漫步在那迷人的宫殿里时，他坐在轮椅上，飞快地从两旁长满黄杨的果园小路经过，寻找高山草莓和新鲜无花果。他自己转动轮椅，穿过一间又一间气味与温度各不相同的温室，剪下玫瑰香葡萄，挑出兰花，插到我们衣服的扣眼里。他像个哑剧演员，艰难而蹒跚地走到古老的育婴室，坐在空无一物的玩具柜中间，或和我并肩坐在被磨破的绣花地毯上。霍金斯奶奶则心满意足地坐在角落，一边缝缝补补一边絮叨：“你们和他们一样淘气，你们就是俩小孩子。他们难道在大学里就教了你们这些吗？”他有时仰面躺在石柱廊洒满阳光的座位上，就像现在这样，而我坐在他旁边硬邦邦的椅子上，试图把喷泉画下来。

“这个穹顶也是伊尼戈·琼斯[①]设计的吗？它的建筑年代似乎晚一些。”

“哎，查尔斯，别像个游客似的。它漂亮，什么时候建的有什么关系呢？”

“我就是想知道这些事。”

---

① 伊尼戈·琼斯（1573—1652），英国古典主义建筑学家。

“哎，亲爱的，我还以为我把你的这些毛病都治好了呢——可怕的柯林斯先生啊。”

生活在这围墙之中，等于受了一次美学教育。你可以从一个房间漫步到另一个房间，从索恩①风格的图书室走到中国式客厅：鎏金的宝塔，谦卑的中国古代官员，绘着彩色图案的壁纸和奇彭代尔②的透雕家具足以让你眼花缭乱。再从庞贝风格的客厅转悠到挂着织锦壁毯的大堂，尽情欣赏这两百五十年来一直不曾改变的设计。还可以一连好几个钟头坐在树荫下，远眺外面的露台。

露台是整幢房屋设计中最后的点睛之笔。它伫立在湖边巨大的岩石堡垒上，从大堂的台阶望去，它似乎是悬空在两个湖之上，让人感觉只需凭栏而立，就能把鹅卵石丢进脚下的第一个湖泊中。两排石柱环绕着露台；凉亭后面，青柠果树一直延伸到树木茂密的山坡。露台一部分铺着地砖，另一部分种有花木和组成阿拉伯式图案的矮黄杨；高一些的黄杨长成浓密的树篱，形成一个大大的椭圆，在修剪出来的空隙中，散落放置着一些雕塑。树篱正中央，是高高的喷泉，主宰着整片美丽的园林；这样的喷泉，在意大利南部的某些城市的小广场上很常见；这个喷泉也正是塞巴斯蒂安的祖先一个世纪以前在意大利找到的；他发现它，买下它，把它运回英国，然后，在一个陌生而适宜的环境中，把它重新竖立起来。

塞巴斯蒂安让我把喷泉画下来。对绘画业余爱好者来说，这是个野心勃勃的目标——椭圆形的水池，中间是凿刻而成的岩石

---

① 约翰·索恩（1753—1837），英国建筑家。
② 托马斯·奇彭代尔（1718—1779），英国家具设计师。

小岛；石间生长着整齐的热带作物和自然野生的英国蕨类植物；十几道水流从它们之中流过，仿佛泉水。周围还有各种石刻的热带珍奇动物，惹人注目：骆驼、长颈鹿，还有一头热情奔放的狮子，都在往外喷水。岩石上耸立着一座红砂岩埃及方尖碑，和山形墙差不多高——画下这样的场景远远超出我的能力范围，可凭借神奇的运气，我竟然画完了，并且，借助判断正确的省略手法和一些流行技巧，让整幅作品呈现出一种相当不错的皮拉内西[①]风格。“我能把它送给你的母亲吗？”我问。

“为什么？你又不认识她。”

“这样才符合礼貌啊。我毕竟是住在她家。”

“送给奶妈吧。”塞巴斯蒂安说。

我照做了，奶妈把画放到抽屉柜顶上的收藏品中。她说画得很像，她经常听人对那喷泉赞不绝口，可她自己从不曾看出它美在哪儿。

对我来说，新的发现就是美。

我还是中学生时，经常骑自行车去附近的教区转悠，拓印黄铜牌上的图片文字，拍下圣洗池的照片。从那时起，我就培养起对建筑的热爱。我和我们这一代人的观点一样，轻松完成从拉斯金的清教主义到罗杰·福莱的清教主义的跨越，但我内心深处的情感是与世隔绝的，还属于中古世纪。

在这里，我完成了向巴洛克风格的转变：在风格张狂的高高穹顶下，在方形图格的镶板天花板下。在这里，我穿过一道道拱门和残破的山形墙，走到阴凉处的柱廊下，一连好几个钟头坐在

---

① 皮拉内西（1720—1778），意大利雕刻家、建筑师。

喷泉前，观察它的光影变化，追寻它的悠长回响，尽情欣赏这充满勇气和创新的伟大杰作。我感觉到身体中活跃着一个全新的精神体系，那石间奔涌喷流的池水仿佛就是能真正赋予人生命的源泉。

一天，我们在橱柜里发现一只涂着黑色亮漆的大铁皮盒，里面是还能使用的油画颜料。

“是妈妈一两年前买的。有人跟她说，只有尝试画出世界的美，才能欣赏世界的美。我们为此大大嘲笑了妈妈一番。她压根就不会画画，那些颜料在管子里那么鲜艳，但等妈妈调完色，通通变成土黄。”调色板上各种风干后模糊的污迹证实了这一点。“她还总是让科迪莉娅去洗画笔。最后，我们都表示抗议，妈妈才停手。”

这些颜料让我们兴起将办公室装饰一新的念头。所谓办公室，是个通往石柱廊的小房间，曾被用来处理房产事务，现在闲置，只存放着一些花园游戏用具和一盆死了的芦荟。从设计来看，这个房间是要用于休闲，也许是要用作茶室，也许是要用作书房，因为，灰泥墙壁上装饰着精美的洛可可式镶板，屋顶也是漂亮的穹顶。在这里，我在一个小小的椭圆形木框中勾勒出一幅颇具浪漫情调的风景素描。在接下来的几天里，我给素描涂上颜色，凭着不错的运气和愉快的心情，我画得很成功。画笔似乎圆满完成了我对它的期待。这是一幅没有人物的风景画，画上是夏日白云和遥远蓝天的美景，前景的突出位置有一处覆满常青藤的废墟，凹凸不平的岩石和瀑布引出后面逐渐远去的林地。我对油画知之甚少，边画边学。一个星期后，我画完了，塞巴斯蒂安迫不及待地又想让我在大一些的镶板上再画一幅。我画了一些素描。他想要一幅游园会，要有系着绸带的秋千，要有黑人听差，还要有吹笛子的牧羊人，但这幅画最终不了了之。我很清楚，我之前画好风景画全凭运气，可要模仿出更复杂的作品，我力所不能及。

一天，我们和威尔克斯去地窖，看到曾经贮藏大量美酒的壁洞里空无一物，只有一处侧廊尚在使用，侧廊的箱子里都装得满满的，其中有些是五十年陈年佳酿。

“自从爵爷大人出国后，这里就再没有增加过新酒了，”威尔克斯说，“很多陈年美酒都应该被喝掉了。我们也该储存些 1918 年和 1920 年的好酒了。我收到好多酒商的来信，想要商量这件事，夫人让我去问布赖兹赫德伯爵，布赖兹赫德又让我去问老爷，老爷说去问律师。就这样，我们的酒越来越少。按照目前的消耗速度，这里的酒够喝十年，但十年后，会怎么样呢？”

我们兴致勃勃，威尔克斯尽量迎合。我们从每个箱子里取出一瓶酒。在那些与塞巴斯蒂安共度的宁静夜晚，我第一次认真了解葡萄酒，并由此播下一颗种子，这种子丰硕的果实在我以后多年贫瘠无趣的岁月中，成了我的精神支柱。我们坐在“画厅”里，桌上摆着三瓶打开的葡萄酒，每人面前摆着三只玻璃杯。塞巴斯蒂安找来一本如何品酒的书，我们便遵照上面详细的指示，先将酒杯放在烛光上微微烤暖，然后往杯中斟上三分之一的美酒，旋转酒杯，握在手中，将它对着光线举起来，闻一闻，喝上一小口，让它充盈口中，在舌间翻滚，与味蕾充分碰撞，就像在柜台上滚动一枚硬币，最后，才仰起头，让酒慢慢滴入喉咙。我们喝完后会讨论讨论，啃几口巴斯奥利弗饼干，再继续品尝另外一种酒，接着又回到第一种，再品另一种，直到把三种酒轮流品完。酒杯的顺序早被打乱，我们也搞不清哪个酒杯里是哪种酒了，我们相互传递手中的杯子，有些杯子里是从不同酒瓶里倒出来的各种酒的混合，我们只好再拿三个干净的玻璃杯，重新开始。我们把三瓶酒都喝光后，对酒的赞美之词愈发离奇。

“……这酒有一点，羞涩，像小羚羊。”

“像小妖精。”

“有斑点的小妖精，在织锦一样的草坪上。”

“像平静水边的笛声。”

“……这是一瓶古老的、有智慧的酒。”

“是山洞里的先知。”

“……这是挂在雪白脖子上的一串珍珠项链。”

“像一只天鹅。”

“像最后一只独角兽。”

然后，我们会离开餐厅里的金色烛光，走到外面的星光下，坐在喷泉边，把双手伸进水池里凉快凉快，醉醺醺地听着流水拍打岩石的哗啦声和潺潺声。

“我们非得每天晚上都喝醉吗？”一天早上，塞巴斯蒂安问我。

“嗯，我觉得是。”

“我也觉得是。”

我们很少见到陌生人。有一个代理商，身形削瘦、肌肉松弛，以前是个陆军上校，有时会和我们在路上碰到，还来家里喝过一次茶。我们通常躲着他。每周日，附近修道院的修道士会来做弥撒，并和我们一起吃早餐。他是我生平认识的第一位神职人员。我注意到，他和教区牧师不同，但对我来说，布赖兹赫德庄园是个如此充满魅力的地方，这里一切的事和一切的人都应该与众不同。其实，菲普斯神父性格很温和，有着圆圆的脸蛋，对郡里的板球赛颇感兴趣，还固执地认为我们和他一样感兴趣。

“你知道吗，神父，查尔斯和我对板球真的一无所知。”

“我真希望上周四亲眼看到泰尼森是怎么拿下五十八分的。一定是相当激烈的一局。《泰晤士报》上的报道很精彩。你看过他们和南非人的比赛吗？”

“我从来没有见过他。”

“我也没有。我都好多年没看过一场一流的比赛了——上一次还是格瑞夫斯神父带我去的。我们去安普福斯参加完修道院院长的就职典礼后，路过利兹，看了那场比赛。格瑞夫斯神父选的那趟火车，让我们在下午有三个钟头的候车时间，于是我们去看了与利兹兰开夏的比赛。真是个难忘的下午。我还记得比赛中的每一个进球。从那以后，我就只在报纸上看过了。你们很少去看板球赛吧？”

“从来没看过。”我说。他看着我，我只在虔诚教徒的脸上看过那种表情。他们带着天真的疑惑，仿佛在问，你们这些身处尘世险境的人，怎么不多利用些五花八门的玩意来安慰自己呢。

塞巴斯蒂安经常去听他的弥撒，尽管同行者甚少。布赖兹赫德庄园并非历史悠久的天主教中心。马奇曼夫人招了些信天主教的用人，但大部分用人和所有佃农只会去大门边弗莱特家族墓园里的灰色小教堂祈祷。

对那时的我而言，塞巴斯蒂安的信仰是个未解之谜，但我并不很想去解开这个谜。我不信宗教。小时候，我每周都被带去教堂，上学时，我每天参加礼拜。仿佛是对我的补偿，我上公立学校后，在假期期间就不用上教堂了。教我神学的老师告诉我，《圣经》里的话都不能信。他们从不建议我祈祷。我父亲不上教堂，除非是家庭活动，但他即便去了，也是带着嘲讽的心态。我母亲呢，我认为她应该是很虔诚的。所以，我曾经觉得很奇怪，这样一个虔诚的人竟然会抛下丈夫与儿子，认为自己有责任跟着野战救护队去塞尔维亚，并最终累死在波斯尼亚的冰天雪地中。后来，我在自己身上也发现这种精神，也是在后来，1923年，我遵从要我信教的要求，不曾深思熟虑，便把超自然的东西作为真理接受。可在布赖兹赫德庄园的那年夏天，我还没有意识到这样做的必要。

我自从认识塞巴斯蒂安后，他偶尔说出的一些话提醒我他是天主教徒。他几乎把一些话天天挂在嘴边，我把这当成是他的一种小癖好，就跟他的泰迪熊一样。我们从来不曾讨论这个话题，直到我来布赖兹赫德后的第二周星期天。菲普斯神父刚同我们告别，我们拿着报纸坐在石柱廊上时，他说了一句话，让我大吃一惊："唉，当个天主教徒真不容易。"

"对你有很大的影响吗？"

"当然。一直都有很大的影响。"

"呃，我得说我可没发现。难道你在努力抵制诱惑吗？你看上去并不比我高尚。"

"我比你邪恶多了。"塞巴斯蒂安愤愤不平地说。

"那又怎样呢？"

"是谁祈祷说'啊，上帝，请让我做个好人吧，但不是现在'？"

"我不知道。我想，应该就是你吧。"

"唉，是的，我确实每天祈祷。但问题不在这儿，"他又读

《世界新闻》报，说，“又有一个下流的童子军领队。”

“我猜，他们想方设法要让你相信一大堆胡说八道？”

“是胡说八道吗？我希望是。可有时候，我觉得有些话听起来相当有道理。”

“亲爱的塞巴斯蒂安，你不会真的相信那一套吧。”

“为什么不会？”

“我是说圣诞节啊，指明星啊，三个国王啊，公牛啊，驴子什么的。”

“啊，对啊，我就是相信。都是些多么有趣的想法呀。”

“可你不能因为那些想法有趣，就相信吧。”

“可我就是相信。我就是相信那些。”

“那你也相信祈祷吗？你觉得，只要跪倒在一尊雕像前，说几句话，甚至都不用大声说出口，只要在心中默念一下，就能让天气改变？你觉得，有些圣人就是比其他圣人更有本事，只要找到合适的那一位，他就可以帮你解决相应的问题？”

“啊，是的是的。你难道不记得了，我上学期把阿洛伊修斯带出去，结果不记得把它丢在哪儿了。那天早上，我像疯了一样向圣安东尼[①]祈祷。结果，我刚吃完午饭，尼克尔斯先生就抱着阿洛伊修斯出现在坎特伯雷教堂门口，说我把它忘记在他的出租车上了。”

“哦，”我说，“你如果相信这些，同时又不想做个好人，那你信教还有什么困难呢？”

---

① 13世纪生于葡萄牙里斯本，是穷人的主保，人们遗失了物品，常向圣安东尼祈祷。

“你如果不能自己明白，那别人怎么说你也明白不了。”

“是嘛，到底有什么困难？”

“喂，别这么讨人厌了，查尔斯。我还想看这条新闻呢，赫尔的一个女人一直在用工具[①]帮人堕胎。”

“是你先开始这个话题的。我只是很感兴趣罢了。”

“我以后再也不提了……他们在参考三十八个案例后，判了她六个月监禁——天哪！”

可他还是再次提起这个话题。大概十来天之后，我们正躺在屋顶，沐浴着阳光，用望远镜看着脚下公园里正在举行的农业展。这是一次为期两天、规模中等的展会，旨在为附近几个教区的农民服务，延续至今，变得更像集市和社交聚会，而非严肃的竞赛。人们用旗子围出一个大圈，在周围搭起六七个大小不一的帐篷；现场有评委席和一些关着牲口的围栏；最大的帐篷是供应点心的，大群农民聚集在那里。准备工作已进行一周之久。“我们应该藏起来，”随着开展的日子一天天临近，塞巴斯蒂安说，“我哥哥也会来的。他可是农业展上的重要角色。”于是，我们那天就躺到屋顶的栏杆下。

布赖兹赫德是早上坐火车来的，和代理商费德上校一起用午餐。他刚到时，我和他见了五分钟。安东尼·布兰奇对他的描述可谓恰到好处：他有着弗莱特家族的典型的面容，就像由阿兹特克人雕出的雕塑。此时，我们可以用望远镜看到他，他正以笨拙的姿势在佃户之间走动，不时地停下脚步，和评委席上的评委打招呼，又趴在围栏边认真观察里面的牲口。

---

① 在当时，堕胎是非法的。

“我的哥哥，是个奇怪的家伙。”塞巴斯蒂安说。

“他看上去很正常啊。”

“哦，但实际上并不正常。你要是认识他，就会知道，他是我们家最疯狂的一个人，只是一点也不显露出来。他的内心完全是扭曲的。他原本想当个神父，你知道吧。”

“我不知道。”

“我想，他现在还想当神父呢。他从斯托尼赫斯特学院一出来，差点成了耶稣会会士。妈妈觉得这太可怕了。妈妈不能阻止他，但最不愿意看到的就是这个。想想别人会怎么说吧——他是我们家的长子啊，我如果想当神父，情况就不一样了。还有可怜的爸爸。就算没有这件事，他都觉得信教很麻烦了。家里到处都吵吵嚷嚷，让人生厌——僧侣和教士像老鼠般在家乱窜，布赖兹赫德只会闷闷不乐地坐在那里，满嘴都是什么上帝的旨意。爸爸出国时，心里是很难过的，知道吧——真的，比妈妈难过得多。最后，他们终于说服哥哥去牛津上学，把要当神父的想法再好好考虑三年。现在，他要试着做出决定了。他说要去参加禁卫军，又说要进入下议院，还说起结婚。他不知道自己想要什么。我要是也去斯托尼赫斯特学院，不知道会不会变成他那样。我本来是要去的，可我还没到上学的年纪，爸爸就出国了。他出国后，坚持的第一件事就是让我上伊顿公学。”

“你父亲放弃宗教了吗？”

“呃，从某种程度上来说，他不得不放弃，他本来就只是在和妈妈结婚时才信教的。他一出国，就把信仰什么的全丢下了。你一定得见见他。他是个很好的人。”

在此之前，塞巴斯蒂安从来没有认真地说起过他的父亲。

我说："你父亲走的时候，你们一定都很难过吧。"

"我们都很难过，除了科迪莉娅。她当时还太小。我当时是很难过的。妈妈试着向我们三个大孩子解释，让我们不要恨爸爸。我是唯一一个不恨他的人。我相信，妈妈其实希望我恨他。我一直是爸爸最喜欢的孩子。我要不是摔伤脚，现在就去和他住了。我也是唯一一个去看过他的人。要不你也一起去吧？你会喜欢他的。"

一个男人拿着扩音器，在下面的空地上大喊最后一场比赛的结果，他的声音传到我们这里时已经很微弱。

"所以，你看，在宗教方面，我们是个混合家庭。布赖兹赫德和科迪莉娅是狂热的天主教徒；布赖兹赫德很痛苦，可科迪莉娅像小鸟般快活；朱莉娅和我算半个异教徒；我很快乐，可我觉得朱莉娅并不开心；大家都认为妈妈是个圣人，而爸爸是被逐出了教会——但我不知道他们中到底谁更幸福。总而言之，不管你怎么看，幸福似乎和宗教并没有很大关系，我知道的就是这些……但我希望自己能更喜欢天主教徒一些。"

"他们看上去和其他人一样。"

"我亲爱的查尔斯，事实恰恰相反——尤其是在这个天主教徒人数那么少的国家。他们并不是一个小团体——他们形成了至少四个小团体，一半的时间都在相互谩骂，对生活有着完全不同的看法；他们对什么东西重要的看法总与他人不同。他们尽力掩饰，但总会表露出来。说真的，他们当然会想要掩饰。但你看，对于像朱莉娅和我这样的半教徒来说，要掩饰可就困难了。"

高高烟囱下传来童稚的响亮叫喊，打断我们这场严肃的谈话："塞巴斯蒂安，塞巴斯蒂安……"

“天哪！”塞巴斯蒂安伸手去拿毛毯，“好像是我的妹妹科迪莉娅。你快盖上。”

“你在哪儿呀？”

一个小孩出现了，她身材结实，十岁左右，带着绝对不会让人弄错的家族特征，可那些特征组合在一起，仿佛出了什么差错，呈现出一种平庸的胖嘟嘟的效果。两条粗粗的老式发辫垂在她背后。

“走开，科迪莉娅。我们还没穿衣服呢。”

“什么？你们穿得挺好的呀。我就猜到你在这儿。你不知道我也来了吧？我是和布赖迪一起来的，我留下来，去看了弗兰西斯·泽维尔，”她对着我说，“它是我的猪。接着，我们和费德上校吃了午餐，又去看了展览。弗兰西斯·泽维尔得到了评委特别奖。兰德尔那个坏蛋凭一头脏兮兮的畜生得了第一。亲爱的塞巴斯蒂安，我又见到你可真高兴。你那可怜的脚怎么样了？”

“向赖德先生问好。”

“哦。不好意思。您好，”所有的家族魅力都体现在她的微微一笑中，“他们在下面都喝得醉醺醺的，所以，我就跑掉了。我说，是谁在办公室画了那些画？我跑进去找手杖时看到了。”

“说话小心点。那是赖德先生的作品。”

“画得真好看。我说，真是你画的吗？你太聪明了。要不你俩穿好衣服下来吧？周围没别人。”

“布赖迪肯定会带评委们来的。”

“他不会。我听到他说不打算带评委过来。他今天脾气很差。他不想让我跟你们一起吃晚饭，不过我已经把这事解决了。来吧。等你们能见人了，就来育婴室找我。”

当天晚上，我们这一小群人都很压抑。只有科迪莉娅完全是轻松自在，她享受着美食、深夜不睡的兴奋，以及兄长相伴的快乐。布赖兹赫德只比塞巴斯蒂安和我大三岁，看上去却像另一辈人。他的外貌有着家族的典型特征，鲜少露出的笑容和家里其他人的笑容一样可爱。他说话时总是严肃而拘谨。我的堂兄贾斯珀如果用这样的语气说话，就会显得高傲自大、虚伪做作，可布赖兹赫德这样说话，却显得谦逊有礼、自然而然。

“十分抱歉，你来了那么多次，我都错过了，”他对我说，“他们好好照顾你了吗？我希望塞巴斯蒂安请你喝了些好酒。要是让威尔克斯做主，他一般很吝啬。”

“他对我们相当大方。”

“听你这么说我很高兴。你喜欢喝葡萄酒吗？”

“非常喜欢。”

“我真希望自己也喜欢喝酒。酒是人与人之间的纽带。在马德琳学院，我不止一次试着喝醉，但我并不喜欢葡萄酒。我觉得啤酒和威士忌更倒胃口。所以，今天下午这种活动于我而言是种折磨。”

“我喜欢葡萄酒。”科迪莉娅说。

“我妹妹科迪莉娅最近的学校报告单说，她不仅是学校最坏的女生，还是最老修女记忆中有史以来最坏的女生。”

“那是因为我不肯加入圣母儿童会。修道院的女院长说，我如果不把自己的房间收拾整洁，就不能加入圣母儿童会。于是我说，好吧，那我就不加入了，我相信圣母才不会在意我左脚穿的是体操鞋，右脚穿的是舞蹈鞋呢。院长气得脸都青了。”

“圣母在意你是否服从。”

“布赖迪，别这么虔诚，”塞巴斯蒂安说，“我们这儿可有位无神论者。”

“是不可知论者。”我说。

“真的吗？你们学院有很多你这样的人吗？马德琳学院有不少。”

“这我就不知道了。我去牛津之前，很早就是不可知论者了。”

“到处都有这样的人。”布赖兹赫德说。

那天，宗教似乎成了不可回避的话题。我们讨论了一会儿农业展。接着，布赖兹赫德说：“我上周在伦敦看到大主教了。你们知道吗，他想把我们家的小教堂关掉。”

“啊，他不能这样。”科迪莉娅说。

“我觉得妈妈不会让他这么做的。”塞巴斯蒂安说。

“小教堂太偏僻了，”布赖兹赫德说，“住在梅尔斯德附近的十几户人家没法到这儿来。他想在那边开个弥撒中心。”

“我们怎么办呢？”塞巴斯蒂安说，“难道冬天还得一大早开车去那儿吗？”

“我们必须在这里举行圣餐礼，”科迪莉娅说，“我喜欢时不时参加一下，妈妈也喜欢这样。”

“我也喜欢，”布赖兹赫德说，“但我们的人实在太少了。我们又不是那种人人都去做弥撒的老派天主教家庭。小教堂迟早会关闭的，也许等到妈妈过世以后吧。关键在于，让它现在就关掉是不是更好。你是个艺术家，赖德，从美学的角度看，你觉得小教堂怎么样？”

“我认为它很美。”科迪莉娅眼含热泪地说。

“它算是高雅的艺术吗？”

“呃，我不是很明白你的意思，”我谨慎地说，“我认为它是它那个时代的杰出代表。也许再过八十年，它就会被人们顶礼膜拜。”

“可它如果二十年前是好的，八十年后也是好的，怎么可能现在是不好的呢？”

“好吧，它也许现在就很好。我的意思是，我只是碰巧不那么喜欢它。”

“喜欢一样东西和觉得一样东西很好是有区别的吧？”

“布赖迪，别像个耶稣会会士那么阴险。”塞巴斯蒂安说，可我知道，这样的意见相悖不仅是口舌之争，还反映出我们之间深刻而无法逾越的分歧。我们不理解彼此，永远不可能理解。

“这不正是你用来评价葡萄酒的标准吗？”

“不。葡萄酒有时候只是达到目的的手段，我喜欢那个目的，也认为那个目的是好的——人与人之间的共鸣。就我自己的情况而言，葡萄酒并不能达到那样的目的，所以，我既不喜欢葡萄酒，也不认为它对我有什么好处。”

“布赖迪，不要再说了。”

“对不起，”他说，“我还以为这是个很有意思的话题呢。”

“谢天谢地，我上的是伊顿公学。”塞巴斯蒂安说。

晚餐过后，布赖兹赫德说：“我恐怕要把塞巴斯蒂安带走半个小时。我明天一整天都会非常忙，展览一结束就要走。我有好多文件需要父亲签字。塞巴斯蒂安必须把文件带去，解释给父亲听。你，科迪莉娅，该去睡觉了。”

“等晚餐消化了再说嘛，”她说，“我还不习惯晚上像这样大吃大喝呢。我要跟查尔斯聊聊天。”

“查尔斯?”塞巴斯蒂安说，“查尔斯？孩子，你得叫他赖德先生。”

“聊嘛，查尔斯。”

只剩我们两个人时，她问：“你真是不可知论者吗？”

“你们家是不是总是讨论宗教问题？”

“也不是总谈论这个。这个话题自然而然冒了出来，不是吗？”

“是吗？我觉得这个话题从来不会自然而然冒出来。”

“那么，你也许真是个不可知论者。我会为你祈祷的。”

“你太好了。”

“但是，我不能把转一整圈念珠的时间都给你，知道吧。只能是十颗念珠的时间。我得为好多人祈祷，有一长串名单。我得按顺序来，每个人每周大概能分到十颗念珠吧。”

“我相信，这已经超过我应得的了。”

“哎，我碰到的事情比你的事棘手多了。像是罗伊德·乔治[①]、恺撒，还有奥莉芙·班克斯。”

“最后一位是谁？”

“她上学期从女修道院逃跑了。我不太清楚到底是为什么。院长发现她一直在写什么东西。你知道吗，你如果不是不可知论者，我会找你要五先令，去买个黑人教女。”

“你们的宗教已经没什么事能让我惊讶的了。”

“这是一位传教神父上学期发起的新鲜事。你把五先令寄给非洲的某位修女，她们就会给一位女性小婴儿洗礼，并以你的名字给她命名。我已经有六个黑人科迪莉娅了。是不是很有

---

① 罗伊德·乔治（1863—1945），1916 到 1922 年间任英国首相。

意思？”

布赖兹赫德和塞巴斯蒂安回来后，把科迪莉娅送去睡觉。布赖兹赫德又继续我们刚才的讨论。

“当然，你确实说得对，”他说，“你把艺术当做手段，而不是目的。这是严谨的神学，可我觉得，一个不可知论者也相信这一点，就不同寻常了。”

“科迪莉娅答应为我祈祷。”我说。

“她为她的猪都做过连续九天的祷告。”塞巴斯蒂安说。

“你知道吗，这一切让我困惑。”我说。

“我觉得我们正在上演一出闹剧。”布赖兹赫德说。

那天晚上，我意识到，我对塞巴斯蒂安是多么不了解，也开始理解他为什么总是想方设法地让我远离他生活的其他方面。他就像我坐船在公海旅行时结交的一位朋友，现在，我们来到他家乡的港口。

布赖兹赫德和科迪莉娅走了；展览场上的帐篷被拆掉，旗子被拔起；遭到践踏后的草坪恢复颜色；这个月在悠闲安逸中开始，此时迅速走到尽头。塞巴斯蒂安现在不用拄着拐杖走路了，也忘记了伤痛。

“我觉得你最好跟我一起去威尼斯。”他说。

“没钱。”

“我想过了。我们到了威尼斯，就可以靠我爸爸。律师会付我路费——头等车厢的卧铺票。同样的钱够我们两个人坐三等车厢。”

于是，我们出发了。起初是坐廉价长途跨海轮船去敦刻尔克。

我们整夜坐在清朗星空下的甲板上，看破晓时分在岸边沙丘后微露的晨曦。接着是坐硬座去巴黎。我们一到巴黎，直奔洛蒂酒店，洗澡剃须，去福伊约餐厅吃午饭。餐厅里很热，一半的座位空着。然后，我们昏昏欲睡地逛了会儿商店，在一家咖啡厅里坐了很久，等火车。最后，在灰尘满天的温暖傍晚，我们赶到里昂车站，登上南行的慢车。仍然是木头硬座，车厢里挤满走亲访友的穷人。他们和北欧国家的穷人一样，旅行时带着各种大包小包，流露出对权威毕恭毕敬的神情。车厢里还有度完假归队的水手。我们睡得并不安稳，火车晃晃荡荡，时走时停。我们夜里还换了一次车，上车后又睡着了，再醒来时车厢里空空荡荡，窗外闪过松树林和远方高山的山顶。边境线上有穿着不同制服的士兵，车站餐厅供应咖啡和面包，周围的人都带着南方人特有的优雅与快乐的表情。火车再次开进平原地区，针叶松被藤蔓和橄榄树取代。我们在米兰又换车，从手推车上买了大蒜香肠、面包和一瓶奥维多干白葡萄酒（我们在巴黎就把钱基本花光，只剩下几个法郎）。艳阳高悬，郊野热气腾腾；车厢里坐满农民，每到一个车站，他们就如潮水般退下去又涌上来。炎热的车厢里，大蒜的气味格外浓烈。黄昏时分，我们终于到达威尼斯。

一个脸色阴沉的男人在车站迎接我们。“爸爸的贴身男仆，普伦德。”

“我之前去接了那趟快车，”普伦德说，“爵爷大人以为你看错了列车时刻表。这趟车好像只是从米兰出发的吧。”

“我们是坐三等车厢来的。”

普伦德彬彬有礼地笑了笑。“我带了条贡多拉小船来。我就带着行李坐汽艇回去了。爵爷大人去了利多。他之前不确定自己会不会比你先到家——我们当时还以为你会坐快车来。这时候，他应该到家了。”

他带着我们，走到等候中的小船边。船夫们穿着绿色和白色制服，胸口别着银质徽章，微笑着鞠躬。

“回宫殿，尽快。”

“好的，普伦德先生。”

于是，我们的船漂走了。

“你以前来过这里吗？”

“没有。”

“我来过一次——是从海上来的。那才是来威尼斯的正确方式。”

“我们到了，先生们。”

这座名为“宫殿”的宅邸略微有些名不副实，前门是狭窄的帕拉迪奥[①]风格建筑，台阶上长满青苔，阴暗的拱廊以粗糙的石块砌成。一个船夫跳上岸，把船牢牢系在柱子上，拉响门铃，另一个船夫站在船头，让船紧靠台阶。门开了，穿着艳俗亚麻布条纹夏季制服的用人领着我们走上台阶，从阴影来到光亮之中。一楼主厅洒满阳光，丁托列托[②]学派的壁画使其更加熠熠生辉。

我们的房间在楼上，我们要爬上一截陡峭的大理石楼梯。房间的窗户都关着，将午后阳光挡在外面。男仆把窗户打开，我们看到外面的大运河。床上挂着蚊帐。

“现在还没有蚊子。”

---

① 安德烈·帕拉迪奥（1508—1580），意大利16世纪建筑家。
② 丁托列托（1518—1594），意大利16世纪威尼斯画派著名画家。

每个房间里都有一个球形脚小衣柜，一面模糊不清的金框镜子，此外，再无别的家具。地板是裸露在外的大理石块。

“有点寒碜吧？”塞巴斯蒂安问。

“寒碜？你来看看这个。”我把他领到窗户前，窗下和四周是无与伦比的盛况美景。

“不，这可不叫寒碜。”

一声巨大的爆响把我们吸引到隔壁房间。我们发现一个像是修建在烟囱里的浴室。浴室没有天花板，墙壁直接穿过楼上的地板，通向露天。在古董锅炉喷出的蒸汽中，隐约可见一个男仆的身影。空气中弥漫着刺鼻的煤气味，一小股冷水慢慢流淌着。

“情况不妙。”

“是的，是的，马上就好，先生。”

男仆跑到楼梯顶端，朝下面大喊，一个声音比他更刺耳的女人回答了他。塞巴斯蒂安和我回到房间，又去欣赏窗下美丽的风景。那两人的争论很快便结束了，一个女人带着一个小孩出现，朝我们微笑，对男仆怒目而视，把一只银水盆和一罐开水放在塞巴斯蒂安的衣柜上。与此同时，男仆打开我们的行李，把衣服叠好。他不知不觉又说起意大利语，向我们讲述那锅炉不为人知的优点。突然，他猛地侧过头，警觉起来，说：“侯爵来了。”然后他立刻冲下楼去。

“我们最好穿得体面些再去见爸爸，”塞巴斯蒂安说，“但不用穿正装。我猜他现在是一个人。”

我对与马奇曼爵爷的见面充满好奇。我真正见到他时，首先让我震惊的是他的普通，可我越打量他，就越觉得他值得细细研究。他似乎很清楚自己身上带着一种拜伦式的英雄气概，但他认为那是不好的，所以一直苦苦压抑那种气质。他站在大厅的阳台上，转过身迎接我们时，脸笼罩在深深的阴影中。我只看到一个高大笔挺的身影。

“亲爱的爸爸，”塞巴斯蒂安说，“你看起来好年轻！”

他吻了吻马奇曼爵爷的脸颊，而我，自从离开育婴室后，就再没有吻过我的父亲，此时只好羞涩地站在他身后。

“这是查尔斯。你难道不觉得我父亲很帅吗，查尔斯？”

马奇曼爵爷握了握我的手。

“是谁去查你们那趟火车的时刻表的，”他说——他说话的声音和塞巴斯蒂安一样——“犯了个荒唐的错误。压根就没有那么一趟车。”

“我们就是坐那趟车来的。”

“不可能。那个时间只有一趟从米兰来的慢车。我当时还在利多。下午时间还早，我去那儿和专业选手打网球。一天当中，也只有那个时候还不是太热。我希望你们俩在楼上住得舒服。这幢房子似乎只是为了让一个人住得舒服而设计的，那个人就是我。我有一个那么大的房间，还有一个相当不错的更衣室。另一个大房间被卡拉占了。”

我听到他如此轻松随意地提起自己的情妇，觉得很诧异。我后来想，他大概是故意这样说给我听的。

“她怎么样？”

“卡拉吗？挺好的，我希望她挺好的。她明天就会回来跟我们在一起了。她现在正在布伦塔运河的别墅看望几个美国朋友。我们在哪儿吃晚饭呢？可以去月神酒店，但那儿现在全是英国人。你们觉得在家吃饭会太无聊吗？卡拉明天肯定是要出去的，家里厨师的厨艺其实还不错。”

他从窗户边走开，站在傍晚灿烂的夕阳下。他背后的墙上是红色的绸缎墙纸。他有一张高贵的脸，一张自我克制的脸，这应该正如他本意所愿。那张脸上有一点疲倦，有一点嘲讽，还有一点骄奢淫逸的味道。他看似正当盛年。想来奇怪，他竟然只比我的父亲小几岁。

我们坐在四面都是窗户的房间里，在大理石桌边用晚餐。这幢房子里的一切，要么是大理石的，要么是天鹅绒的，要么是单调的镀金石膏。马奇曼爵爷说：“你们准备怎么打发在这里的时间？游泳，还是去观光？”

“不管怎么说，多少要参观一下的。”我说。

“卡拉会很喜欢的——塞巴斯蒂安应该告诉你了，她是你们在这儿的女主人。你们没法两者兼顾，知道吧。你们一旦去了利多，就逃不出来了——只能玩玩双陆棋，泡泡酒吧，再被太阳晒到头晕转向。还是只去教堂好了。”

“查尔斯非常喜欢画画。”塞巴斯蒂安说。

“是吗？”我听出他语气深处的一丝厌烦，这种语气我再熟悉不过了，在父亲的声音里听到过许多次。“是吗？有什么特别喜欢的威尼斯画家吗？”

“贝利尼[1]。”我的声音十分粗暴。

“是吗？哪个贝利尼？”

“我恐怕只知道一个贝利尼。”

“准确地说，有三个贝利尼。你会发现，在伟大的时代，画画

---

① 乔瓦尼·贝利尼（1430—1516），意大利画家，威尼斯画派创始人。

基本上是一项家庭事业。你们路上开心吗?”

“一路上很开心。”塞巴斯蒂安说。

“是吗?真的吗?我讨厌英格兰乡村,这是我的悲剧。我想,继承了重大的责任可又对责任漠不关心,是一种丢脸的行为吧。我现在完全符合社会党人对我的期待,却成了我自己党派的一块大绊脚石。唉,我毫不怀疑,我的长子会改变这一切,只要他们还给他留下一点能继承的东西……我总在想,大家为什么都觉得意大利的甜点很好呢?我父亲当家之前,布赖兹赫德庄园一直有位意大利糕点师傅。他当家以后,请的是奥地利人,好得多。现在,我猜他们请的是手臂粗壮的英国厨娘吧。”

晚饭后,我们从临街大门离开宫殿,穿过迷宫般的小桥、广场和巷子,来到弗洛安咖啡馆喝咖啡,看着人们面色凝重地在钟楼下来来往往。“没有哪儿的人像威尼斯人这样,”马奇曼爵爷说,“这个城市挤满无政府主义者。那天晚上,一个露着肩膀的美国女人想在这里坐坐,他们都跑来一言不发地盯着她,把她逼走了。他们就像来回盘旋的海鸥,不断地回头找她,直到她离开。而我们的同胞,在试图表达道德问题上的不同意见时,远没有如此高尚。”

一群英国人正从河边走来,准备坐到我们旁边的餐桌,突然,他们走向另外一侧,坐在那边斜眼看着我们,把脑袋凑到一起,说着什么。“我以前在政界时,认识那个男人和他的妻子。是你们教会一个鼎鼎有名的人物,塞巴斯蒂安。”

那天晚上,我们上楼睡觉时,塞巴斯蒂安说:“他真是个‘宝贝’,不是吗?”

第二天，马奇曼侯爵的情妇到了。我当时十九岁，对女人一无所知。我都没有把握认出大街上的妓女。但我对于和一对通奸男女同住一个屋檐下这一事实并非无动于衷，只是我已经到了能掩饰自己好奇心的年纪。我对马奇曼侯爵的情妇充满各种相互矛盾的期待，而一切的期待都在见到她的一刻破灭。她不像图卢兹·洛特雷克①笔下那些能撩人情欲的宫廷婢妾，也不是青春貌美的小女人，而是一个人到中年、保养得体、穿着考究、举止优雅的女人。我在无数公共场合见过这样的女人，也认识那么几位。她身上似乎没有任何社会污名留下的烙印。她到达后，我们去利多吃午餐，几乎每张餐桌上的人都跟她打招呼。

"维多利亚·康罗波娜邀请我们所有人去参加她在星期天举办的舞会。"

"她真是太客气了。可你知道我是不跳舞的。"马奇曼侯爵说。

"那孩子们呢？应该去看看——康罗波娜家开起舞会来真是灯火通明。谁知道以后还会有多少这样的舞会呢。"

"孩子们想去就去。我们必须拒绝。"

"还有，我邀请哈金·布鲁纳太太来吃午餐。她有个非常漂亮的女儿。塞巴斯蒂安和他的朋友会喜欢她的。"

"塞巴斯蒂安和他的朋友对贝利尼的兴趣比对富家小姐的兴趣更大。"

"我也希望是这样，"卡拉灵活地转换话题，换个方向进攻，"我来这里的次数数都数不清，可亚历克斯一次也没让我进过圣马

---

① 图卢兹·洛特雷克（1864—1901），法国贵族、后印象派画家、近代海报设计与石版画艺术先驱。

可大教堂。我们这次要当观光客了，是不是？”

我们确实成了观光客。卡拉找来一位个子矮小的威尼斯贵族作为向导，就没有他进不去的大门。她把他带在身边，手里拿着一本旅游指南，跟我们一起出发了。她偶尔也会疲倦，但从不放弃，她成了这无限华美景色中一个干净利落又平凡的身影。

在威尼斯的头两周，甜蜜的日子过得飞快——或许，日子太过甜蜜，我就像沉醉在蜜糖般的无忧无虑中。有的时候，我们在贡多拉小船上消磨时光，穿行在边渠小河中，船夫哀伤的呐喊，仿佛鸟儿的歌唱。有的时候，我们乘坐快艇在泻湖上飞驰，身后只留下在阳光中闪烁的一长串浪花泡沫。那段日子只留下混乱的记忆，一下是沙滩上刺眼的阳光，一下是大理石房间里的阴凉。到处都是水，水拍打着光滑的石块，在彩绘天花板上反射出斑斓的光点。在康罗波娜府邸度过的那个夜晚就像拜伦笔下的场景，接着又是一个拜伦式的夜晚，我们在基奥贾的浅水湾里钓海螯虾，小船所经之处，泛起粼粼波光，灯笼在船头摇晃，渔网被拖上来时，装满水草、砂子和拼命挣扎的鱼儿。凉爽的清晨，我们在阳台上品尝甜瓜和意式熏火腿。哈利酒吧还有热奶酪三明治和香槟鸡尾酒。

我记得塞巴斯蒂安抬头仰望科莱奥尼[①]的雕像时，说：“无论发生什么事，你我永远都不可能卷入战争，想到这一点，还觉得挺悲哀的。”

我记得格外清楚的是威尼斯之行即将结束时的一次谈话。

---

① 尔托洛梅奥·科莱奥尼（1400—1475），文艺复兴时期威尼斯的军事将领与风云人物。

当时，塞巴斯蒂安和父亲打网球去了，卡拉也终于承认自己体力不支。天色将近黄昏，我们坐在能俯瞰大运河的窗户旁。她坐在沙发上做针线活，我懒散地靠在扶手椅上。这是我们俩第一次独处。

“我觉得你很喜欢塞巴斯蒂安。”她说。

“哦，当然。”

“我知道英国人和德国人有这种浪漫的友谊。他们不是拉丁民族。我觉得，这种友谊持续的时间如果不长，那还是很好的。”

她如此沉静平淡，我无法对她生气，但也无法回应她。她似乎并不期待我的回应，只是继续穿针走线，时不时地停下来，从身边的针线包里拿出一块丝绸，对比一下。

“这种爱，在孩子们还不懂得它的含义时，就产生了。在英格兰，你快要成年时，它就会出现。我觉得我很喜欢这种感情。对一个男孩产生这样的爱，总比对一个女子产生这样的爱更好。你知道吗，亚历克斯就对一个女孩有过这样的爱，那就是他的妻子。你觉得他爱我吗？”

“老实说，卡拉，你问了个最令人尴尬的问题。我怎么知道呢？我猜……”

“他不爱。一点都不爱。那他为什么要和我在一起？告诉你吧，因为我可以保护他远离马奇曼夫人。他恨夫人，你可能想象不到他有多恨她。你以为他是那么冷静、那么有英国人的风度——是位绅士老爷，什么东西都玩腻了，什么激情都消褪了，只想舒舒服服过日子，什么都不用操心，过一天算一天，反正还有我替他做那件男人们自己做不了的事。我的朋友啊，他其实是座充满怨恨的火山。他不能和夫人呼吸同一个地方的空气。他不愿踏足英格兰半步，因为那里是她的家。他和塞巴斯蒂安在一起并不开心，因为他是夫人的儿子。不过，塞巴斯蒂安也恨夫人。”

“我敢肯定你这句话说错了。”

“他也许不会对你承认。他也许对自己都不敢承认。他们都是满心怨恨——恨的其实是他们自己。亚历克斯和他的家人都如此……否则，你认为他为什么不进社交圈？”

“我一直以为是别人都不搭理他。”

“我亲爱的孩子，你太年轻了。人们怎么可能和亚历克斯这样一个英俊潇洒、聪明富有的人为敌呢？永远都不可能。实际上，是他把别人赶走的。现在，他们还一而再、再而三地来找他，可受到的只有他的冷落和嘲笑。一切都是因为马奇曼夫人。凡是可能跟她握过的手，他连碰都不会碰。我们接待客人时，我看得出来他在想：‘他们有没有可能才从布赖兹赫德庄园来呢？他们等一下会去马奇曼公馆吗？他们会跟我妻子说起我吗？他们会成为我和我所憎恨的她之间的纽带吗？’说真的，我内心深处知道他就是这么想的。他疯了。他妻子为什么要承受他如此的仇恨呢？她没有犯什么错，唯一的错就是被一个还没有长大的男人爱上了。我与马奇曼夫人素昧平生，只见过她一次，但你如果和一个男人住在一起，总会慢慢了解那个他曾经爱过的女人。我就很了解马奇曼夫人。她是个善良单纯的女人，只是被错误的人爱上了。

“一个人怀有那样强烈的仇恨时，恨的其实是自己身上的某个方面。亚历克斯恨的是他年少时的种种幻想——天真啊，上帝啊，希望啊。可怜的马奇曼夫人只能承受这一切。一个女人可没有这种爱的方式。

“现在，亚历克斯喜欢我，我保护他不受他自己天真的伤害。我们过得很舒服。

“塞巴斯蒂安爱的是他自己的童年时代。所以他现在很不开心。泰迪熊，奶妈……可他现在都十九岁了……”

她在沙发上挪动一下，变换身体的重心，好让自己能看到窗下来往的船只。她用充满爱意和嘲讽的口吻说：“坐在阴凉处，谈论爱情，这多么美好。”突然，她的语气急转直下：“塞巴斯蒂安喝酒太多了。”

“我想我们都喝得很多。”

“你喝多了不要紧。我看过你们在一起时的情形。塞巴斯蒂安和你不一样。如果没有人阻止他，他就会喝到烂醉如泥。这种情况我见多了。亚历克斯在认识我时，差不多也是个酒鬼，这是血脉相承的一件事。我从塞巴斯蒂安喝酒的方式就看得出来。但你不是那样。”

我们在开学前一天到达伦敦。在我们从查林十字街出来的路上，我让塞巴斯蒂安在他母亲家的前院下车。“‘马家大宅’到，”他说这话时叹了一口气，宣告假期结束，“我就不请你进来了，里面只怕挤满了我们家的人。我们在牛津见吧。”我坐车穿过公园，回到自己家。

父亲带着一贯的淡淡的遗憾表情迎接我。

“今天才回来，”他说，“明天又要走了。我好像都没怎么见到你。也许，这里的生活对你来说太无聊了。要不然还能是为什么呢？你玩得开心吗？”

“非常开心。我去了趟威尼斯。”

“很好。很好。我猜就是这样。那儿天气好吗？”

父亲一整晚都在安静地研究什么，快到睡觉时间，他停下来，问：“那个你十分担心的朋友，死了吗？”

“没有。”

“谢天谢地。你应该写信告诉我。我很担心他呢。”

第五章

“牛津的特点，”我说，“就是新的学年从秋天开始。”

鹅卵石路上，砂石小道上，草坪上，处处落叶飘零。学校花园里，篝火的烟雾与河边潮湿的水汽融合在一起，飘过灰色的围墙。脚下是湿滑的石板路。四方院的窗户里，灯一盏接一盏亮起，金色的灯光四散开来，变得模糊。穿着新长袍的新生在暮色中从拱门下漫步而过，熟悉的钟声唤起一年的回忆。

秋日的情绪笼罩在我俩心头，六月欢快热烈的气氛似乎随着紫罗兰的凋谢而逝去，窗口的芬芳被四方院角落里一堆潮湿落叶闷烧时发出的熏烟取代。

新学期第一个星期天的傍晚。

“我感觉自己好像已经一百岁了。”塞巴斯蒂安说。

他是前一天晚上到学校的，比我早一天。这是我们自从在出租车上分开后第一次见面。

“今天下午，我被贝尔主教训了一顿。这是我上大学以来第四次挨训——先是我的导师，然后是副院长，接着是万灵学院的桑格拉斯，这次是贝尔主教。”

“万灵学院的桑格拉斯是谁？”

“就是妈妈的人呗。他们都说，我去年开了个坏头，已经引起大家的注意，如果还不改过自新，就会被开除。怎么改过自新呢？我猜，大概得加入国际联盟协会，每周看看《艾瑟斯》杂志，早上在卡迪那咖啡馆里喝咖啡，抽大烟斗，玩曲棍球，去野猪山喝茶，到凯博学院听讲座，还要骑个自行车，往车筐里装满满一筐笔记本，到了晚上，边喝可可，边严肃地讨论性问题。唉，查尔斯，从上学期到现在，到底发生了些什么事？我现在感觉自己好老啊。”

“我感觉自己是中年人。这绝对更可怕。我想，我们是把在这里能找到的乐子都享受过了。”

我们静静地坐在炉火前，暮色降临。

“安东尼·布兰奇走了。”

“为什么？”

“他给我写了封信。显然，他在慕尼黑找了套公寓——和那里的一个警察扯上关系了。”

“我会想念他的。”

“我想，从某种程度上来说，我也会的。”

我们又沉默了。我们如此安静地坐在火光前，以至于有个人进来找我时，在门口站了一会儿，以为屋里没人便走了。

“不能这样开始一个新的学年。”塞巴斯蒂安说。但这个阴郁的十月黄昏，似乎把它寒冷而潮湿的气流吹到了接下来的几个星期里。那一整个学期，甚至是那一整年，塞巴斯蒂安和我生活在越来越沉重的阴影中，玩具熊阿洛伊修斯坐在塞巴斯蒂安卧室的抽屉柜顶上，无人问津，就像某个神物。大家起初把它藏起来不让教士看到，但最终，所有人都将它遗忘了。

我们俩都有所改变。我们失去猎奇之心，猎奇之心在第一学年引发了我们混乱无序的状态。我安定下来。

出乎我的意料，我竟然怀念起堂兄贾斯珀。他在学位考试中拿到一等荣誉学位后，目前正在伦敦笨手笨脚地开始一种扰乱公众的生活。我需要他带给我冲击，没有他强大影响的存在，学校生活貌似失去牢固的根基，再也不能像夏天那样，激起我的愤慨，并让我赋予那种愤慨某种涵义了。更重要的是，我是酒足饭饱地回到学校的，带着些许愧疚。我下定决心放慢节奏，再也不成为父亲的笑柄。他古怪的言辞比任何谴责都让我更加深刻地意识到，挥霍度日是个愚蠢的错误。我这学期没有受过一次批评，我在历史课上表现优异，在学期初的考试中就拿到中等成绩，所以我没费什么力气就和导师建立了良好的关系。

我和历史学院保持着一种若即若离的关系，我每周写两篇论文，偶尔去听听讲座。除此以外，第二学年伊始，我加入拉斯金艺术学院。我们每周有两三个上午聚集在一起，大概有十几个人——至少一半都是牛津北区的富家千金——我们周围摆满阿什摩林博物馆各种古董的铸造模型。我们每周两次在茶店楼上的小房间里画裸体模特。学校方面煞费苦心地要杜绝一切夜间不良活动，从伦敦请来给我们当模特的年轻女郎只能在白天逗留，不能在大学城里留宿。我还记得，那小房间里靠近油灯的侧墙总是玫瑰色的，另一面墙上却杂色斑驳，高低不平，像被人抓过。就在那儿，在那油灯的气味中，我们跨坐在小板凳上，召唤几乎看不见的特丽比[①]的幽灵。我的画一文不值。我在自己的房间里，创作了一些精致复杂的临摹小作品，这些画有些被当时的朋友保存，朋友时不时地拿出画来让我难堪。

---

① 英国小说家乔治·杜·莫里耶（1834—1896）的小说《特丽比》，讲述邪恶音乐家用催眠把一位人体模特变成名歌手的故事。

指导我们的是个和我差不多年纪的男人，他对我们抱着充满戒备的敌意。他穿深蓝色衬衫，系柠檬黄领带，戴角质架眼镜。在很大程度上，正是因为这样的暗示，我开始改变自己的衣着风格，最后接近堂兄贾斯珀认为的适合在乡间别墅做客的模样。总之，凭借得体的打扮和愉快认真的学习态度，我成了学院里相当体面的一号人物。

塞巴斯蒂安的情况就不同了。一年的混乱生活填补了他内心深处的需求，那就是逃避现实，现在，他发现，在原本感觉自由自在的地方有了越来越多的限制，哪怕是同我在一起时，他也经常无精打采、闷闷不乐。

那个学期，我们很少同外人打交道，形影不离，不再需要去别处寻找朋友。堂兄贾斯珀跟我说过，到了二年级，花时间去甩掉一年级交的朋友是很正常的事，实际情况果真如此。我的大部分朋友是通过塞巴斯蒂安认识的。于是，我们一起把他们甩掉，并不再结交新友。我们并没有作出任何宣言。起初，我们似乎还是和往常一样频繁地与他们见面，也一起参加聚会，但我们自己很少筹办聚会。我无意取悦新生，他们就和他们在伦敦的姐妹一样，在这里正式开始社交。每个聚会上都有陌生的面孔，我几个月前也许会热切地结识新朋友，可现在，我只觉得这样做是多此一举。我们那个彼此亲密的小圈子，曾经在夏日的阳光下那般活跃，如今也在弥漫的雾气和河岸的暮色中变得黯淡而沉默，那雾气和暮色让我的这一整年充满柔软朦胧的色彩。安东尼·布兰奇离开时，带走了一些东西。他锁上一扇门，把钥匙挂在自己的钥匙链上，带走了。原本视他为陌路人的朋友，现在都需要他。

我感觉，一场日间慈善演出结束了。剧院经理扣上他阿斯特拉罕羔羊皮外套，拿走自己的报酬，郁郁寡欢的剧场女士们群龙无首。没有了他，她们忘记提示，胡乱篡改台词。她们需要他在恰当的时候拉起幕布，需要他指挥舞台灯光，需要他在旁边悄声提醒，需要他以专横的目光紧盯乐队的指挥。没有了他，便没有周刊派来摄影记者，也没有事先策划好的正面报道以及大家快乐的期待。再没有什么比共同的事业更能将他们牢牢联系在一起。可现在，金色蕾丝和天鹅绒衣服都被收起来，还给戏服出租商，取而代之的是单调沉闷的日间制服。在几小时的愉快彩排中，在短短几分钟忘情投入的表演中，她们扮演精彩的角色，出演伟大的祖先，被认为成功再现了名画中的英雄人物。现在，一切结束，在白日凄寒的阳光中，她们必须回到各自的家，回到频繁前去伦敦办事的丈夫身边，回到输掉牌局的情人身边，回到太快长大的孩子身边。

安东尼·布兰奇的那伙人分道扬镳，成了十来个暮气沉沉的英国年轻人。他们以后将说起："你还记得我们在牛津时都认识的那个非同寻常的家伙安东尼·布兰奇吗？不知道他现在怎么样了。"他们原本是从一群人中被随意挑选出来的，现在又缓慢而笨拙地回到那群人中，越来越没有个性，无法分辨。这种改变在我们看来一目了然，可他们自己看不出来。他们还会不时地来我们的住处聚会，但我们不再主动邀请他们。相反，我们对文化层次没那么高的同类产生兴趣，经常去圣埃波斯和圣克莱蒙特那些贺加斯风格的小酒馆以及老集市和运河之间的大街上消磨夜晚时光。我们玩得很开心，我相信，那些地方的人也都很喜欢我们。我们对"花匠胳膊"酒馆，"小马头"酒馆，剧场旁边的"德鲁伊头颅"酒馆，还有"地狱走廊地盘"酒馆都很熟悉。在最后那家酒馆，我们总是很容易碰到其他本科学生——他们是布雷齐诺斯学院热衷泡吧的运动员——塞巴斯蒂安对他们充满恐惧，就像穿上了与自己职位不符的制服。很多个夜晚因为他们的闯入而被破坏，他会留下只喝了一半的酒，烦闷地转身回到学校。

马奇曼夫人就是在这样的情况下找到我们的。当时，圣米迦勒节刚开始，她来牛津逗留一个星期。她发现塞巴斯蒂安一蹶不振，成群结队的朋友中只剩下我一个。她接受我是塞巴斯蒂安的朋友这一事实，努力想把我也变成她的朋友。可在这过程中，她无意间伤害到我们之间友谊的根基。她对我无比友善，这是我可以指摘她的唯一之处。

她来牛津是找万灵学院的桑格拉斯先生，这位先生现在在我们的生活中扮演着越来越重要的角色。马奇曼夫人正着手写一本纪念弟弟奈德的书，这本书只会在她的朋友圈子里传阅。在牺牲于马恩河战役[①]和帕斯尚尔战役[②]的三位传奇英雄中，奈德是最年长的一位。他去世后留下大量文件资料——诗歌、信函、演讲稿、文章等。哪怕只是为了在有限的小圈子里流传，要把这些资料编辑好，也需要熟练的技巧，并作出无数决定。一个对兄弟充满崇敬之情的姐姐做这件事，是很容易犯错误的。她意识到这一点，所以在寻求外人的建议。她来找桑格拉斯先生帮助自己。

桑格拉斯是位年轻的历史学教师，身材矮胖，穿着整洁，稀疏的头发平伏地贴在硕大的脑袋上。他双手灵活，脚很小，看起来像是洗了太多澡。他态度温和，但言辞怪异。我们慢慢熟悉了他。

---

① 1914 年 8 月，第一次世界大战初期发生在法国境内马恩河地区的一次重要战役，德军同英法军队在法国边境展开激战。

② “一战”期间，从 1917 年 7 月持续到 11 月的一场著名战役。

桑格拉斯特别适合帮助别人工作，他自己也是几本颇为流行的小书的作者。他是档案室里的钻研家，对奇特的事物有着敏锐的嗅觉。塞巴斯蒂安说他是“妈妈的人”，这话不太准确。实际上，任何人只要拥有吸引他的东西，他就是此人的人。

桑格拉斯先生是家族谱系学家，也是正统主义者。他热爱被剥夺了权力的皇室，也很清楚夺权声明是否合法有效。他没有宗教信仰，但对天主教会的了解超过绝大多数教徒。他在梵蒂冈有朋友，可以滔滔不绝地说起梵蒂冈的各种政策和人事安排，说出哪个神职人员目前正在得宠，哪个正遭排挤，最近的神学理论中又有哪些引起了质疑，再不然就是哪个耶稣会会士或多明尼克教派修道士正处于如履薄冰的境地，说他们在大斋节的演讲上简直就是冒险顶风而行，如此等等。除了信仰，他什么都有。后来，他喜欢上去布赖兹赫德的小教堂参加祈福仪式，看着这个家族的女人们头戴黑色蕾丝面纱，虔诚地低头祈祷。他热爱上流社会早已被人遗忘的丑闻，成为推定家族谱系的专家。他声称喜欢过去，但我一直觉得，他认为那些与他扯上关系的名人，无论是死是活，都很荒谬；只有他，桑格拉斯先生，才是真实的，其他一切不过是场虚无缥缈的盛会。他是维多利亚时代的游客，值得信赖，也傲慢，所有的外来之物都是为了供他娱乐才被展现出来。他的学究气质中带着一丝过于轻快的味道。我怀疑，他装饰着镶板的房间里说不定藏着一台留声机。

我第一次见到他时，他和马奇曼夫人在一起。我当时想，她再也找不出比眼前这位野心勃勃的知识分子更能和她形成鲜明对比、更能衬托出她自身魅力的人了。大张旗鼓地闯入别人的生活并非她的作风，但那一周快要结束时，塞巴斯蒂安颇有些酸溜溜地说："你和妈妈看上去很亲密啊。"这时，我才意识到，我在不知不觉中被迅速拉进一段亲密关系，因为她对任何没有达到这种程度的人际关系都缺乏耐心。她离开时，我向她承诺，下一次假期，除了圣诞节当天，我会在布赖兹赫德庄园度过其余时间。

一两周后，一个星期一的早晨，我在塞巴斯蒂安的房间等他从导师那里回来，朱莉娅走进来，后面还跟着个大块头男人，她介绍说那是"莫特拉姆先生"，并喊他"雷克斯"。他们解释说，他们刚从一起度周末的房子开车过来。雷克斯·莫特拉姆穿着方格粗呢外套，热情而自信；朱莉娅穿着毛皮大衣，冷漠而羞涩，径直走向壁炉，蹲在炉火前，浑身颤抖。

"我们希望塞巴斯蒂安能请我们吃午餐，"她说，"他如果不请，我们还可以去找博伊·马尔卡斯特，不过，不知道为什么，我还是觉得和塞巴斯蒂安一起吃更好。我们好饿啊。我们这个周末在雷克斯家一直在挨饿。"

"博伊和塞巴斯蒂安都会和我一起吃午餐。你们也来吧。"

就这样，他们毫无异议地来到我的房间，加入大家的行列。这是我举办的最后几次传统宴请中的一次。雷克斯·莫特拉姆竭力表现自我。他很英俊，黑色的头发低垂在前额和浓密的黑眉毛上方。他说话时带着有趣的加拿大口音。他想要别人知道的关于他的一切，别人很快就统统知道了：他是一个财运很好的人，一个议会议员，一个赌徒，一个好人；他定期和威尔士亲王打高尔夫，和"麦克斯"、"F·E"、"格蒂"·劳伦斯[1]、奥古斯都·约翰[2]

---

① 格特鲁德·劳伦斯（1898—1952），英国著名女演员、歌手、喜剧明星。
② 奥古斯都·约翰（1878—1961），英国著名画家，其肖像画刻画了当代政界和艺术界的众多杰出人物。

以及卡朋特尔[1]关系都不错——他好像和任何一个他随口提及的人关系都不错。他说起大学："不，我从来没念过大学。上大学意味着你比其他人推迟三年开始生活。"

而他的生活，据他所说，始于战争。他在加拿大军队服役期间获得十字勋章，离开军队时已是一位知名将军的高级副官。

我们认识他时，他应该不超过三十岁，可在我们牛津学生看来，他显得太老了。朱莉娅对他的态度是淡淡的藐视，和她对整个世界的态度一样，但藐视中带着一种占有感。午餐期间，朱莉娅打发他去车上给她拿香烟。他偶尔一两次说起大话时，朱莉娅替他道歉，说："别忘了他是从殖民地来的。"他则以哈哈大笑作为回应。

他走后，我问他到底是谁。

"哦，就是朱莉娅的人呗。"塞巴斯蒂安说。

一周后，我们接到一封他发来的电报，他邀请我们和博伊·马尔卡斯特去伦敦参加第二天晚上"为朱莉娅举办"的晚宴。我们有些惊讶。

"我觉得他应该不认识什么年轻人，"塞巴斯蒂安说，"他所有的朋友都是伦敦商人和下议院老奸巨猾的家伙。我们去不去呢？"

我们商量了此事。我们因为目前在牛津的生活如此压抑，最终决定去。

"他为什么要邀请博伊？"

"朱莉娅和我从小就认识博伊。我猜，他发现博伊和你一起吃饭，以为博伊是你的好朋友吧。"

---

① 乔治·卡朋特尔（1894—1975），法国著名拳击手。

我们并不喜欢博伊·马尔卡斯特，不过，能从学校请假整晚不归，我们三个都很兴奋，我们开着哈德卡斯的车，向通往伦敦的大路出发了。

我们打算晚上住在马奇曼公馆。我们先去那儿换正装，换衣服时就喝完了一瓶香槟。我们三个的房间都在三楼，我们进出彼此的房间串门，和楼下富丽堂皇的装饰相比，这几个房间显得相当寒酸。我们下楼时，朱莉娅从我们身边经过，走到楼上她自己的房间。她还穿着白天的衣服。

“我会迟点到，”她说，“你们几个最好先去雷克斯家。你们能来真是太好了。”

“这是个什么晚宴？”

“我被牵扯进一个可怕的慈善舞会。雷克斯坚持要先为舞会举办一次晚宴。我们在那儿碰头。”

从公馆走着就能到雷克斯·莫特拉姆住的地方。

“朱莉娅会晚点到，”我们说，“她刚上楼去换衣服。”

“那就意味着要等一个钟头。我们先喝点葡萄酒吧。”

一个被介绍为“钱皮恩太太”的女人说：“雷克斯，我敢肯定，她希望我们先开始。”

“好吧，不管怎么说，还是先喝点葡萄酒吧。”

“要不来瓶杰罗鲍姆①？”她有些不悦地说，“你不是什么东西都想要最大的吗。”

“我们这么多人喝，这也不算很大一瓶。”他一边说一边拿过酒瓶，打开瓶塞。

---

① 大瓶香槟酒，通常是标准香槟酒瓶的四倍容量。

在场的还有两个女孩，她们都和朱莉娅差不多年纪，似乎都参与了舞会的筹办工作。马尔卡斯特早就认识她们，我觉得她们也应该认识他，只是对他没什么兴趣。钱皮恩太太跟雷克斯说着话。塞巴斯蒂安和我发现，我们又和平常一样，独自喝闷酒。

朱莉娅终于到了，不急不慢，打扮精致，毫无歉意。“你们不应该让他等我，”她说，“这是他们加拿大人的礼节。”

雷克斯·莫特拉姆是位慷慨的主人。晚餐结束时，我们三个来自牛津的学生早就酩酊大醉。我们站在大厅，等着女孩子们下楼时，雷克斯和钱皮恩太太从我们身边走开，边走边用尖锐但低微的声音说话。马尔卡斯特说：“哎，我们还是逃离这个可怕的舞会，去梅菲德妈妈那儿吧。”

“梅菲德妈妈是谁？”

“你认识梅菲德妈妈的。谁不认识老一百号的梅菲德妈妈呀。我在那儿有熟人——一个叫爱菲的小甜妞。爱菲如果听说我到了伦敦没去看她，那我可有得受了。走吧，去梅菲德妈妈那儿见见爱菲。”

“好吧，”塞巴斯蒂安说，“我们就去梅菲德妈妈那儿认识一下爱菲。”

“我们从好心的莫特拉姆这里再拿一瓶酒，然后就离开这该死的舞会，去老一百号。怎么样？”

离开舞会并非难事。雷克斯·莫特拉姆找来的女孩在舞会上有很多朋友，我们和她们一起跳了一两支舞以后，桌边就围满了人，雷克斯·莫特拉姆要来越来越多的酒。没过多久，我们三个便一起走到外面的人行道上。

“你知道那个地方在哪儿吗？”

“当然知道。水沟大街一百号。”

“那是哪儿?”

“就在莱斯特广场旁边。最好开车去。”

“为什么?”

“去这样的场合，有自己的车总是好些。”

我们没有对这个理由提出质疑，于是也埋下了错误的根源。汽车停在马奇曼公馆前院，离我们参加舞会的酒店不到一百码。马尔卡斯特开着车，转悠半天后，把我们安全带到水沟大街。一扇大门指明我们的目的地，一位看门人站在阴暗门道一侧，一位穿晚礼服的中年人站在另一侧。他脸朝墙壁，正把前额贴在砖头上凉快凉快。

“别进去，你们会中毒的。”中年男人说。

“是会员吗?”看门人问。

“我叫马尔卡斯特，”马尔卡斯特说，“马尔卡斯特子爵。”

“好吧，进去试试。”看门人说。

“你们会被抢的，会中毒的，会被传染的，会被洗劫一空的。”中年男人说。

阴暗的门道里有一扇明亮的小窗。

“是会员吗?”穿着晚礼服、身材粗壮的女人问。

“我喜欢你这么问，”马尔卡斯特说，“可你现在也该认识我了吧。”

“是的，亲爱的，”女人漠然地回答，“每人十先令。”

“喂，你看你看，我以前可从来没付过钱。”

“别这么说，亲爱的。我们今天晚上客满了，所以要收十先令。后面来的人都得付一英镑了。你们运气好。”

“让我跟梅菲德妈妈说几句话。”

“我就是梅菲德妈妈。每人十先令。”

“哎呀，妈妈呀，你穿得这么漂亮，我刚才都没认出来。你认识我的，对不对？我是博伊·马尔卡斯特啊。”

“是啊是啊，亲爱的。每人十先令。”

我们交了钱，挡在我们和里间大门之间的男人给我们让出道来。里面又热又挤，当时的老一百号正处于鼎盛时期。我们找到一张桌子，点了一瓶酒，服务生收了钱才把酒瓶打开。

“爱菲今天晚上在哪儿？”马尔卡斯特问。

“爱菲是谁？”

“爱菲啊，就是一直在这里的那个姑娘。很漂亮、肤色很深的那个。”

“在这里工作的姑娘很多。有些肤色深，有些肤色白。有些也可以说漂亮。但我没时间去记住她们的名字。”

“那我自己去找她吧。”马尔卡斯特说。

他走了以后，两个女孩在我们桌子旁停下脚步，好奇地打量我们。“走吧，”一个女孩对另一个说，“我们这是浪费时间。他们是同性恋者。”

很快，马尔卡斯特便以胜利者的姿态带着爱菲回来了。服务生不等吩咐，立刻为爱菲端来一盘鸡蛋加火腿。

“这是我整晚上吃的第一口东西，”她说，“这里只有早餐还不错。到处闲逛真是叫人饿死了。”

“这个要六先令。”服务生说。

爱菲填饱肚子后，擦了擦嘴巴，看着我们。

“我以前见过你，还经常见到你，是不是？”她对我说。

“恐怕不是。”

“我见过你吧？”她又对马尔卡斯特说。

“啊，我希望你还记得我。你难道忘了我们九月份共度的那个小小夜晚吗？”

“没忘，亲爱的，当然没忘。你是那个把自己的脚趾割伤的禁卫军小伙，是不是？”

“哎，爱菲，别开玩笑了。”

“我没开玩笑，难道那是另一天晚上发生的事？我知道了——你是警察来的那天和邦蒂在一起的那个人吧。我们还一起躲在放垃圾桶的那个地方。”

“爱菲就喜欢跟我开玩笑，是不是，爱菲？我太久没来，你生我的气了，是不是？”

“随你怎么说吧，反正我知道我以前在什么地方见过你。”

“别开玩笑了。”

“我没打算开玩笑。真的。想去跳舞吗？”

“目前还不想。”

“谢天谢地。我今天晚上穿的鞋子格外挤脚。”

她很快就和马尔卡斯特聊得火热。塞巴斯蒂安往后一靠，对我说：“我要去叫那两个女孩过来。”

之前打量过我们的两位单身女子又朝我们转悠过来。塞巴斯蒂安微笑着，站起身迎接她们。很快，她们也尽情地大吃特吃起来。一个女孩长着骷髅般的脸，另一个则像病怏怏的小孩。骷髅头的目标好像是我。“要不搞个小聚会吧，”她说，“就我们六个人，去我家怎么样？”

“没问题。”塞巴斯蒂安说。

“你们进来时，我们还以为你们是同性恋者。”

“那是因为我们太年轻了吧。”

骷髅头咯咯直笑。“你真幽默。”她说。

“你们真的好可爱，”病娃娃说，“我得去跟梅菲德夫人说一声，我们要出去。”

我们再回到大街上时，午夜刚过，时间尚早。看门人劝我们叫辆出租车。“我会照看好你的车的，先生。我要是你，就不会自己开车，先生，真的不会。”

可塞巴斯蒂安还是坚持自己开车，两个女孩坐在他旁边，一个女孩坐在另一个身上，为他指路。爱菲、马尔卡斯特和我坐在后排。我记得，我们出发时还小小地欢呼了一番。

车没有开出很远，转上沙夫茨伯里大路，向皮卡迪利大街进发时，差点迎头撞上一辆出租车。

“我的天哪，”爱菲说，“你要看路啊。你想把我们都害死吗？”

“是那个家伙不小心。”塞巴斯蒂安说。

“你这么开车太不安全了，”骷髅头说，“再说，我们应该走路的那一边。”

“是该走那边。”塞巴斯蒂安猛地把车甩到马路对面。

“喂，停车。我宁愿走路。”

“停车？没问题。”

他踩下刹车，我们的车猛地横在马路中央。两位警察加快脚步，朝我们走来。

“让我下车。”爱菲说完，连蹦带跳地逃走了。

其余人都被抓住了。

“警官，我如果影响了交通，我道歉，”塞巴斯蒂安小心翼翼地说，“但那位女士硬要我停车让她下去。她不允许我拒绝。你们也许看到了，她很赶时间。她精神有点问题，知道吧。”

“让我跟他说，”骷髅头说，“放松点，帅哥，除了你们，谁也没看到什么。这些男孩子并不是故意捣乱。我会把他们送上出租车，保证他们安安静静回家去。”

警察认真打量着我们，心里盘算着。马尔卡斯特如果没有说那句话，我们会顺利过关。可他偏要说：“喂喂，我说好人们哪，你们没必要这么较真。我们刚从梅菲德妈妈那里出来。我敢说，她肯定给了你们不少好处，让你们睁只眼闭只眼。那你们就对我们睁只眼闭只眼呗，不会吃亏的。”

这番话打消了警察原本可能有的疑虑。我们很快便被送进牢房。

我们是怎么被送去牢房，又是怎么被关起来的，我都不太记得了，只记得警察要求我们清空口袋里的东西时，马尔卡斯特表示强烈的抗议，说狱卒是在趁机偷窃。然后，我们就被关了起来，我第一个清晰的记忆是铺着瓷砖的墙壁，还有一盏灯高高地挂在厚玻璃板下面。一张高低铺，一扇门，但门板朝里这一面并没有门把手。在我左边的某个地方，塞巴斯蒂安和马尔卡斯特正暴跳如雷。塞巴斯蒂安在来警局的路上都还站得很稳，也很镇静。可此刻在牢房里，他像是发了狂，拼命捶门，大叫道：“去你妈的，我没喝醉。来给我开门。我要见医生。我告诉你们，我没有喝醉。”与此同时，马尔卡斯特在更远的地方喊：“天哪，你们会为此付出代价的！你们犯了个天大的错误，我告诉你们。给内政大臣打电话。把我的律师叫来。我要求人身保护。”

其他牢房传出抱怨之声，形形色色的流浪汉和小偷们还想睡会儿觉呢：“喂，安静点！”“你们能不能让我们清净点啊？”“这里是拘留所还是疯人院啊？”来回巡逻的警察隔着栏杆警告我这两个同伴：“你们要是不清醒清醒，就在这儿蹲一晚上吧。”

我心情低落地坐在床铺上，打了一会儿瞌睡。喧哗声平息下来，塞巴斯蒂安大喊：“我说，查尔斯，你在吗？”

“我在。”

“这事麻烦了。”

“我们能保释什么的吗？”

马尔卡斯特似乎睡着了。

“我告诉你，那个人——雷克斯·莫特拉姆——要是在这里那可真是如鱼得水。”

我们费了不少劲才联系到他。我先按半个小时铃，负责的警官才来应答。他虽然满腹怀疑，但最终同意给正在举行舞会的酒店打个电话。过了很久，我们牢房的门终于打开了。

警局混合着污垢与消毒剂酸臭味的浑浊空气里飘来一股哈瓦那雪茄香甜浓郁的气息——是两支哈瓦那雪茄一起散发出来的，雷克斯抽着一支，负责的警官抽着一支。

雷克斯站在值班室，俨然权力与幸运的化身——只不过是处在滑稽喜剧中。他穿着镶毛皮边的大衣，大衣上有宽大的阿斯特拉罕羔羊皮翻领，戴一顶丝绒帽子。警察们对他毕恭毕敬，一副乐意效劳的模样。

“我们必须履行职责，”他们说，“把这几位年轻的先生拘留。这是为了保护他们。”

马尔卡斯特看上去酩酊大醉，口齿不清，抱怨自己被剥夺了合法的陈述权和公民权。雷克斯说：“最好还是让我来说话吧。”

此时，我也清醒了，入迷地听着雷克斯如何将我们的问题解决。他查看案件记录，与逮捕我们的警察亲切交谈。他以非常微妙的方式暗示，他愿意出钱摆平此事，而他发现这件事已经拖得太久，知情的人也太多以后，又很快把这一暗示掩饰过去。他保证第二天十点将我们送到地方法庭，然后就领着我们走了。他的车停在外面。

“今天晚上再讨论这件事毫无意义。你们准备住在哪儿？”

“马奇曼公馆。”塞巴斯蒂安说。

“你们最好跟我一起。我可以安排你们今晚的住处。把一切都交给我吧。”

显然，他对自己的办事效率相当满意。

第二天早上，他这种得意之情愈发明显。我在一个陌生的房间里醒来，满心惊讶和迷惑。在清醒后的头几秒钟里，前一天晚上的记忆慢慢回来。一开始，我觉得那是场噩梦，然后才意识到一切都是真的。此时，雷克斯的男仆正打开一个手提箱。他看到我有动静之后，走到洗手台前，从一个瓶子里倒出点什么东西。“我想，我应该把所有的东西都从马奇曼公馆拿来了，”他说，“莫特拉姆先生派人去赫佩尔药店买了这个。”

我喝过药，感觉好多了。

从特兰佩理发店来的人给我们修了面。

雷克斯和我们一起吃早餐。“以良好的面貌出现在法庭上很重要，”他说，“幸好你们的衣服看起来不差。”

早饭过后，律师来了。雷克斯向他简要介绍案子的情况。

“塞巴斯蒂安比较麻烦，”他说，“他醉酒驾车，最高可以判六个月监禁。很不幸，你们将要面对的是葛瑞格法官。他对这种案子一向很严厉。我们今天上午要做的是为塞巴斯蒂安争取一周的时间，以准备辩护。你们两个就直接认罪，说你们非常抱歉，然后支付五先令罚款。我还得给晚上的报纸做做工作。《星报》可能不好对付。

“记住最重要的一点，绝对不要提起老一百号。幸好那几个妓女是清醒的，没有受到指控，可她们已经被作为目击证人记录在案了。我们如果试图否认警方的证据，她们就会被传唤到庭。我们要不惜一切代价避免这种情况，所以，必须全盘承认警方所说的故事，寄希望于地方法官大发慈悲，不要因为一次淘气轻率的举动，就毁了一个年轻人的前途。会没事的。我们还需要一位大学导师来证明你们的人品。朱莉娅告诉我，你们有个性格很温和的老师，叫桑格拉斯。他可以。与此同时，你们的故事必须简明扼要。就说你们从牛津来，参加一个非常体面的舞会，因为不常喝酒，不小心喝多了，在开车回家的路上迷了路。

“我们办完这边的事以后，还要想办法和你们学校的领导解决此事。”

“我叫他们联系我的律师，”马尔卡斯特说，“他们不愿意。他们犯的这个错误简直无可救药，我看他们难逃干系。”

“看在老天爷的分上，你就不要再挑起什么争端了。认错、缴罚款就行了。明白吗？”

马尔卡斯特嘟囔几声，表示同意。

法庭上发生的一切全如雷克斯所料。十点半，我们站在博尔大街上。马尔卡斯特和我恢复自由，塞巴斯蒂安则必须依法一周后再回来。马尔卡斯特对自己所受的委屈保持沉默。他和我受到警告，每人缴五先令罚款和十五先令诉讼费。马尔卡斯特越来越让我们讨厌，所以，我们听到他说要去伦敦处理别的事务时，真是如释重负。律师也匆匆离开后，只剩下塞巴斯蒂安和我孤身两人，闷闷不乐。

“我想妈妈肯定听说这件事了，”他说，“该死，该死，该死！天气这么冷。我却不能回家。我没有地方可去了。我们干脆偷偷溜回牛津，等着他们来找我们的麻烦吧。”

警务法庭上一些声名狼藉的常客进进出出，在台阶上上上下下。我们站在迎风的街角，还没有做出决定。

“为什么不去找朱莉娅呢？”

“我也许会出国。”

“我亲爱的塞巴斯蒂安，你无非就是会挨一顿训，交几英镑罚款。”

“是，但一切都好麻烦——妈妈、布赖迪，还有家里的其他人、学校的老师。我宁愿去蹲监狱。我如果就这么偷偷溜到国外，他们不可能把我抓回来，对吗？别人在被警察追捕后就是这么干的。我知道，妈妈到时候又会表现得好像是她承受了全部的压力。”

“我们给朱莉娅打个电话吧，让她和我们在什么地方见个面，详细谈一谈。”

我们在伯克利广场的冈特餐厅见面。朱莉娅和当时很多女孩子一样，戴着一顶绿色帽子，帽檐压到眼睛上方，帽子上还别着一枚钻石箭头的饰品。她的胳膊下夹着一条小狗，小狗身体的四分之三都被裹在毛皮大衣里。她带着不同寻常、饶有兴趣的表情跟我们打招呼。

“喂，你们两个捣蛋鬼。我不得不说，你们看起来还挺好的嘛。我唯一一次喝醉时，第二天整天都是瘫的。我还以为你们会带我一起去呢，那个舞会简直要了我的命。我一直都很想去老一百号，就是没人带我去。那儿是不是跟天堂一样？”

“这么说来，你也知道整件事情了？”

“今天早上，雷克斯给我打电话，把一切都告诉我了。你们的女朋友什么样？”

“别一副色眯眯的样子。”塞巴斯蒂安说。

“我那个女朋友像个骷髅。”

“我的那个像个痨病鬼。”

“天哪。”我们在外面跟女人玩过这件事显然令朱莉娅提高了对我们的评价。她的兴趣点是那些女人。

“妈妈知道了吗？”

“她不知道骷髅头和痨病鬼。她只知道你们进了监狱。我告诉她的。当然，她接受了这件事。你也知道，她一直觉得奈德舅舅做的任何事情都无可指摘，而他也坐过一次牢，因为他把一头熊带到罗伊德·乔治主持的会议会场，所以，妈妈感觉这整件事只不过是人性使然。她想跟你们两个一起吃中饭。”

“天哪！”

“唯一的麻烦在于报社和家里的其他人。查尔斯，你家里的情况麻烦吗？”

“我家只有我父亲。他永远都不会听说这件事。”

“我们家的情况就复杂了。那些亲戚，可怜的妈妈跟他们一直相处得不好。他们会写信来，会假装同情，登门造访。可有一半的人将永远在内心深处认为：‘这就是把孩子培养成天主教徒的下场。’而另一半人会说：‘这就是把他送去伊顿公学而不是斯托尼赫斯特学院的下场。’可怜的妈妈怎么做都是错。”

我们和马奇曼夫人一起用午餐。她带着幽默感，无可奈何地接受了整件事。她唯一的指责是："我不明白你们为什么跑去和莫特拉姆住在一起。你们可以一开始就来找我，告诉我这件事。

"我要怎么跟全家人解释呢？"她问，"他们发现我没有他们生气时，一定会很惊讶吧。你认识我嫂子范妮·萝斯康曼吗？她一直认为我带孩子很差劲。现在，我觉得她说得对。"

我们离开时，我对塞巴斯蒂安说："她实在是好得不能再好了。你之前为什么那么担心？"

"我没法跟你解释。"塞巴斯蒂安痛苦地说。

一周后，塞巴斯蒂安出席受审，被罚款十镑。报纸大张旗鼓地报道此事，其中一份报纸的标题很是讽刺："侯爵之子不习惯饮酒"。地方法官说，正是警方迅速的行动才使他不至于面临更严重的指控……"你真走运，没有引发严重事故……"桑格拉斯先生作证说，塞巴斯蒂安的人品无可指责，但他在牛津大学的光明前程将因此岌岌可危。报纸抓住这一点——"模范学生前途堪忧"。法官说，如果不是桑格拉斯先生的证词，他也许会杀一儆百，给出严厉的惩戒。无论是牛津学生，还是小流氓，法律面前一律平等，实际上，家庭背景越好，触犯法律就越可耻……

桑格拉斯先生的能力不仅体现在博尔大街。在牛津，他所表现出的热情与机敏和雷克斯·莫特拉姆在伦敦的表现完全一样。他与学校领导、学监和副校长谈话，他劝贝尔主教去找基督教堂学院的院长，他安排马奇曼夫人与校长本人谈话。一切努力的结果，就是我们三人在这学期剩下的时间里再也不能踏出校门。不知道为什么，哈德卡斯再次被剥夺使用自己汽车的权利，整件事就这样慢慢过去了。我们所承受的持续时间最长的惩罚是和雷克斯·莫特拉姆以及桑格拉斯亲密接触，由于雷克斯主要生活在伦敦的政治和高层金融圈，而桑格拉斯更贴近我们在牛津的生活，所以，我们在他那儿遭了更多的罪。

在那学期余下的日子里，他像个幽灵一样纠缠我们。我们被“禁足”，晚上不能待在一起。九点之后，我们只能各过各的，任由桑格拉斯摆布。他似乎没有一晚不来找我们其中一个。他说起“我们那次小小的恶作剧”时，就好像他当时和我们一起进了监狱，与我们产生了某种联系纽带……有一次，我翻过学院围墙，被桑格拉斯发现我过了关门时间还在塞巴斯蒂安的房间。他把这次事件也当成一种纽带。因此，我在圣诞节后到达布赖兹赫德庄园，发现桑格拉斯也在那里时，一点也不惊讶。他一个人坐在被他们称作“壁毯大厅”的房间里的炉火前，仿佛是在等我。

“你看，我正独自占有这一切。”他说。确实，他看上去好像占据了整个大厅，占据了这个四周挂满各种狩猎战利品的阴森场景，占据了壁炉两侧的女像柱。他站起身，握住我的手，像个主人迎接我时，还占据了我。“今天早上，”他继续说，“我们马奇曼狩猎协会举行了一次草坪会议——那场面古香古色，真是妙不可言——所有的年轻朋友都去猎狐了，包括塞巴斯蒂安。他穿着粉红色外套，看上去很优雅。你听到我这么说应该不会觉得惊讶吧。至于布赖兹赫德，与其说优雅，倒不如说令人震撼。他和一个名叫沃特·斯特克兰德·维纳博斯的本地人主持聚会，那人很有意思。我多么希望他们两人的形象能出现在这些单调无趣的壁毯上啊——大概能为壁毯增色不少。

“我们的女主人一直在家。家里还有一位正处于康复期的多明尼克教徒，他读了太多马里丹[①]的著作，对黑格尔[②]知之甚少。当然，艾德里安·波森爵士也在，以及那两个叫人望而生畏的马札儿族[③]堂兄弟——我试过用德语和法语和他们交流，可两种语言都不能吸引他们的注意。这些人现在都坐车去拜访邻居了。我整个下午就舒舒服服地坐在炉火前，和无与伦比的查勒斯[④]待在一起。你的到来，让我有了拉铃叫人送茶的勇气。我该怎么帮你参加这次聚会呢？唉，聚会明天就要结束了。朱莉娅小姐要去别的地方庆祝新年，还要把最富有、最时髦的那帮人都带走。我会怀念在这屋子里出现的美人们——尤其是一个名叫西莉娅的。她是我们倒霉的老朋友博伊·马尔卡斯特的妹妹，幸好完全不像他。她说起话来就像小鸟，抓住一个话题便喋喋不休。我觉得她很迷人，她的衣着打扮就像学校里的班长，我只能用‘俏皮性感’来形容。我会想念她的，我明天不会跟他们一起走。从明天开始，我要认真研究我们女主人的书——相信我，这本书就是它那个时代的珍宝库，纯粹真实的1914年史。”

茶送了上来。我们俩喝完茶没多久，塞巴斯蒂安回来了。他说，他很早就和狩猎的队伍走散，于是骑马慢悠悠地回家来。过了一会儿，其他人也回来了，是在傍晚时分被汽车接回来的。布赖兹赫德没有出现，他在养狗场有些事情要处理，科迪莉娅跟他

---

① 雅克·马里丹（1882—1973），法国当代著名哲学家，也是虔诚的天主教徒。

② 黑格尔（1770—1831），德国古典唯心主义哲学家，19世纪最具影响力的思想家之一。

③ 匈牙利境内主要民族。

④ 法国作家马塞尔·普鲁斯特（1871—1922）巨著《追忆似水年华》中的人物。

一起去了。回来的人挤满整个大厅，很快，大家都吃上了炒鸡蛋和烤松饼。在家中吃过午餐，又整整一下午都在炉火前打盹的桑格拉斯，也和他们一起吃了鸡蛋和松饼。接着，马奇曼夫人一帮人也回来了，我们准备去楼上换用晚餐的衣服时，她说："谁要去小教堂做祈祷?"塞巴斯蒂安和朱莉娅说他们必须马上洗澡，桑格拉斯先生和修道士便随她一起去了。

"我真希望桑格拉斯赶紧走，"塞巴斯蒂安洗澡时说，"我已经厌烦了老是要向他表示感谢。"

在接下来的两周时间里，全家人对桑格拉斯的厌恶之情成了没有说出口的小秘密。只要他在场，艾德里安·波森爵士那双漂亮又沧桑的眼睛似乎总是寻找远方的地平线，双唇也绷得紧紧的，流露出明显的悲观情绪。来自匈牙利的两兄弟弄错这位导师的身份，误以为他是个很有特权的高级用人，所以没有因为他的在场受到影响。

桑格拉斯先生、艾德里安·波森爵士、匈牙利两兄弟、修道士、布赖兹赫德、塞巴斯蒂安，再加上科迪莉娅，圣诞节聚会之后，只剩下这些人。

宗教在这幢房子里无处不在。这不仅仅体现在行为上——例如，小教堂里每天早晚的弥撒和祈祷——还体现在一切人际交往中。"我们必须把查尔斯培养成一名天主教徒。"马奇曼夫人这样说过。在我造访期间，我们有过多次短暂交谈，话题总会转移到神学方面。我和夫人第一次这样聊过之后，塞巴斯蒂安问我："妈妈最近跟你进行'短暂交谈'了吗？她总是这样。我真希望她别再这样了。"

实际上，她从来不会叫人去和她闲聊，也不会刻意把话题引到神学方面。神学话题是自然而然出现的，她想与人亲密交谈时，你会发现，你已经在同她单独相处了。如果是夏天，你们会在幽静偏僻的湖边散步，或坐在玫瑰花园的围墙角落。如果是冬天，你们会在她位于二楼的起居室。

那是个完完全全只属于她的房间。她把它据为己有，并对它进行改造，让人一走进去就感觉仿佛置身另一幢豪宅。她降低天花板的高度，其他各个房间都有的各种式样的精致飞檐在这里不见踪影。四面墙上，只有一面装饰着锦缎镶板，其余三面被除去一切装饰，刷成蓝色，挂上能让人产生美好联想的数不清的水彩小画。空气中充满新鲜花朵的香甜和混合干花的霉味。她的书房以软皮护墙，紫檀木的小书柜里摆满博大精深的诗集和神学经典。壁炉架上摆满各种私人小藏品——一尊象牙圣母雕塑，一个圣约瑟夫石膏像，还有她三个当兵的弟弟牺牲后别人为他们画的微型肖像。在那个美好的八月，塞巴斯蒂安和我独自居住在布赖兹赫德时，我们从没进过他母亲的房间。

我回忆起她的房间时，我们当时聊天的一些只言片语也重新浮现在我的脑海。我记得她当时说：“我小时候，家里比较穷，但还是比绝大多数人家有钱。我结婚后，变得相当富有。我以前担心，别人一无所有而我拥有这么多珍宝，这是不对的。现在，我意识到，富人觊觎穷人的特权也可能是种罪恶。穷人永远都是上帝和圣人的宠儿，但我相信，神的特别之处就在于能洗清所有人的罪孽，包括富人的。异教徒时代，罗马帝国的财富必然是以残酷手段获得的，但现在的富人不是这样获得财富的。”

我说起骆驼和针眼[①]，她高兴地接过话题。

“当然了，”她说，“没有人会真的以为骆驼能穿过针眼，可福音书里记载的就是种种让人意想不到的事。也没有人会真的以为一头公牛和一头驴子能在摇篮边对主顶礼膜拜[②]。可在圣人的生活中，动物就是会做非常奇怪的事。这一切只不过是充满诗意的宗教的一部分，就像爱丽斯漫游仙境。”

然而，我对她的信仰和她的个人魅力都无动于衷。或者说，两者都让我有所触动。当时，除了塞巴斯蒂安，我无暇顾及其他。我看到他受到威胁，但还不知道那威胁是如何凶险。他经常独自一人，充满绝望地祈祷。在他内心深处，蔚蓝色的海水和沙沙作响的棕榈树旁，他快乐单纯得就像个波利尼西亚人[③]。大船在珊瑚礁边抛锚停泊，小型快艇冲进环礁湖，商人、官吏、传教士和游客大肆入侵，踏上从来不曾有过靴子足印的山坡——只有到了这个时候，古老的部落武器才会被挖掘出来，战鼓之声才会在山间响起。或者，他可以选择更简单的办法，那就是离开阳光照耀的门口，独自去黑暗中躺下，任由壁画中无用的神灵在墙上徒劳地招摇，自己则在一堆朗姆酒瓶中咳到声嘶力竭。

塞巴斯蒂安身处这帮入侵者之间，无法直面自己的内心，满足所有的情感渴求，在世外桃源中的日子屈指可数了。这段时间对我来说，是宁静平和的，但让塞巴斯蒂安惊恐失措，我熟悉他

---

① 《马太福音》19 章 24 节：“我又告诉你们，骆驼穿过针的眼，比财主进神的国还容易呢！”

② 传说耶稣诞生在马厩后，被放在马吃草的食槽里，食槽的一边是头牛，另一边是头驴。

③ 波利尼西亚人是大洋洲多个族群的总称。

这种充满警戒和怀疑的情绪，他就像一头小鹿，在听到远方传来的狩猎声时会猛地抬头。我见过他在一想到自己的家庭或宗教时立马变得谨慎的模样，发现我也成了他怀疑的对象。他并未失去爱的能力，但失去了爱的快乐，因为我不再是他独处时的伴侣。我与他家人的关系越来越密切，成了他努力想要逃离的那个世界的一部分，但同时也是把他和那个世界联系起来的纽带。在我与他母亲的多次短暂交谈中，她一直试图让我扮演这个纽带的角色。她不曾明说什么。我只是偶尔隐隐约约感觉有些不对劲。

从表面看，桑格拉斯是唯一的敌人。塞巴斯蒂安和我在布赖兹赫德住了两周，过着我们自己的生活。他哥哥忙于运动和房产管理，桑格拉斯忙于在图书室编纂马奇曼夫人的书，艾德里安·波森爵士占据了马奇曼夫人的绝大部分时间。除了晚上，我们很少看见他们。在宽大的屋檐下，各式各样的独立生活都有自己的空间。

两周后，塞巴斯蒂安说："我再也受不了桑格拉斯了。我们去伦敦吧。"就这样，他跟我住在了一起。现在，他在我家住的时间比在"马奇曼公馆"住的时间还长。我父亲很喜欢他。"我觉得你的朋友非常有意思，"他说，"请他经常来。"

后来，我们又回到牛津，重新过上那种仿佛在寒风中不断萎缩的生活。塞巴斯蒂安在上学期表露出的强烈悲伤现在被愤怒取代，即便对我，也是如此。他内心深处的某个地方病入膏肓，我不知道是怎么回事，我为他难过，可无力相助。

他往往是在喝醉之后才变得开心，开始表现出"嘲笑桑格拉斯"强迫症。他自己作曲，写了首小歌，副歌部分是"绿屁股，桑格拉斯——桑格拉斯，绿屁股”。他和着圣玛丽教堂的钟声唱这首歌。他大概每周跑到桑格拉斯的窗下一次，为他唱小夜曲。桑格拉斯是第一个在自己房间装上私人电话的大学导师。塞巴斯蒂安喝到烂醉如泥后，会给他打电话，对他唱这首小曲。可以说，桑格拉斯对这一切欣然接受，每次与塞巴斯蒂安碰面时，仍然带着谄媚的微笑，流露出与日俱增的自信，似乎他每一次受辱都在某种程度上加强了他对塞巴斯蒂安的掌控。

这个学期，我意识到，塞巴斯蒂安是一个与我完全不同的酒鬼。我也经常喝醉，但那是因为心情很好，一时兴起，希望能延长快乐的时光，并让自己感觉更加快乐；塞巴斯蒂安喝酒则是为了逃避。我们在一起，年纪越长越大，人也变得越来越严肃以后，我喝得越来越少，他却喝得越来越多。我发现，有时候，我回到自己的学院以后，他还会独自一人坐到深夜，大醉酩酊。一连串灾难迅速发生，给他带来各种意外的残酷打击，我很难说清自己具体是什么时候才发现他深陷困境。但我记得，在那个复活节假期，我已深有体会。

朱莉娅说过：“可怜的塞巴斯蒂安身上有种‘化学’之物。”

这是隐晦的表达，鬼知道是从对现代科学的什么误解中衍生而来的。“他们之间有种化学之物”，指两个之间存在极为强烈的恨或爱。它是宿命论这一旧观点的新表达方式。我不相信我朋友身上会有什么化学之物。

布赖兹赫德庄园的复活节聚会让人痛苦，痛苦的顶点是一次令人难以忘怀的小小意外。塞巴斯蒂安晚餐前在母亲的房子里喝到烂醉，这标志他抑郁史的一个新时期开始，他在逃离家庭的道路上又迈出一大步，并由此导致了自我毁灭。

那天傍晚，参加复活节聚会的一大帮人离开布赖兹赫德庄园。这次聚会虽然名为复活节聚会，但实际上始于复活节那周的星期二，因为弗莱特全家从星期四濯足日直到复活节当天都在度假，住在一家修道院的客房里。今年，塞巴斯蒂安原本说他不回家，但在最后一刻还是做出让步。他回到家时精神极度压抑，我没法使他振作起来。

他整整一周都在狂饮——只有我知道他有多么疯狂——带着紧张的情绪，鬼鬼祟祟地喝酒，完全不像以往那样。聚会期间，图书室里总会有一只放满烈酒的托盘，塞巴斯蒂安在白天也不时偷溜进去，甚至对我都绝口不提此事。白天家里几乎空无一人。我在石柱廊的花园小房里，埋头画另一幅板画。塞巴斯蒂安抱怨自己感冒了，要待在房间里，而实际上，在那段时间里，他就没有彻底清醒过。他一声不吭，以免引起注意。可我还是经常发现，他引来别人好奇的目光。聚会上绝大多数人对他知之甚少，看不到他的变化，他的家人又是那么忙碌，忙于陪伴各自特别的客人。

我劝他，他说："我受不了周围的这些人。"客人离开，他不得不与家人面对面狭路相逢时，终于崩溃。

按惯例，会有人在六点钟把一托盘鸡尾酒端到客厅。我们兑好各自想喝的酒，去换衣服时，会有人把酒瓶拿走。晚餐前，鸡尾酒再度出现，这一次，酒由男佣分发给各人。

塞巴斯蒂安喝完茶就消失了。天色渐黑，在接下来的一个钟头里，我和科迪莉娅玩麻将。六点钟，客厅里只有我一个人时，塞巴斯蒂安回来了。他皱着眉头的样子我再熟悉不过了。他开口说话时，我听到他声音中浓浓的醉意。

“他们还没把鸡尾酒端上来吗？”他笨手笨脚地拉铃绳。

我说：“你去哪儿了？”

“在楼上和奶妈待在一起。”

“我不信。你在什么地方喝酒吧。”

“我一直在房间里看书。我的感冒今天又加重了。”

用人端来托盘后，他把杜松子酒和苦艾酒倒进一只大玻璃杯，拿着玻璃杯走出房间。我跟着他上楼，他却当着我的面把卧室门关上，还用钥匙反锁了门。

我满心气馁，带着不祥的预感回到客厅。

全家人都聚齐了。马奇曼夫人说：“塞巴斯蒂安怎么了？”

“他躺下了。他的感冒加重了。”

“哎，亲爱的，我希望他没有得流感。最近有那么一两次，我感觉他好像发烧了。他有什么需要的吗？”

“没有，他只要求我们别去打扰他。”

我不知道应不应该跟布赖兹赫德谈谈，但他那如水晶般冰冷严酷的面孔夺走了我对他的信赖。我去楼上换衣服时，跟朱莉娅说了。

“塞巴斯蒂安喝醉了。”

“不可能吧。他都没下来喝鸡尾酒啊。”

“他整个下午都在自己的房间里喝。”

“真奇怪！他怎么这么讨厌！他能来吃晚餐吗？”

“不能。”

“好吧，你必须去处理好他的问题。这不关我的事。他经常这样吗？”

“最近经常这样。”

“真是讨厌。”

我试着推开塞巴斯蒂安的房门，发现门还是锁着的。我希望他睡觉了，可我洗完澡回房时，发现他坐在我房间壁炉前的椅子上。他穿好了用晚餐的全套衣服，但没有穿鞋，领带是歪的，头发是立着的。他满脸通红，眼睛微微眯着，说话含糊不清。

“查尔斯，你说得非常正确。我没有跟奶奶在一起。我一直在楼上喝威士忌。现在聚会散了，图书室里一个人都没有。现在聚会散了，只剩妈妈了。我感觉醉得厉害。我想，我最好还是让他们用托盘给我送点东西上来。我不能跟妈妈一起吃晚饭了。”

“你去睡觉吧，”我跟他说，“我会说你感冒加重了。”

“非常严重。”

我带他回到隔壁他的房间，试着让他躺上床。他坐在梳妆台前，斜眼盯着镜子里的自己，想要重新打好蝴蝶领结。壁炉边的写字台上有一瓶只剩一半的威士忌。我拿起酒瓶，以为他没看见，可他从镜子前转过头说：“你给我放下。”

“别要横了，塞巴斯蒂安。你喝得够多了。”

“跟你有什么关系？你只不过是这里的一位客人——还是我的客人。在我自己家里，我想喝什么就喝什么。”

他看上去恨不得和我打一架。

“好吧，”我把酒瓶放回去，“但看在上帝的分上，不要让别人看见。”

“哼，别多管闲事。你是以我朋友的身份来这里的，现在，你却替妈妈监视我，我都知道了。好了，你可以出去了，告诉她，就说我说了，以后我的朋友我来挑，她的密探她自己挑。”

我离开他，下楼去吃晚饭。

“我刚刚去看塞巴斯蒂安了，”我说，“他的感冒相当严重。他上床睡觉了，说什么都不想要。”

“可怜的塞巴斯蒂安，”马奇曼夫人说，“他最好喝一杯热威士忌。我要去看看他。”

“你别去，妈妈，我去吧。”朱莉娅站起身。

“我去。”科迪莉娅说，那天晚上，她也在楼下吃饭，为客人饯行。她坐在门口靠门的位置，大家还没来得及阻止她，她就出门了。

朱莉娅给我使了个眼色，悲哀地轻轻耸耸肩。

几分钟后，科迪莉娅回来了，表情严肃。“确实，他看上去什么都不想要。”她说。

“他怎么样？”

“呃，我可不知道，不过我觉得他醉得厉害。”她说。

“科迪莉娅。”

这孩子突然咯咯笑起来。“‘侯爵之子不习惯饮酒’，”她引用报纸上的标题，“‘模范学生前途堪忧’。”

“查尔斯，是真的吗？”马奇曼夫人问。

“是真的。”

这时，用人宣布晚餐开始，我们都去餐厅，没人再提及这个话题。

布赖兹赫德与我独处时说：“你刚刚说塞巴斯蒂安喝醉了？”

“是的。”

“可真会挑时候。你就不能阻止他吗？”

“阻止不了。”

“阻止不了，”布赖兹赫德说，“我想也是。我见过父亲喝醉，就在这个房间里。我当时还不到十岁。一个人要是想喝醉，你是阻止不了他的。母亲当时也没能阻止父亲，知道吧。”

他说这话时语气奇怪，不带任何个人感情。回想起来，关于这个家庭，我看到的越多，就越觉得他们特别。“我要请母亲今天晚上给我们念书。”

我后来才知道，这是他们的习惯。家庭关系紧张时，他们总会请马奇曼夫人在晚上大声念书。她声音优美，表情幽默。那天晚上，她念的是《布朗神父的智慧》中的片段。朱莉娅坐在一张摆满修甲工具的凳子旁，仔细重新涂抹指甲油。科迪莉娅照看朱莉娅的狮子狗，布赖兹赫德玩单人纸牌游戏。我无所事事，研究他们这群漂亮的男女，同时也为楼上的朋友感到悲哀。

然而，那个可怕的夜晚还没有结束。

家里没有客人时，马奇曼夫人有时会在睡觉前去趟小教堂。她刚把书合上，提议去小教堂时，门开了，塞巴斯蒂安出现了。他还穿着我之前见到他时穿的那套衣服，但此刻脸并不红，而是像死人一样惨白。

“我是来道歉的。”他说。

“塞巴斯蒂安，亲爱的，快回自己的房间去吧，”马奇曼夫人说，“我们可以明天早上再谈。”

“我不是跟你道歉。我是来跟查尔斯道歉的。我对他太过分，他是我的客人。他是我的客人，我唯一的朋友，我却对他那么过分。”

一股寒意在所有人之间弥散开来。我把他带回他自己的房间，他的家人都去祈祷了。我们上楼后，我注意到，那只酒瓶空了。“你该上床睡觉了。”我说。

塞巴斯蒂安开始抽泣。“你为什么要站在他们那边反对我？我就知道你见到他们以后，你肯定会这样。你为什么要监视我？”

他还说了很多话，即便是在二十年后的今天，我也不忍再想起那些话。最后，我把他哄睡，自己也无比悲伤地去睡了。

第二天清晨，他很早就来到我的房间，其他人都还在睡觉。他拉开窗帘，拉窗帘的声音把我惊醒。我发现他穿戴整齐，背对着我抽烟。窗外，破晓曙光在露珠上留下长长的影子，最早起来的鸟儿在初露绿芽的枝头叽叽喳喳。我开口时，他转过脸来，那脸上没有任何头天晚上放纵的痕迹，只有既天真又阴沉的表情。他像个失望的孩子。

“喂，”我说，“你感觉怎样？”

“很奇怪。我觉得，也许还有一点点醉意吧。我刚刚下楼去马厩那里，想弄辆车，可到处都上了锁。我们走吧。”

他从我枕头边的水壶里喝了点水，把香烟扔到窗外，又点燃一支，双手颤抖，像个老头。

“你要去哪儿？”

“我也不知道。伦敦吧，我想。我能去和你住在一起吗？”

“当然可以。”

“好，那你穿衣服吧。他们可以让火车把我们的行李运过去。”

“我们不能就这么走了。”

“我们不能再待下去了。”

他坐在窗边的椅子上，把目光从我身上转移到窗外。他很快又说：“有些烟囱冒烟了。他们一定把马厩打开了。走吧。”

“我不能现在就走，”我说，“我得跟你母亲道别。”

“真是条听话的哈巴狗。”

“喂，我只是不喜欢偷偷溜走罢了。”

“我可管不了那么多。我就是要偷偷溜走，走得越远越好。你想跟我妈妈策划什么阴谋，就尽管策划吧，我是不会回来了。”

“你昨天晚上就是这么说的。”

“我知道。对不起，查尔斯。我跟你说了，我还醉着呢。要是我说，我也憎恨这样的自己，你会觉得舒服一点吗？”

“没觉得。”

“我想，肯定还是会舒服一点吧。好吧，你如果不愿意一起走，那就帮我向奶奶问个好。”

“你真的要走？”

“当然。”

“那我会在伦敦见到你吗？”

“会啊，我会去跟你住在一起。”

他离开了，我再也睡不着。大概两个钟头之后，用人给我端来茶、面包和黄油，还把我在新的一天要穿的衣服拿来了。

那天上午，我找到马奇曼夫人。风越刮越猛，我们没有出门。我坐在她房间的炉火前，她在我旁边，弯着腰，忙着做针线活，吐露新芽的藤蔓在窗玻璃上沙沙作响。

“我真希望当时没有看到他，”她说，“那一幕真是太残忍了。我不介意他喝醉这件事。所有男人在年轻时都这样。我对这种事早就习惯了。我的弟弟们在他这个年纪也疯狂过。昨天晚上，最让我伤心的是，他一点也不开心。”

“我知道，”我说，“我之前也从没见过他这样子。”

“偏偏是昨天晚上……别人都走了，只剩下我们自己人——你看，查尔斯，我完全把你当成自家人了。塞巴斯蒂安很爱你——在你面前，他不需要努力装出快乐的样子。他也并不快乐。昨天晚上，我几乎没有睡，一直在想这件事：他太不快乐了。”

我没有办法向她解释我自己也仅仅一知半解的事。可即便是在那时，我也觉得：“她很快就会明白的。她现在也许已经明白了。”

“他的行为确实很可怕，”我说，“可是，请你不要认为他经常这样。”

“桑格拉斯先生告诉我，他上学期整整一学期都喝得很厉害。”

“是，但不是这样——他以前从来没有这样。”

“那为什么现在会这样？为什么在这里成了这样？为什么和我们在一起时成了这样？我一整个晚上都在思考，都在祈祷，都在想我该对他说些什么，可现在呢，他今天早上压根都不在这里了。他太残忍了，一句话不说就离开。我不希望他因此感到羞愧——正是羞愧感让他做出这么多错事。”

“他是为自己的不快乐感到羞愧。”我说。

“桑格拉斯先生说他吵吵闹闹，兴致很高。我相信，”她说话时，愁云密布的脸上掠过一丝充满诙谐的淡淡笑意，“我相信你和他狠狠地捉弄了桑格拉斯先生。你们太淘气了。我是很喜欢桑格拉斯先生的，你们也应该喜欢他，毕竟，他为你们做了那么多事。可我又想，我如果是你们这个年纪的男孩子，大概也会有点想要捉弄桑格拉斯先生吧。不，我并不介意这件事，可昨天晚上和今天早上的事性质完全不同。你知道吗，这一切都曾经发生过。”

“我只能说，我经常看到他喝醉，也经常和他一起喝醉，但昨天晚上的情况我是第一次见。”

“哎，我说的不是塞巴斯蒂安。我说的是好多年前。我和一个我爱的人经历过这一切。嗯，你一定知道我说的是谁吧——就是塞巴斯蒂安的父亲。他以前喝醉了就是这个样子。有人告诉我，他现在不这样了。我向上帝祈祷这是真的，如果是真的，我全心全意地感谢上帝。至于*偷偷溜走*这种事——*他*也是偷偷逃走的，你知道吧？你刚才说得对，塞巴斯蒂安为自己的不快乐感到羞愧。他们两个都不快乐，都觉得羞愧，于是，都偷偷溜走了。这真可悲。和我一起长大的兄弟们——”她那双大眼睛从绣工作品转向壁炉架上折叠皮相框里的三幅微型肖像画，“——就不是这样。我不明白。你明白吗，查尔斯？”

“只明白一点点。”

“塞巴斯蒂安喜欢你胜过我们任何人，你也知道。你一定得帮帮他。我是帮不了了。”

在这里，我把原本需要长篇大论才能讲清楚的内容压缩为寥寥数语。马奇曼夫人并不是个啰嗦的人，但她以一种女性特有的卖俏方式阐述自己的主题，先在周围绕绕圈子，慢慢靠近，再又退后，声东击西。她像一只在花朵上方盘旋的蝴蝶，玩起了“我们都是木头人”的游戏。别人转过背时，她神不知鬼不觉地靠近真正的目标，而有人看见她时，她立即站着一动不动。不快乐与偷偷溜走这两件事让她悲哀，她还没有把话说完，就以自己独特的方式将所有的悲哀展示了出来。她又说了一个钟头，才把自己想说的说完。最后，我起身与她告别，她仿佛事后想起什么，补充道：“不知道你看没看过关于我弟弟的书？刚刚印出来。”

我告诉她，我已经在塞巴斯蒂安的房间里看过了。

“我希望你也能有一本。我能送你一本吗？他们三个人都很了不起，奈德是其中最厉害的。他是最后牺牲的，通知他牺牲的电报传来之前，我就有预感了。我接到电报时想：‘现在，轮到我的儿子去完成奈德的未竟之业了。’我那段时间很孤独。塞巴斯蒂安那时候正准备去伊顿上学。你如果看了关于奈德的书，就会明白的。”

她的书桌上摆着一本准备好的书。我想：“我走进来之前，她就策划好了这样的告别形式。她把所有的对话都彩排过吗？事情的进展假如和她预想的不同，她会把这本书放回抽屉吗？”

她把她的名字和我的名字写在扉页上，又写下日期和地点。

“昨天晚上，我也为你祈祷了。”她说。

我走出去，把门关上，把拙劣的宗教艺术品、低矮的天花板、印花棉布、羔羊皮封面古书、佛罗伦萨风景画、装满风信子和混合干花的小碗、小小的针绣作品以及一个亲密氛围中的女性化的现代世界都关在里面，回到以镶板装饰的穹顶下，回到中央大厅的圆柱和檐廊间，回到一个充满阳刚之气的更好的时代。

我不是傻瓜，也不是小孩，完全明白她想拉拢我的企图，可我还不够老练，竟然任由这样的事情让我愉快。

那天早上，我没有见到朱莉娅。我正要离开时，科迪莉娅跑到车门边，对我说：“你会见到塞巴斯蒂安吗？请向他转达我对他特别的爱。你记得住吗？是我*特别的爱*啊。”

我坐在开往伦敦的火车上，阅读马奇曼夫人送给我的书。卷首插画是穿着手榴弹兵制服的年轻人的照片，我从他的脸上清楚地看到布赖兹赫德那冷酷面容的来源，那如面具般冰冷的表情掩盖了来自他父亲家族的和蔼可亲的特征。照片里的这个男人，是丛林与洞穴中的男人，一个猎手、部落社会法官，身上还保存着一个与环境作斗争的民族的种种残忍传统。书中还有其他插图，有几张是他们三兄弟度假时的照片，我在每张照片中都发现了同样的古老的血缘特征。我想起马奇曼夫人明亮而优雅的脸庞，我在这些阴郁的男人身上找不到任何与她相似的地方。

她在书里很少出现，她比他们三位中最年长的还要大九岁。他们都还在念书时，她就结婚离家；她和他们之间，还有两个妹妹；父母在生下第三个女儿后，进行数次朝圣之旅，虔诚地施舍捐助，希望能生下一个儿子，因为他们庞大的财产和古老的姓氏需要继承者；男性继承者们很晚才出生，接连几个儿子的降生在当时似乎确保了家族香火能得到延续，可一场突如其来的悲剧终结了一切。

这个家族的历史是典型的英格兰天主教大地主的历史。从伊丽莎白女王统治时期，直到维多利亚时代，他们都过着与世隔绝的生活，只与佃农和亲戚打交道。他们把儿子送到国外念书，儿子往往也在国外成婚，那是家族内的通婚，或者和背景相同的家庭联姻。一代又一代迷惘的人学到一个深刻教训，那就是，他们不可能获得升官发财的机会。从这个家族死去的三个男人的一生中，仍然可以得出这个教训。

桑格拉斯先生熟练运用编辑技巧，将各种类型的文字巧妙和谐地汇集在一起，编排出一本小书——有诗歌、信件、日记片段，还有一两篇尚未发表的文章。所有文字都散发出同样颇有骑士风度、超脱尘世、昂扬而严肃的气息。另外，还有几封他们牺牲后同龄人写给他们的信件，这些信件虽然文采高低不同，但都讲述了相同的故事，说他们原本在学术和体育领域拥有辉煌成就，备受爱戴，前途一片光明，可不知怎么了，他们认为自己与同辈是不同的。他们成为光荣的牺牲者，奉献出生命。为了给胡珀之流创造一个新的世界，这些人必须死去。他们就像澳洲土著，按照法律规定都是危害社会的人群，得有人不慌不忙地用枪击毙他们，这样，戴着夹鼻眼睛、用潮乎乎的胖手跟人握手、一笑就露出满口假牙的出差商人才会一路平安。火车带着我离马奇曼夫人越来越远，我不禁想，也许，她身上也有相同的烙印，烙印标志着她和她的家人将会被战争以外的方式毁灭。她从壁炉令人舒适的通红炉火中，看到了什么征兆吗？她从窗台上藤蔓沙沙作响的声音中，听到了宿命的私语吗？

火车来到帕丁顿站，我回到家，发现塞巴斯蒂安已经在这儿了。他身上的悲剧感消失得无影无踪，他又像我第一次见到他时那样快乐自由。

“科迪莉娅要我转达她对你特别的爱。”

“你有和妈妈‘聊一聊’吗？”

“有。”

“你站在她那边吗？”

如果是昨天，我会说，“根本就不存在对立的两边啊”。可今天，我说：“没有，我和你在一边。‘与塞巴斯蒂安一起，对抗全世界[①]’。”

这就是我们当时对这个话题的全部讨论。从那以后，我们再

---

① 原文中为拉丁文。

也不曾提及这个话题。

可阴影笼罩在塞巴斯蒂安周围。我们回到牛津，我窗台下的紫罗兰又开花了，栗树点缀着整条街道，鹅卵石路面上散落着温热的碎石片。然而，一切今非昔比。塞巴斯蒂安的心中，早就是严寒的隆冬。

时间一周一周过去。我们一直在为即将到来的新学期寻找宿舍，最后，我们在莫顿大街找到一间靠近网球场的小房子。隐蔽僻静，租金不菲。

我们最近与桑格拉斯先生见面远不如以前频繁。我再见到他时，告诉他我们所选的房子。他站在布莱克威尔书店的桌子旁，店里正在展销最新出版的德文书籍。他把买好的一小堆书放到一旁。

“你要和塞巴斯蒂安同住？”他说，“这么说，他下个学期还会来上学喽？”

“应该会吧。他为什么不来上学？”

“不知道为什么，我总觉得他可能不会来了。不过，我在这种事情上总是弄错。我很喜欢莫顿大街。”

他给我看他买的书，我不懂德文，对这些书完全没有兴趣。我离开时，他说：“不要觉得我是在多管闲事，知道吗。可我如果是你，在完全确定之前，不会贸然真的租下莫顿大街的房子。”

我将这番话告诉塞巴斯蒂安，他说：“是啊，他们确实在策划一起阴谋。妈妈想让我去和贝尔主教住。”

“那你为什么不告诉我？”

“因为我绝不会去和贝尔住。”

“我还是觉得你应该告诉我。这是什么时候的事?”

“嗯，有一段时间了。妈妈是个多么精明的人，你也知道。她发现她拉拢你的计划失败了。我猜，应该是你在看完奈德舅舅的书之后写给她的信让她这样想的吧。”

“我根本没说什么啊。”

“正是如此。你如果想要帮她，就会大书特书。没想到吧，奈德舅舅就是对你的一次测试。”

可她似乎没有完全绝望，因为几天之后，我收到她寄来的一张便签，便签上写着:“我星期二会路过牛津，希望能见见你和塞巴斯蒂安。我想在见他之前先和你单独会面五分钟。我这样要求会不会太过分?我会在十二点左右去你的宿舍。”

她来了，对我的宿舍赞叹一番……“我弟弟西蒙和奈德也在这里上过学，知道吧。奈德的宿舍就在花园前院。我原本希望塞巴斯蒂安也能来这儿，可我丈夫读的是基督教堂学院，而你知道的，塞巴斯蒂安的教育都是由他负责。”她赞美我的画:“大家都很喜欢你在花园房里画的那些画。你要是不画完，我们永远都不会原谅你的。”最后，她终于说到要点。

“我想，你已经猜到我此行的来意。我要问的很简单，塞巴斯蒂安这个学期还喝得厉害吗?”

我确实猜到了，于是回答:“他如果还喝得厉害，那我不会回答你的问题。可事实是，我可以回答你，他并没有喝得很厉害。”

她说:“我相信你。感谢上帝!”然后，我们一起去基督教堂学院吃午餐。

那天晚上，塞巴斯蒂安遭遇他的第三次灾难。凌晨一点，低年级的一位学监发现他在汤姆学院周围晃荡，醉到不省人事。

十二点差几分，我离开他，他虽然情绪低落，但完全清醒。在接下来的那一个钟头里，他独自喝下半瓶威士忌。第二天早上，他来告诉我事情的经过时，但讲不清楚。

“你最近经常这样吗，”我问，“我走了，你就自己喝酒？”

“大概有那么两次吧，要不就是四次。他们烦我时我才喝。他们要是让我一个人待着，我什么事都没有。”

“他们不会再让你一个人待着了。”我说。

“我知道。”

我们都清楚这是一次危机。那天早上，我对塞巴斯蒂安没有爱。他需要爱，可我没有爱可以给予他。

“说真的，”我说，“你如果每见到一个家人，都要独自喝到酩酊大醉，那你真是没救了。”

“是啊，就是啊，”塞巴斯蒂安无比悲伤地说，“我知道。是没救了。”

我的自尊心受到伤害，他这么做，让我看起来像个骗子，我对他的需要无能为力。

“唉，那你打算怎么做？”

“我打算什么都不做。他们会做的。”

我没有安慰他，让他走了。

接下来，整个机器又开始运转，我亲眼目睹在十二月发生的一切再度重演。桑格拉斯先生和贝尔主教以及基督教堂学院的院长碰了面；布赖兹赫德来学校住了一晚。这个机器中小小但沉重的齿轮启动，转个不停。每个人都对马奇曼夫人无比同情，她三个弟弟的名字以金色大字被写进战争纪念册，而他们的形象在很多人的脑海中还栩栩如生。

她再一次来看我，从霍利威尔大街到公园，从美索不达米亚区，到开往牛津北区的渡船上，我们聊了整整一路。我在这里只能把此番长谈缩减为只言片语。那天晚上，她是在牛津北区和一屋子修女过的夜，她们都可以说处于她的庇护之下。

“你一定要相信我，”我说，“我跟你说塞巴斯蒂安没有酗酒时，说的是实话。我所知道的情况就是那样。”

“我知道你想当他的好朋友。”

“我不是那个意思。我跟你说的那些话，我自己也深信不疑。直到现在，我也还在一定程度上坚信那些话。我知道，他以前喝醉过两三次，但不会更多了。”

“这样可不好，查尔斯，”她说，“你的意思是在说，你对他的影响和了解并没有我以为的那样深。我们两个努力相信他是没有用的。我以前又不是没见过这样的酒鬼。他们最可怕的地方就在于擅长欺骗。他们喝醉以后，首先抛诸脑后的就是说实话这件事。

“那天，我们一起高高兴兴地吃午餐。你走了以后，他对我简直好极了，就像他小时候那样，我同意了他所有的要求。你知道吗，我原本对于他要和你同住一事很犹豫。我相信，你一定理解我的意思。你也知道，我们都很喜欢你，不仅因为你是塞巴斯蒂安的朋友。你以后如果再也不来我们家住，我们都会非常想念你的。可是，我希望塞巴斯蒂安能有各种各样的朋友，而不是只有一个朋友。贝尔告诉我，他从不和其他天主教徒混在一起，也不去纽曼俱乐部，连弥撒都很少参加。只结识天主教徒当然不对，但他还是得结识几个吧。想要完全孤立地生存，需要有相当强大的信仰，塞巴斯蒂安没有那么强的信仰。

“我们星期二吃午餐时，我非常开心。我抛开一切反对意见，和他到处逛了逛，看了你们选好的房子。房间很漂亮。我们还决定从伦敦弄来些家具，把房间布置得更加漂亮。可后来，就在我和他见面后的当天晚上！——不，查尔斯，这完全不符合逻辑啊。”

她说这句话时，我想：“‘逻辑’这个词是她从阿谀奉迎的知识分子那里学来的吧。”

“唉，”我说，“您有什么补救的办法吗？”

“学校方面相当宽容。他们说，他只要去和贝尔主教住，他们就不会开除他。这个建议我可想不出来，是主教本人的想法。他还特别让我捎个口信给你，说欢迎你随时去住。实际上，旧宫殿那边并没有能让你住的房间，我敢说，你也不想去住吧。”

“马奇曼夫人，你如果想把他变成一个真正的酒鬼，那就这么做吧。你难道还看不出来吗？那种被人监视的感觉会要了他的命。”

“唉，亲爱的，我解释也没有用。反正新教徒一直觉得天主教神父都是间谍。”

“我不是这个意思，”我努力解释，但怎么也解释不清，“他必须感觉到自由。”

“他在此之前一直都是自由的啊，可看看结果怎样呢。”

我们走到码头，谈话陷入僵局。我几乎一言不发地把她送到修道院，然后坐公交车回到卡尔法克斯。

塞巴斯蒂安在我的房间里等我。“我要给爸爸发电报，”他说，“他不会允许他们强迫我住进那个神父的房子里。”

“可他们如果把这个作为你继续上学的条件呢？”

“那我就不上学了。你能想象得出来吗？我？每周做两次弥撒，在茶会上帮助害羞的天主教新生，在纽曼俱乐部陪来访讲课的人吃饭，有客人时喝杯葡萄酒，但贝尔主教在一旁监视着，不让我喝太多。我一离开房间，他就会跟别人解释，我只是这儿一个讨人厌的酒鬼，他之所以收容我，是因为我有个特别迷人的妈妈。”

“我跟她说过，你不能住到那儿去。”我说。

“我们今天晚上去大醉一场吧？”

“只有今天晚上，我才觉得大醉一场也没什么坏处。”我说。

“一起对抗全世界？”

“一起对抗全世界。”

“愿上帝保佑你，查尔斯。留给我们的夜晚所剩不多了。”

那天晚上，我们数周以来第一次喝到不省人事。我把他送到大门口时，所有的钟齐齐敲响十二下。我在满天星光下晕头转向地游走在高楼之间，终于回到自己的房间，和衣倒头而睡。我有一整年没有这样过了。

第二天，马奇曼夫人离开牛津，带走了塞巴斯蒂安。布赖兹赫德和我一起去他的房间帮忙整理东西，看哪些要寄给他，哪些要留下。

布赖兹赫德和往常一样，严肃冷漠。“真可惜，塞巴斯蒂安还不是很了解贝尔主教，”他说，“他如果了解主教，就会发现，主教是个很有魅力的人，和他同住挺好的。我最后一学年就住在那儿。母亲认定塞巴斯蒂安是个顽固的酒鬼。他到底是不是？”

“他可能成为酒鬼。”

“我相信，比起很多外表体面的人，上帝应该更喜欢酒鬼。”

“看在上帝的分上，”那天早上，我的眼泪几乎要夺眶而出，“为什么说什么都要把上帝扯进来？”

“对不起。我忘了。不过你也知道，这是一个十分可笑的问题。”

“可笑吗？”

“对我来说可笑。对你来说，不可笑。”

“确实，对我来说，这个问题并不可笑。我觉得，如果没有你们的宗教，塞巴斯蒂安还有机会成为一个快乐而健康的人。”

“这有待商榷，”布赖兹赫德说，“你觉得他还需要这个象脚吗？”

晚上，我穿过四方院，去找柯林斯。他独自一人，坐在敞开的窗边，就着越来越暗的光线看教科书。“嗨，”他说，“进来吧。我一整个学期都没见过你。我恐怕没有东西招待你。你怎么把你那聪明的同伴给抛弃了？”

“我是全牛津最孤独的人，”我说，“塞巴斯蒂安·弗莱特被开除了。”

接着，我问他在这个漫长的假期里都做了些什么，他告诉了我。听上去简直无聊透顶。接着，我又问他有没有找到在下学期住的地方。他告诉我，找到了，地方很远，不过非常舒服。他将和学院散文协会的秘书泰恩盖特同住。

“还有一个房间没找到人住。贝克本来要来住的，但他现在正准备竞选辩论社的主席，觉得应该住近点。”

我们俩都在想，我也许应该住那个房间。

“你准备去哪儿住呢？”

“原本是打算和塞巴斯蒂安·弗莱特去莫顿大街住。现在不行了。”

可我们谁都没有提出来，时机转瞬即逝。我离开时，他说：“希望你能找到和你在莫顿大街同住的人。”我说：“希望你能找到和你在伊夫利路同住的人。”从那以后，我再也没有和他说过一句话。

学期只剩下十天，我不知怎么把这十天过完。然后，我回到伦敦，这次回来后的境况与去年完全不同，我心里没有任何打算。

“你那个长得很漂亮的朋友，”父亲问，“没有和你一起来吗？”

“没有。”

“我一直以为他把这儿当成自己家了呢。真遗憾，我挺喜欢他的。”

“父亲，你是不是特别希望我拿到学位？”

“我希望你拿到学位？天哪，我想要那玩意儿干吗？对我来说毫无用处。在我看来，对你的用处也不大。”

“我也是这么想的。我觉得，再回到牛津上学也许只是浪费时间。”

直到此时，父亲才对我说的话表现出一点兴趣。他放下手里的书，摘掉眼镜，认真地盯着我。“你被开除了吧？”他说，“我哥哥警告过我，会有这么一天。”

“没有，我没有被开除。”

“哦，这样啊，那说这些干什么？”他暴躁地问，重新戴上眼镜，寻找书上他之前看的地方，“每个人至少得在大学待三年。我认识一个人，为了拿到神学学位，花了七年时间。”

“我只是觉得，我以后如果并不打算从事需要学位的职业，那从现在就开始做自己想做的事，也许反而更好。我想当画家。”

这一次，父亲没有立刻做出回答。

然而，这个想法似乎在他的脑海中扎了根。我们再次谈及此事时，它已经根深蒂固。

“你成了画家以后，”星期天，我们午餐时，他说，“就会需要一间画室。”

“是的。”

“嗯，这里可没有画室。连一间能当作画室的体面点的房间都没有。我不打算让你在走廊里画画。”

“我也不打算。从来没这么想过。”

“我也不希望家里到处都是一丝不挂的模特，或是满嘴胡言乱语的评论家。我也不喜欢松节油的气味。我想，你还是打算认真做好这件事，想画油画的吧？”父亲那一代人总是习惯根据画家所用的是油画颜料还是水粉颜料，把他们划分为严肃型或业余型画家。

“我觉得第一年不应该画太多画。不管怎么说，应该先找个学校。”

“要出国吗？”父亲满怀希望地问，“我知道，国外有些很好的学校。”

一切发生得太快，超出我的预料。

“出国，在国内，都行。我应该先到处看看。”

“那就出国到处看看。”他说。

“你同意我离开牛津吗？”

“同意？同意？我亲爱的儿子，你都二十二岁了。”

“二十，”我说，“十月份才满二十一。”

“是吗？感觉远远不止啊。”

一封马奇曼夫人的来信，终结了这段小小的插曲。

我亲爱的查尔斯，塞巴斯蒂安今天早上离开我，去国外找他父亲了。他离开之前，我问他有没有写信给你。他说没有，这样一来，我就不得不给你写信了，虽然，我不能指望用一封信就把我上次说不出来的话统统说出来，但我不能让你只得到沉默。

学院只让塞巴斯蒂安停课一个学期，同意让他圣诞节之后再去上学，条件是他要与贝尔主教同住。决定权最终在他自己手上。桑格拉斯先生非常好心地同意在此期间照看他。他从他父亲那里回来以后，桑格拉斯就会去接他，然后和他一起前往地中海东部的各个国家。桑格拉斯早就迫不及待地想去参观那儿的东正教修道院。他希望这次出游能让塞巴斯蒂安的心情有所改善。

塞巴斯蒂安住在这里时一直很不开心。

他们回家过圣诞节时，我知道塞巴斯蒂安一定会很想见你，我们其他人也一样。我希望这不会打乱你下学期的安排。祝一切顺利。

你真诚的，

特丽莎·马奇曼

又及：我今天早上去了花园房，感觉十分遗憾。

第二部 旧地荒芜

第一章

“我们走到通关口的最高处时，”桑格拉斯先生说，“听到身后传来疾驰的马蹄声。两位士兵飞马赶来，跑到旅行队的前面，让我们调头。是将军派他们来的，来得正是时候。前方不到一英里就有一支队伍。”

他暂停片刻，周围寥寥可数的几位听众坐着沉默不语，大家都感觉到他想要制造轰动效应，可又不确定该如何礼貌地表达自己的兴趣。

“一支队伍？”朱莉娅说，“天哪！”

他似乎还在期待更强烈的反应。最后，马奇曼夫人终于说：“我想，那些地方的民间音乐很单调吧。”

“亲爱的马奇曼夫人，不是乐队队伍，是土匪队伍。”科迪莉娅坐在我旁边的沙发上，轻声咯咯笑了起来。“山里到处都是土匪。是凯末尔[①]军队里掉队的士兵。还有在大撤退时被断了退路的希腊人。我可以向你们保证，个个都是亡命之徒。

“掐我一下。”科迪莉娅小声说。

我掐了她一下，沙发弹簧的吱呀声停止。“谢谢。”她一边说一边用手背擦眼睛。

---

① 穆斯塔法·凯末尔·阿塔土克（1881—1938），土耳其军官、改革家、作家、领导人，土耳其共和国第一任总统、总理，被誉为现代土耳其的缔造者。

“这么说来，你们没去那什么地方啊，”朱莉娅说，“塞巴斯蒂安，你是不是特别失望？”

“我？”塞巴斯蒂安坐在台灯光线照不到的阴影中，远离熊熊燃烧的木柴的温暖，远离围坐一圈的家人。牌桌上摊开摆着不少照片。“我？哦，我记得我那天并不在场，是不是，桑米？”

“你那天生病了。”

“我生病了，”他像桑格拉斯的回声般重复道，“所以，我应该没去成那什么地方。是不是，桑米？”

“现在，请看这张，马奇曼夫人。这是旅行队在阿勒颇[①]住的小旅馆的院子。这是我们的亚美尼亚厨师，贝奇德比安；这是我骑在小马背上；这是折叠起来的帐篷；这是一个精疲力竭的库尔德人，他当时一直跟着我们……这是我在本都山脉、艾菲索斯、特拉比松、骑士堡、萨莫色雷斯岛、巴图姆——当然，我还没有把照片按时间顺序整理好。”

“怎么都是导游啦、废墟啦、骡子啦？”科迪莉娅说，“塞巴斯蒂安在哪儿？”

“他啊，”桑格拉斯的声音里带着一丝胜利的味道，好像他早就预料到这个问题，并准备好了答案，“他拿着照相机呢。他自从学会不用手遮住镜头后，就成了一位相当出色的摄影师。对不对，塞巴斯蒂安？”

阴影中的人没回答。桑格拉斯又把手伸进猪皮革小挎包。

“这组照片，”他说，“是一位街头摄影师在贝鲁特圣乔治酒店的阳台上拍的。这不就是塞巴斯蒂安吗？”

---

① 叙利亚西北部城市。

“为什么，”我说，“还有安东尼·布兰奇？那是他吧？”

“是的，我们经常和他见面。我们最开始是在君士坦丁堡碰巧遇到的。他可真是个让人开心的同伴。我与他相见恨晚。他和我们一起去了贝鲁特。”

用人把茶端走，把窗帘拉上。这是圣诞节后第一天，我来这儿的第一个晚上。今天也是塞巴斯蒂安和桑格拉斯回来的第一天。我到这里时，惊讶地在火车站站台上发现了他们。

马奇曼夫人三周前给我写信：“我刚刚收到桑格拉斯先生的来信，他和塞巴斯蒂安将会如我们所愿，回家过圣诞节。我好久都没有听到他们的消息，原本担心他们迷了路，所以不想在不确定的情况下做出任何安排。塞巴斯蒂安会很想见你。你如果能安排好时间，来和我们一起过圣诞节吧，或者在节后尽快过来。”

我早就计划好与伯父一起过圣诞节，不能反悔。节后，我穿越整个国家，中途换乘当地列车，本以为会看到在家中安顿妥当的塞巴斯蒂安，结果发现他就在我旁边的车厢。我问他在干吗，回答我的是口若悬河的桑格拉斯。他告诉我，他们的行李被放错地方，库克旅行社假期期间又关门。我立马觉得他在隐瞒什么。

桑格拉斯浑身不自在。他习惯性保持着自信的模样，但内疚就像陈腐的雪茄烟雾，笼罩着他，久久不散。马奇曼夫人迎接他时，我察觉到一丝早有预谋的味道。整个茶点时间，他一直绘声绘色地描述自己的旅行。后来，马奇曼夫人把他带去楼上“聊一聊”。我怀着近乎怜悯的心情看着他离开：玩过扑克牌的人都清楚，桑格拉斯留了一手，已经讲出的话错漏百出。大家喝茶时，我看着他，怀疑他不仅是在夸大其词，应该还撒了个弥天大谎。这圣诞节期间的经历中，有些事他必须说，但他不想说，也不知道该怎么跟马奇曼夫人说。不仅如此，我猜，这整场地中海东部旅行中，有很多事他应该说，可他完全不打算说。

“跟我去看看奶妈吧。”塞巴斯蒂安说。

“请问，我可不可以一起去？”科迪莉娅问。

“来吧。”

我们爬上圆屋顶的育婴室。半路上，科迪莉娅说：“你回家了难道一点也不高兴吗？”

“我当然很高兴。”塞巴斯蒂安说。

“哦，那你好歹表现出一点高兴的样子嘛。我一直很期待你回来呢。”

奶妈并不是很想和人说话。她希望来访者不要关注她，让她自己安静地做针线活，一边看着他们的脸，一边回想脑海中他们小时候的模样。对她来说，他们小时候患过的疾病和做过的恶作剧比他们的现状更有意义。

“唉，”她说，“你看起来真的好憔悴。我想，你吃不惯外国的那些东西。你现在回来了，得养胖点。你看起来好像也熬了不少夜，看看你那双眼睛——是跳舞去了吧，我就知道，”霍金斯奶奶一直坚信，上流社会会在舞厅里度过绝大多数无所事事的夜晚，“还有，这件衬衣要补一下了。洗之前拿到我这里来。”

塞巴斯蒂安确实满脸病容。五个月的时间仿佛在他身上制造了数年的变化。他更苍白更消瘦了，眼睛下面有了眼袋，嘴角也下垂了，一侧下巴上还有脓肿留下的疤痕。他说话时语气似乎更平淡，动作时而倦怠冷淡，时而神经兮兮，一副潦倒落魄的模样。以前，他就不愿意精心打理衣服和头发，而现在，他可谓邋里邋遢了。最恐怖的是，他眼神中透露出一种警惕，在复活节假期，我看到这种眼神时还觉得很惊讶，现在这种眼神成了他的鲜明特征之一。

正是这警惕的眼神让我没有问他任何关于他的事情，只是告诉他我自己在这个秋天和冬天的经历。我跟他讲我在圣路易斯岛找到公寓，就读艺术学校，讲学校里的老教师有多好，学生有多坏。

“他们从来不会去卢浮宫，”我说，“就算去，也只是因为某个荒唐的评论杂志突然‘发现’，某位大师的风格正好符合那个月杂志的美学理论主题。学校里一半的学生想像毕卡比尔①那样大出风头；另一半只想通过给《时尚》杂志画广告、给夜总会搞装饰来养家糊口。老师却想把他们都培养成德拉克罗瓦②那样的画家。”

“查尔斯，”科迪莉娅说，“现代艺术都是胡说八道，对不对？”

“纯粹的胡说八道。”

“哦，我太高兴了。我和一个修女就此争论过，她说我们不应该批评我们不了解的东西。现在，我可以告诉她，是一位真正的艺术家亲口对我这么说的，我要好好嘲笑她一番。”

很快，到了科迪莉娅吃晚饭的时候，塞巴斯蒂安和我也该去楼下客厅喝鸡尾酒了。客厅里只有布赖兹赫德一个人，威尔克斯紧随我们的脚步而来，对布赖兹赫德说：“少爷，夫人请你到楼上去，有话跟你说。”

“这可不像妈妈的风格，居然打发个人来叫我。她通常都是亲自把人引诱到楼上去。”

---

① 弗朗西斯·毕卡比尔（1879—1953），法国先锋派画家、诗人。
② 德拉克罗瓦（1798—1863），法国著名浪漫主义画家。

到处都不见鸡尾酒托盘的踪影。过了几分钟，塞巴斯蒂安拉了铃。用人前来答话："威尔克斯先生还在楼上和夫人在一起。"

"哦，那算了，把鸡尾酒端来。"

"钥匙在威尔克斯先生那儿，少爷。"

"哦……好吧，等他下楼了，叫他端酒来。"

我们聊了一小会儿安东尼·布兰奇。"他在伊斯坦布尔时留着大胡子，不过我让他把胡子剃掉了。"过了十分钟，塞巴斯蒂安说："哎，反正我也不想喝鸡尾酒，我去洗澡了。"他离开了客厅。

七点半，我猜其他人大概都去换衣服了，也打算去换衣服。就在这时，我碰到了从楼上下来的布赖兹赫德。

"请稍等，查尔斯，我有点事要跟你解释一下。母亲下达命令，任何房间里都不允许留下一点酒水。你明白这是为什么。你如果想喝点酒，可以拉铃找威尔克斯——不过，最好等到只有你一个人时。对不起，但只能这样了。"

"有这个必要吗？"

"我觉得非常有必要。你也许听说了，也许没听说，塞巴斯蒂安一回到英格兰就又发疯了。整个圣诞节不见踪影。直到昨天晚上，桑格拉斯先生才找到他。"

"我一猜就是发生了这种事。可你确定，这是解决问题的最好方法吗？"

"这是我母亲的方法。塞巴斯蒂安上楼去了，你想喝杯鸡尾酒吗？"

"我会觉得窒息。"

他们一直让我住在我第一次来访时住的房间，这个房间在塞巴斯蒂安房间的隔壁。我们合用一间浴室，这间浴室原本是更衣室，二十年前被改造，卧床被换成铜铸红木框浴缸，浴缸很深，黄铜手柄重得像是军舰上的设备，拉动手柄，就能将浴缸注满水。房间的其他部分基本保持原貌；冬天，壁炉里总是燃烧着温暖的煤火。我常常想起这间浴室——想起那在水蒸气的迷雾中朦胧不清的水彩画，想起那搭在印花布面扶手椅靠背上暖暖的大毛巾——与之形成鲜明对比的是其他千篇一律的小房间，它们是简陋的，装饰着闪闪发光的镀铬金属板和镜子。只有在现代社会，这两样东西才会被误认为是奢侈的象征。

我在浴缸里躺了一会儿，接着，在炉火边慢慢擦干身上的水，一直在想我的朋友这次回家后阴郁的状态。我穿上浴袍，去塞巴斯蒂安的房间。我像往常一样，没有敲门就进去了。他衣冠不整地坐在壁炉旁，听到我的声音时，愤怒地一跃而起，把一只漱口杯放下来。

“哦，原来是你。把我吓一跳。”

“原来你在喝酒。”我说。

“我不明白你在说什么。”

“看在上帝的分上，”我说，“你就不用在我面前装了！你可以请我喝一点。”

“这是我酒壶剩下的一点点酒。都喝光了。”

“到底是怎么回事？”

“没什么事。但也发生了很多事。我有时间再跟你说。”

我换好衣服，再来找塞巴斯蒂安，发现他还像我离开他时那样，衣冠不整地坐在壁炉边。

客厅里只有朱莉娅一人。

“喂，”我问她，“这到底是怎么回事？”

“哎，还不是又一次无聊的家庭争端。塞巴斯蒂安又大醉了一场，所以，我们都得留心看着他。真没劲。”

“对他来说，这一切也很无聊。”

“哦，那是他自己的错啊。他为什么不能和其他人一样？说到看管别人，桑格拉斯又是怎么回事？查尔斯，你有没有注意到那个人有点鬼鬼祟祟？”

“是相当鬼鬼祟祟。你觉得你母亲看出来了吗？”

“妈妈只看得到她想看的东西。她总不可能把全家都监视起来吧。我现在也让她挺头疼的，知道吧。”

“我可不知道，”我又卑微地补充一句，“我才从巴黎回来。”我这样说，是为了避免她以为她惹的麻烦已经到了坏事传千里的程度。

那天晚上的气氛格外阴沉。我们在画厅里吃晚饭。塞巴斯蒂安迟到了，我们的心情既痛苦又兴奋。我甚至觉得，每个人都料定他会以某种低俗滑稽的模样露面，摇摇晃晃地打着嗝走进来。可他真正进来时，举止十分得体。他道了歉，坐在空着的座位上，任由桑格拉斯重新开始长篇大论的个人独白，没有去打断他，似乎也没有在听。什么德鲁兹教派、犹太创始人、圣像崇拜、床铺里的臭虫、罗马建筑遗迹、由山羊和绵羊眼珠做成的奇怪菜肴，还有法国和土耳其的官员——他讲所有这些近东旅行见闻，只不过是为博我们开心。

我看着香槟酒瓶在桌上转了一圈。它传到塞巴斯蒂安手中时，塞巴斯蒂安说：“我要威士忌，谢谢。”我看到威尔克斯的目光越过他的头顶，望向马奇曼夫人。夫人以旁人几乎无法察觉的幅度轻轻点了一下头。在布赖兹赫德庄园，每个人都有自己的小酒壶，每壶大概能装下普通酒瓶四分之一的量，用人把酒壶斟满后，会放在要喝酒的人面前。可威尔克斯放在塞巴斯蒂安面前的酒壶里只有一半酒。塞巴斯蒂安小心翼翼地把酒壶举起来，将壶身倾斜，盯着它看了一会儿，然后一声不吭地将酒倒进自己的玻璃杯，杯中的酒只有两指高。这时，除了塞巴斯蒂安，大家都同时开口说起话来。有那么一会儿，桑格拉斯发现没人听自己说话，便对着烛台讲起马龙派的故事。我们很快又都沉默，他重新掌控餐桌上的话语权，直到马奇曼夫人和朱莉娅离开餐厅。

“别坐太久了，布赖迪。”她站在门口这样说，她总是这么说。那天晚上，我们都没有久坐的打算。我们的酒杯里倒满葡萄酒后，用人立刻拿走小酒壶。我们飞快地把酒喝完，便去了客厅。在客厅，布赖兹赫德请求母亲念书，她兴致勃勃地念起《小人物日记》。到十点，她合上书，说自己感觉说不出来的疲惫，所以，今天晚上就不去小教堂了。

“明天谁去打猎？”她问。

“科迪莉娅会去，”布赖兹赫德说，“我要带上朱莉娅的那匹小马，让它见识一下。我带它出去不会超过两个小时的。”

“雷克斯不知道什么时候要来，”朱莉娅说，“我还是待在家里等他吧。”

“在哪里碰头？”塞巴斯蒂安突然发问。

“就在这儿，弗莱特家的圣玛丽教堂。”

“如果可以，我也想去打猎，拜托了。”

“当然可以。这太好了。我本来就想叫你，只不过你以前总是抱怨我们逼你出去。你可以骑汀克贝儿。这个狩猎季，它的表现相当好。”

塞巴斯蒂安想去打猎的事让每个人都突然高兴起来，它似乎在某种程度上化解了那天晚上造成的裂痕。布赖兹赫德拉铃叫人送威士忌来。

“还有人要喝吗？”

“给我也来点儿。”塞巴斯蒂安说。这次来的不是威尔克斯，而是另一个仆人，但我看到他和马奇曼夫人之间发生了同样的眼神交换和点头示意。看来每个人都收到了警告。仆人端进来已经倒好在酒杯里的两杯威士忌，每杯是酒吧里“双份威士忌”的量。所有人的眼睛都紧盯托盘，仿佛一群嗅到猎物的狗。

不过，塞巴斯蒂安将要去打猎一事带来的愉快气氛依然存在。布赖兹赫德写了张便条让人送到马厩，我们兴高采烈地去睡觉了。

塞巴斯蒂安径直上了床，我坐到他的壁炉旁，抽烟斗。我说：“我真希望明天能和你一起去。”

“呃，”他说，“你去了也看不到什么。我可以明确告诉你我打算干吗。我会在第一处隐蔽的树丛边把布赖迪甩掉，然后骑马去最近的一家还不错的酒吧，在那儿安安静静地喝上一天酒。他们既然把我当成了酒鬼，那就会得到一个酒鬼。反正我本来就讨厌打猎。”

“好吧，我没办法阻止你。”

“实际上，你可以阻止我——不给我钱。他们停掉了我的银行账户，知道吧，夏天就停了。这是我目前最大的困难之一。我把手表和烟盒都当掉，才过了个快乐的圣诞节。所以，我只能找你帮我解决我明天的花销问题。”

“我不会给你钱的。你很清楚，我不能给。”

“查尔斯，真的不给吗？那好吧，我敢说，我自己总可以想得出办法。我最近在这方面聪明得很——我自己解决问题。我也只能靠自己。”

“塞巴斯蒂安，你和桑格拉斯到底干什么去了?”

“大家吃晚饭时，他告诉你了呀——什么遗址啦，导游啦，骡子啦，桑米都忙这些去了。我们决定各走各的路，就是这样。可怜的桑米到目前为止表现非常好。我希望他能再接再厉，可他似乎没有保守关于我快乐圣诞节的秘密。我猜，他是觉得把我说得太好，可能会丢掉看管我的工作吧。

“他在这件事上捞了不少好处，知道吧。我的意思并不是说他偷了什么。我认为他在钱的问题上还是相当诚实的。最让人尴尬的是，他居然还有个小记事本，把他兑现过的每一张旅行支票以及钱是怎么花掉的都记在上面，以供妈妈和律师过目。想去那些地方的人是他，对他来说，我带着他舒舒服服地出行再方便不过，普通大学老师旅行哪有这种待遇。唯一的缺点是要忍受我的存在，但我们很快就为他解决了这个问题。

“我们开始了一场可谓声势浩大的旅行。知道吧，我们带着写给沿路各地大人物的信函，住在罗德岛的军事总督、君士坦丁堡的大使那里。这些正是桑米最初答应看管我的原因。当然，他得停下手头的工作来监视我，他还提前警告所有的东道主，说我是个不负责任的人。”

“塞巴斯蒂安。”

“反正不是太负责任——我身无分文，没办法逃走。连吃饭的小费都是他替我付的。他会把钱直接塞进那人手里，当时、当场就把数目记在他的笔记本上。我们到了君士坦丁堡时，我走运了。有天晚上，我趁桑米不注意，设法在牌桌上赢了一些钱。第二天，我偷偷溜走，在托卡利安的酒吧里非常快活地玩了一个钟头。后来，两个人走进来，不是别人，正是蓄着大胡须的安东尼·布兰奇和一个犹太男孩。我找安东尼借十英镑。我刚借到钱，桑米就气喘吁吁地跑进来，抓到我。从那以后，他的视线就再也没有离开过我一分钟。后来，大使馆的工作人员把我们送上开往比雷埃夫斯的轮船，看着我们出发。可我们一到雅典，事情又变得容易了。一天，午饭过后，我轻轻松松地走出公使馆，在库克旅行社换了钱。我为了迷惑桑米，特地询问去亚历山大港的轮船班次。接着，我坐公共汽车去码头，找到一位会说美国话的水手，和他待在一起，直到他的船出航。我又回到君士坦丁堡。整个过程就是这样。

“安东尼和犹太男孩一起住在集市旁边一间很漂亮的房子里，但那房子摇摇欲坠。我在那儿一直待到天气很冷的时候，然后，安东尼和我坐船南行，三周前，我们按照约定，和桑米在叙利亚碰头。”

“桑米难道不介意吗？”

“哦，我觉得他其实非常享受一个人旅行——当然，不能再享受上流社会的生活了。我认为，他一开始的确有点焦虑。我可不希望他把整支地中海舰队都派出来找我，于是，我在君士坦丁堡给他发电报，说我很好，让他寄点钱到奥斯曼银行。他一接到我的电报，就立马赶来。当然，他的处境相当棘手，因为我已成年，又还没拿到身份证明，所以，他不能找人逮捕我。而他在靠我的钱生活，所以也不能任由我忍饥挨饿。他更不能把这件事告诉妈妈，否则他自己就会显得愚蠢无比。可怜的桑米，他被我玩弄于股掌之间。我原本打算扔下他，但安东尼非要热心帮忙，说最好是把事情都安排妥当，他确实也把事情都安排妥当了。所以，我这不回来了吗。”

“你在圣诞节之后才回来。”

“正是，因为我下定决心要过个快乐的圣诞节。”

“那你过得快乐吗？”

“我觉得挺快乐的。我记不太清楚了，这是个好兆头，是不是？”

第二天早餐时间，布赖兹赫德穿着鲜红的衣服；科迪莉娅把自己打扮得漂漂亮亮，穿着白色的宽领上衣，下巴抬得高高的。塞巴斯蒂安以花呢外套亮相时，科迪莉娅哀号道：“哎呀，塞巴斯蒂安，你可不能穿成这样出门。去换身衣服吧。你穿上打猎装后很可爱的。”

“那套衣服不知道被收到什么地方了。吉布斯没找到。”

“胡说。他们去叫你之前，我亲自帮着把那套衣服找出来了。”

“有一半的行头都不见了。”

“你这样，只会助长斯特里克兰·维纳布尔斯夫妻俩的毛病。他们最近的表现简直糟透了。甚至允许马车夫连礼帽都不戴。”

十一点差一刻，马匹被带到，可没有一个人在楼下出现。他们好像都躲了起来，正等着听到塞巴斯蒂安打了退堂鼓再露面。

其他人都上马后，塞巴斯蒂安才准备出发。他把我叫进大厅。桌子上放着他的帽子、手套、马鞭和三明治，旁边还有一个他拿出来让人灌满酒的酒壶。他拿起酒壶，摇了摇，里面是空的。

“你看，”他说，“在这种事情上都不相信我。疯的是他们，不是我。现在，你总不能再拒绝借钱给我了吧。”

我给了他一英镑。

“再给点。”他说。

我又给了他一镑，看着他跨上马，飞驰而去，追赶兄妹。

这时，桑格拉斯仿佛看到了什么舞台指示，走到我身边，挽起我的胳膊，把我带回到壁炉旁。他在炉火前烤那双干净的小手，然后又转过身烤屁股。

“塞巴斯蒂安看来要去追狐狸了，”他说，“我们可以暂且把小麻烦搁置一两个钟头了吧？”

我听到桑格拉斯这么说，再也忍不下去。

“你们这次大旅行的真相，我昨天晚上可都听说了。”我说。

“啊，我就知道你会听说的。”桑格拉斯一点也不泄气，反倒因为有人知道实情而如释重负，“我不敢拿这些事去烦我们的女主人。毕竟，整件事的结果比大家预想得要好。但我确实觉得，应该跟她解释一下塞巴斯蒂安的圣诞节是怎么过的。你发现了吗，她昨天晚上采取了一些预防措施。”

“我看到了。”

“你觉得多此一举吗？我跟你想得一样，尤其是这样的举措就要影响到我们这次小小来访能否过得舒服。我今天早上见过马奇曼夫人。你千万不要以为我才起床。我已经和我们的女主人在楼上聊了一会儿了。我想，今天晚上，我们应该能稍稍放松一下。昨天晚上的情形，大概谁都不希望重演。我还努力想要分散你们的注意力呢，我觉得没有谁感谢我的努力。”

我反感与桑格拉斯讨论塞巴斯蒂安的事，但又不得不说：“我可不敢确定今天晚上能不能放松。”

“为什么不能？塞巴斯蒂安在布赖兹赫德的监视下在野外活动了一天，今天晚上为什么不能放松？还能找到比这更好的时候吗?”

“呃，我觉得，这真的不关我的事。”

“严格来说，他现在平安到家了，这也不关我的事。可马奇曼夫人看得起我，咨询我的意见。此刻，真正让我放在心上的倒还不是塞巴斯蒂安的幸福，而是我们自己的福利。我想要三杯葡萄酒，我想要书房里有盛满酒杯的托盘。可你偏偏说今晚不能放松。我不知道为什么。塞巴斯蒂安今天玩不了什么花招。就凭一点，他没钱了。我碰巧知道这件事。是我确保他没钱可用的。我拿走了他放在楼上的手表和香烟盒。他彻底没戏了……只要没有人坏到故意给他钱……啊，朱莉娅小姐，早上好，早上好。他们今天早上都去打猎了，你的狮子狗怎么样?”

“哦，小狗挺好的。听着，雷克斯·莫特拉姆今天要到这儿来找我。我们绝对不能让昨天晚上的情形重演。必须有人去跟妈妈谈一谈。”

“已经有人去了。我跟她谈过了。我想一切都会顺利的。”

“谢天谢地。你今天会画画吗，查尔斯?”

我每次来布赖兹赫德，都会在花园房的墙壁上画一枚勋章，这成了我的习惯。我觉得很好，因为这样一来，我就有充分的理由离开其他人。家中宾朋满座时，花园房成了可与育婴室相媲美的避难所，时不时有人躲到这里来，说一说别人的坏话，我不费吹灰之力就了解到各种流言蜚语。如今，我画完了三个勋章，它们都有其美丽之处，但遗憾的是又各自不同，因为在我开始描画这一系列以来的十八个月时间里，我的品位变了，手法也越来越纯熟。它们作为装饰性作品是失败的。那天上午，和许许多多个上午一样，我再次把花园房当成庇护所。我去了那儿，立马着手工作。朱莉娅跟着我，看着我画，我们不可避免地谈到塞巴斯蒂安。

“你难道不觉得这个话题很无聊吗？”她问，“为什么每个人都要这样小题大做？”

“这只是因为我们都喜欢他。”

“好吧。我觉得，从某个方面来说，我也喜欢他，可我只希望他能像其他人一样。我从小在家庭丑闻的阴影下长大，你知道的——因为爸爸的事。没有人在用人面前谈起他，我们还小的时候，也没有人在我们面前谈起他。妈妈如果打算让塞巴斯蒂安也成为一桩家丑，那就太过分了。他如果想长醉不醒，为什么不去肯尼亚，或其他什么喝醉了酒也无关紧要的地方呢？”

“他在肯尼亚不会不开心，这难道不重要吗？”

“别装傻了，查尔斯。你很明白我的意思。”

“你的意思是说，他如果不在这儿，你们就不用面对各种令人尴尬的情形，是吧？那好，我只想说，塞巴斯蒂安如果逮住机会，说不定今天晚上就会再度让你们难堪。他的心情很不好。”

“哦，打一天猎会让他心情好起来的。”

我看到大家都把希望寄托在一天的狩猎上，很感动。上午，马奇曼夫人来看我，自嘲一番。她微妙的嘲讽风格人尽皆知。

“我一直痛恨打猎，”她说，“因为打猎似乎总能带出人们身上一种特别粗俗、卑鄙的东西，哪怕打猎的是最优雅的人。我不知道那到底是什么。但他们打扮得衣冠楚楚、跨上马背时，仿佛化身成了普鲁士人。事后，他们还要为此大肆吹嘘。多少个夜晚，我坐在晚餐桌旁，惊恐地看着我所熟悉的男男女女变成半醉不醒、刚愎自用、偏执狂热的蠢货！你知道吗——那种东西应该是从很多个世纪前流传下来的——但今天，我一想到塞巴斯蒂安是和这些人在外面，心里反而特别轻松。‘他真的没什么事儿，’我对自己说，‘他都出去打猎了。’上帝好像回应了我的祈祷。”

她问起我在巴黎的生活。我告诉她，从我在巴黎的住处，能看到塞纳河和巴黎圣母院的塔楼。“我希望塞巴斯蒂安能跟我一起去巴黎住段时间。”

“那再好不过了。”马奇曼夫人说完，又为这可望而不可即的愿望叹了一口气。

“我也希望他能去伦敦和我住在一起。”

“查尔斯，你知道这是不可能的。伦敦是个非常差劲的地方。在那儿，桑格拉斯也管不住他。在这个家里，我们没有秘密。你也知道，整个圣诞节期间，他失踪了。桑格拉斯之所以能找到他，是因为他没钱付住宿费，他们把电话打到了家里。这太可怕了。不行，绝对不能去伦敦。他如果在这里，和我们在一起，都不能规规矩矩……我们必须保证他在这里是快乐的、健康的，偶尔打打猎，还可以让他和桑格拉斯再出次国……你看，我以前经历过这一切。”

反驳的理由就在嘴边，我没有说出口。但我们俩对我要说什么心知肚明：“你之前就没管住那个人，他逃走了。塞巴斯蒂安也会逃走的。因为他们俩都恨你。”

号角声和猎手的喊声在我们脚下的山谷里响起。

“他们都去那儿了，追进树林里了。我希望他今天能玩高兴。”

就这样，我与朱莉娅、与马奇曼夫人的谈话都陷入僵局，不是因为我们无法理解彼此，而恰恰是因为我们太理解彼此。布赖兹赫德回家吃午餐时，也和我谈起这个话题——这个话题在家里无处不在，就像船舱深处的一团火焰，位于吃水线以下，在暗处闪着黑色与红色的光。火光随着一缕缕刺鼻的浓烟，从舱门下的缝隙里渗透出来，又沿着舷窗和通风管道猛然喷发。在布赖兹赫德那儿，我陷入一个怪异的世界，对我来说，那是一个死寂的世界，我仿佛置身月球上荒芜的火山之间，又像置身让人感到心肺被撕开的高原。

他说："我希望他这是嗜酒症，这只是不幸，我们大家都得帮助他战胜这种病症的折磨。但我害怕，他想喝醉就喝醉，只因为他自己乐意。"

"他以前确实是这样——我跟他都是这样。他现在和我在一起时也还是如此。但只要你母亲信得过我，我可以保证他的状态不会变得更差。可如果你们用监视、治疗之类的手段烦他，过不了几年，他的身体可就全垮了。"

"身体垮了不是什么罪过，知道吗。没有人在道德上有义务成为邮政部长或驯狗大师，也不用到了八十岁还能步行十英里。"

"罪过，"我说，"道德义务——你又扯到宗教上去了。"

"我从来就没离开过宗教。"布赖兹赫德说。

"你知道吗，布赖迪，我如果什么时候突然想当天主教徒，只要来跟你聊五分钟，就能打消念头。你总能把看似理智的主张变成彻头彻尾的胡说八道。"

"你也这么说，真奇怪。我以前听别人这么说过。我之所以觉得自己不会成为优秀的神父，这是原因之一。我想，我的思维方式也许有些问题。"

午餐时，朱莉娅满脑子想的都是她那天要来的客人。朱莉娅开车去车站接他，把他带回家喝茶。

“妈妈，快来看雷克斯的圣诞礼物。”

是一只活生生的小乌龟，龟壳上用钻石镶着朱莉娅名字的大写首字母，这个略有些猥琐的小东西时而在光滑的地板上有气无力地爬动，时而大步爬过牌桌，时而笨重地迈上地毯，时而被人一摸就缩回龟壳，然后伸出脖子，晃动着老头般皱巴巴的脑袋。它成了当天晚上最令人难忘的一部分，是无数细枝末节之一，这样的细枝末节总能在大事一触即发之前吸引人们的注意。

“哎呀，”马奇曼夫人说，“不知道它是不是和普通乌龟吃一样的东西。”

“它要是死了你怎么办？”桑格拉斯说，“能把另外一只乌龟塞进这个壳里吗？”

有人将塞巴斯蒂安的问题告诉雷克斯——在那样的氛围中，他不可能不知道——于是，他一拍脑袋，想出一个解决方法。大家喝茶时，他兴高采烈地公开提出这个方法。大家经过一天的窃窃私语后，终于听到有人公开讨论此事，都觉得如释重负。“把他送到苏黎世的博瑞瑟斯那儿去吧。博瑞瑟斯就是你们要找的人。他每天都在自己开办的疗养院里创造奇迹。你们都知道查理·基尔卡特尼以前是怎么喝酒的吗。”

“不知道，”马奇曼夫人用充满嘲讽的甜美语气说，“不知道。我恐怕还真不知道查理·基尔卡特尼以前是怎么喝酒的。”

朱莉娅听到情人遭到奚落，朝小乌龟皱起眉头，可雷克斯·莫特拉姆并没有听出这微妙的讽刺。

“他的两任妻子都对他绝望了，”他说，“他想和希尔薇娅订婚，希尔薇娅说订婚的前提就是他必须去苏黎世接受治疗。结果，治疗非常有效。三个月后，他回来了，判若两人。从那以后，他滴酒不沾，希尔薇娅离开他之后，他也没喝过一滴酒。”

“那她为什么还要离开他？”

“哦，因为可怜的查理戒酒后变得特别讨人厌。不过这不是关键。”

“确实，我也觉得。实际上，我认为这是个鼓舞人心的故事。真的。”

朱莉娅愤怒地盯着镶有珠宝的小乌龟。

“他也接收有性方面问题的病人，知道吧。”

“哦，亲爱的，可怜的塞巴斯蒂安将会在苏黎世结交什么样稀奇古怪的朋友啊。”

“要去他那里，得提前好几个月预定，不过我想，我只要开口，他会帮我找个房间的。我今天晚上，就可以在这儿给他打电话。”

此时的雷克斯相当体贴，表现出一种霸道的热情，好像正在把真空吸尘器硬塞给一位并不想要吸尘器的家庭主妇。

“我们会考虑一下的。”

我们正在考虑时，科迪莉娅打猎归来。

“啊，朱莉娅，那是什么东西？太残忍了吧。”

“这是雷克斯送给我的圣诞礼物。”

“哦，不好意思。我怎么老说错话。不过那样做确实很残忍啊！它一定疼死了吧。”

“它们感觉不到疼。”

“你怎么知道？我敢打赌它们感觉得到。”

她吻了吻一整天都没见到的母亲，又和雷克斯握手，然后拉铃叫人送鸡蛋来。

“我在巴尼太太那儿喝了一杯茶，在她家打电话叫了车，我现在好饿啊。今天真是好玩极了。琼·斯特里克兰–维纳布尔斯掉到泥地里去啦。我们没歇一口气，从本格斯跑到上伊斯特。我敢说至少有五英里路。你觉得呢，布赖迪？”

“三英里。”

“照他那跑法，可不止三英里……”她一边大口吃着炒鸡蛋，一边跟我们说起打猎的经历，“……你们真应该看看琼从泥地里爬出来时的样子。”

“塞巴斯蒂安呢？”

“他可丢脸了，”这句话被清澈的童声说出，仿佛一记丧钟，但她还在继续，“穿那么难看的狩猎装出门，还系条那么丑的小领带，好像刚从莫文上尉的骑兵学校里出来。我们碰头时，我差点没认出他，我希望大家都没认出他。他难道还没回来吗？我猜他迷路了。”

威尔克斯来拿走茶具时，马奇曼夫人问：“还没看见塞巴斯蒂安少爷吗？”

“没有，夫人。”

“他一定是停下来和谁茶歇了。但这不太像他。”

半小时后，威尔克斯端着鸡尾酒托盘进来，说：“塞巴斯蒂安少爷刚刚打来电话，让我们去南川宁接他。”

“南川宁？我们在那儿有熟人吗？”

“他是从旅馆打来的，夫人。”

“南川宁？”科迪莉娅说，“天哪，他真的迷路了！”

他到家时，脸颊绯红，双眼狂热发亮。我看得出，他已有七八分醉意。

“亲爱的儿子，”马奇曼夫人说，“你气色这么好，真叫人开心。看来在户外运动一天确实对你有好处。酒都在桌子上，随便喝吧。”

她的语气没有任何特别，可她说出这样的话很不寻常。六个月之前，她是绝对不会这样说的。

“谢谢，”塞巴斯蒂安说，“我会的。”

预料之中的打击再次落到瘀青的伤口上时，没有刺疼，也没有震惊，只有迟钝而令人生厌的伤，以及对能否再承受一次如此打击的怀疑——这就是那天晚餐时间，我坐在塞巴斯蒂安对面时的感受。我看着他迷离的眼神和四处摸索的双手，听着他在长时间令人难受的沉默后，用浑厚的声音不合时宜地打破沉默。最后，马奇曼夫人、朱莉娅和用人们终于离开，布赖兹赫德说：“你最好还是上床去吧，塞巴斯蒂安。”

“我要先喝点波特酒。”

“好吧，你要是想喝，就喝一点。但不要到客厅里来。”

“我要喝到一醉方休，”塞巴斯蒂安沉重地点头，“就像古时候那样。古时候的绅士都是喝醉以后，再去找女士们的。”

“你知道吗，其实并不是那样，”桑格拉斯后来试着跟我闲聊此事时说，“古时候根本不是那样。我不知道区别在哪儿。是缺少了幽默感？还是缺少伙伴？你知道吗，我觉得他今天一定又自己跑去喝酒了。他是从哪儿弄到的钱呢？”

“塞巴斯蒂安上楼去了。”我们走到客厅时，布赖兹赫德说。

“是吗？那我来念书吧？”

朱莉娅和雷克斯玩纸牌；小乌龟在狮子狗的戏弄下，缩进了龟壳；马奇曼夫人大声念起《小人物日记》，可时间尚早，她就说该去睡觉了。

“妈妈，我能不能再玩一下？就玩三盘？”

“好吧，亲爱的。你去睡觉前来找我。我应该还不会睡。”

桑格拉斯和我都看出来，朱莉娅和雷克斯还想单独待一会儿，于是，我们也走了；布赖兹赫德并没有看出来，安安稳稳地坐在那儿，看起白天没来得及看的《泰晤士报》。我们走向房间时，桑格拉斯说：“这一点也不像古时候。”

第二天早上，我对塞巴斯蒂安说：“你老实告诉我，你还希望我继续住在这儿吗？”

“不希望，查尔斯，我想我不希望。”

“我帮不了你吗？”

“帮不了。”

于是，我去向他母亲说出我要离开的借口。

“有一件事情我必须问你，查尔斯。你昨天是不是给塞巴斯蒂安钱了？”

“是的。”

“明知他会怎么花那钱，还给他？”

“是的。”

“我不明白，”她说，“我真的不明白怎么有人会如此狠心恶毒。”

她停顿一下，但我认为她并没有期待任何回答。我无话可说，说什么都只会重新挑起那熟悉而永无休止的争论。

“我不会怪你，”她说，“上帝知道，我从不习惯责怪别人。我的孩子的失败就是我的失败。我只是不明白。我不明白你在那么多方面都很好，可为什么又做出如此肆意残忍的事。我不明白我们怎么都那么喜欢你。你难道一直以来都恨我们吗？我不明白我们怎么就该得到这种报应。”

我无动于衷，她的悲伤没有打动我一丝一毫。这和我经常想象出来的被学校开除时的场景很像。我觉得她也许还会说：“我已经写信通知你不幸的父亲。”我坐车离开，在车上转身回望应该是我对这幢房子的最后一眼时，感觉我把自己的一部分也留在这里了。我以后无论去往何方，都会感觉到它的存在，绝望地寻找它。我就像人们所说的幽灵，时常徘徊在自己曾经埋下珍宝的地方，没有这些财宝，幽灵无法支付通往阴曹地府的路费。

“我永远都不会回来了。”我对自己说。

一扇门从此关上，一扇我在牛津寻找并找到的墙上的矮门。我将它打开后，并没有发现什么迷人的花园。

我浮上水面。我在暗无天日的珊瑚宫殿和随波飘荡的海底森林被囚禁太久，终于回到平凡生活的阳光下和清新的海面空气中。

我在身后留下了——什么呢？青春岁月？浪漫？魔术用品？比如，《青年魔术师手册》，放着黑檀木手杖和假的落袋台球的整洁小柜，可以折叠起来的硬币，又或者，是可以塞进空心蜡烛的绒花。

“我把幻想留下了，”我对自己说，“从今往后，我就生活在一个三维的世界中——可以依靠的只有我的五种感官。”

我后来知道，这样的世界并不存在，可在当时，汽车拐了个弯，房子消失在我的视线之外时，我觉得，我都不需要费力去寻找这样的世界，它就在大路尽头，存在于我的四面八方。

就这样，我回到巴黎，回归我在那儿认识的朋友和在那儿形成的习惯。我原本以为自己再也不会听到任何关于布赖兹赫德的消息，可生活中的别离往往不会如此彻底。还不到三个星期，我就收到科迪莉娅用法国修女般的字体写来的一封信：

亲爱的查尔斯，你走的时候我伤心死了。你应该来跟我说声再见啊！

我听说了你做错的那件事，我现在写信给你，就是要说我也做了一件丢脸的事。我偷偷拿走威尔克斯的钥匙，想帮塞巴斯蒂安弄点威士忌，结果被抓住了。塞巴斯蒂安似乎很希望这样的事发生。于是，一场可怕的大战由此爆发（现在还在进行中）。

桑格拉斯先生走了（太好了！），我觉得他好像也有点羞愧，可我不知道为什么。

莫特拉姆先生很受朱莉娅的喜欢（不好！），他要带塞巴斯蒂安去看一个德国医生（不好！很不好！）。

朱莉娅的乌龟不见了。我们觉得它是把自己给埋起来了，乌龟不都这样吗，一大笔钱打了水漂（莫特拉姆先生的话）。

我挺好的。

爱你

科迪莉娅

在我收到这封信大约一周后的一个下午，我回到自己房间，发现雷克斯正在等我。

当时是四点左右，在那个季节，画室在四点已经黯淡下来。

门房告诉我有客人在等我，我从她脸上的表情看得出来，楼上的客人非比寻常。她有种天赋，总能栩栩如生地描述年龄和容貌各异的人。她此时的表情表明，客人大有来头，而雷克斯也确实担得起这样的抬举。我看到他时，他穿着宽大的旅行外套，把能俯瞰河景的窗户遮了个严严实实。

“哇，”我说，“哇。”

“我是今天早上来的。他们告诉我你经常吃午饭的地方，但我在那里没有看到你。他在你这里吗？”

我无需问他指的是谁。“这么说，他也从你身边偷偷溜走了？”

“我们是昨天晚上到这儿的，本来今天要去苏黎世。晚饭过后，我把他留在洛蒂酒店，因为他说他累了。然后我去旅行者俱乐部玩了一会儿。”

我发现，在我面前，他也在以借口搪塞，好像在演练自己的说辞，好再去别的地方复述一遍。“因为他说他累了”是个好借口。我反正想象不出雷克斯会让一个半醉的孩子打扰自己玩牌。

“于是，你回来时，发现他不见了？”

“压根不是那样。我倒希望是那样呢。我回去时，发现他正坐着等我。我在俱乐部手气很好，赢了一大笔钱。塞巴斯蒂安趁我睡着时把钱都拿走了。只给我留下两张去苏黎世的头等座车票，他把车票插在镜子边上。我丢了将近三百镑，真是个混蛋！”

“现在，他差不多可能在任何地方了。”

“任何地方。你真的没有趁机把他藏起来吗？”

“没有。我和他们家的关系算是结束了。”

“我想，我和他们的关系才刚刚开始呢，”雷克斯说，“我说，我还有好多话要说，可我又答应了旅行者俱乐部的一个哥们，说今天下午会给他报仇的机会。你要不跟我一起吃晚饭吧？”

“行。去哪儿？”

“我一般去西罗餐厅。”

“为什么不去佩拉德餐厅？”

“从来没听说过。晚上我请客，知道吧。”

“我知道。我来点菜。”

“哦，好的。那餐厅在哪儿？”

我把地址写给他。

“这是那种可以让你看到本地人生活的地方吗？”

“是的，可以这么说。”

“那好，应该会很有意思。点些好菜。”

“正有此意。”

我比雷克斯早到二十分钟。我如果必须和他共度一个夜晚，那一切无论如何都得按我的意思来。我清楚地记得我们晚餐吃了什么——野菠菜汤、以白葡萄酒简单烹制的比目鱼、酱香烧鸭、柠檬蛋奶酥。在最后一分钟，我又担心雷克斯会嫌这些过于简陋，便加了一份鱼子酱配薄煎饼。至于酒，我让他帮我点了一瓶 1906 年的蒙哈榭葡萄酒，此时正是这酒最香醇的时候，而和主菜鸭子相配的则是 1904 年的贝斯庄园葡萄酒。

当时在法国生活是很轻松的。按照汇率，我的生活费相当可观，所以，我的手头并不拮据。可我还是很少享用这样的晚餐，所以我对雷克斯心怀感激。最后，他终于来了，把帽子和外套递给服务员时的神态仿佛是觉得再也看不到它们了。他带着疑惑，环顾昏暗狭小的餐厅，好像希望看到什么小流氓或结伴买醉的学生。可他放眼望去，看到的只有四位议员，他们正把餐巾塞在胡须下面，一声不吭地吃着东西。我可以想象他以后会怎样跟商业伙伴描述这次晚餐：“……我认识一个很有意思的家伙，他是住在巴黎的艺术学生。他带我去了一家很有趣的小餐馆——你就算是从门口经过也不会多看那种地方一眼——可那里的东西是我吃过最美味的东西。还有六七个议员在那儿用餐，这说明你来对了地方。那里的价钱也一点不便宜。”

“有塞巴斯蒂安的踪迹吗？”他问。

“不会有的，”我说，“除非他需要钱了。”

“他就这样跑掉了，有点过分。我原本以为把他的事情办好了，能在别的方面得到点好处呢。”

他显然很想说说自己的事。但我觉得，还是等等吧，等我忍过这一个小时，酒醉饭饱，再喝点法国白兰地再说吧；等我反应迟钝，可以只用一半的精力听他说话再说吧。此刻，我还很清醒，餐厅主厨正在平底锅里翻着薄煎饼，远处，两个卑微的帮厨正准备着鸭酱，我们还是先谈一谈我的事吧。

“你在布赖兹赫德待了很久吗？我走了以后有人提起过我吗？”

“提起过？我简直都快听腻你的名字了，哥们。侯爵夫人对你的感受，用她自己的话来说，就是‘问心有愧’。我猜，你们上次见面，她说的话太夸张了吧。”

“她提到了‘狠心恶毒’、‘肆意残忍’。”

“字字如刀。”

“‘别人叫你什么没关系，除非他们叫你鸽肉派，准备把你吃掉。’”

“什么？”

“一句俗语。”

“好吧。”奶油和热黄油混合在一起，满得溢出来。每一颗灰绿色的鱼子裹上白色和金色的液体，彼此分开。

“在我的鱼子酱里加一点切碎的洋葱，”雷克斯说，“一位行家告诉过我，这样更能带出鱼子的味道。”

“先试一试不加洋葱的吧，”我说，“再跟我说说关于我的事。”

“好，当然好，那个叫什么，格林纳克的——就是那个自以为了不起的大学老师——他可算是栽了。大家都拍手称快。你走了以后，他只得宠了一两天。想都不用想，一定是他撺掇老太太把你赶走的。老太太总拿他来压制我们，所以，最后朱莉娅受不了了，让他走了。”

“朱莉娅让他走的？”

“是的，他开始管起我们的闲事了，知道吧。朱莉娅发现他就是个骗子，一天下午，塞巴斯蒂安喝醉了——他几乎一天到晚都醉醺醺的——朱莉娅从他嘴里套出大旅行的真相。于是，桑格拉斯先生就混到头了。从那以后，侯爵夫人觉得，她可能对你太严厉了。”

“那夫人和科迪莉娅吵架又是怎么回事？”

“那可是一件很轰动的大事。那个小家伙简直就是个活生生的奇迹——她一直在我们眼皮底下偷偷给塞巴斯蒂安送威士忌，还送了一周。我们当时都不知道塞巴斯蒂安是从哪儿搞到的酒。这件事发生后，侯爵夫人终于垮了。”

吃过口味浓郁的薄煎饼后，汤真是再美味不过——热乎乎，清淡，略带苦味，还有泡沫。

“我告诉你一件事，查尔斯，马奇曼夫人还没有对任何人讲过这件事。她现在病入膏肓了，可能随时一命呜呼。乔治·安斯特拉瑟秋天来看过她，说她还有两年的寿命吧。”

“那你又是怎么知道的？”

“这种事我总能听说。按照她们家目前的状况，我敢说她连一年也活不了。我碰巧认识维也纳的一个人，可以推荐给她。这个人曾经让索尼娅·班弗榭尔恢复健康，当时，每个人（包括安斯特拉瑟）都认为她没救了。可是，马奇曼夫人不愿意治疗啊。我猜，应该是她那宗教让她脑子迷糊了，连自己的身体都不好好照顾。”

比目鱼经过简单烹制，口感平淡，并未引起雷克斯的注意。我们吃着东西，听着厨师制作烧鸭时发出的音乐般的声响——鸭骨脆裂的声音，鸭血和骨髓滴落的声音，勺子轻轻拍打薄片鸭胸肉的声音。我们沉默了大约一刻钟，我喝上第一杯贝斯庄园葡萄酒，雷克斯抽上第一支香烟。他往后一靠，将一团烟雾喷到餐桌对面，说：“你知道吧，这个地方的东西还不错。谁如果买下这里，肯定会大赚一笔。”

他很快又开始说起马奇曼家的事：

“我还要告诉你一件事——他们如果再不小心，很快就会在财务上出大问题。”

“我一直以为他们富得流油。”

“哎，他们的确富，但只会把钱放在那儿不动。现在还这么做的人比起他们在1914年时要穷一些了，可弗莱特一家似乎还没有意识到这一点。我敢打赌，那些帮助他们处理事务的律师都觉得，最简单的办法是，他们想要多少钱就给他们多少钱，什么都不要问。你看看他们的生活方式——布赖兹赫德庄园和马奇曼公馆都那么奢华，养了那么多猎狗，却不提高地租，也不解雇用人，几十个老用人什么都不干，还要别的用人去伺候。除了这些，老头子竟然又搞了个单独的住处——规模也不小。你知道他们现在透支了多少钱吗？”

“我当然不知道。”

“光在伦敦就快透支了十万英镑。至于在别的地方欠了多少钱，我就不知道了。唉，对于他们这种不会利用资金的人来说，这算是一笔巨款。去年十一月，就欠了九万八。反正我是这么听说的。”

我想，他听说的都是这种事，不治之症啦，巨额欠债啦。

我爱喝勃艮第葡萄酒。这种酒像在提醒我，这个世界比雷克斯熟悉的那个世界更古老、更美好，而人类在充满激情的长期追求中获得了与雷克斯的见地完全不同的智慧。后来，我又一次偶然喝到同样的美酒，那是在战争爆发头一年的秋天，我和我的酒商在圣詹姆斯大街共进午餐时。时隔多年，岁月流转，酒的味道在我的嘴里变得柔和、平淡了，但它仍以在我青年时期的那种纯粹而真实的声音，诉说着关于希望的相同语言。

“我的意思并不是说他们都会变成穷人，老头子一年总可以拿得出三万英镑，但是，一场巨变很快就要来了，上流社会一旦惊慌失措，首先想到的往往就是削减女儿的费用。所以，我想在变化来临之前，先解决婚姻财产契约这件小事。”

我们还要过很久才会喝到白兰地，但他已经开始讨论他自己。再过二十分钟，我应该才能准备好听他说这一切。我尽量不去理会他，只把注意力放在面前的美食上，可他的字字句句都在破坏我的快乐时光，把我唤回到他栖居的那个残酷而贪婪的世界。他想要一个女人，他想要当下最好的女人，他还想按照自己的价码拥有这个女人。他说的一切归纳起来就是这个意思。

“……马奇曼夫人不喜欢我。哎，我也没指望她喜欢我。反正我想娶的不是她。她压根没胆量明说：‘你不是个绅士。你只是从殖民地来的投机商。’她只说到我们生活在不同的环境中。她说得对，可朱莉娅偏偏喜欢我生活的这个环境……接着，夫人又说起宗教。我完全不反对她的教派。我们在加拿大并不怎么重视天主教，但那儿的情况不一样；在欧洲，你们有很多非常优雅的天主教徒。没问题，朱莉娅什么时候想去教堂都可以。我绝对不会试图阻止她，可她并不在意这些。实际上，我还挺喜欢有宗教信仰的姑娘。另外，她也可以把孩子们培养成天主教徒。他们想要什么，我都会做出‘承诺’……后来，夫人又说到我的过去。‘我们对你知之甚少。’她知道得还少啊。你大概知道，我曾经和另外一个女人纠缠过一两年。”

我知道这件事。每个认识雷克斯的人都知道他和布兰达·钱皮恩的风流韵事，也知道正是这件事让他获得了现有的一切，摆脱股票经纪人的身份，成了商人。他和威尔士亲王打高尔夫，他是布拉特俱乐部的成员，下议院的吸烟室里也有他的朋友。他第一次在那儿露面时，他们党派的主席说的不是“看，那是北格德里一位很有前途的年轻议员，他关于租金限制法的演讲好极了”，而是“看，那是布兰达·钱皮恩的新相好”。这句话大大有助于他和男人打交道。至于女人，他往往能用魅力征服她们。

“唉，反正都结束了。马奇曼夫人那么谨慎，不会说起这个话题。她说来说去只说我‘名声欠佳’。喂，她还想找个什么样的女婿啊——像布赖兹赫德那样的半吊子修道士吗？朱莉娅对那件事可熟练得很，她自己都不在乎，我看这也就不关别人什么事了。”

鸭子之后是沙拉，西洋菜和菊苣上面撒着些细细的香葱。我努力只去想面前的沙拉。我曾经成功做到只去想蛋奶酥。接着，白兰地来了，推心置腹的大好时机到了。“……朱莉娅马上就要二十了。我不想等到她成年。但总而言之，我也不想没把事情办好就匆匆结婚……绝对不能偷偷摸摸……我必须确保她应得的财产不会被人骗走。侯爵夫人既然不合作，那我就去见见老头子，跟他达成一致。我猜，他只要知道这是能让夫人心烦的事，应该就会同意。他眼下正在蒙特卡洛。我原本计划把塞巴斯蒂安送到苏黎世以后，就去蒙特卡洛。但我把他弄丢了，所以才这么烦躁。”

白兰地不合雷克斯的口味。这酒清澈、平淡，拿过来时是一整瓶，瓶身上既没有污迹，也没有拿破仑时期的封印。酒龄应该只比雷克斯大一两岁，而且是最近才装瓶的。他们把酒倒在中等大小、郁金香形状的细长玻璃杯里，端给我们。

“我对白兰地有些了解，”雷克斯说，“这个颜色不怎么样。况且，我用这种细管子也品不出什么来。”

他们又给他拿来了一个有他的头那么大的圆杯。他让他们在酒精灯上先把杯子烤热。然后，他轻轻转动杯中亮晶晶的液体，将脸埋进热气中。最后，他大声宣布，他在家都是掺苏打水喝这玩意儿。

终于，他们面带愧色地从藏酒的地方推出一个瓶身发霉的巨大酒瓶。他们其实准备了雷克斯这样的人喝的酒。

“这才是好东西嘛，”他一边说，一边斜着杯子，直到杯中糖浆般的调和物在杯壁四周留下深色的圆圈，“他们一般都会藏些好酒，但不会主动拿出来，除非你大吵大闹一番。来，喝点吧。”

“我喝这个酒已经很满足了。”

“哦，你如果不懂得欣赏美酒，那把它喝下去就是种罪过。”

他点燃雪茄，坐回去，与这个世界达成和解。而我，也与另一个和他的世界不同的世界达成和解。我们都很开心。他说起朱莉娅，我听着他的声音从遥远的地方传来，模模糊糊，就像静谧深夜数英里之外的犬吠。

五月初，订婚的消息宣布。我在《大陆每日邮报》上看到通告，并由此猜测雷克斯应该“和老头子达成了一致”。可事情并没有如我预料的那样发展。我再次得知他们的消息是在六月中旬。我在报上看到，他们在萨沃伊小教堂低调成婚。没有任何皇室成员出席；首相大人也并未到场；朱莉娅的家人都没有出现。看上去是一桩“偷偷摸摸”的婚事。数年后，我才得知整件事的来龙去脉。

第二章

是时候说说朱莉娅了。在关于塞巴斯蒂安的整场闹剧中，到目前为止，她扮演的是一个时隐时现又有些神秘的角色。这是她当时给我的印象，也是我当时给她的印象。我们追求不同的目标，但这不同的目标将我们带到彼此身边，却又让我们对彼此而言仍是陌生人的身份。她后来告诉我，她当时特别留意过我，就好像一个人在书架上寻找某一本特定的书，可能会被另一本书吸引，于是，他把那本书取出来，看了书名和封面一眼，说："我有时间了，一定要看看这本书。"然后，他会把书放回原处，继续寻找原本要找的书。我对她的兴趣更大一些，因为兄妹在外表上总有相似性。我在不同的光线下，从他们不同的姿态中一再发现这种相似性，每一次发现都让我有新的触动。塞巴斯蒂安迅速堕落，形象一天天变得暗淡而模糊，于是，朱莉娅的形象便脱颖而出，变得愈发清晰而牢固。

那时候，她很瘦，平胸，长腿，四肢和脖子显得特别细长，谈不上身材很好，倒有点像细腿蜘蛛。她追求时尚，但她的发型、所戴的那个时期的帽子、当时流行的空洞眼神和呆滞表情，以及颧骨上方两团小丑般的胭脂，都使她难当时尚之名。

我第一次见到她时，她在火车站前坪接我，在暮色中开车将我带回家。那是1923年的盛夏，她刚满十八岁，才开始第一个伦敦社交季。

有人说，那是战争爆发以来盛况空前的一个社交季，一切又都大踏步走上正轨。朱莉娅是这一切的中心。当时，伦敦大约还剩下六七处宅邸可以被誉为“历史悠久”，圣詹姆斯大街上的马奇曼公馆便是其中之一。为朱莉娅举办的舞会，尽管受到当时简陋衣着的影响，但大家都说那是一次豪华壮观的盛会。塞巴斯蒂安也从学校赶去参加，并随口提议我和他一起去。我拒绝了，接着又后悔不迭，因为那是在那儿举办的最后一场那样的舞会，是一系列盛典中的最后一幕。

可我怎么预料得到呢？在那些日子里，似乎有的是时间去做任何事情。世界是开放的，你可以从容不迫地去探索它。那年夏天，我满脑子都是牛津的事。我以为，伦敦的事可以等一等。

其他几所大宅也属于朱莉娅的亲戚或儿时的朋友。除此之外，在梅菲尔广场和贝格拉维亚，还有无数豪华的宅邸，总有那么一处或几处，整夜灯火通明，人头攒动。从家乡荒芜之地来任职的外国人在写信回家时，说他们仿佛在这里瞥见了一个他们原本认定已经永远消失在泥泞和铁丝网中的世界。在那平静快乐的几周里，朱莉娅活力四射，光艳照人，一部分光线来自从林间洒下的阳光，另一部分则来自镜子反射出的烛光。很多坐在一旁回忆往昔的老人看到她时，都觉得仿佛看到了一只青鸟①。“那是布赖迪·马奇曼家的长女，”他们说，“可惜侯爵看不到她今晚的模样。”

那天晚上，以及之后那个晚上，之后的之后的晚上，她无论走到哪里，周围都有一小圈亲密好友。她带来了片刻的欢乐，就

---

① 诺贝尔文学奖得主梅特林克（1862—1949）代表作《青鸟》描述了一对兄妹寻找青鸟的故事，青鸟是幸福的象征。

像突然掠过水面的翠鸟，激起的波纹直抵河岸深处。

她就是这样的人，既非女孩，也非女人。她在那个夏日黄昏开车载我，未受爱情的困扰，美貌为她带来的力量让她自己也觉得惊讶，她在生活冷漠的边缘徘徊。她突然发现，自己早在不经意间全副武装，就像童话故事中的女主角，转动着手中的魔法戒指，只需以指尖触碰指环，轻声念出咒语，便可让脚下的大地裂开，身形巨大的奴仆会从地底冒出，无论她要什么，这个阿谀奉迎的怪物都会给她找来，只不过，找来的东西也许并非她中意的模样。

那天晚上，她对我没有丝毫兴趣。在我们脚下低吼的精灵是不请自来的。她生活在一个与世隔绝的小小世界，在这个小小世界的最深处，是一连串同心圆球，仿佛中国工匠鬼斧神工雕琢出的象牙套球。让她烦恼的只有一个小小问题——这些球小得在她看来只不过是些抽象的术语和符号。她心如止水，脱离现实，满心想的是应该嫁个什么样的人。她就像战略家，对着地图上大头针和彩色粉笔画出的线路图犹豫不决，思考着应该如何改变那些大头针和路线图。这样的改变不过几英寸，可在作战室之外，在用功好学的军官们的视线范围之外，这小小的改变可能意味着过去、现在和未来是要被毁灭，还是继续存在。她对当时的自己来说，也只是个符号。她既没有女孩的生活，也没有女人的经历。胜利和失败取决于大头针与路线图的改变，可她对战争一无所知。

“我要是生活在其他国家就好了，”她想，“在其他国家，这些事情都是父母和律师安排的。”

结婚，迅速而隆重地结婚，是她所有朋友的目标。她看得远一些，把婚姻视作独立生存的开始。结婚是场让人倍受鼓舞的小型战斗，从此以后，便可以开启探求生命真谛的旅程了。

到目前为止，她比所有同龄女孩都更加光彩耀目，可她知道，在她栖居的世界中，还有一个更小的世界，那个世界是她前进的严重障碍。老人们坐在靠墙的沙发上，计算她的分数，看到了很多对她不利的因素。她的父亲丑闻缠身；这个继承而来的小小污点落在她个人的光芒之上，而她自己的某些生活方式似乎加深了这一污点——她恣意妄为、任性倔强，比绝大多数同龄人都显得更缺乏教养。可这又怎么样，也许……

对靠墙而坐的太太们而言，有一个重要话题会让其他所有讨论黯然失色。这个话题就是，年轻的王子们会跟谁结婚？他们不可能找到比朱莉娅血统更纯正、风度更优雅的女孩。可她身上淡淡的阴影使她不适合这至高的荣誉。另外，她还有宗教问题。

朱莉娅完全不敢奢望与皇室成员结婚。她知道，或者说，她认为自己知道想要什么，嫁入皇室并非她所愿。然而，她无论转向何方，宗教问题似乎都是一道障碍，挡在她和她的真实目标之间。

在她看来，这是无法破除的障碍。她从小在天主教会长大，她现在如果放弃信仰，一定会下地狱。她所认识的新教徒姑娘们，都是在快乐天真的状态下接受教育，可以嫁给某个家族的长子，与他们的世界和平共处，比她更早进入天堂。她不可能嫁给长子，可次子往往都是些粗俗之流，不足道也。次子们没有那么多无法言说的特权；很明显，他们的职责是保持低调，直到突发的意外状况将他们推上长兄的位置。这就是他们的生活，所以，人们要求他们始终保持适合接任的状态。一个家庭如果有三四个男孩，那一个天主教徒的女孩嫁给最小的儿子也许还不至于招来反对。当然，有些富有家庭本来就是天主教徒，可他们很少会进入朱莉娅为自己打造的小小世界，能进入她小小世界的往往都是她母亲那边的亲戚，但她又觉得他们个个看起来既可怕又古怪。在当时十来个富裕的天主教贵族家庭中，没有一家的继承人和她年龄相当。至于外国人——她母亲家族里就有不少外国人——他们在处理钱财问题时诡计多端，有自己怪异的一套。英国姑娘嫁给他们，简直就是失败的标志。于是，还剩下些什么人呢？

这是朱莉娅在伦敦大获全胜几周后所面对的问题。她知道这个问题并非无法解决。她想，在她自己的世界之外，一定还是有不少符合条件的人，她能把他们拉进自己的世界。可让她羞愧的是，她必须找到他们。她不能吹毛求疵，精挑细拣，也别指望悠闲地躺在壁炉前的地毯上玩猫捉老鼠的游戏。她不是佩内洛普[①]，她必须去林中狩猎。

她曾经想象过符合条件的男人，那是个荒谬的形象：他应该是个了不起的英国外交官，不是特别英俊，也不是特别强壮，目前驻扎海外，房子比布赖兹赫德庄园小一点，但更靠近伦敦。他年纪不小，应该是三十二三岁，最近刚经历丧偶之痛。朱莉娅觉得，自己偏爱早年有过悲惨遭遇的人。他的前途一片大好，只是孤独让他变得冷漠；朱莉娅不确定，他是否会落入不择手段的外国女骗子手中；他需要被注入一种新的年轻活力，然后才有动力去巴黎的大使馆任职。他自己是温和的不可知论者，但喜欢宗教的表现形式，也相当乐意将自己的孩子培养成天主教徒；他相信，子女一定不能超过两个男孩加一个女孩的规模，并且要在十二年

---

① 古希腊荷马所著史诗《奥德赛》中的主人公奥德修斯在外远征二十年，他忠实的妻子佩内洛普在此期间忠贞不渝，拒绝无数的求婚者。

的时间里，不慌不忙地间隔着生出来。他不会像有的天主教徒丈夫那样，要求妻子年年怀孕。除了工资，他每年还有一万两千镑的收入，没有很近的亲属。朱莉娅认为，这样的人符合条件她的条件。她去火车站接我时，就在寻找这样的人。可惜，我不是她要找的人。她一个字都没有说，但她从我嘴里拿走香烟时，等于告诉我了。

我是一点一点了解朱莉娅的，就像一个人慢慢了解他所爱的女人的过去——在当时看来，这过去是这个女人生活的序幕——于是，这个人会觉得自己似乎已经成为这过去的一部分，可以通过迂回的方式，把它引向自己。

朱莉娅把塞巴斯蒂安和我丢在布赖兹赫德庄园，和舅妈萝斯康曼女士住到费拉角她们家的别墅去了。一路上，她都在沉思自己的问题。她给这位丧偶的外交官取了个名字："尤斯特斯"。从那一刻开始，对朱莉娅而言，他成了一个好玩的角色。他有一点点内向，不苟言笑。后来，还真有这么一个人与她相遇——但这个人并不是外交家，而是皇家近卫骑兵团一位愁绪满腹的少校——他爱上朱莉娅，买了很多朱莉娅看中的礼物，但朱莉娅最后把他赶走了。他比以前更加抑郁和愁闷。也就是在那时，朱莉娅认识了雷克斯·莫特拉姆。

雷克斯的年龄是很大的优势，因为朱莉娅的朋友圈里有一种势利倾向，更偏爱年纪大的人。年轻男人被认为是满脸粉刺、不善交际之辈；被人看见在丽兹酒店独自午餐是件很时髦的事——可无论如何，当时没有几个女孩子能这样做，只有朱莉娅那个小圈子里的朋友可以。在舞厅靠墙而坐、愉快聊天的老人们一边斜眼看着这种事情，一边在心里偷偷记着分数——你走进舞厅，坐左边桌子的是个举止刻板、满脸皱纹的老色迷，你母亲还是个小姑娘时，就有人警告她要提防这样的人，而不是舞厅中央那群生龙活虎的小伙子。实际上，雷克斯既不刻板，也没有皱纹；比他大的人认为他是个富于进取精神的年轻小伙，朱莉娅在他身上看到了一种明确无误的潇洒——他有“麦克斯”和“F·E”的风度，他认识威尔士亲王，在体育俱乐部坐大桌，一喝就是两大瓶酒，一抽就是四支雪茄，还毫无愧疚地让司机等他一个小时又一个小时——这一切都会让朱莉娅的朋友嫉妒。他的社会地位很独特，给人一种神秘甚至是罪恶的感觉。大家都说，雷克斯走到哪里都带着武器。朱莉娅和朋友们对所谓的“蓬街”既着迷又憎恶；她们收集各种粗鄙下流的语言，在自己的小圈子里——甚至在大庭广众之下，经常心慌意乱地用这种拼凑的语言说话。“蓬街人”戴着刻有纹饰的戒指，在请人看电影时还送巧克力；“蓬街人”在跳舞时会说“我能为您效劳吗”。雷克斯无论是什么样的人，绝对不是“蓬街人”。他从下层社会直接踏入布兰达·钱皮恩的世界，而钱皮恩就在那一连串同心象牙球的最深处。也许，朱莉娅在布兰达·钱皮恩身上看到了她和朋友们在十二年后的模样；否则，我们很难解释这个女孩和这个女人之间的敌意。可以确定的是，雷克斯归布兰达·钱皮恩所有这一事实激起朱莉娅对他的欲望。

雷克斯和布兰达·钱皮恩也住在费拉角，就住在朱莉娅亲戚家隔壁的别墅里。那一年，这幢别墅被一位报业巨头买下，经常有政客进出。他们原本不会与萝斯康曼女士有任何交集，可两伙人住得太近，还是混到一起。雷克斯立刻开始小心地追求朱莉娅。

整个夏天，他坐立不安。事实证明，钱皮恩太太这条路已是死胡同一条。他们最初可谓干柴烈火，但两人现在出现了一些摩擦。他发现，钱皮恩太太和很多英国人一样，生活在一个小世界中的小小世界里，而他雷克斯需要更加广阔的天地。他要捍卫自己的所得，他要降下海盗的黑色旗帜，上岸生活，把弯刀挂在壁炉上面，考虑庄稼收成之类的事。他是时候结婚成家了，他也在寻找一位“尤斯特斯”，但以他当时的生活方式，他认识的姑娘少之又少。他知道朱莉娅，大家都说，她是万里挑一的上流名媛，是值得追求的适婚对象。

在费拉角，处于钱皮恩太太墨镜后面那双冷眼的监视之下，雷克斯干不了什么事，只能与朱莉娅先发展出友谊，以期日后拓展关系。他从来不曾与朱莉娅独处，但确保他的绝大多数活动都有朱莉娅参与。他教朱莉娅玩纸牌，安排好一切，让朱莉娅总是坐他的车去蒙特卡洛或尼斯。他千方百计让萝斯康曼夫人给马奇曼夫人写信，又说服钱皮恩太太，他们比原计划提早去安提比斯。

而朱莉娅要去萨尔兹堡跟母亲会合。

“范妮告诉我，你和莫特拉姆先生成了好朋友。我猜，他不是什么好人吧。”

“我也觉得他不是，”朱莉娅说，“可我知道，我并不喜欢好人。”

众所周知，绝大多数新富豪身上都有一个谜，这个谜就是，他们是如何赚到第一笔万镑家产的？他们必须讨好每一个人，支撑他们的只有信念。他们无法依靠这世上的任何东西，只能靠自己的魅力去获得一些资源。他们如果胜利了，那么在变得横行霸道前表现出来的个性，会让他们在女人方面无往而不利。雷克斯到伦敦以后相对自由，在朱莉娅面前变得厚颜无耻起来。他以朱莉娅为中心安排自己的生活，去所有可能遇到朱莉娅的地方，讨好所有可能会在朱莉娅面前为他说好话的人。他为了接近马奇曼夫人，参加了很多慈善委员会；他提出要帮布赖兹赫德在议会找个职位（当场就被布赖兹赫德断然拒绝了）；他表达出对天主教会的强烈兴趣，发现这并不能博取朱莉娅的芳心才作罢。他时刻准备用自己的西斯巴诺小汽车载朱莉娅去她想去的任何地方。他带朱莉娅和朱莉娅的朋友去看拳击赛，坐场边最好的位置，并在比赛结束后将她们介绍给拳击手。但从头至尾，他不曾向朱莉娅表达过爱意一次。对朱莉娅来说，雷克斯从一个令人愉快的朋友，变成了不可或缺的存在。她从在公开场合以他为傲，变得有些羞涩。从圣诞节到复活节，他成了必不可少的一个人。就这样，朱莉娅突然发现自己坠入爱河，完全没有料到这一点。

五月的一个傍晚，一个令朱莉娅烦恼的意外状况发生了。雷克斯跟她说，他在下议院有事要忙，可朱莉娅碰巧开车经过查尔斯大街，看见他正从一所房子里走出来。据她所知，那是布兰达·钱皮恩的住处。她伤心愤怒，晚餐时差点掩饰不住情绪。她飞快地吃完饭，回到家，失声痛哭了十分钟。然后，她觉得饿了，后悔没有在晚餐时多吃一点。她叫人拿来面包和牛奶，上床之前吩咐："莫特拉姆先生明天上午如果打电话来，不管是什么时候打来的，就说我吩咐了不让人打扰我。"

第二天，她和往常一样，在床上吃早餐，看报纸，给朋友们打电话。最后，她终于问仆人："莫特拉姆先生有碰巧打过电话吗？"

"哦，有的，小姐，打了四次。他再打来时需要我帮您接过来吗？"

“好吧。还是不要吧。就说我出去了。”

她下楼，大厅桌上有一张留给她的便条：“莫特拉姆先生请朱莉娅小姐一点半在丽兹酒店见面。”“我今天在家吃中饭。”她说。

那天下午，她和母亲一起购物，又和一位姨妈喝茶，六点才回家。

“莫特拉姆先生正在等您，小姐。我把他带到图书室去了。”

“啊，妈妈。我可不想让他来烦我。叫他回家吧。”

“这可不好，朱莉娅。我虽然经常说，在你的朋友中，他不是我最喜欢的那个，但我对他越来越习惯，差不多有点喜欢他了。你不能把人这样捧起来，又摔下去——尤其是莫特拉姆这样的人。”

“唉，妈妈，我一定要见他吗？我如果见他，场面会很难看。”

“别胡说八道，朱莉娅，那个可怜的男人简直是被你玩弄于股掌之间。”

于是，朱莉娅走进图书室。一个钟头后，她走出来，宣布他们订婚了。

“哎，妈妈，我警告过你，我如果走进去，可能会发生这样的事。”

“你压根就没这么说过。你只是说，场面会很难看。我绝对想象不出这样的场面呀。”

“不管怎么说，你不是喜欢他嘛，妈妈。你自己说的。”

“他在很多方面确实不错。可我认为他完全不适合做你的丈夫。大家都这么认为。”

“那么让大家都见鬼去吧。”

“我们对他一无所知。他说不定有黑人的血统哪——说真的，他的皮肤黑得很可疑。亲爱的，这件事是不可能的。我不明白你怎么会这么傻。”

“唉，如果不这样，那他跟那个讨厌的老太婆在一起时，我有什么权力生气呢？你总说，拯救堕落的女人是一件大好事。好吧，我现在只是换个方式，拯救一个堕落的男人。我要将雷克斯从弥天大罪中拯救出来。”

“不要说大不敬的话，朱莉娅。”

“那好，我问你，和布兰达·钱皮恩睡觉难道不算弥天大罪吗？”

“也不要说下流的话。”

“他答应我永远都不跟她见面了。我要是不承认自己爱他，怎么能要求他这么做呢，对不对？”

“谢天谢地，钱皮恩太太的道德品行不关我的事。你的幸福才是我关心的事。你如果问我，我会说，我认为莫特拉姆是位好心也很有用的朋友，但我一点也不相信他。我敢确定，你和他生出来的孩子也不会讨人喜欢。这种人最后总会原形毕露。我毫不怀疑，你过不了几天就会后悔。在此期间，你什么都不要做。不要把任何事告诉任何人，也不要让任何人起疑心。你不能再和他一起吃饭。当然，你可以在这里跟他见面，但绝对不能在公众场合和他见面。你最好让他来见我，我会跟他聊一聊。”

就这样，朱莉娅订婚一事在一年时间里都是秘密。雷克斯在那天下午是第一次对她求爱，所以她在这一年里压力重重。她之前接受过一两次求爱，但都是和多愁善感、缥缈不定的男孩。这一次不同，这一次的求爱充满激情，对方的激情使她内心深处某个角落里类似激情的一种东西暴露出来。他们的激情让她害怕，一天，她做完忏悔回来，决定做个了结。

“我不想再见你了。”她说。

雷克斯立马变得低声下气。就像早先在冬天，总是日复一日地坐在自己的大汽车里，忍受着严寒，卑微地等待她那样。

“除非我们马上结婚。”她说。

在六周的时间里，他们保持一定的距离，只在见面和分开时吻一下，其他时间都分开坐，讨论以后要做什么、住在哪里，以及雷克斯能否得到副部长的职位等。深陷爱情中的朱莉娅心满意足，生活在对未来的憧憬中。可就在这一阶段快要结束时，朱莉娅突然得知，雷克斯说他一直待在选区的那个周末，实际上是和森宁代尔的一位证券经纪人在一起。钱皮恩太太也在那里。

在她得知此事的当晚，雷克斯照常来到马奇曼公馆。他们重新上演了两个月前的一幕。

“你想怎么样？”他说，“你给予我的这么少，有什么权利要求得到这么多？”

她带着自己的难题去了法姆街，并将它概括地倾诉出来。不是在忏悔室，而是在一间专门进行此类对话的小暗房。

“神父，我为了不让他犯下严重罪过，才犯下一个小小的罪过。这样做肯定没错吧？”

温和的耶稣会老人丝毫没有让步。她不想听神父的大道理，只想知道自己想听到的话。神父拒绝说她想听的话。

神父终于说完了。“现在，你最好还是忏悔吧。”

“不用了，谢谢你，”她仿佛是在商店拒绝别人推销商品，“我觉得我今天不想做。”她愤怒地回了家。

在那一刻，她对自己的宗教关上了心门。

马奇曼夫人目睹了一切，这一切和她对丈夫的旧恨与对塞巴斯蒂安的新愁，给予她病入膏肓的身体致命的打击。她日日带着悲伤去教堂。她的心早被忧伤的剑刺得到处是伤，她只能靠敷药膏苟延残喘。她带着怎样的安慰从教堂回到家，只有天知道。

一年过去，订婚这一秘密从朱莉娅的知心好友传到她们的知心好友，最后，就像水心的涟漪，终于传到泥泞的湖岸，报纸上开始出现关于此事的风言风语，萝斯康曼夫人作为为女王服务之人，受到严密盘问，必须有所行动了。接着，朱莉娅拒绝参加圣诞节圣餐仪式，马奇曼夫人首先发现我背叛了她，接着发现桑格拉斯背叛了她，最后发现连科迪莉娅都背叛了她，于是，在1925年初那段阴沉的日子里，她决定采取行动。她禁止任何人讨论订婚的事，不允许朱莉娅和雷克斯见面，计划将马奇曼公馆闭门谢客六个月，并带朱莉娅走访她们在国外的亲戚。老年人特有的一种返祖般的麻木不仁与糟糕的身体状况同时出现，使得她在这样一场危机中没有意识到让雷克斯负责送塞巴斯蒂安去看博瑞瑟斯医生有何不妥。雷克斯在这件事情上也让她失望了，跑去蒙特卡洛，在路上完成对她的最后一次重击。马奇曼侯爵并不关心雷克斯人品的细节问题，认为这些只与他女儿有关。他早就从各种报道中熟悉雷克斯的名字，在他看来，雷克斯是个粗犷、健康、精力充沛的小伙子：他在赌博时总是果断勇敢又不失理智，他的朋友似乎都相当优秀，他的前途无可限量；而且，马奇曼夫人讨厌他。总的来说，马奇曼侯爵为朱莉娅觅得如此夫君大感欣慰，同意他们马上结婚。

雷克斯兴致勃勃地亲自开始准备工作。他给朱莉娅买了戒指，但并不是如朱莉娅所料，是从卡地亚商店的展柜里买来的，而是从哈顿花园区的一间密室里买来的。一个男人从保险柜里拿出装着钻石的小袋子，将钻石摊在写字台上供她挑选。接着，另一间密室里的另一个男人用一截铅笔头在便条纸上画出戒托的设计图样。戒指成品赢得她所有朋友的艳羡。

“你是怎么知道这些事的，雷克斯？”她问。

每一天，他知道的事和他不知道的事都会让朱莉娅惊讶，两者都平添了雷克斯在她眼中的魅力。

雷克斯在赫特福德的房子很大，足够他们两人居住，并且，雷克斯最近找收费最昂贵的公司对房子进行重新布置和装饰。朱莉娅说她暂时还不想要乡下的别墅，他们想要住在乡下时，随时都可以买一幢装修好的房子。

对于婚姻财产协议方面的麻烦事，朱莉娅懒得操心。律师们都绝望了。雷克斯坚决不同意接受任何形式的股本。“我拿着信托债券有什么用？”他问。

“我也不知道，亲爱的。”

“我希望钱为我服务，”他说，“我希望有百分之十五、二十的利润，并且能拿到它。把资本绑在百分之三点五的利润上纯粹是浪费。”

“我也这样认为，亲爱的。”

“这些家伙说得好像我要抢你的钱。抢钱的是他们。我能给你赚钱，可他们想从你的钱中抢走三分之二。”

“那有什么关系？雷克斯，我们有的是钱，不是吗？”

雷克斯希望把朱莉娅所有的嫁妆都掌握在自己手中，好让钱为他服务。律师却坚持要对嫁妆进行严格限定，但并没有如愿从雷克斯那里得到对等的条件。最后，雷克斯勉强同意给自己买一份人身保险，在此之前，他还极其详尽地跟律师解释说，这等于是把自己的一部分合法收入送进别人的口袋。可他与一家保险公司认识，所以做出了并不吃亏的安排。他拿到了本应由律师得到的手续费。

最后也最微不足道的一个问题是雷克斯的宗教。他曾在马德里参加过皇室婚礼，所以想让自己的婚礼也能像那样。

“你们教会能做到这种事，”他说，“搞个大场面出来。你到哪儿也找不到能和红衣主教相提并论的人啊。你们英格兰有多少个红衣主教？”

“只有一个，亲爱的。”

“只有一个？那我们能从国外请几个来吗？”

朱莉娅只好跟他解释，异教通婚应该简朴低调。

“你说‘异教’是什么意思？我又不是黑人什么的。”

“我不是这个意思，亲爱的，我是说天主教徒和新教徒之间的通婚。”

“哦，这个意思啊？好吧，如果就是这个问题，那我很快就能让它不是异教通婚。我变成天主教徒就行了。我需要做些什么？”

马奇曼夫人被这一新进展弄得惊慌失措。她一再对自己说，要以仁爱之心相信雷克斯的真诚，可无济于事。她总是回想起另外一次求婚以及另外一个改变宗教信仰的人。

“雷克斯，”她说，“我有时候会想，你真的意识到这是在信仰方面做出的多么重大的决定吗？你如果不是真心相信，贸然踏出这一步是非常罪恶的。”

他早已深谙应对马奇曼夫人之道。

“我并不会假装自己有多么虔诚，”他说，“也不会假装自己是个神学家。但我知道，一个家庭有两种宗教信仰不是件好事。一个人需要宗教。朱莉娅如果觉得信你们的宗教好，那我也这样觉得。”

“很好，”她说，“我保证，你会得到正确的引导。”

“您看，马奇曼夫人，我没有时间了。引导我完全是浪费精力。你只需要给我一张表格，我在画虚线的地方签个名就行了。”

“皈依通常要花好几个月的时间——有时候，甚至是一辈子。”

“呃，我学新东西很快的。你只管考验我。”

于是，雷克斯被告知去法姆街找莫布瑞神父，这位神父以擅长应付顽固的新人教徒而著称。三次谈话之后，神父来找马奇曼夫人喝茶。

“嗯，你觉得我未来女婿如何？”

“他是我见过的最难应付的皈依者。”

“啊，天哪，我还以为他很容易改变呢。”

“问题的关键就在这儿。我压根搞不懂他。他似乎没有一丁点理性的求知欲，也没有天生的虔诚心。

“第一天，我想了解他到目前为止在宗教方面的生活是怎样的，于是，我问他觉得祈祷意味着什么。他说：‘我不知道意味什么。你告诉我吧。’我试着用简短的语言解释给他听，他又说：‘好啦好啦。关于祈祷，说这么多就够了。下面还有什么？’我给他一本教义问答小册子，让他带走。昨天，我问他，我们的主是否不止一种本性。他说：‘你说有多少种本性就有多少种，神父。’

“接着，我问他：‘假定教皇抬头看到了一片云，说马上就要下雨了，那是不是一定就会下雨呢？’‘哦，是的，神父。’‘假如并

没有下雨呢？’他想了一下，说：‘我觉得那应该是一种精神上的下雨吧，只不过我们因为罪孽深重，所以看不见。’

“马奇曼夫人，根据我们传教士的经验，他没有异教信仰，不管是在何种程度上。”

“朱莉娅，”神父走了以后，马奇曼夫人说，“你确定雷克斯做这件事不只是为了讨我们的欢心？”

“我觉得他完全没有这样的想法。”朱莉娅说。

“他是诚心诚意地想要改变信仰？”

“他绝对是下定决心要成为天主教徒的，妈妈，”接着，她又对自己说，“在漫长的历史长河中，一定有过不少稀奇古怪的皈依者。我猜克洛维[①]的军队里也不是人人都虔诚信奉天主教。多一个这样的人又有何妨呢。”

第二周，耶稣会士再来喝茶。那时正值复活节假期，科迪莉娅也在家。

“马奇曼夫人，”他说，“你应该找一位年轻点的神父来完成这个任务。我是活不到雷克斯成为天主教徒的那一天了。”

“哦，天哪，我还以为进展非常顺利呢。”

“从某种意义上来说，是很顺利。他超乎寻常的温顺，他说，我无论跟他说什么，他都会接受，会记住一点一滴，不会问任何问题。可我对他并不满意。他似乎不愿面对现实。我知道，他很快就会受到天主教的长期影响，所以，我愿意接受他。有时候，人就是要冒险的——比如说，对那些半低能儿。你永远都不会知

---

① 古代法国国王，公元496年在与德国人的战争中战败，想起他信天主教的妻子的建议，向上帝祈求帮助，继而赢得胜利。后要求军队和子民都信奉上帝，亲率三千将士，接受洗礼，正式皈依天主教。

道他们到底明白了多少。可你只要知道有人应该照看他们，你就应该冒险一试。”

“我真希望雷克斯能听到这番话！”科迪莉娅说。

“昨天，我又开了眼界。现代教育的问题在于，你永远都不知道人们有多么无知。对于五十岁以上的人，你可以确定他们接受过哪些教育，没接受过哪些教育。现在的年轻人，看起来聪明机智、见多识广，可这外壳突然破裂后，你会看到一片混乱的深渊，你此前可能都不知道这混乱的存在。就拿昨天来说吧。他看似表现很好，用心背下了教义问答手册，以及《主祷文》和《圣母经》里的大段内容。我照旧问他最近有没有什么烦心事，他狡猾地看着我，说：‘你看啊，神父，我觉得你对我不够坦诚。我想加入你们的教会，我也马上就要加入你们的教会了，可你还对我隐瞒了很多。’我问他是什么意思，他说：‘我和一位天主教徒长谈了一次——一位非常虔诚且受过良好教育的教徒，我知道了一些事。比如说，睡觉时必须双脚朝东，因为那是天堂的方向，这样，你如果在睡梦中死了，才能走到天堂去。我以后睡觉时，朱莉娅要我的脚朝哪个方向，我的脚就得朝着哪个方向，但你真的指望一个成年人会相信所谓的走路去天堂的无稽之谈吗？还有，教皇让自己的一匹马当上红衣主教是怎么回事？还有，你们在教堂门廊上放一个盒子，只要把一张写了某人名字的一英镑钞票放进去，那个人就会被打进地狱，这又是怎么回事？我并不是说这些毫无道理，’他说，‘可你应该告诉我，不应该让我自己去打听啊。’”

“这可怜的人到底是什么意思？”马奇曼夫人说。

“你看，他要入教，还有很长的路要走呢。”莫布瑞神父说。

“他到底是跟谁谈过了？难道这一切是他做的梦吗？科迪莉

娅，这是怎么回事？”

“他真是个大笨蛋！哦，妈妈，他真是个好玩的大笨蛋！”

“科迪莉娅，原来是你。”

“哎呀，妈妈，谁能想到他当真了呢？我还跟他说了好多别的呢。什么梵蒂冈的神猴之类的——各种各样的事。”

“唉，你大大增加了我的工作量啊。”莫布瑞神父说。

“可怜的雷克斯，”马奇曼夫人说，“知道吗，我觉得他这样倒是显得很可爱。你只当他是个傻孩子吧，莫布瑞神父。”

于是，教导还在继续，在婚礼前一周，莫布瑞神父终于同意接受雷克斯入教。

“我原本以为他们会兴高采烈地让我入教呢，”雷克斯抱怨说，“毕竟我在各个方面都会对他们大有帮助，可他们看上去就像赌场里的发牌员。还有，”他补充说，“科迪莉娅把我搞得晕头转向。我都不知道哪些东西是教义手册里的，哪些是她胡乱编造的了。”

婚礼前三周，事情仍然是千头万绪。请柬已寄出，礼物源源而来，伴娘们对礼服都很满意。随后，朱莉娅所谓的“布赖迪的爆炸消息”传来。

布赖兹赫德以一贯冷酷无情的作风，没有丝毫预警，便把一个重磅炸弹扔进在此之前还很快乐的家庭聚会中。当时，马奇曼公馆的图书室里堆满结婚礼物；马奇曼夫人、朱莉娅、科迪莉娅和雷克斯正忙着把礼物一一拆开并登记。布赖兹赫德走进来，观察了他们一会儿。

“贝蒂姨妈送的中国花瓶，”科迪莉娅说，“好老的玩意儿。我记得这些花瓶之前一直摆在巴克霍恩那房子的楼梯上。”

“这都是些什么呀？”布赖兹赫德问。

“彭德尔—加斯维特家的先生、夫人和小姐一起送的，一套早茶茶具。从古德商店里买来的吧，三十先令，真够小气的。”

“你们最好把这些玩意都包起来。”

“布赖迪，你这是什么意思？”

“没别的意思，婚礼马上就要取消了。”

“布赖迪。”

“我早就觉得，大家既然都不感兴趣，那我至少应该对未来妹夫调查一番，”布赖兹赫德说，“今天晚上，我拿到了最终答案。1915 年，他在蒙特利尔与一位莎拉·伊万杰琳·卡特勒小姐结过婚，卡特勒小姐至今还住在那里。”

“雷克斯，这是真的吗？”

雷克斯手中拿着一只玉雕龙，正站着仔细打量它。他听到这话，小心翼翼地把玉雕小龙放回黑檀木底座，坦率又天真地对大家微笑。

“当然是真的，”他说，“那又怎么样？你们为什么看起来都惊慌失措？对我来说，她什么都不是了。她一直就没安好心。不管怎么说，我当时只是个孩子。这种错误，任何人都有可能犯。我 1919 年就离婚了。要不是布赖迪来告诉我，我都不知道她现在住哪儿。干吗这么吵吵嚷嚷的呢？”

“你应该告诉我的。”朱莉娅说。

“你从来没问过。说真的，我有好多年都没想起她了。”

很明显，他说的是实话。于是，他们坐下来，平静地讨论此事。

“你难道还不明白吗？你这个可怜又可爱的小傻瓜，”朱莉娅说，“你作为天主教徒，妻子活着时，你再婚就是重婚。”

“我并没有重婚啊。我刚才不是告诉你了吗？我们六年前就离婚了。”

“可你作为天主教徒，是不能离婚的。”

“我当时还不是天主教徒，就已经离婚了。文件就在什么地方放着呢。”

“莫布瑞神父难道没跟你解释过结婚的事吗？”

“他说过我不能跟你离婚。很好，我也不想跟你离婚。我不记得他说的每句话了——什么神猴啊，大赦啊，临终四件大事[①]啊——我要是把他说过的话都记住，那我就没时间干别的了。不管怎么说，你不是有个意大利表姐吗？弗兰西斯卡？——她就结过两次婚啊。”

“她那是无效婚姻。”

“那好，那我也弄个无效婚姻证明呗。要花多少钱？从谁那里弄？从莫布瑞神父那儿能弄到吗？我只想做好该做的事。之前没有人告诉过我。”

大家花了很长时间才让雷克斯明白，他们的婚姻之路上存在严重障碍。他们的讨论持续到晚餐时间，用人在时，讨论暂停，用人一走，讨论又立刻开始。就这样，他们一直谈到凌晨。争论起起落落，迂回曲折，像一只盘旋俯冲的海鸥，一会儿朝着大海，飞出视线，钻入云层，在细枝末节和循环重复中穿行，一会儿又正好落于漂浮在海面的一块碎屑上。

“你想让我怎么做？我应该去找谁？”雷克斯一直在问，“别告诉我没有人能解决这个问题。”

---

① 宗教所指的死亡、审判、天国、地狱。

“你什么也做不了，雷克斯，”布赖兹赫德说，“你们的婚礼肯定办不了了。从大家的角度来看，这事发生得太突然了，我也很遗憾。你应该自己告诉我们。”

“哎，”雷克斯说，“你也许说得对。也许严格按照法律，我是不应该在你们的大教堂结婚。可大教堂都预定好了，那里没有人问任何问题，红衣主教对此一无所知，莫布瑞神父更是什么都不知道。除了我们，没人知道这事。为什么要自找麻烦呢？可以保持沉默，让事情过去，就当什么都没发生过。谁也没有损失，对吗？我可能会下地狱。没关系，我愿意承担这风险。这和别人有什么关系呢？”

“怎么没关系？”朱莉娅说，“我从不相信神父无所不知，更不相信下地狱这种事。我甚至不知道，到底有没有地狱。但不管怎么说，我们应当谨慎。我们不会要你拿自己的灵魂冒险。只请你离我远一点。只是现在。”

“朱莉娅，我恨你。”科迪莉娅说，离开了房间。

“我们都累了，”马奇曼夫人说，“如果还要说什么，我建议明天早上再说。”

“没有什么好说的了，”布赖兹赫德说，“只能说说我们应该采取什么方法，最稳妥地结束这一切。就由母亲和我决定吧。我们必须在《泰晤士报》和《晨邮报》上发表声明，还要退回所有的礼物。至于伴娘的礼服，我不知道一般是怎么处理的。”

“稍等一下，”雷克斯说，“稍等一下。你们也许可以不让我们在大教堂结婚。没关系，无所谓，那我们就在新教的教堂结婚。”

“这个我也不允许。”马奇曼夫人说。

“我想你阻止不了了，妈妈，”朱莉娅说，“你看，我做雷克斯的情妇有一段时间了，而且还会继续做下去，不管我们有没有结婚。”

“雷克斯，这是真的吗？”

“不是真的，见鬼，当然不是真的，”雷克斯说，“但我倒希望是真的。”

“我看，我们只能明天早上再讨论了，”马奇曼夫人虚弱地说，“我现在说不下去了。”

她在儿子的帮助下，才爬上楼梯。

“你到底为什么要跟你妈妈说那样的话啊？”多年以后，朱莉娅向我描述起当年的场景时，我问她。

“因为这正是雷克斯想听到的话。我猜，这也是因为当时的我以为那就是真的。不是字面上的意思——可你一定不要忘了，我还只有二十岁，谁也不能光听别人说，就了解到‘生活的真相’——当然，我说的并非事实。我只是不知道该如何用其他方式表达。我的意思是，我和雷克斯的关系已经很深厚了，我不能只说一句‘安排好的婚事现在不能举行了’，然后就置之不理，我做不到。我想做个诚实的女人。我一直都想——我现在算是明白了。”

“然后呢？”

“然后就是无休无止的讨论。可怜的妈妈啊。接着，神父们也掺和进来，姨妈们也掺和进来了。大家提出五花八门的建议——有人建议雷克斯回加拿大，有人建议莫布瑞神父去罗马看能不能找个理由宣布前次婚姻无效，还有人建议我出国待一年。讨论进行到一半，雷克斯干脆给爸爸发了个电报：‘朱莉娅和我希望婚礼按新教仪式举行。您是否反对？’他回答：‘很好。’这样一来，在法律上妈妈就不能阻止我们举行婚礼。从那之后，很多人私下又提出要求。我被送去和牧师谈，和修女谈，和姨妈们谈。雷克斯悄悄地——或者说，相当低调地继续执行计划。

“唉，查尔斯，那是一次多么不堪的婚礼啊！萨沃伊小教堂在当时是离过婚的人再结婚的地方——又小又窄，完全不是雷克斯原本的打算。我只想哪天早上，偷偷溜进婚姻登记处，找两个按天雇用的女佣当做证婚人，把事办完就算了。可雷克斯坚持要请伴娘，还要香橙花[1]，要有婚礼进行曲。真是叫人讨厌。

“可怜的妈妈表现得像个殉难者，坚持要我无论如何都得披上她的蕾丝头纱。唉，她也只能这样了——于是，整件婚纱都只好围绕那头纱来设计。我的朋友们当然都来了，还有一些奇奇怪怪的家伙，雷克斯说他们是*他的朋友*；其他宾客则都是东拼西凑来的。妈妈家的亲戚一个也没来，爸爸家的亲戚来了一两个。老顽固们躲得远远的——你也认识那些人，安克雷奇家的啦、查斯姆家的啦、范布勒家的啦——我心想：‘谢天谢地，他们没来，反正他们总是瞧不起我。’可雷克斯很气愤，因为他显然想要看到的正是这些人。

“有那么一刻，我希望不要举行什么宴会了。妈妈说，我们不能使用马奇曼公馆作为婚宴场地，于是雷克斯又想给爸爸发电报，还想让家庭律师带头，率一队婚宴承办者闯进公馆。最后，我们决定，在婚礼前一天晚上在家里举行宴会，让大家看看结婚礼物——显然，莫布瑞神父觉得这样可以。嗯，大家都想看到自己

---

① 新娘佩戴此花，象征纯洁。

送出的礼物，所以，那次宴会相当成功。可第二天，雷克斯在萨沃伊小教堂为婚礼来宾举办的招待会就太寒碜了。

“佃户们尴尬不已。最后，还是布赖兹赫德赶去，请他们吃了晚餐，并举行了篝火晚会。他们完全没有料到，送出银汤碗换来的竟然是这样的待遇。

“最难以接受这一切的是可怜的科迪莉娅。她曾经无比期望当我的伴娘——很早以前，我还没踏入社交圈时，我们就经常讨论这事——当然，她还是个非常虔诚的孩子。起初，她不愿同我说话。婚礼当天早晨，我还没起床，她就冲进屋来——婚礼前一天，我住在范妮·萝斯康曼舅妈家，大家都认为这样更合适——科迪莉娅从法姆大街直接跑来，泪流满面地央求我不要结婚，然后，她又抱着我，送给我一枚她自己买的很可爱的小胸针，说她会祈祷我永远幸福。*永远幸福*啊，查尔斯！

“那是一场极不得人心的婚礼，明白吗？每个人都站在妈妈那边，他们向来如此——可妈妈没得到什么好处。妈妈这一辈子，总能博得大家的同情，偏偏那些她爱的人除外。他们都说我对她态度恶劣。实际上，可怜的雷克斯很快就会发现，他娶来的只不过是个被遗弃的流浪儿，和他的预期截然相反。

“所以，你看，事情似乎一直都不顺利。我们从一开始就被笼罩在不祥的兆头中。可我还是疯狂地爱着雷克斯。

“想起来挺可笑的，是不是？

“你知道吗，莫布瑞神父一下就看穿雷克斯的真实面目，我却花了一年的婚姻时间才看清。他的全部身心没有在这儿。他压根就不是一个完整的人。他只是人的一小部分，这一部分并不符合自然规律；他像被装在瓶子里的东西，被养在实验室里的器官。

我原本以为他是那种没有开化的野蛮人，实际上，他是完全现代的、新潮的，是只有这个可怕的时代才能造就出来的东西。一个人的小小碎片，假装自己是完整的人。

“好了，现在一切都结束了。”

十年后，在大西洋上的暴风雨中，她对我说了这番话。

第三章

1926年春天，我因为总罢工[①]事件回到伦敦。

这件事成了巴黎人的话题。法国人民像往常一样，对自己昔日好友的狼狈处境总是幸灾乐祸，把来自海峡对岸的模糊不清的概念转换为精确的术语，预言英国即将爆发革命和内战。每天傍晚，报亭的报纸上都在宣传英国就要毁灭的厄运，咖啡馆里，熟人们以半开玩笑的口吻打着招呼：“嗨，我的朋友，你在这儿可比在家乡好多了，是不是?”后来，我和几个处境相同的朋友开始真的相信，我们的祖国正处于危难之中，我们有义务回到祖国。一位比利时的未来主义者加入我们的行列，他叫吉恩·德·布里萨克·拉·莫特，我认为这是个假名，他号称，任何地方发生任何压制下层阶级的战争，他都有拿起武器的权利。

我们走到一起，组成一支斗志高昂的男性队伍，期待着在多佛尔亲眼见证历史。最近，这样的历史在欧洲各地频繁重复上演，几乎全都一模一样。不知怎的，我在脑海中勾勒出一幅关于“革命”的清晰画面——邮局上方竖起红旗，有轨电车被掀翻在地，没有军衔的士兵烂醉如泥，牢门大敞，成群结队的罪犯被释放出来，在街头游荡，从首都开出的火车永远到不了目的地。在过去

---

① 英国工人阶级为支援煤矿工人反对资产阶级，于1926年举行历史上第一次总罢工，先后有近六百万工人参加。

的六七年中，我们一遍又一遍在报纸上读到这样的报道，在电影里见过这样的场景，在咖啡馆的桌子旁听到这样的故事。现在，它间接成为每个人经历的一部分，就像弗兰德斯的泥沼和美索不达米亚的蚊蝇[①]。

后来，我们上了岸，看到例行检查的海关关卡，准点到达的运送下船乘客的火车，在维多利亚车站站台上排成一列、在头等车厢旁聚集的搬运工人，以及等候载客的长长的出租车队伍。

“我们还是分开吧，”大家说，“看看到底发生了什么事。晚餐时碰头，交换情况。”但我们早就心知肚明，什么事也没有发生，至少，没有发生任何需要我们参与的事。

“哦，亲爱的，”父亲在楼梯上碰巧遇到我时，说，“这么快又见到你，真高兴啊。”我当时已在国外待了十五个月了。“你来的时间真不凑巧，知道吗？再过两天，他们又要举行大罢工了——尽是这些乱七八糟的事——所以，我也不知道你什么时候可以再出发。”

我想起自己放弃在法国的一切，在华灯初上的塞纳河畔，我本可以有佳人相伴——我怀念那两位无拘无束的美国姑娘，她们同住在欧特伊[②]的一套单身公寓里——我多么希望自己没有回来。

晚上，我们在皇家咖啡厅吃晚餐。那儿倒是有点战争的气氛，

---

① 这两个地方都是第一次世界大战期间英国公众耳熟能详的战争地区。弗兰德斯位于法国和比利时北部，有大片难以逾越的沼泽。美索不达米亚位于现伊拉克，英国军队与土耳其军队在酷热的沙漠里作战。

② 当时一座位于巴黎塞纳河与布伦园林区之间的城镇，是法国许多文学名人喜爱的聚会之地。

整个咖啡厅挤满休学“为国服役”的大学生。一群学生来自剑桥，当天下午刚刚报名成为运输大楼[①]的送信人，坐在他们后面的是一群被录用为特种警察的人。这群人或那群人时不时回头，挑衅地大声嚷嚷，但挑衅很难变成肢体冲突，相互敬上一大杯拉格啤酒，事情就算完了。

“你真应该看看霍尔蒂[②]进军布达佩斯时的样子，”吉恩说，“那才叫政治。”

当天晚上，摄政公园有一场聚会，聚会是为刚刚到英格兰的“黑鸟”乐队举行的。我们中有一人受到邀请，于是我们都去了。

对我们这些经常进出布鲁麦大街上“顶尖红砖”夜总会和巴尔内格舞厅[③]的人来说，那场聚会毫无特色。我还没走进大门，就听到一个我绝对不会弄错的声音。它像回声，从看似遥远的过去传来。

“不，”那声音说，“他们又不是动物园里的动物，马尔卡斯特，别瞪着他们看。他们是艺术家，亲爱的，非常伟大的艺术家，应该尊敬他们。”

安东尼·布兰奇和博伊·马尔卡斯特坐在桌旁，桌上放着葡萄酒。

“谢天谢地，终于来了个我认识的人，”我加入他们的行列时，马尔卡斯特说，“一个姑娘带我来的。现在连她的人影都看不到了。”

---

① 英国工党总部所在地。

② 霍尔蒂·米克洛什（1868—1957），匈牙利军人与政治人物，1920 至 1944 年掌握军政实权。

③ 都是巴黎著名的夜总会。

“她偷偷溜走了，亲爱的，你知道为什么吗？因为你看起来太滑稽了，和这里格格不入，马尔卡斯特。这压根就不是你的聚会，你不应该来的，你应该走，知道吧，去老一百号，或是去贝尔格瑞夫广场上那些暗沉沉的舞会。”

“我才从一个舞会出来，”马尔卡斯特说，“现在去老一百号太早了。我再待一会儿吧。也许等会儿会有什么乐子呢。”

“我鄙视你，”安东尼说，“我还是跟你聊聊吧，查尔斯。”

我们拿起一瓶酒和自己的杯子，在另一个房间找了个角落。在我们脚边，“黑鸟”乐队的五名成员正蹲在地上掷骰子。

“那个人，”安东尼说，“那个脸色特别苍白的，亲爱的，有天早上用一瓶牛奶把阿诺德·福瑞克海默太太敲晕了，亲爱的。”

我们几乎立马就说起塞巴斯蒂安。这是必然的。

“亲爱的，他现在是个彻头彻尾的酒鬼。你去年离开他以后，他跑到马赛和我住在一起，我后来也受不了他了。喝啊，喝啊，喝啊，整天就像个继承了大笔遗产的阔太太，喝个不停。还特别狡猾。我的一些小东西总是不见，亲爱的，都是我很喜欢的东西呢。有一天早上，两套从莱斯利和罗伯茨[①]商店送来的西装不见了。当然，我当时不知道是塞巴斯蒂安干的——因为亲爱的，有不少奇奇怪怪的人进出我那套公寓。还有谁比你更了解我对怪人的喜爱呢？嗯，反正，最后，亲爱的，我们找到塞巴斯蒂安当——当——当掉那两套衣服的当铺，可他那时又找不到当票。小酒馆接受当票。

“我看到你严肃而又不满的眼神了，亲爱的查尔斯，你是不是

---

① 伦敦时尚裁缝店。

以为我在纵容那孩子？塞巴斯蒂安最讨人厌的一点是，他总能让别人觉得，他干坏事都是被人教——教——教唆的——就像马戏团里的小马。但我可以向你保证，能做的我都做了。我一遍又一遍跟他说：'为什么要酗酒？你如果想沉醉一下，有很多比喝酒更享受的事。'我带他去认识了那个最好的人。哎，你和我一样了解他，纳达·阿洛波夫、吉恩·拉克斯莫尔还有所有我们认识的人，都和他来往好多年了——他一般都在女王酒吧——后来，我们都惹上了麻烦，因为塞巴斯蒂安给了他一张空头支票——假——假——假的支票，亲爱的——一大群凶巴巴的家伙跑到公寓来——都是些暴徒啊，亲爱的——可塞巴斯蒂安还在胡说八道，搞得大家都很不愉快。"

博伊·马尔卡斯特晃悠着朝我们走来，自行坐在我的旁边。

"这里的酒快要不够了，"他一边说，一边自顾自地把我们酒瓶里的酒一倒而空，"这里没有一个人是我以前见过的——都是些黑人。"

安东尼没有理会他，继续说："所以，我们离开马赛，去了丹吉尔。在那里，亲爱的，塞巴斯蒂安认识了新朋友。我该怎么形容这人呢？他就像电影《夜之幻影》里的那个仆人——是个大块头德国人，在外籍军团待过。他的大脚趾被枪射中后，便离开了军队。脚上的伤到现在还没有好。塞巴斯蒂安遇见他时，他正在喀什巴区一间铺子外面当推销员，饿着肚子。塞巴斯蒂安把他带回来跟我们一起住。真是太可怕了。于是，我就回来了，亲爱的，回到美好而古老的英格兰——美好而古老的英格兰。"他重复一遍，夸张地把大手一挥，把在我们脚边赌博的黑人也包括进来。马尔卡斯特茫然地盯着自己眼前的空气，穿着睡衣的女主人此时跑来向我们做自我介绍。

“之前从来没见过你们，”她说，“也没有邀请过你们。话说回来，这小白脸是谁呀？我想我一定是走错了地方。”

“国家危难之时，”马尔卡斯特说，“什么事都有可能发生。”

“这个聚会怎么样？”她焦急地问，“你们觉得弗罗伦丝·米尔斯会唱歌吗？我们以前见过面吧？”她对安东尼补充一句。

“我们经常见面，亲爱的，但你今天晚上没有邀请我。”

“哦，亲爱的，也许是因为我不喜欢你。我原本还以为我谁都喜欢呢。”

“你们觉得，”女主人离开以后，马尔卡斯特问，“我去报个火警会不会很有趣？”

“不错，博伊，赶快去打电话吧。”

“我觉得，也许能让这里热闹一点。”

“正是如此。”

于是，马尔卡斯特离开我们，去找电话了。

“我想，塞巴斯蒂安和他那个瘸腿的朋友可能去了法属摩洛哥，”安东尼继续说，“我离开他们时，他们和丹吉尔的警察纠缠上了。我回到伦敦，侯爵夫人又无比讨厌地让我跟他们联系。那可怜的女人日子真不好过！这说明，生活中还是有正义存在的。”

过了一会儿，米尔斯小姐开始唱歌。除了那群赌博鬼，大家都拥到隔壁房间去了。

“那个就是我的姑娘，”马尔卡斯特说，“和黑人在一起的那个。是她把我带来的。”

“看来，她把你忘了。”

“是的。我真希望自己没来。我们去别的地方吧。”

我们离开时，两辆消防车开来，一群戴着头盔的人冲进楼上拥挤的人群。

“那个家伙，布兰奇，”马尔卡斯特说，“不是个好人。我把他丢到过水星池里一次。”

我们去了好几家夜总会。马尔卡斯特似乎在这一两年里达成了他简单的愿望，在这样的地方出人头地、受人欢迎。在最后一家夜总会，他和我都被伟大的爱国激情点燃。

“你和我，”他说，“都太年轻了，不能去打仗。去打仗的小伙子，死了几百万。幸好不是我们。我们要让他们看看。我们要让那些死去的小伙子看看，我们也能打仗。”

“这正是我来这儿的原因，”我说，“我从海外归来，就是为了在危难之际待在祖国身边。”

“就像那些澳大利亚人。”

“就像那些死去的可怜的澳大利亚人。”

“你在哪个部队？”

“还没有确定。战争还没开始呢。”

“要去就去一个地方——比尔·麦多斯的队伍——国防团。里面都是好小伙。就驻扎在布拉特俱乐部。”

“我要参加。”

“你还记得布拉特俱乐部吗？”

“不记得。那我也参加布拉特俱乐部吧。”

“太好了。所有的好小伙都喜欢死去的小伙。”

就这样，我加入比尔·麦多斯的队伍，他们是一支紧急行动机动小组，负责在伦敦最贫穷的地区护送口粮。一开始，我被分配到国防团，在宣誓效忠国家后，得到一顶头盔和一根警棍。接着，我又被安排在布拉特俱乐部，和其他新招进来的成员一起，入选专门为当时形势召开的委员会会议。整整一周，我们坐在布拉特俱乐部里待命，每天开着机动卡车出去三次，护送后面运牛奶的小货车。旁人嘲笑我们，甚至用污秽的东西砸我们，但我们只采取过一次行动。

有一天，我们吃完午餐，围坐一圈，比尔·麦多斯打完电话回来，精神抖擞。

“快点，”他说，“商业街上有一场极好的战斗。”

我们开车风驰电掣地出发，到达目的地后发现，有人把一根粗大的钢缆拉在两根路灯柱子之间，一辆卡车被掀翻在地，人行道上只有一位警察，他正遭受六七个年轻人的拳打脚踢。在这场混乱中心的两旁形成两支敌对的人群。我们下车时，发现还有一个警察坐在离我们很近的人行道上，精神恍惚，双手捂头，鲜血从指缝中涌出来，两三个同情者站在他身边；钢缆的另一侧，是一群满怀敌意的年轻码头工人。我们兴高采烈地冲进去，解救了警察，与敌人的大部队狭路相逢，又撞上一群地方教士和区议员，他们从另一条路线赶来，想要劝解调停，与我们同时到达。他们是我们唯一的受害者，因为他们刚到，就有人大喊“小心。警察。”然后，一辆载满警察的卡车在我们身后停下。

人群一哄而散，不见踪影。我们逮捕了这群调停人（其中一个严重受伤），又在比较偏僻的街道巡逻，看哪里还有麻烦，结果什么也没发现。过了很久，我们终于回到布拉特俱乐部。第二天，大罢工被叫停，除了煤田，全国上下恢复正常。一只传说已久的凶残野兽，只出现了一个钟头，感觉到危险，便潜逃回自己的巢穴。这一切并不值得我离开巴黎。

吉恩参加另一支队伍。卡姆登区一位寡居的老太太把一盆羊齿蕨扔到他头上，他在医院住了一个星期。

我加入比尔·麦多斯队伍的事让朱莉娅得知我正在英格兰。她打来电话，说她母亲迫切地想见我。

“她已经病得很厉害了。”她说。

和平降临后的第一天早晨，我去了马奇曼公馆。艾德里安·波森爵士和我在大厅擦肩而过。我才到，他正要离开。他用一块印花大手帕捂着脸，看也不看地摸索着寻找自己的帽子和手杖。他在流泪。

有人带我进图书室，不到一分钟，朱莉娅来了。她带着一种罕见的温柔而严肃的表情和我握手。在房间阴沉的光影中，她看起来像个幽灵。

“你能来太好了。妈妈一直说要见你，不过，我不知道她现在能不能见你。她刚刚才跟艾德里安·波森说了‘再见’，已经筋疲力尽。”

“再见？”

“是的。她要死了。也许还能活一两周，也许随时会走。她太虚弱了。我去问一问护士。”

整幢房子笼罩在死亡的沉寂中。以前，没人会坐在马奇曼公馆的图书室。这是他们家两处宅邸中唯一一个丑陋不堪的房间。维多利亚风格的橡木书柜上摆着一卷卷英国议会议事录和陈旧过时的百科全书，从来不曾被人翻开。空无一物的红木长桌似乎是为某个委员会会议准备的。整间房子充满一种既开放又冷清的气氛。书房外是前院、栏杆和安静的死胡同。

朱莉娅很快就回来了。

“不行，你恐怕不能见她。她睡着了。她也许会这样躺上几个钟头。我可以告诉你她想说什么。我们去别的地方吧。我讨厌这个房间。”

我们穿过大厅，来到大家以前经常吃午餐的小客厅。我们分坐壁炉两旁。墙壁反射出的深红和金色的线照在朱莉娅脸上，让她失去一些温暖的感觉。

“我知道的第一件事是，妈妈想跟你说对不起。你们上一次见面时，她对你太凶了。她经常说起这事。她现在知道错怪你了。我敢肯定，你一定能理解她，并很快把这件事抛诸脑后，可妈妈永远都不会原谅自己——她很少会做这种事。”

“请你一定告诉她，我完全理解她。”

“还有一件事，当然，你一定猜到了——塞巴斯蒂安。妈妈想见他。我不知道有没有这个可能。有吗？”

“我听说，他现在的情况很糟糕。”

“我们也听说了。我们只知道他的一个地址，也往那边发了电报，没有回复。他也许来得及赶来见她。我一听说你在英格兰，就知道你是唯一的希望。你能不能试着找找他？这个要求很过分，可我觉得，塞巴斯蒂安如果想通了，会想见见她的。”

“我会试一试。”

“我们没有别人可以找了。雷克斯太忙了。”

“是啊。我看到报道，他在忙着组建煤气工厂。”

“啊，是的，”朱莉娅又有了以前那种干巴巴的语气，“他利用罢工事件大出风头。”

在接下来的几分钟里，我们聊到布拉特的队伍。她告诉我，布赖兹赫德拒绝担任任何公职，因为他怀疑所有职位的正义性。科迪莉娅在伦敦，现在正在睡觉，因为她一整晚都在照看母亲。我告诉她，我开始从事建筑绘画，很喜欢这份工作。一切的谈论都毫无意义，在最初的两分钟，我们就说完了要说的话。我留下来喝茶，然后便离开了她。

法国航空公司有飞往卡萨布兰卡的航班。我到了卡萨布兰卡后，乘坐公共汽车去菲斯，清晨出发，傍晚才到达这座新城。我从酒店给英国领事打电话，当天晚上就在他位于旧城围墙边的漂亮房子里和他一起吃晚餐。他是个和善又严肃的人。

“我很高兴，终于有人来看望年轻的弗莱特了，”他说，“他在这里简直成了我们心里的一根刺。靠家里定期汇款生活的人不适合待在这儿。法国人也完全搞不懂他。他们认为，不做生意的人都是间谍。他生活得并不像个英国绅士。这里的日子不好过。你也许想象不到，就在离这房子不到三十英里的地方，就有战事。上周，我们还碰到几个愚蠢的年轻人，他们骑着自行车跑来，志愿参加阿卜杜勒·克里姆[①]的军队。

“另外，摩尔人是很狡猾。他们不赞成酗酒，而我们这位年轻的朋友，你也知道，一天中绝大部分时间都在喝酒。他来这儿到底想干吗呢？在拉巴特或丹吉尔，多的是让他住的地方，那里的人也很会招待游客。他在本地镇上弄了间房子，知道吧。我原本想阻止他，可房子是他从艺术部的一个法国人那里弄到的。我并

① 阿卜杜勒·克里姆（1882—1963），摩洛哥民族英雄，著名军事家、政治家，里夫大起义领袖。

不是说他在搞什么破坏，但他真的让我们非常头疼。有一个坏人在利用他——一个从外籍军团退役的德国人吧。大家都说他简直坏到了骨子里。他们肯定会惹上麻烦的。

“这么跟你说吧，我喜欢弗莱特。我和他见面不多。他在那房子安定下来之前，经常跑到这儿洗澡。他总是那么完美、迷人，我妻子也非常喜欢他。他需要一份工作。”

我解释此行的使命。

“你现在应该可以在他家找到他。天知道，在老城区，我们晚上没什么去处。你如果愿意，我派个门房给你带路。”

我吃完晚餐便出发了，领事馆门房提着灯笼走在我前面。对我来说，摩洛哥是个既新鲜又奇怪的国家。白天，我们开车在平坦的战略公路上跑过一英里又一英里，路过葡萄园、军队哨所和新建的白色安置房，早熟的庄稼在开阔广袤的田野里长得很高，临时围墙上刷着各种法国商品的广告——杜本纳酒[①]、米其林轮胎、卢浮宫百货公司[②]——让我一度以为这里是现代化的城郊地区。可现在，满天星光下，四面围墙中的旧城里，街道上是灰尘遍地的低矮阶梯，两侧高耸的墙壁上连一扇窗户都没有，头顶上时而没有丝毫缝隙，时而又能看到灿烂的星光。光滑的石板路面上积着厚厚的灰尘，一个个人影悄无声息地经过，他们穿着白色长袍，穿软底拖鞋或赤脚，有力地走着。空气中洋溢着丁香花、熏香和木柴烟雾的气味——现在，我总算知道是什么把塞巴斯蒂安吸引至此，并让他逗留这么久。

① 法国开胃甜葡萄酒。
② 巴黎最早的百货公司之一，现已停业。

领事馆门房骄傲地大踏步走在前面，手里的灯笼摇晃着，用长长的手杖敲着地面。有时候，从某扇敞开的大门望去，可以看到一群人在金色的灯光下，围着火盆沉默地坐着。

“这些人很脏，”门房回过头十分鄙夷地说，“没受过教育。法国人任由他们这么脏兮兮的。可不像英国人。我们的人啊，”他说，“总是很有英国风度。”

他来自于苏丹警察队伍，这里是他所属文化的古老中心。可他对它的态度就像新西兰人对罗马的态度。

我们走过许多镶嵌着门钉的大门，终于来到最后一扇门前。门房用手杖敲门。

“这就是那位英国爵爷的家。”他说。

门上的洞里出现灯光和一张黝黑的脸。领事馆门房霸道地说了几句话。门栓拉开，我们走进一个小小的庭院，院子中央有一口井，头顶是修剪过的葡萄藤。

“我在这里等着，”门房说，“你跟着这位本地小伙子去吧。”

我走进屋，走下一级台阶，来到客厅。我看到一台留声机，一个煤油炉，一个年轻人坐在两者中间。我环顾四周，又注意到其他更多让人觉得舒服的东西——地板上的地毯，墙壁上绣花的丝绸，天花板上雕梁画栋的屋梁，悬挂在一根链子上的沉重的穿孔灯，灯光在整个房间投下花格图样的柔和光影。刚一进来时看到的三样东西让我最为震撼——噪声不断的留声机正在播放法国爵士乐唱片，火炉发出难闻的气味，而那个年轻人表情如豺狼般贪婪。他懒洋洋地坐在藤条椅上，一只脚上缠着绷带，伸直搁在箱子上。他穿着单薄的仿中欧风格的花呢外套，里面是一件网球衫，网球衫领口敞开。没受伤的脚上穿着棕色帆布鞋。他旁边的木架子上放着黄铜托盘，托盘上是两瓶啤酒、一只脏盘子和一个装满烟头的碟子。他手里拿着一杯啤酒，嘴唇上衔着香烟，说话时烟黏在嘴唇上。他长长的金发往后梳成大背头，没有分开。他显然很年轻，但脸上的皱纹多得有点不自然。他缺了一颗门牙，所以，他发“嘶”音时，有时会吐字不清，有时又会发出尴尬的哨音，他便讪笑着掩饰过去。他剩下的牙齿被烟草熏黄了，牙缝很大。

这位明显就是领事描述的那个“坏到骨子里”的人，像电影中安东尼贴身男仆的人。

“我来找塞巴斯蒂安·弗莱特。这里是他家吧？”我大声说，好让自己的声音盖过舞曲的音乐。他用英语温柔地回答我。他的英语流利、自然。

“‘嘶’的。但他现在不在这儿。这里除了我，没有别人。”

“我从英国来，找他有重要事情说。你能告诉我可以去哪儿找到他吗？”

唱片播完。德国人把唱片翻了个面，上紧机器的发条，再次播放音乐后，才回答我的问题。

“塞巴斯蒂安病了。教士们带他去医务室了。他们也许会让你见他，也许不让。我很快就要去那儿给我的脚上药。我到时候问问他们。他好点以后，他们也许会让你见他。”

还有一把椅子。我坐下来。德国人见我决意留下，给我递来啤酒。

“你不‘嘶’塞巴斯蒂安的哥哥吧？”他说，“堂兄弟？你和他的妹妹结婚了？”

“我只是他的一个朋友。我们以前一起上过大学。”

“我在大学时也有个朋友。我们学的是历史。我朋友比我聪明，是个矮小瘦弱的家伙——我以前生气时，总是把他拎起来摇——但‘嘶’他太聪明了。后来有一天，我们说：‘这他妈的怎么回事？在德国都找不到工作了。德国就要不行了。’于是，我们向教授们告别，他们说：‘是，德国就要不行了。在这儿当学生，也没什么可做的。’然后我们就走了，走啊走啊，终于走到了这儿。我们说：‘德国现在没有军队，可我们必须成为嘶兵。’于是，我们加入外籍军团。我的朋友去年在阿特拉斯山区打仗时得痢疾死了。他死了以后，我说：‘这他妈的怎么回事？’于是，我朝自己的脚开一枪。治了一年了，现在里面还全是脓水。”

“不错，”我说，“挺有意思的。不过我目前最关心的是塞巴斯蒂安。你能不能告诉我一些他的情况。”

“塞巴斯蒂安，是个非常好的小伙。他对我挺好的。丹吉尔不是个好地方。他把我带到这儿来——这里的房子挺好，吃的东西挺好，用人也都挺好——可以说，我在这里一切都好。我很满意。”

“他的母亲病得很厉害，”我说，“我是来通知他的。”

“她很有钱吗？”

“是的。”

“她为什么不多给他一些钱？那样我们就能住在卡萨布兰卡，说不定还能住进漂亮的公寓。你跟她很熟吗？你能让她多给他些钱吗？”

“他到底怎么了？”

“我也不知道。我想他可能是喝得太多了。教士们会照顾好他的。他在那里挺好的。教士都是好人。费用也很便宜。”

他拍了拍手，叫人再送些啤酒来。

“你看到了吧？这个照顾我的用人很好。一切都非常好。”

我打听到医院的名字后，便离开了。

“告诉塞巴斯蒂安，我还在这儿，一切都很好。我猜他也许正为我担心呢。”

第二天早晨，我去了医院。那是新旧城区之间的一片小平房，由方济会会士管理。我从一大群生病的摩尔人中挤过去，来到医生房间。他是个一般信徒，脸刮得干干净净，穿着浆挺的白色大褂。我们用法语交谈，他告诉我，塞巴斯蒂安目前并无危险，但绝不适合旅行。他得了流感，一侧的肺有轻度感染。他非常虚弱，没有什么抵抗力，谁能预料以后的情况呢？他是个酒鬼，医生以冷静得有些残酷的语气说道。他有科学工作者常见的气质，只说最无关紧要的话，只做最精简枯燥的事。接着，他把我交给一位留着胡须、打着赤脚的会士，这位没有科学背景的会士做全医院最脏的活儿。他告诉我一个完全不同的故事。

“他很有耐心。完全不像个年轻人。他就那么躺在那儿，从不抱怨——他能抱怨的事可多了。我们没什么医疗设备。政府给我们的都是军队淘汰的东西。可他还那么和气。有个可怜的德国男孩，一只脚受了伤老不好，又得了二期梅毒，也来这里治疗。是弗莱特少爷发现他在丹吉尔忍饥挨饿，把他带来，给了他一个家。真是个乐善好施的人。”

“可怜又单纯的修士啊，”我想，“可怜的傻瓜。”愿上帝饶恕我！

塞巴斯蒂安住在专为欧洲人准备的病区，病床之间以低矮的隔板分开，让大家都能有一些隐私。他正躺着，双手放在被子上，盯着墙壁。墙上唯一的装饰是一幅宗教石版画。

“你的朋友来了，”会士说。

他慢慢转过头。

“哦，我还以为是库特呢。你跑到这儿来干什么，查尔斯？”

他从没有如此消瘦，酒精让有的人身体发福、红光满面，可似乎让塞巴斯蒂安憔悴枯萎。会士离开我们，我坐到他的床边，说起他的病。

“有那么一两天，我都精神错乱了，”他说，“我觉得自己回到了牛津。你去过我的房子了吗？你喜欢吗？库特还在那儿吗？我不会问你喜不喜欢库特，没人喜欢他。真好笑——可我不能没有他，知道吧。”

接着，我跟他说起他母亲的情况。他久久没有开口，只是躺着，盯着《圣母七苦瞻礼》石版画，然后说：

“可怜的妈妈。她是个充满魅力又危险的女人，是不是？轻轻一触，就能要人性命。”

我给朱莉娅发电报，说塞巴斯蒂安无法出行。我在菲斯待了一周，每天都去医院看他，直到他身体好转，能自己走动。我去医院第二天，他体力恢复的第一个迹象就是，找我要白兰地。第三天，他不知道从哪儿搞到一点，藏在被褥下面。

医生说：“你的朋友又在喝酒。这里不允许喝酒。我能怎么办呢？这里毕竟不是少管所。我不能在病房里安排警察呀。我能给人治病，但不能做到帮助病人改正坏习惯，或教他们学习自我控制。白兰地现在还不会对他造成伤害，但会让他在下一次生病时更加虚弱。总有一天，一点点小麻烦就会让他一命呜呼。这里不是酒鬼之家。他这周末之前必须离开。”

打杂的会士说：“你朋友今天高兴多了，好像变了个人。”

“可怜又单纯的修士啊，”我想，“可怜的傻瓜。”他补充一句：“你知道为什么吗？他把一瓶白兰地藏在床上。这是我第二次发现他藏酒。我才把一瓶拿走，他马上又弄来一瓶。他太淘气了。是几个阿拉伯小孩给他弄来的。但是，他一直那么伤心，能看到他开心起来也挺好的。”

我在逗留当地的最后一天下午说：“塞巴斯蒂安，你的母亲去世了。”我当天上午收到这个来自英国的消息。“你想回英国吗？”

“从某些方面来说，回去一趟很好，”他说，“你觉得库特会愿意去吗？”

“天哪，”我说，“你该不会是想和库特共度一生吧？”

“我也不知道。他似乎想和我共度一生啊。‘我认为，也许，对他来说挺好的。’”他模仿库特的口音，接着，又补充了几句。我如果当时多留个心眼，应该能从中找到我一直在寻找的那把钥匙。可在当时，我只是听进去了，记住了，并没有特别注意。“你知道吗，查尔斯，”他说，“你一辈子都由别人照顾，找到一个需要你照顾的人，这种改变让人快乐。当然，这个人肯定非常绝望，所以才会需要我的照顾。”

我在离开前，处理好了他的财务问题。在此之前，他一遇到困难，就给律师发电报，要他们寄各种不同金额的钱过来。这次，我去见了银行分行经理，帮他做好安排。从伦敦寄来的钱，银行方面会收下作为他的季度费用，每周只给他一笔零花钱，剩下的在紧急情况下才能取用。这笔钱只能给塞巴斯蒂安本人，只能用于正当用途，并且该用途还要得到经理的认可。塞巴斯蒂安欣然同意一切安排。

“要是不这么安排，”他说，“库特说不定会在我喝醉以后，让我签一张巨额支票，然后跑了，给我惹来各种麻烦。”

我把塞巴斯蒂安从医院送回家。他坐在藤条椅上，比躺在病床上时显得更加虚弱。他和库特两个病人面对面坐着，中间隔着留声机。

“你早该回来了，”库特说，“我需要你。”

“是吗，库特？”

“我觉得是的。你病了，我一个人真不好受。那个男孩子懒死了——总是在我需要他时开溜。有一次，他在外面彻夜未归，我醒来时都没有人给我煮咖啡。我这只脚灌脓了，很难受。有时候睡都睡不好。也许我也会找个时候开溜的，去一个有人照顾我的地方。”他拍了拍手，没有用人前来。“你看到了吧？”他说。

“你需要什么？”

“香烟。床底下的袋子里还有一些。”

塞巴斯蒂安痛苦地从椅子上站起来。

“我去拿吧，”我说，“他的床在哪里？”

“不用，这是我的工作。”塞巴斯蒂安说。

“是的，”库特说，“我也觉得，这是塞巴斯蒂安的工作。”

于是，我离开他和他的朋友，以及他们位于小巷尽头、与世隔绝的小房子。我没有什么可以为塞巴斯蒂安做的了。

我想直接回巴黎，但为了安排好塞巴斯蒂安生活费一事，还得去伦敦见一见布赖兹赫德。我乘坐海船，在丹吉尔搭上大英轮船公司的轮渡，于六月初回到家。

“你认为，”布赖兹赫德问，“我弟弟和这个德国人的关系有没有不妥之处？”

“没有。我敢肯定没有。只不过是两个无家可归的流浪人聚到了一起。”

“你不是说他是个罪犯吗？”

“我是说‘罪犯之类的’。他进过军事监狱，后来又很不光彩地被释放了。”

“医生说塞巴斯蒂安是在用酒精自杀，是吗？”

“酒精使他日益衰弱。但他还没有得上酒精中毒引起的精神错乱或肝硬化。”

“他没有疯掉吧？”

“当然没有。他找到了一个他碰巧很喜欢的同伴，又发现了一个他碰巧很喜欢住的地方。”

“那他可以得到你认为他应该得到那笔生活费。这再明白不过了。”

从某些方面来说，布赖兹赫德是个很好打交道的人。他对一切都抱着一种近似疯狂的确定态度，所以能迅速轻松地做出决定。

“你想不想为这幢房子画几幅画？”他突然问，“一幅画房子的正面，一幅画后面的花园，一幅画台阶，还有一幅画那间大客厅。四幅小油画就行。我父亲想留个纪念，把画保存在布赖兹赫德庄园。我不认识什么画家。朱莉娅说你很擅长建筑绘画。”

“好呀，”我说，“乐意至极。”

“知道吗？这房子要拆了。我父亲把它卖了。他们准备在这里建一幢公寓楼。他们会继续保留这个名字——显然，我们无法阻止他们了。”

“真是悲哀。”

“唉，我当然很难过。你从建筑学的角度来看，也觉得这房子还不错吗？”

“它是我见过的最漂亮的房子之一。”

“我看不出来漂亮在哪儿。我一直都觉得它很丑。也许你的画能让我从不同的视角来看它。”

这是我被委任的第一项绘画任务。我必须抓紧时间，因为承包商只等最后的签名，就要开始拆除工作了。我有个恶习，总在一张画布上花费太长时间，从不满足见好就收——又或者，正因为这一点，这四幅油画才成为我的得意之作。不仅是我，其他人对它们也表示认可。这四幅画是我职业生涯的基础。

我从长长的客厅画起，因为他们已迫不及待地要移走里面的家具，那些家具自从房子建好以后就一直摆在里面。客厅为长方形，装饰精美，结构对称，由亚当[①]设计，两扇凸窗正对格林公园。下午，我开始作画时，从西边倾泻进来的光线透过窗外鲜嫩的小树，呈现出清新的绿色。

我用铅笔勾勒出透视图，又精心安排好各处细节。我在画前退后几步，就像一位站在水边的潜水员。一旦跳入水中，发现自己浮了起来，不免兴奋不已。我作画速度通常很慢，下笔谨慎。可那天下午，以及第二天和第三天，我都画得飞快。我不能出错。我每画完一个阶段，都会暂停下来，万分紧张，不敢开始下一步。我像个赌徒，生怕手气从此逆转，把成堆的筹码全部输光。一分

① 罗伯特·亚当（1728—1792），苏格兰极具天赋的建筑家，其设计风靡整个英国。

钟又一分钟过去，整幅画终于一点点成型。其实也没有什么困难。错综复杂的光影和色彩构成一个整体；我在调色板上调出的颜色正是自己想要的；画笔的每一次挥动完成后，呈现在画上的效果就像画一直就存在于那儿一般自然。

很快，到了最后一天下午，我听到身后传来一个声音："我能待在这儿看吗？"

我转过身，看到科迪莉娅。

"可以啊，"我说，"不说话就行。"我继续作画，忘记她的存在，直到暮色渐重，我不得不放下画笔。

"能画出这样的画一定很有意思吧。"

我忘了她还在这儿。

"是的。"

此刻，日薄西山，整个房间褪色为黑白，我仍然无法离开我的画。我把它从画架上取下来，高举到窗口，再把它放回去，把一处阴影画亮一些。突然，我觉得脑袋、眼睛、肩膀和手臂都无比疲累。今晚就到此为止吧，我朝科迪莉娅转过身。

她十五岁了，在过去的十八个月里，长高了不少，大概已接近最高身高。她没有朱莉娅那种纯粹的欧洲文艺复兴风格的可爱模样，长长的鼻梁和高耸的颧骨中流露出一些与布赖兹赫德相似的气质。她全身黑衣，在为母亲服丧。

"我累了。"我说。

"我敢打赌你一定累了。画完了吗？"

"差不多了。我明天还要再润色一下。"

"你知道现在早过了晚餐时间吗？这儿没人做饭了。我是今天刚到的，还不知道家里竟然衰败到这种程度。你能不能带我出去吃个饭？”

我们从花园大门离开，走进公园，在暮霭中走到丽兹餐厅。

“你见过塞巴斯蒂安了吗？现在，他还是不肯回家吗？”

直到此时，我才意识到，她其实已经很懂事了。我回答说是的。

“唉，我爱他胜过于任何人，”她说，“马奇曼公馆的事，挺叫人伤心的，是不是？你知道吗，他们打算在这儿建一幢公寓楼，雷克斯要买下顶楼他所谓的‘空中别墅’。他不就是这样吗？可怜的朱莉娅。这一切对她来说太难以承受了。雷克斯又完全不能理解她，他以为朱莉娅会想要以这样的方式继续住在原来的家里。这么快，一切都要结束了，对不对？显然，爸爸负债累累有很长时间了。卖掉马奇曼公馆能让他还清欠债，每年还能存点房租，但我不知道能有几个钱。可把这房子推倒是多么可惜啊。朱莉娅说她宁愿把房子毁了，也不愿让别人住在里面。”

“那你会怎么样呢？”

“说真的，会怎么样呢？大家提出各种各样的建议。范妮·萝斯康曼舅妈想让我去跟她住。后来，雷克斯和朱莉娅又说，他们要接管一半的布赖兹赫德庄园并住在那儿。爸爸不肯回来。我们原本以为他会回来，他结果没有回来。

“他们关闭了布赖兹赫德庄园的小教堂，是布赖迪和主教关的。在那里举行的最后一次弥撒就是妈妈的安魂仪式。她被安葬以后，神父走了进来——当时里面只有我一个人。我想他压根没看到我——他拿出祭台圣石[1]，放进自己的包里，然后把圣油浇

---

① 教会初期，多在殉教者墓上举行弥撒，所以在天主教教堂的圣坛下，往往存放着圣徒的骨骸或遗物。

在一卷卷羊毛上，把羊毛烧掉，再把灰烬扔到外面。他把圣水池排空，吹熄祭台上的灯，把空荡荡的壁龛打开，仿佛从此以后的每一天都将是耶稣受难日。我猜，你一定觉得这些都毫无意义吧，查尔斯，你这个可怜的不可知论者。我一直待到神父离开，那一刻，小教堂突然不复存在，只剩下一个装饰古怪的房间。我没法告诉你我当时的感受。我想，你从来没参加过熄灯礼拜[①]吧？”

“没有。”

“哦，你如果参加过，就会明白犹太人对他们神殿的感受了。城市为何孤寂而立[②]……一首很美的圣歌。你哪怕只是为了听一听这首歌，也应该参加一次。”

“科迪莉娅，还想着让我皈依宗教呢？”

“啊，不是。那都是以前的事了。你知道爸爸在成为天主教徒时说了什么吗？妈妈告诉过我。爸爸对她说：‘你把我的家庭带回到祖先的信仰上了。’你知道吧，他这是夸大其词。信仰影响人的方式是不一样的。无论如何，一个家庭不会一成不变，对不对？后来，爸爸走了，塞巴斯蒂安走了，朱莉娅也走了。上帝不会让他们离开太久的。我不知道你还记不记得在塞巴斯蒂安第一次喝醉酒的那天晚上，妈妈给我们念过一个故事——那天晚上可真是一团糟糕啊。故事里，‘布朗神父’好像说：‘我抓住了他（那个小偷），我用看不见的钩子和无形的绳子抓住了他，长长的绳子足以让他游荡到世界的尽头，但只要轻轻一拉绳子，就能把他拉

---

① 在复活节前一周的最后三天举行，纪念耶稣受难唱诵赞美诗和晨祷，弥撒时将蜡烛渐次熄灭。

② 天主教耶律弥哀歌中的歌词，对应《圣经》中耶路撒冷的沦亡。

回来。’”

我们几乎没有提起她的母亲。在聊天过程中，她一直狼吞虎咽地吃着。她有一次说：

“你在《泰晤士报》上读到艾德里安·波森爵士的诗了吗？很滑稽：他比任何人都更了解她——他爱了她一辈子，你知道吗——可那首诗似乎和她一点关系都没有。

“在我们全家人里，我跟她相处得最好，但我认为，我从来没有真正爱过她。没有按照她希望的那样去爱她，她不应该被这样对待。我是个天生情感丰富的人，可就是不爱她。真奇怪。”

“我从来不曾真正了解你的母亲。”我说。

“你并不喜欢她。有时候，我觉得，人们想要恨上帝时，就会恨我的妈妈。”

“科迪莉娅，这话是什么意思？”

“嗯，你看，她像个圣徒，又不是圣徒。没人能真正恨圣徒，对吧？他们也不能真正恨上帝。他们想恨上帝和他的圣徒时，只能找一些与自己相似的对象，自我欺骗那就是上帝，然后去恨它。我想，你大概觉得这些都是胡说八道吧。”

“我听过和这差不多一样的话——是一个和你完全不同的人说的。”

“唉，我是非常认真的。我想了很多。只能这样解释我那可怜的妈妈的一生。”

然后，这个奇怪的孩子又津津有味地吃晚餐。“这是我第一次被单独带进餐厅吃饭。”她说。

过了一会儿，她又说：“朱莉娅听说他们要卖掉马奇曼公馆时说：‘可怜的科迪莉娅啊，她没法在那里举办她初入社交圈的舞会了。’我们以前经常说起这个话题——就像我们经常说起她结婚我要给她当伴娘那样。当伴娘那件事也没做成。那一年，朱莉娅的初入社交圈舞会举办时，他们允许我在楼下待一个小时。我和范妮舅妈坐在角落里，她对我说：‘再过六年，你也会拥有这一切。’我真希望自己能得到神召。”

“我不明白。什么意思？”

“得到神召就意味着你可以成为修女。你没有得到神召，是不能当修女的。你如果得到神召，那无论多么痛恨当修女，也不能逃避。布赖迪以为自己得到了神召，其实并没有。我原本以为塞巴斯蒂安得到了神召，只不过很怨恨这件事罢了——可现在，我什么都不知道了。突然之间，一切变得面目全非。”

我对这修女式喋喋不休失去耐心。那天下午，我感觉手中的画笔仿佛有了生命，十指加入了一场伟大而充满活力的创造。那天晚上，我成了文艺复兴时代的人——勃朗宁[①]笔下的文艺复兴时代。我穿着热那亚天鹅绒衣服，徘徊在罗马街头，用伽利略的望远镜眺望繁星，唾弃修道士们落满灰尘的鸿篇巨著，鄙视他们深陷眼眶中的嫉妒眼神和晦涩难懂又吹毛求疵的演讲。

“你很快就会爱上什么人。”我说。

“啊，我祈祷千万不要。我说，你觉得我还能再吃一块这种美味的蛋白酥皮卷吗？”

---

① 勃朗宁（1812—1889），英国诗人、剧作家。

第三部　拉动命运之线

第一章

我一直在回忆，回忆像长着翅膀的东道主，在战争时期那个灰暗的清晨，围绕着我盘旋。

这些回忆，就是我的人生——因为我们确定拥有的只有回忆——回忆一直陪伴着我。回忆就像圣马克教堂外的鸽子，无处不在。鸽子在我的脚边，有的形单影只，有的成双成对，有的聚集在一起，甜蜜地咕咕叫唤，有的点着头，趾高气扬地走着，有的眨着眼，梳理着脖子上柔软的羽毛，我如果站立不动，有时还会有一只停落在我的肩头。可突然，正午的枪声砰砰响起，转瞬之间，它们扇动翅膀，呼啦啦飞走了，人行道变得空旷，头顶的整片天空都被喧闹的鸟儿遮得黑压压的。这便是战争时期的那个清晨。

我与科迪莉娅共度那个夜晚之后，在将近十年死寂的岁月中，我走上一条表面看来充满动荡与变故的道路。在此期间，我从不曾像在与塞巴斯蒂安相处时那样充满活力——只偶尔在画画时活跃一些，但这种状态间隔的时间越来越长。我认为自己失去的是青春，而非生命。我的工作支撑着我，因为我选择的是自己能够做好的一件事，并且每一天都在把它做得更好。我喜欢自己的工作；巧的是，别人当时都不愿做这份工作。我成了一位建筑画家。

比起伟大建筑师们的作品，我更喜欢随着时间流逝而默默变老的建筑，它们将每一个时代最好的东西捕捉并保存下来，与此同时，时间打磨掉它们身上艺术家的傲气和市侩庸人的俗气，弥补了迟钝工匠的笨拙。英格兰有大量这样的建筑，英国人在过去十年的鼎盛辉煌中，第一次意识到原本熟视无睹的这些东西的价值，并在它们濒临消亡之际，对它们的成就致以崇高的敬意。我名不副实的幸运也由此而来。其实，除了日渐成熟的技巧、对所绘主题的热忱，以及异于流行观点的独立性，我的作品并没有什么值得称道之处。

经济不景气，很多画家找不到工作，我却越来越成功。实际上，这是英国衰败的一个标志。所有的泉眼都已干涸，人们只能期望在海市蜃楼中解渴。我办了第一次画展后，被邀请到全国各地，给那些即将废弃或被拆除的房子作画。我往往只比拍卖商早几步到达，我的到来似乎成了房子即将毁灭的前兆。

我出版了三本非常漂亮的对开式画册——《赖德之乡村宅邸》《赖德之英国住宅》《赖德之别墅及乡野建筑》，每本五镑五先令，卖出上千本。我很少会让客户不满，因为我与他们之间并不存在冲突，我们想要的一样。然而，随着岁月流逝，我开始哀悼某种感觉的逝去。我在马奇曼公馆的客厅里与它初次相遇，此后又见识过它一两次，它是一种强烈而单一的感觉，我相信它比勤劳的双手更重要——用一个词来描述，它就是灵感。

为追寻这不断消退的光芒，我以奥古斯都①时期的风格，出国旅行，背负着我这门职业所需的各种工具，在异域风情中度过了两年新奇的时光。我没有去欧洲，欧洲的瑰宝都是安全的——太

---

① 奥古斯都（公元前63—14），罗马帝国开国君主，统治罗马长达四十三年，使罗马帝国进入相当长一段和平繁荣的辉煌时期。

安全了，受到专业级的重重看管，备受尊崇之下反而变得隐晦又模糊。可以等一等再去欧洲。我想，总会有时间去欧洲的；我很快就会需要有人在旁边帮我支起画架，拿着颜料；我会需要住在上好的酒店，路程离酒店超过一小时的地方，我都不敢冒险前往；我一整天都会需要沐浴在轻柔的微风中和和煦的阳光下。到了那时，我会带上苍老的双眼，去德国、意大利。可现在，我还强壮有力，要去蛮荒之地，那里的人抛弃自己的岗哨，荒野丛林悄悄回到它古老的据点。

我经过缓慢但并不轻松的几段路程，游历了墨西哥和中美洲。这片世界里有我需要的一切。远离公园绿地和豪宅殿堂让我反应敏捷，实现了与自我的和平相处。我在宫殿的废墟和杂草丛中的修道院里寻找灵感。破败的教堂里，吸血蝙蝠就像晒干后的豆荚，挂在圆形的穹顶上，蚂蚁在原本豪华的隔间里永无休止地钻着隧道。没有通往城市的道路，只有孤单的印第安人一家打着冷战，在陵墓间躲风避雨。我费尽力气，饱受疾病折磨，有时还要面对危险，终于完成《赖德之拉丁美洲》中的第一批画作。每隔几周，我会休息一下，回到商业区或旅游区，调理身体，安置好画室，加工初步素描，再迫不及待地将画完的油画打包，寄给我在纽约的经纪人。然后，我会带着小随从，再度向荒野出发。

我并没有费尽心力地与英国保持联系。我按照当地人的建议安排行程，没有固定的路线，所以，很多寄给我的邮件我从来没有收到过，收到的就一直堆积在那儿，直到最后多得没法一次看完。我常常把一大捆信件塞进包里，等到想看时再看，而看它们时情境总是各不相同——在吊床上晃荡时；坐在蚊帐中，就着防风灯的光亮看；在河水中顺流而下时，坐在独木舟上看，身后的男孩们慵懒地将船头从河岸划开，幽暗的河水与我们保持行动节奏一致，绿色的树荫将我们笼罩，头顶是参天大树，树林最高处盛开的鲜花中，猴子在阳光下尖叫；在盛情好客的农场主的庄园阳台上看，杯中的冰块和骰子叮当作响，一只山猫在修剪过的草坪上玩弄自己的链条——那些信件就像来自遥远的声音，由于距离太远，似乎已失去含义；它们所描述的内容从我的脑海中掠过，不留任何痕迹地离开，就像在美国的火车上，同行的旅客随口说的各自的故事。

我在陌生的世界中，长期处于与世隔绝的旅居状态，但不曾改变，内心深处一个很小的部分仍然假装整颗心是个完整的整体。我将这两年的经历连同我在热带作画的工具一同抛弃，以出发时的模样回到纽约。我的收获颇丰——十一幅油画，外加五十幅零散的图样——我最终将它们在伦敦展出时，很多此前趾高气扬的艺术评论家面对我的成功，不得不宣称他们在我的作品里找到了一种新的更加丰富的风格。“赖德先生的崛起，”其中最受人尊敬的评论家这样写道，“就像一条清新的小鳟鱼，在新兴文化的水中，展现出潜能，释放出巨大的力量……他把自己实际上很传统的优雅风格与博学见识作为炮火，瞄准野蛮粗俗的混乱状态。赖德先生终于找到了自我。”

都是些溢美之词，没有一个字实事求是。我妻子远渡重洋，来纽约与我相会。她看到我们数年分离带来的硕果被展示在我经纪人的办公室里，以一句话做出了更好的总结：“我当然看得出，这些画堪称完美，而且，从某种邪恶的角度来说，也确实非常漂亮，可不知道为什么，我感觉它们还不完全是你的风格。”

在欧洲，我妻子常被误认为是美国人，因为她打扮时髦漂亮，那种漂亮还给人一种过于讲究干净的奇怪感觉。在美国，她则表现出英国人典型的温和与含蓄。她比我提前一两天到，我的船靠岸时，她在码头等我。

“好久不见。”我们见面时，她深情地说。

她没有参加我的历险。她跟我们的朋友解释说，我要去的国家不适合她，而且她要在家陪伴儿子。现在，还多了个女儿。她这样说时，我才想起，我们在我出发之后谈及此事，这是她要留下的另一个原因。她在写给我的信中提起过此事几句。

“我想你一定没有读我的信。”那天晚上，晚宴过后，我们又去有歌舞表演的夜总会待了几个钟头，夜深回到酒店卧室，终于只剩下我们两人时，她这样说。

“有一些弄丢了。我很清楚地记得你告诉我，果园里的黄水仙美得就像一个梦，育婴保姆人相当不错，你找到了一张摄政时期四帷柱大床，可老实说，我真不记得听你说过这个新生的宝宝叫卡洛琳。你为什么要给她取这个名字？”

“当然是为了随查尔斯。”

“啊！”

“我让伯莎·范·霍特当孩子的教母。我原本以为她一定会送份大礼。结果你猜她送了什么？”

“大家都知道伯莎·范·霍特很狡猾。她送的是什么？”

“一张十五先令的购书券。现在，乔乔总算是有了个伴儿——”

“谁？”

“你的儿子啊，亲爱的。你不会连他也忘记了吧？”

“天哪，”我说，“你为什么要这么叫他？”

“这个名字是他自己起的。你不觉得很可爱吗？现在乔乔已经有了个伴儿，我觉得，我们近段时间最好不要再生了，你觉得呢？”

“随便你。”

“乔乔经常说起你。他每天晚上都在祈祷你平安回来。”

她一边说话，一边脱掉衣服，努力想要表现得轻松自在。她坐在梳妆台边，用梳子梳头发，赤裸的背正对着我。她看着镜中的自己，说：“我要不要卸妆上床？”

我很熟悉这句话，但并不喜欢。她的意思是，她要不要卸下脸上的脂粉，再涂上油膏，戴上发网。

“不要，”我说，“暂时不要。”

她明白我想要干什么。在这件事情上，她也有讲究干净卫生的一套。她那表示欢迎的笑容中流露出如释重负和心满意足；完事后，我们分开躺在相隔一两米的两张床上，抽着烟。我看了看手表，四点钟，可我们都还没有睡意。这座城市的空气中弥漫着神经衰弱的氛围，只不过居民都把它误认为是精力充沛的象征。

“查尔斯，我觉得你完全没有变。”

“是的，恐怕是没有变。”

“你想要改变吗？”

“改变是生活的唯一证据。”

“但你变了以后，可能就不再爱我了。”

“是有这种风险。”

“查尔斯，你还爱我吗？”

“你自己说我没有变。”

“呃，我现在开始觉得你变了。我没有变。”

“是的，”我说，“你没变，我看得出来。”

“你今天和我见面一点也不害怕吗？”

“一点也不害怕。”

“你难道没有想过，在这段时间里，我会不会爱上别人？”

“没想过。你爱上别人了吗？”

“你知道我没有。你呢？”

“没有。我没有恋爱。”

妻子似乎对这个答案很满意。我们是在六年前我第一次举办画展期间结婚的，从那以后，她做了很多事情来推动我们共同的利益。人们都说她“造就”了我，可她自己只承认她为我提供了一个适宜的环境。她对我的天赋和“艺术家气质”坚信不疑，也深信一条原则，那就是，悄悄做事等于什么也没做。

过了一会儿，她又说：“你期待回家吗？”（我父亲送给我的结婚礼物是可以买下一幢房子的钱，我用这笔钱在妻子的家乡买了教区长的老宅。）“我有个惊喜要送给你。”

“是吗？”

“我把旧谷仓改造成了画室，你以后不会受到孩子们或是客人的打扰了。我让艾登改造的。大家都觉得他改得相当成功。《乡村生活》上面还有一篇关于画室的文章，我买了一本留给你看。”

她给我看了那篇文章：“……一个令人愉悦的风格优美的建筑学典范……约瑟夫·艾登爵士机智而熟练地改造了传统材料，以适应现代需求……”还有一些照片。原本的泥土地面现在铺上了宽大的橡木地板；北边的墙上凿出一扇高高的凸窗，以石料作为窗棂；巨大的原木屋顶原本隐藏在阴影之中，现在在灯光的照耀下凸显出来，光秃秃的，房梁之间抹着干净的白色石膏。看上去就像座乡村礼堂。我还记得谷仓里的气味，那气味如今只怕也没有了。

“我还挺喜欢那个谷仓的。”我说。

“但你现在可以在那儿工作了，不是吗？”

“我曾经蹲在蜇人的蚊虫堆里画画，”我说，“也曾顶着灼人的烈日画画，画纸在我画的时候被晒卷了。从此以后，哪怕是在公交车顶上，我也能画画。我猜，教区牧师大概会很想借这个地方举办惠斯特棋牌比赛吧。”

“好多工作等着你呢。我答应安科瑞其夫人，说你一回来就会去给安科瑞其公馆画画。那里也要被拆了，知道吧——那里以后会变成一幢大楼，楼下是商店，楼上是两居室的公寓。查尔斯，你难道没有想过，一直画那些异域情调的画，会破坏你画英国建筑的能力吗？”

“怎么会呢？”

“嗯，因为两者完全不同啊。你不要生气。”

“只不过又是一片被丛林包围的地方罢了。”

“我知道你的感受，亲爱的。乔治亚协会[①]弄出这么多麻烦事，我们也没办法呀……你收到我那封关于博伊的信了吗？”

“是吗？信上写了什么？”

（博伊·马尔卡斯特是她的哥哥。）

“是他订婚的事。现在无所谓了，反正婚约取消了，不过父亲和母亲还是很生气。那个女孩是个可怕的角色。最后，他们不得

---

① 成立于1937年，旨在保护乔治亚时期（大约指英国国王乔治一世至乔治四世统治时期）建筑和艺术品的一个组织。

不给她一笔钱。”

“没有，我没听说任何关于博伊的消息。”

“他和乔乔现在是极好的朋友。他们俩在一起的样子真是太甜蜜了。他不管什么时候来，第一件事绝对是把车直接开到教区长老旧宅。他就那么走进屋子，完全不理会旁人，放声大喊：‘我的好哥们乔乔在哪儿呢？’然后，乔乔就会连滚带爬地下楼，和他一起到外面的小灌木林里，玩上好几个钟头。你要是听到他们之间的对话，还以为他们是一般大呢。实际上，还是乔乔让他在那姑娘的事情上想清楚的。说真的，你知道吗，乔乔真是太聪明了。他一定是听到母亲和我说起这事，后来，博伊来的时候，他就说：‘博伊舅舅，不要丢下乔乔，跟那个可怕的姑娘结婚。’于是，就在那一天，他花了两千英镑跟那姑娘庭外和解。乔乔对博伊崇拜得五体投地，什么事都要模仿他。这对他们俩都很好。”

我走到房间对面，再一次试图调节暖气片的温度，没有用。我喝了点冰水，打开窗户，随着夜晚清新空气一起进来的，是从隔壁房间传来的收音机的音乐。我关上窗户，朝妻子转过身。

她又喋喋不休地说起来，带着更浓的倦意：“花园里的花草长了好多……你种下的黄杨树去年长了五英寸……我从伦敦请了几个人把网球场弄好了……现在的厨师是一流的……”

我们脚下的城市开始苏醒时，我们俩沉沉睡去，可并没有睡多久。电话铃响，一个性别难辨的声音兴奋地说：“萨沃伊·卡尔顿——酒店——为您提供叫醒服务。现在是八点一刻。”

“我没有让你们叫醒我，知道吗？”

“什么？”

“唉，算了。”

“不客气。”

我刮胡子时，妻子在浴室里说：“跟过去一样。我不会再担心了，查尔斯。”

“很好。”

“我原本特别害怕两年的时间会带来什么改变。现在，我知道了，我们可以从之前停下的地方重新开始。”

“什么时候？”我说，“什么意思？我们什么时候停下了什么？”

“当然就是你离开的时候呀。”

“你想的难道不是在那之前的什么事吗？”

“哦，查尔斯，那都是老皇历了。都没什么了。从来也不是什么事。都过去了，早忘了。”

“我只想知道，”我说，“我们回到了我出国那一天的状态，是这样吗？”

于是，在妻子的热泪中，我们从两年前分开的那一天重新开始了。

我的妻子个性温柔，有着英国式的含蓄沉默，小小的牙齿洁白整齐，手指甲是干净的玫瑰色。她有着学校女生般的天真淘气，穿着打扮也像个女学生。她时髦的珠宝首饰都造价不菲，可从远处望去，就像是大批量生产出来的。她总是带着报答式的微笑，对我顺从尊敬，对我的利益热切关心。慈母心肠令她每天都要给家里的保姆拍一份电报——简而言之，她独特的魅力让她颇受美国人的欢迎。在我们离开那天，我们的船舱里堆满用玻璃纸包着的各种礼物——鲜花、水果、甜点、书籍，给小孩子的玩具等，都是她才认识一周的朋友们送的。船上的工作人员和孤儿院里的修女一样，习惯用这些战利品的数量和价值来判断乘客地位的高低。因此，我们在备受尊崇的情况下启程。

我妻子登船后想到的第一件事就是乘客名单。

“有这么多朋友，”她说，“一定会是一次非常快乐的旅行。我们今天晚上举办个鸡尾酒会吧。”

登船的升降扶梯刚一撤走，她就打起电话。

“朱莉娅。我是西莉娅啊——西莉娅·赖德。发现你也在船上，我可真高兴。你最近在忙什么？今天晚上来喝杯鸡尾酒吧，把你的情况都跟我说说。”

“这个朱莉娅姓什么呀？”

“朱莉娅·莫特拉姆啊。我好多年都没见过她了。”

我也是。实际上，我从自己结婚那天之后，就再没有见过她。自从我的画展预展之后，我就再没有同她说过话。在那次预展上，布赖兹赫德将我画的四幅马奇曼公馆的油画借给我，它们挂在一起，吸引了很多关注的目光。这些画是我与弗莱特家族最后的联系。我们曾经密切来往了一两年，后来分道扬镳。我知道塞巴斯蒂安还在国外；有时，我听人说雷克斯和朱莉娅生活在一起并不幸福。雷克斯并没有如大家预料那般飞黄腾达，他在政府中仍然是边缘人物，虽然声名在外，但备受质疑。他周围的人全是富豪，他的演讲似乎表现出革命的倾向，他同时又与共产主义者和法西斯主义者纠缠不清。我在别人的交谈中经常听到莫特拉姆这个名字；我等人时不耐烦地翻看《尚流》杂志时，会时不时看到那些人的面孔，可他们和我渐行渐远了。在英国，也只有在英国，人与人之间才会这样：我们处在彼此隔绝的世界，这些世界就像一个个不停旋转的人际关系小星球。我们也许能从物理学中为这个过程找到一个完美的比喻，我大体将这样的宇宙理解为，带有能量的微粒在不同的磁力系统中进行组合与再组合。对于能自信谈论物理知识的人来说，这样的比喻可谓信手拈来。可对我来说并非如此，我只能说，英格兰处处都有这种亲朋密友组成的小圈子，就朱莉娅和我的情况而言，我们可能住在伦敦的同一条街道，时不时还看到几英里外相同的乡间地平线，我们对彼此怀有好感，对彼此的命运有些好奇，甚至为分开倍感遗憾。我们都知道，其中一个可以拿起电话，躺在枕头上，跟对方聊聊天，在清晨的橘汁和阳光的陪伴下，享受那种亲密无间的感觉。可是，我们各自世界的向心力束缚着我们，彼此世界之间那冷冰冰的星际空间阻隔着我们，让我们并没有那样做。

我的妻子靠在沙发上，周围是成堆的玻璃纸和丝绸缎带。她继续兴致勃勃地对照乘客名单打电话……“是的，当然要把他带来了，我听说他很可爱……是的，我终于把查尔斯从荒野带回来了……在名单上看到你的名字真是太好了！让我这整趟旅行……亲爱的，我们也住在萨沃伊·卡尔顿酒店，怎么没看到你？”有时候，她会转过来对我说：“我得确认你真的在这里。我还不太适应呢。”

我站起来，走到外面，轮船正缓缓沿河而下。我走到一扇巨大的玻璃窗前，乘客们都站在这儿看两岸掠过的陆地风景。“这么多朋友。”妻子刚刚是这么说的。可在我看来，他们就是一群陌生人。启航时的激动情绪开始消退；有些人与前来送行的人直到最后一刻还在饮酒道别，此时仍处于吵嚷激动的状态；还有些人在计划选哪个位置的甲板座椅；乐队演奏着音乐，但无人理会他们——大家都像热锅上的蚂蚁，焦躁不安。

我转进船上的几个大厅，每个大厅相当宏大，但一点也不富丽堂皇，设计得像火车车厢，只是被荒唐地放大了几倍。我穿过巨大的青铜门，薄如纸页的亚叙时期[①]的动物在门上欢腾跳跃。我又踏过和吸墨纸同样颜色的地毯，墙壁上的彩绘镶板也如同吸墨纸一般——颜色平淡单调，画着幼儿园水平的画作。墙壁与墙壁之间是一米接一米的淡黄色木料，它们从未经受过木匠工具的打磨雕琢，只是在转角之处被弄弯，一条一条地连接起来，从外面看不出任何连接的痕迹。木板被水汽熏蒸，再被挤压、抛光。在吸墨纸颜色的地毯上，到处散布着可能是由清洁设备工程师设计的桌子和正方形软垫，软垫上还有正方形的凹陷，可以坐进去，看上去好像也包着一层吸墨纸。大厅的灯光从数十个空洞处散发出来，形成均匀的光线，没有投下任何黑影——整个大厅回荡着上百台通风机发出的嗡鸣声，并随着脚下巨大引擎的转动而颤抖着。

“我回来了，”我想，“我从丛林中回来了，从废墟中回来了。在这里，财富不再让人快乐，权力也不再拥有尊严。城市为何孤寂而立。”我听过这首伟大的哀歌几次。有一次是在马奇曼公馆的客厅，科迪莉娅念给我听的。还有一次是在将近一年前，我在危地马拉听一个混血儿唱诗班唱的。

一位乘务员朝我走来。

“先生，需要我给您拿点什么吗？”

“威士忌和苏打水，不要冰。”

---

① 主要生活在西亚两河流域北部的一个民族。上古时期，亚叙人军国主义盛行，地跨亚非的亚叙帝国盛极一时，后在外族入侵下逐渐失去独立。目前，全世界仍有三百多万亚叙人。

“对不起，先生，所有的苏打水都是冰的。”

“水也是冰的吗？”

“啊，是的，先生。”

“那好吧，无所谓。”

他充满疑惑地小跑而去，在充斥四周的嗡鸣声中无声无息地消失了。

“查尔斯。”

我回头一看。朱莉娅坐在一个吸墨纸颜色的方块上，双手叠放于大腿，悄无声息，所以我从她身边经过时没有注意到她。

“我听说你也在这儿。西莉娅打电话给我了。我真高兴。”

“你在做什么呢？”

她姿势优雅地摊开放在大腿上的双手，两手空空。“在等啊。女佣正在整理行李。我们自从离开英格兰以后，她就格外讨厌。现在她又抱怨起我的船舱来了。我真不知道是为什么。看起来挺豪华呀。”

乘务员拿着威士忌和两个杯子来了，一个杯子里盛着冰水，另一个杯子里盛着开水。我把它们混合，得到了适宜的温度。他看着我，说：“我会记住您的要求的，先生。”

绝大多数乘客都各有怪癖，他拿了钱，就得增强这些人的自尊心。朱莉娅要了一杯热巧克力。我在她旁边的方垫上坐下来。

“我刚才都没看到你，”她说，“我好像从来都看不到自己喜欢的人。不知道是为什么。”

她说话的语气似乎表明，我们不过是几周没见，而非几年；仿佛我们在分别之前就是亲密无间的朋友。可与此类偶遇的普遍情况恰恰相反，我们会发现，时间早已在我们之间筑起道道防线，将易于攻破的据点伪装起来，在人来人往的道路之外处处埋下地雷，于是，我们只能在铁丝网的两侧，向对方打手势。她和我，以前从来不是朋友，可现在，在这里相遇，却生出一种源远流长、坚不可摧的亲密感。

“你一直都在美国做什么呀？”

她慢慢把目光从热巧克力上抬起来，用晶亮而严肃的眼睛看着我的双眼，说：“你难道不知道吗？我有时间会告诉你的。我真是个傻瓜。我以为我爱上了某个人，但结果并非如此。”我的思绪，回到十年前在布赖兹赫德庄园的那个夜晚，想起那个可爱的细胳膊细腿的十九岁少女，她像是才被人从育婴室里带出来一个小时，正因为缺少大人的关注烦恼着，那时的她说：“我现在也让她挺头疼的，知道吧。”我当时心想：“这些女孩把恋爱看得多么重要啊。”现在想来，我并没有从她们的角度看待问题吧。

眼下的情况不同了。这次，她的语气中只剩下谦虚和友善的坦诚。

我多么希望自己能回应她对我的推心置腹，我想做出某种承诺，但我这几年的生活虽然充满变故，却平淡无奇，实在没有什么可与她分享的。我只好说起在丛林里度过的时光，说起自己遇到的滑稽的人和我所游历过的荒芜的地方。在昔日友谊的气氛中，我说故事时结结巴巴，结尾也是那么突兀仓促。

“我好想看看那些画。”她说。

“西莉娅想让我把一些画拿出来，挂在船舱里，好为她的鸡尾酒会增色。可我做不到。”

“是吗……西莉娅还和以前一样漂亮吗？我一直觉得，她是我们同龄女孩子中最漂亮的一个。”

“她没有变。”

“你变了，查尔斯。这么瘦，这么严肃，完全不是塞巴斯蒂安当年带回家的那个漂亮男孩子了。也更坚强了。”

“你也更温柔了。”

“是的，我也这样觉得……我现在耐心多了。”

她还不到三十岁，正走向美貌的巅峰，丰富的潜能都已充分展现出来。她原本符合时尚潮流的细胳膊细腿不见了。我以前觉得，她的脑袋很具15世纪文艺复兴时期的风格，长在她的肩上显得有点奇怪，可现在看起来，那脑袋完全成了她自己的一部分，一点也没有佛罗伦萨的风情。她的美，和绘画、艺术及其他任何事情扯不上任何关系，只和她自己有关，所以，逐条列举或详细剖析她的美毫无意义，她的美就是她的本质，只有得到她的允许之后才能从她的身上，以及从我马上就要对她生出的爱意中了解那种美。

时光还造就了另一个变化。流逝的岁月并没有让她拥有如蒙娜丽莎般羞涩而满足的笑容。时间，并没有为她奏响“琴瑟和鸣”的动人乐章，反而让她变得更加悲伤。她像在说：“看看我吧。我该做的都做了。我是美丽的。我的美，不同寻常。我生来就是要让别人愉悦的。可我从自己的美丽中得到了什么呢？我的奖赏在哪儿呢？”

这就是她与十年前的不同。其实这就是她得到的奖赏，这种让人魂牵梦萦的悲伤似乎具有魔力，直抵心灵，引发沉默。她的美是完满的。

“也更悲伤了。”我说。

“啊，是的，悲伤多了。”

两小时后，我回到自己的船舱。妻子精神抖擞，兴致高昂。

“我把所有事情都做好了。怎么样？”

我们并没有额外付钱，就得到一间宽敞的套房。实际上，这个套房太大了，以至于除了轮船公司的经理，很少会有人预定它。乘务长也承认，在绝大多数航行行程中，他都会把这个套房送给他尊敬的客人。（我妻子很擅长捞取这种小恩小惠，首先，她会利用自己的优雅举止和我的名声给那些容易受到影响的人留下深刻印象，我们的优越地位一旦被牢固树立起来，她马上就会转而摆出一副亲切热情，甚至是调情卖俏的姿态。）为表谢意，她邀请乘务长来参加我们的聚会，乘务长为表感谢，又派人提前送来一尊实物大小的天鹅冰雕，里面塞满鱼子酱。此刻，这个冷冰冰的巨大礼物似乎占据了整个房间，高耸在船舱中央的桌子上，慢慢地融化，水滴沿着尖嘴滴到银盘里。清早送来的鲜花把墙上的镶板尽可能遮住了（这个房间简直就是楼上丑陋大厅的微缩版）。

“你得马上换衣服了。你这么长时间去哪儿了呀？”

“和朱莉娅·莫特拉姆聊天。”

“你认识她？哦，当然，你是她那酒鬼哥哥以前的朋友。天呀，朱莉娅可真迷人！”

“她也认为你相当美呢。”

“她原来是博伊的女朋友。”

“不可能吧？”

“博伊一直都是这么说的。”

“你想过没有？”我问，“你的客人要怎么吃这里面的鱼子酱？”

“我想过了。这个问题没法解决。不过有这么多东西，”她向我展示众多精美的玻璃托盘，“再说了，大家在聚会上总能找到吃东西的办法。你还记得我们有一次用裁纸刀吃到了罐头虾仁吗？”

“有吗？”

“亲爱的，就是你向我求婚的那天晚上啊。”

“我记得是你向我求婚的。”

“好吧，反正就是我们订婚的那天晚上。不过，你还没说喜不喜欢我今天的安排呢。”

除了天鹅和鲜花，她的安排还包括两位乘务员，一位被困在角落里的临时吧台后面，无法脱身，另一位则端着托盘，享受着相对的自由。

“简直就是电影演员梦寐以求的场景。”我说。

“说起电影演员，”妻子说，“我正想跟你谈谈这事儿呢。”

她和我一起来到我的更衣室，在我换衣服时跟我说话。她说她突然想到，我的兴趣既然在建筑学，那么真正适合我的职业应该是为电影设计场景，所以，她邀请了两位好莱坞巨头参加聚会。她希望我能讨好讨好他们。

我们回到客厅。

“亲爱的，我知道你很讨厌这只鸟，但千万不要在乘务长面前口出恶言。他能想到送这份礼物已经很贴心了。再说，你也知道，你如果看过关于16世纪威尼斯宴会的文章，就会发现文章里有对这种天鹅的描写，那么你就会说，那才是真正值得过的好日子。”

“在16世纪的威尼斯，它不会是这个形状。”

“圣诞老人来啦。我们正在欣赏您送来的这只天鹅呢。”

乘务长走进房间，和我们有力地握手。

“亲爱的西莉娅女士，”他说，“你明天如果愿意穿上最厚实暖和的衣服，跟我去冷库探险，我可以让你见识到一条装满这些东西的挪亚方舟。烤面包很快就会送来。他们正在烤。”

“烤面包！”妻子的语气仿佛表明，烤面包是超越一切食物的美味佳肴。“查尔斯，你听见了吗？烤面包哎。”

客人很快陆续抵达。这船上本来也没什么可以耽搁他们的事。“西莉娅，”他们说，“这个房间真大！这只天鹅真漂亮！”就这样，我们的房间虽然是船上最大的一间，但还是很快就人满为患。天鹅的周围形成一小池融化后的冰水，他们开始把烟头扔进那水中。

乘务长预测暴风雨即将来临，引起众人骚动，水手大概都喜欢这样吸引别人的注意吧。“你怎么这么狠心？”我妻子问，但谄媚的语气像在暗示，不仅这船舱、这鱼子酱，甚至连海浪都尽在乘务长的掌控之中，“不管怎么样，暴风雨总不会影响到这样的大船，对吧？”

“我们也许会耽搁一会儿。”

“但不会让我们晕船吧？”

“这取决于你适不适合航海。反正我从小一遇到暴风雨就晕船。”

“我才不信呢。他这是故意吓唬人。到这儿来，我有东西给你们看。”

那是孩子们的一张近照。“查尔斯还没见过卡洛琳呢。他会不会很激动？”

我认识来参加聚会的人的三分之一，但在场没有一个是我的朋友。我们礼貌地交谈。一位老太太对我说：“你就是查尔斯啊。我感觉自己对你了如指掌，西莉娅说了你的好多事。”

“了如指掌，”我心想，“夫人，了如指掌是个漫长的过程啊。你难道真能看到我内心深处连自己都看不到的、却指引着我的最阴暗的地方？我如果没有听错，我妻子应该叫你斯特文森特·奥格兰德太太——那么，亲爱的奥格兰德太太，你能不能告诉我，为什么此时、此刻，我在同你讨论我即将举行的画展，心里却一直在想朱莉娅什么时候会来？为什么我可以跟你这样聊天，却不能跟她这样聊天？我为什么把自己和她都置于世俗人之外？我精神世界中最隐秘的地方正在发生什么，可以让你如此随意评说？你在密谋什么，斯特文森特·奥格兰德太太？”

朱莉娅还没有来，这个大到没人愿意预定的房间由于挤进二十个人，显得格外狭小，人声鼎沸。

就在此时，我看到一个奇怪的人物。这个男人个头矮小，红色头发，似乎没有人认识他。他衣着寒酸，邋里邋遢，完全不像我妻子通常会邀请的那种宾客。他在鱼子酱旁边站了二十分钟，吃东西的速度快得像只兔子。他正用自己的手帕擦着嘴，然后，显然是出于一时冲动，突然往前俯身，用手帕轻轻擦了天鹅的嘴一下，擦掉一滴正不断膨胀、马上就要滴落的水珠。接着，他偷偷摸摸地四下张望，看是否有人在观察自己。他与我四目相对时，紧张地咯咯笑起来。

“早就想这么做了，”他说，“我敢打赌你不知道每分钟能滴多少滴吧。我知道，我数过。”

“我确实不知道。”

“你猜猜。你如果猜错了，给我六便士。你如果猜对了，我给你半美元。很公平。”

“三滴。”我说。

“哎呀，你很厉害啊。你数过了吧，”可他没有表现出任何要付赌注的意思，而是说，“或者说你是怎么猜出来的？我是在英国出生长大的，这是我第一次在大西洋上航行。”

“那你也许坐飞机出过国？”

“没有，也从来没在国内坐过飞机。”

“那我猜，你一定是环绕世界，从太平洋上来的。”

“你确实厉害，一点没错。我经常跟别人争论这个问题，赢了不少钱呢。”

“你走的是什么线路？”我问，希望能迎合他的兴趣。

“啊，不能泄露秘密。呃，我得赶快走了。回头见。”

“查尔斯，”我妻子说，“这位是克拉姆先生，星际电影公司的。”

“原来你就是查尔斯·赖德先生。”克拉姆先生说。

“正是。”

“好，好，好，”他说完便住口，我等着他再开口，“这里的乘务长说，我们马上就要碰上狂风暴雨了。你们对暴风雨还知道些什么吗？”

“远远没有乘务长知道得多。”

“不好意思，赖德先生，我不太明白你的意思。”

“我的意思是说，我比乘务长知道得少。”

“是这样吗？好吧，好吧，好吧。我非常喜欢同你聊天。希望以后还能多聊聊。”

一个英国女人说：“哦，那只天鹅！我在美国待了六周，对冰的东西深恶痛绝。快告诉我，两年之后与西莉娅再度相见是什么感觉？我反正知道，我如果是你，一定会觉得自己就像个饥渴的新娘子。不过，西莉娅从来也没把头发上的香橙花真正摘下来过，是吧？”

另一个女人说：“我们说再见时，都知道再过半个小时，我们又会碰面，并且在接下来的这么多天里，每隔半个小时，我们都会见一面，这不是再好不过了吗？”

客人开始离开，每个人走的时候，都告诉了我一件我妻子承诺在不久的将来要带我去做的事情。当天晚上的主题就是我们大家将会经常碰面，我们形成了一个只有物理学家才能阐释清楚的分子系统。最后，天鹅也被人用推车推走。我对妻子说：“朱莉娅没来。”

“是的，她打过电话了。我没听清她说了什么，那边一直有噪音——说的好像是裙子什么的。不过她不来也好，这里连一只猫都塞不进了。聚会还不错吧？你很讨厌这次聚会吗？你的行为举止好极了，看上去也很有派头。你那位红头发好朋友是谁呀？”

“他不是我的好朋友。”

“那可真是太奇怪了！你跟克拉姆先生说了去好莱坞工作的事吗？”

“当然没有。”

“唉，查尔斯，你真让我操心。就这样站在这里，摆出一副与众不同、为艺术牺牲的派头是不够的呀。我们去吃晚餐吧。我们坐在船长那一桌。我猜，他今天晚上可能不会下来吃饭了，不过我们要准时到，这是礼貌。”

我们到时，其他人都坐好了。船长的座位空着，两旁分别坐着朱莉娅和斯特文森特·奥格兰德太太，她们旁边坐着一位英国外交官和他的妻子，以及参议员斯特文森特·奥格兰德先生，一位美国牧师此刻被左右两边各两张空椅子完全隔离起来。这位牧师后来介绍自己——虽然似乎有些多此一举——他说他是圣公会的主教。在这里，夫妻是坐在一起的。乘务员这样引导我们，可我妻子当机立断，选择和参议员坐在一起。于是我只能和主教坐在一起。朱莉娅表情阴郁地朝我们做了个表示同情的手势。

“聚会的事，真是抱歉极了，”她说，“我那该死的女佣带着我所有的裙子完全消失了。半个小时前才出现。原来是去打乒乓球了。”

“我刚刚一直在跟参议员说他错过了些什么，”斯特文森特·奥格兰德太太说，“你会发现，西莉娅无论在哪里，所有重要人物都全认识。”

“我的右边，”主教说，“是一对重要夫妻的座位。但他们一般都在自己船舱里吃饭，除非提前接到船长的来这里用晚餐的通知。”

我们形成了一个令人厌恶的小圈子，我那喜爱社交的妻子高昂的兴致也开始消退。我时不时听到她的只言片语。

“……一个非常了不起的男人，个子小小的，红头发。简直就是福尔纳夫上尉[①]本人。”

“可是，西莉娅女士，我以为你的意思是你并不认识他。”

“我的意思是，他很像福尔纳夫上尉。”

“我有点明白了。他为了参加你的聚会，冒充你的这位朋友。”

“不，不。福尔纳夫上尉只是个喜剧角色。”

---

① 英国作家 J.B. 莫顿在《每日邮报》的幽默专栏中创作的一个人物，生性无耻，喜欢伪装成上流社会的人物，以此中伤他们。

“可这个人听起来似乎并没有什么滑稽之处。你的朋友是喜剧演员吗？”

“不，不。福尔纳夫上尉是英国一家报纸上的虚构人物。明白吗，就像你们的‘大力水手[①]’。”

参议员放下刀叉。“概括来说就是：一个冒名顶替者来参加你的聚会，但你容忍了他，因为他和卡通漫画里的一个虚构人物很像。”

“好吧，我觉得是这样。”

参议员盯着他的妻子，仿佛在说：“这就是重要的大人物吗，哼！”

我听到朱莉娅在桌子对面向外交官解释她匈牙利和意大利的表亲的婚姻关系。她头发上和手指上的钻石闪闪发光，她的两只手正紧张地把面包屑揉成小团，灿若星光的头绝望地低垂着。

主教告诉我他在巴塞罗那的传教之旅：“一项非常有价值的清理工作已经完成，赖德先生。现在，是时候在更广阔的基础上实行重建了。我为自己制定的目标是，协调所谓的无政府主义者和共产主义者。我和我的委员会心怀这样的目标，深入研究我们能找到的关于该问题的所有文件。赖德先生，我们得出的结论完全一致。那就是，两种意识形态之间并没有本质的分歧。这是一个个性问题，赖德先生，由个性引起的分歧也可以由个性统一……”

我听到有个声音在一旁说：“我能否斗胆问一句，是什么机构赞助了您丈夫的此次考察？”

外交官妻子勇敢地跨越她与主教之间的鸿沟，与主教攀谈

① 美国著名的漫画人物。

起来。

“你去巴塞罗那时，说的是什么语言？”

“是理智与兄弟情谊的语言，夫人，”他又转过身对我说，“到了下一个世纪，我们的语言将是思想，而非词句。您同意吗，赖德先生？”

“同意，”我说，“同意。”

“什么是语言？”主教说。

“确实，什么是语言呢？”

“只不过是传统的符号罢了，赖德先生，可这恰恰是个质疑传统符号的时代。”

我的脑子里天旋地转，经历了妻子张罗的吵闹而狂热的酒会后，经历了整整一下午无法理喻的情绪波动后，经历了和妻子在纽约的纵情享乐后，经历了炎热的绿色丛林中一连数月的孤独后，眼前的一切让我无法忍受。我感觉自己像站在荒野中的李尔王①，像被疯子逼入绝境的马尔菲公爵夫人②。我祈求暴雨狂风，我的祈求立刻应验。仿佛有人施了魔法。

不知道是不是因为太过紧张带来的幻觉，反正，我已经有一段时间感觉到一种不断循环且持续增强的动静——我感觉这巨大的餐厅就像一个沉睡中的人的胸膛，起伏着，微微颤抖着。这时，妻子转过身对我说：“是我有点喝醉了，还是外面风雨变大了？”

---

① 莎士比亚著名悲剧之一，李尔王将自己的财产分给两位阿谀奉迎的女儿，结局悲惨。

② 约翰·韦伯斯特（1580—1634）所著一部戏剧，寡居的公爵夫人马尔菲因与管家秘密结婚，激怒兄弟费迪南公爵和主教，他们让公爵夫人受尽精神和肉体的折磨后将她杀死，其折磨手段之一就是把公爵夫人关起来，让精神病院的疯子与她为伴。

就在她说话时，我们发现自己的身体朝椅子的一边歪过去。从墙边掉落的餐具相互碰撞，发出叮叮当当的声响，餐桌上所有的酒杯都倒下来，四处滚动，大家忙着扶杯盘刀叉，以各种不同的表情相互打量，外交官妻子脸上是明显的恐惧，朱莉娅的表情却是如释重负。

我们在自己封闭又与世隔绝的小小世界中没有听到、看到或感觉到一股大风在我们头顶积攒了一个小时的力量。此刻，它转变方向，朝船头全力扑来。

冲击过后是沉默，接着是一阵尖利紧张又含糊不清的笑声。乘务员把餐巾铺在洒出的一摊摊葡萄酒上。我们试着重新开始聊天，可大家都在等待，就像那个红头发小个子男人看着天鹅嘴边的一滴水不断膨胀直至最终落下那样。我们等待着下一次的冲击。它来了，比上一次更加猛烈。

“我该跟大家说晚安了。”外交官的妻子边说边站起来。

她丈夫带着她回到他们的客舱。餐厅迅速变得空空荡荡。很快，只剩下朱莉娅、我妻子和我还坐在桌旁，朱莉娅好像和我心有灵犀般，说：“就像李尔王一样。”

“只不过我们每个人都是他们三个人的总和。”

“这是什么意思？”我妻子问。

“李尔王、肯特和弄臣①啊。”

“哦，亲爱的，这就像那场关于福尔纳夫的折磨人的谈话重新上演。不要再试图解释了。”

---

① 肯特是李尔王的忠臣，被李尔驱逐后仍扮成仆人继续为李尔服务，只不过不让李尔知道他是谁。弄臣则是一个忠于李尔的宫廷小丑。

“我想我也解释不清楚。”我说。

又是一次抬升，接着是猛然跌落。乘务员忙着把能固定的东西都固定，能关上的东西关上，把不稳固的装饰品赶紧拿走。

“好了，我们吃完了晚餐，树立了临危不乱的英国人的好形象，”妻子说，“我们现在去看看到底是什么状况吧。”

在我们去休息大厅的路上，有那么一次，我们三个人不得不都紧紧地抱住一根柱子。我们到了大厅之后发现，大厅里几乎空无一人。乐队还在演奏，但无人起舞；为彩券抽奖准备的桌子旁，没人来买奖券。“从来没被人吻过的，甜蜜一十六——开门的钥匙，二十一——丁零丁零，六十六——”专门以这样的下层甲板行话报数的船员此刻正懒散地和同事聊天。二十来个看小说的人零零散散地坐着，几场桥牌游戏正在进行中，有人在吸烟室里喝白兰地，我们两个小时前的客人全都不见了踪影。

我们仨在空无一人的舞池旁坐了一会儿。我妻子满脑子都在盘算如何在不失礼节的前提下换张餐桌吃饭。“去那里吃饭简直是疯了，”她说，“额外付钱吃一模一样的饭菜。再说，只有拍电影的人才会去那里。我不明白我们为什么要去。”

很快，她又说：“我头疼了，不说了，我累了。我要去睡觉了。”

朱莉娅和她一起走了。我在船上四处走动，来到一处有顶棚的甲板，狂风呼啸，海浪从黑暗中飞溅起来，撞击在玻璃窗上，形成白色和棕色的水花。坚守岗位的船员不准乘客走上露天的甲板。于是我下来了。

在我的更衣室里，所有易碎物品都被收了起来，通往客舱的门开着，被铁钩固定。妻子的哀号声从里面传出来。

“我好难受啊。我不知道这么大的船也会颠簸成这个样子。”

她说，眼中满是惊惶与怨恨，就像个到了分娩最后关头的女人，终于意识到，无论产房如何奢华，无论医生的费用如何昂贵，生产时的疼痛都不可避免。这大船的起起落落正如分娩前的阵痛一样规律。

我在隔壁睡着了，或者说，我在半梦半醒中躺着。这里如果有狭窄的铺位，硬邦邦的床垫，我也许还能休息一下，可这大床柔软宽敞，我反而睡不着。我把自己能找到的坐垫都收集起来，把它们都塞在自己周围。一整个晚上，我随着船的每一次摇晃辗转反侧——现在船身不仅是在摇晃，还在翻滚——吱吱嘎嘎和砰砰咚咚的声音让我的脑子嗡嗡作响。

离破晓还有一个钟头，我妻子出现，像个幽灵站在门口，两只手扶在门框上，支撑着自己，说："你醒了吗？你能不能想点办法？能不能去医生那儿拿点药来？"

我按铃叫来在夜间服务的乘务员，她那儿有准备好的药。妻子稍微舒服了一点。

在一整夜的半梦半醒间，我想的都是朱莉娅。在我短暂的梦境中，她幻化出一百种或神奇或可怕或淫荡的模样，但在我清醒时，她又恢复我在晚餐时见到的神态，悲伤地低垂着头，头上光芒璀璨。

清晨第一缕光线出现后，我又睡了一两个小时，然后醒了，醒来时头脑清醒，带着内心快乐，充满期待。

乘务员告诉我，风变小了一点，可还是很猛，海浪也很大。"没有什么比大风大浪更让乘客难受的事了，"他说，"很多人今天早上都没吃早餐。"

我去看望妻子，发现她还在睡觉，于是，我关上我们之间的门。我吃了三文鱼炒饭和冷的布雷登火腿，给理发师打电话，请他来帮我修面。

“起居室里有好多给夫人的东西，”乘务员说，“是不是先放在那儿？”

我去看了看。是船上的商店送来的第二波礼物，都用玻璃纸包着，有些是纽约的朋友通过无线电报订购的，因为他们的秘书之前忘了提醒他们我们坐船离开的时间，有些则是我们的客人在离开鸡尾酒会以后去买的。可这样的天气实在不适合拿出花瓶，我让乘务员把礼物都放在地板上。突然，我灵机一动，把克拉姆先生送来的玫瑰花里的名片拿出来，将鲜花连同我的爱一起送去给朱莉娅。

她打来电话时，我正在修面。

“查尔斯！你做了一件多么可耻的事！这可真不像你！”

“你难道不喜欢吗？”

“在这样的日子，你让我拿这些玫瑰花怎么办呢？”

“闻一闻啊。”

短暂的沉默，接着是拆开包装的窸窣声。“这些花完全没有任何气味。”

“你早餐吃的是什么？”

“玫瑰香葡萄和哈密瓜。”

“我什么时候能见见你？”

“午饭之前吧。在那之前我会很忙，女按摩师要来给我按摩。”

“女按摩师？”

“是的，是不是很奇怪？我以前没有按摩过，只有一次打猎时伤到肩膀找人按过。这是怎么回事？怎么一上了船，人人都摆出了电影明星的派头？”

“我可没有。”

“那这些叫人尴尬的玫瑰花是怎么回事？”

理发师极其娴熟地做着自己的工作——他手法相当灵活，就像芭蕾舞剧中的剑客，时而以一只脚尖站着，时而以另一只脚尖站着。他轻巧地拂去刀片上的肥皂沫，船身摆正后，又将那刀刃重新挥向我的下巴。我要是自己动手，连安全剃刀都不敢用。

电话又响了。

是我妻子。

“你怎么样，查尔斯？”

“很累。”

“你不来看看我吗？”

“我去过一次了。过会儿再去。”

我把起居室里的鲜花带给她。有了鲜花的存在，她在船舱中营造出来的产房的氛围也就完整了。乘务员就像助产士，站在床边，穿着浆挺的亚麻制服，镇定地站得笔直。妻子躺在枕头上，转过头，有气无力地微笑着。她伸出光溜溜的一只胳膊，指尖轻轻抚摸那束最大的鲜花的玻璃纸和丝绸缎带。“大家真是太好了。”她虚弱地说，仿佛这场狂风骤雨只是她个人的不幸遭遇，世人都在向她表示爱的同情。

“我想你还不打算起床吧。”

“哦，还不起来，克拉克太太对我实在是太好了，”她总能很快记住用人的名字，“不麻烦你了。你只要时不时进来，跟我说说外面的情况就好。”

“好，好，亲爱的，”乘务员说，“今天越少来打扰我们越好。”

我妻子貌似把晕船搞成了一场充满女性特质的神圣仪式。

我知道朱莉娅的客舱就在我们楼下。我在主甲板的楼梯旁等她。她来了以后，我们绕着舞厅走了一圈。我扶着栏杆，她挽着我的另一只胳膊。我们走得很艰难，透过玻璃窗上的滂沱大雨，看见一个由灰暗天空和深黑海水组成的扭曲世界。船只摇晃得厉害时，我会一把把她搂过来，好让她用另一只手抓住栏杆。狂风的呼啸有所减弱，但整条船被拉得嘎吱直响。我们又走了一圈后，朱莉娅说：“没用。女按摩师把我折腾死了，我感觉浑身都是软的。我们坐一坐吧。”

大厅里的青铜大门脱离门钩，正随着船身的摇晃自由但很有规律地摇摆，似乎带着不可阻挡的力量。先是一扇门，接着是另一扇，开了又关。门扇绕完一个半圆后，会暂停一下，再慢慢移动，最后以一声震耳欲聋的哐当声迅速结束。从两扇门中走过去没有什么危险，只要没有滑倒，也不被最后那一下猛烈的碰撞夹住就行。在最后一下碰撞来临前，你有充裕的时间，可以不慌不忙地走过去。然而，沉重的金属大门不受控制地来回摆动，让人多少有些望而生畏，胆怯的人要么退缩，要么飞快地蹿过去。我走在朱莉娅身边，感觉她挽在我胳膊上的手相当镇定。我知道她毫无畏惧，我很高兴。

“太好了，”坐在我们附近的一个男人说，“我得承认我是绕路过来的。不知怎么的，我就是不喜欢这两扇门的样子。他们整整一上午都在设法将这两扇门固定住。”

那天，周围的人很少，仅有的几个人似乎都是出于一种英雄相惜的同志情谊聚在一起。他们什么也没做，只是闷闷不乐地坐在扶手椅上，时不时喝上几口，祝贺彼此没有出现晕船的症状。

“你是我见过的第一位不晕船的女士。”那个男人说。

“我很幸运。”

“我们都很幸运。”他说，打算鞠个躬。就在这时，我们之间吸墨纸颜色的地面猛地往下一沉，他往前一扑，跪倒在地上。这次摇晃把我们从他身边甩开，我们紧紧抓住彼此，没有摔倒，赶快就地坐下。这里是大厅偏远一侧，与众人隔得远远的。大厅中央拉起一张救生网，我们像拳击手，被绳子圈在拳击场中。

乘务员走过来。“还是照旧吗，先生？我记得，是威士忌和温开水吧。女士想喝点什么？能建议您来一点儿香槟吗？”

“你知道吗，真可怕，我还真的很想喝点香槟，”朱莉娅说，“这样的人生多么惬意——玫瑰花，女按摩师半小时的服务，现在还有香槟！”

“我希望你不要再说玫瑰花的事了。本来就不是我的主意。是有人送给西莉娅的。”

“哦，那这样一来，情况就完全不同了。你完全撇清了责任。不过让我在按摩以后的感觉更糟糕了。”

“我当时正躺在床上让人修面呢。”

“我很高兴收到玫瑰花，”朱莉娅说，“坦白说，我吓了一大跳。玫瑰花让我想起我们并不顺利的相识。”

我明白她的意思，就在那一刻，我感觉自己好像抖掉了十年枯燥岁月落在我身上的尘土与灰沙。无论是在当时，还是以前，无论她以怎样的方式跟我说话，是半吞半吐，还是只言片语，是陈词滥调，还是时髦隐语，是旁人难以察觉的一个眼神，还是嘴唇或双手的某个小动作，无论她的想法是如何难以表达，无论她的想法是如何迅速而模糊地在当时的话题中一掠而过，也无论它是如何经常地从表面直插深渊，我都能明白她的意思。即便是在那一天，我还站在爱情的最边缘时，我也明白她的意思。

我们喝着葡萄酒。没过多久，我们的新朋友就沿着救生网蹒跚着向我们走来。

“能和你们坐在一起吗？没有什么比糟糕的天气更能拉近人的距离。这是我第十次横渡重洋，可我从来没见过这样的情况。年轻的女士，我看得出来，你是位经验丰富的渡海大船乘客。”

“不。实际上，我这次来纽约之前，从来没有坐过海船，当然，坐船过英吉利海峡除外。谢天谢地，我没有晕船，但我感觉很累。一开始，我以为累只是按摩导致的，我后来才得出结论，应该是坐船导致的。”

“我妻子经常坐船出海呢，可她的情况糟糕透了。只是作秀，对不对？”

他和我们一起吃午餐，我并不介意他在场。他显然很喜欢朱莉娅，以为我们是对夫妻，这种误解和他的殷勤似乎在某种程度上让她和我更加亲密。“昨天晚上看见你们俩和船长坐一桌，”他说，“和那些大人物坐在一起。”

“非常无聊的大人物。”

“你们如果问我，我会说，大人物都很无聊。你身陷这样的风暴中，才会发现人们真实的内心面貌。”

“那你是更喜欢不晕船的人喽？”

“嗯，你这么一说，我反而不知道了——我的意思是说，暴风雨把大家聚到了一起。”

“是的。”

“就以我们为例吧。如果不是这场风暴，我们也许永远都不会认识。我年轻的时候，在海上有过几次非常浪漫的邂逅。这位女士如果不介意，我很想跟你们说说我年轻时在利翁湾的一次小小历险。”

我们都非常疲惫，睡眠不足，喋喋不休的唠叨，一举一动耗费的力气，都让我们疲惫。我们在各自船舱中度过下午的时光。我睡了一觉，醒来时发现海浪还是那样汹涌，墨黑的乌云在头顶翻卷，玻璃窗外仍然大雨如注，而我已习惯在暴雨中睡觉，适应了风雨的节奏，让自己成了它的一部分。所以，我起床时，感觉精力旺盛，自信满满。我发现朱莉娅也起床了，并且和我的状态一样。

“你觉得怎么样？”她说，“那个男人打算邀请所有不晕船的人，今天晚上在吸烟室举行一个小小的‘聚会’。他让我带上丈夫一起去。”

“那我们要去吗？”

“当然……我在想，我是不是应该感觉自己就像我们的朋友在去巴塞罗那路上认识的那位女士。可我没有那样的感觉，查尔斯，完全没有。”

“小聚会”上共有十八个人，除了不晕船，我们没有任何共同点。我们喝着香槟，很快，东道主便说：“告诉你们吧，我这儿有个玩轮盘赌的转盘。问题是，我们不能去我的客舱玩，因为我妻子在那儿，可我们又不能在公开场合玩。”

于是，聚会转移到我的起居室。我们下的赌注不大，一直玩到深夜。朱莉娅后来离开时，东道主已喝到大醉酩酊，对于她和我并不住一间房这件事丝毫不觉得惊讶。除了他，大家都走了。

他坐在椅子上睡着了，于是，我便把他留在那儿。这是我最后一次看见他，因为乘务员后来把轮盘赌具送回他的客舱后，回来跟我说，他在走廊里摔了一跤，把大腿骨摔断了，被送到船上的医院去了。

第二天一整天，朱莉娅和我待在一起，没有人打扰。我们聊着天，几乎没怎么走动，海浪的起伏让我们坐在椅子上动弹不得。午饭过后，最后一批勇敢的乘客也去休息，整个地方像是特意为我们清空了，只剩下我们俩。大家似乎按照某个庞大的计划，都踮着脚尖偷溜出去，好让我们独处。

在两名船员受了重伤之后，大厅的铜门终于被固定好。他们尝试了各种各样的办法，先用绳子捆，没有用，又用钢缆，但还是不能固定住它们。最后，他们趁两扇大门完全打开并暂时不动那个片刻，把木楔塞进下面的门缝里，才终于将它们稳住。

晚饭前，她去自己的客舱做准备（那天晚上，没人盛装出席晚餐）。我跟她一起去了，她没有邀请我，可也没有表示反对，她早就预料到了。在紧闭的房门背后，我拥抱了她，第一次吻了她，而我的心情和当天下午的心情并无二致。后来，在那个漫长、孤独而沉寂的深夜，我躺在床上，随着轮船的上下起伏辗转反侧，一遍一遍地在脑子里回想过去十年心如死灰的求爱历程。在出门前，我会系好领带，把栀子花别进扣眼，我会在心里策划晚上的行动，思量着，在如此这般的时刻，在如此这般的机会面前，我要冲过起跑线，发起进攻，无论结局是好是坏。“这个阶段的战争已经拖得够久了，”我会想，“必须做出决断了。”可在朱莉娅面前，没有什么阶段，没有什么起跑线，更没有任何战术。

那天晚上，她要去睡觉时，我跟着她走到她的门口，她却挡住了我。

“不行，查尔斯，现在还不行。也许永远都不行。我不知道。我不知道自己是不是需要爱。”

然后，某个东西，某个从过去死寂的十年中幸存下来的幽灵让我说出这样一句话：“爱？我可不是在求爱。”看来，一个人不可能不经受任何损失就死去，哪怕只是片刻的死。

“哦，是的，查尔斯，你就是的。”她温柔地抬起手，轻抚我的脸颊，然后把门关上了。

我跌跌撞撞地走回来，在光线柔和、空无一人的长长走廊里，一下倒在这边墙壁上，一下又倒在另一边墙壁上。暴风雨好像是环状的，白天一整天，我们都航行在它平静的中心，现在，我们再次感受到它狂暴的全部能量——那天晚上的风浪比前一晚更加汹涌。

十个小时的畅谈。我们能说些什么呢？绝大部分都是平淡的现实，我们俩各自的生活状况。在经历了如此长时间的遥远分离后，我们现在又紧密联系在一起了。在那个风雨飘摇的夜晚，我回想她跟我说过的一切。她不再是前一天晚上那个形象不断变换、光芒璀璨的妖女，她把她所有可以移交的过去都交给我保管。她告诉我她恋爱和结婚的过程，这个过程正如我之前所述。她告诉我她的童年经历，她说起那些事时，仿佛正深情地翻阅一本古老的育婴日记，于是，我和她一起在草坪上度过了那些阳光灿烂的漫长白昼，旁边就是坐在轻便折椅上的霍金斯奶妈以及在婴儿车里熟睡的科迪莉娅。每个静悄悄的夜晚，她躺在穹顶之下，婴儿床的四周是褪色的宗教绘画。夜深人静，灯火阑珊，壁炉中余烬尚存。她告诉我她和雷克斯的生活，以及她这次秘密的、邪恶的、灾难性的出逃美国之行。她也有心如死灰的年月。她告诉我她与雷克斯之间关于要不要生小孩的漫长争执。一开始，她想要一个孩子，过了一年，才得知需要做手术才有怀孕的可能。那时，她与雷克斯之间已没有爱情，雷克斯还是想要自己的孩子，她最终同意，但生下来的是个死婴。

“雷克斯从来不曾刻意冷淡我，”她说，“只不过，他压根就不是个真正的人。他只具备高度发达的几项人类能力，人类的其他一切都不存在于他的身上。我们度完蜜月回到伦敦两个月后，我发现他还在同布兰达·钱皮恩藕断丝连，他无法想象我为什么会伤心。”

“我发现西莉娅对我不忠时，反而很高兴，”我说，“我感觉，这样一来，我讨厌她也没关系了。”

“她对你不忠？你高兴？我也很高兴。我也不喜欢她。你为什么要同她结婚？”

“身体的吸引吧。野心。每个人都认为她是画家理想的妻子。还因为孤独，想念塞巴斯蒂安导致的孤独。”

“你爱过他，对不对？”

“啊，是的。他是一切的序幕。”

朱莉娅明白了。

船身吱嘎响，颤抖着，升起又坠下。我妻子在隔壁叫我：“查尔斯，你在吗？”

“在。”

“我睡了好久啊。现在几点了？”

“三点半。”

“天气还没变好，是吗？”

“更差了。”

“不过我感觉稍微好点了。我要是按铃，你觉得他们会给我送点茶水来什么的吗？”

我从夜班乘务员那儿给她拿来茶水和饼干。

“你晚上玩得高兴吗？”

“大家都晕船了。”

“可怜的查尔斯。这原本应该是一次非常有趣的旅行。天气明天说不定会好转。”

我关了灯，把我们俩之间的房门关上。

漫长的夜晚，我在紧张导致的压力、吱嘎作响的声音和船只的起伏颠簸中，时而醒来，时而睡去。我尽量伸开双手双脚，全身紧绷地躺着，以控制身体的摇晃。我在一片漆黑中睁大眼睛，想着朱莉娅。

“……我们以为妈妈去世后，爸爸也许会回到英格兰，或者再婚，可他还是像以前一样生活。现在，雷克斯和我经常去看他。我渐渐喜欢他了……塞巴斯蒂安完全消失了……科迪莉娅在西班牙参加了救护队……布赖迪过着他自己与众不同的生活。妈妈去世后，他想关闭整个布赖兹赫德庄园，可不知道为什么，爸爸不愿这样，于是，雷克斯和我现在住在那儿，顶楼有两个房间是布赖迪的，他的房间在霍金斯奶妈房间的隔壁，原来是育婴室的一部分。他现在就像契诃夫笔下的人物。有时候，你会碰到他从图书室里出来，也有时会在楼梯上碰到他——我永远都不知道他到底什么时候在家——他会时不时突然跑出来吃晚饭，仿佛一个出人意料的幽灵。

“……哦，雷克斯的聚会！就是政治和金钱。他们在聚会上什么也不做，除非是为了钱。就算是绕湖散步，也必须打个赌，赌他们将会看到多少只天鹅……他们一直待到凌晨两点，逗雷克斯带来的姑娘们开心，听她们闲聊，看她们没完没了地玩西洋双陆棋，男人们玩着纸牌、抽着雪茄。那雪茄的烟味啊。我早上醒来时都能在自己头发里闻到，晚上换衣服时，衣服上仍然有那股味。我身上现在还有烟味吗？你觉得那个给我按摩的女人会不会感觉到我皮肤里的烟味？

“……原来，我经常和雷克斯去他的朋友家小住。他现在不让我去了。他发现我没有表现出他理想中的样子时，为我感到羞愧，他为自己娶了这样一个女人感到羞愧。可我不是他讨价还价买来的物件啊。他看不到我的优点，可他认定我没有优点，并开始感觉心安理得时，又从别人那里发现了惊喜——他所尊敬的一些男人，甚至是女人，都很喜欢我。他突然发觉，我和他们有很多共同理解的东西，他却没有……我离开时，他很生气。我回去了，他会很高兴。最后这件事发生之前，我对他是忠诚的。没有什么东西比得上良好的教养。你知道吗？去年，我以为自己要有个孩子时，决定把这个孩子培养成天主教徒。在此之前，我从未想过宗教的问题，从那以后，我也再没想过。可在那个时候，我等待着孩子降生，心里想：‘这是我可以给予她的。怀孕似乎没有给我带来多少好处，但我的孩子，应该拥有信仰。’奇怪吧，一个人会想要把自己丢掉的东西给予别人。但我连这个也没法给她：我甚至连生命都没有给她。我从来没见过她，我太虚弱了，不知道发生了什么事。过了很久很久，直到现在，我也不愿说起她——是个女儿。所以，雷克斯对她的死并不很介怀。

“我为嫁给雷克斯受到了小小的惩罚。你看，我总是不能把这些东西从自己脑子里完全清除——什么死亡啊，审判啊，天堂啊，地狱啊，还有霍金斯奶奶和教义问答。一个人如果在很小的时候就接受这些教育，那它们就会成为他的一部分。可我还是希望我的孩子能接受这些东西……现在，我想，我会为我所做的一切受到惩罚。也许，这就是你和我为什么会这样在这里相聚的原因吧……是上天安排的一部分。”

我们走到甲板下面。我和她在客舱门口分开。“是上天安排的一部分”——这差不多是她对我说的最后一句话。

第二天，风小了，但我们继续在海浪中摇晃。大家现在不怎么讨论晕船这个话题了，主要在谈骨折事故：有些人在晚上被抛下床，还有很多人在洗手间的地板上发生严重意外。

那天，我们没怎么说话，因为我们前一天聊得太多了，而我们还想说的并不需要过多的语言。我们拿着书。朱莉娅找到一个自己喜欢的游戏。长时间的沉默后，我们终于开口了，我们一开口就发现，我们的想法完全步调一致。

有一次，我说，“你在捍卫自己的悲伤。”

“这是我应得的一切。你昨天说过的。这是我的奖赏。”

“生活给了你一张欠条。一个一经要求便会兑现的承诺。”

中午，雨停了。傍晚时分，云层散开，阳光突然从船尾照进我们所坐的大厅，让所有灯光黯然失色。

“日落了，”朱莉娅说，“我们的一天结束了。”

她站起身，船身的摇晃起伏并没有减弱，她领着我走到上层甲板。她挽起我的胳膊，把她的手放进我的手心，一起揣进我的大衣口袋。甲板是干的，空无一人。轮船快速航行，大风呼呼地吹。我们边走边停，费尽力气往前走，尽量躲避从烟囱里飞出来的煤烟。我们时而挤作一团，时而又紧紧拉住彼此才不至于被甩开。我们双臂紧挽、十指紧扣。我扶着栏杆，朱莉娅紧贴着我，又一次被挤成一堆，再被猛然拉开。此时，船身出现一次异常猛烈的下坠。我发现自己被抛到她身上，把她紧紧压在栏杆上。我用胳膊牢牢夹住她的身体两侧，免得自己压疼了她。船身下坠到最低点后暂停片刻，仿佛在积攒重新升起的力量。我们在露天甲板上相拥而立，脸贴着脸。她的秀发拂过我的眼睛；海浪翻滚的黑色地平线上此刻闪烁着金色光芒，静静压在我们头顶，接着又席卷而下。我透过朱莉娅乌黑的秀发盯着开阔的金色天空。她被往前一甩，贴在我的心口，我双手撑着栏杆，把她托住。她的脸依然紧紧贴在我的脸上。

就在那一分钟，她把嘴凑到我的耳边。她的呼吸在咸湿的海风中格外温暖，我没有开口说话，她说："好吧，就是现在。"轮船船身摆正，开进暂时平静的海面。朱莉娅带我走到甲板下。

没有时间进行奢侈的甜言蜜语了。时机成熟，甜言蜜语自然会和莺莺燕燕、花红柳绿一起到来。此刻，在波涛汹涌的海上，只需遵循一种礼节，无需其他。这就好像一场关于她纤纤细腰的转让交易，交易契约已经拟定并签章。我作为该项资产的永久持有者，正第一次进入它，并将从容不迫地享受它、开发它。

当天晚上，我们在船舱高处的餐厅吃饭。透过船头的窗户，可以看到星星出来了，星星布满整个天空。我记得星星有一次布满牛津塔楼和山形墙上空的样子。乘务员向我们保证，乐队明天晚上会再次演奏，这里将宾客满堂。他们还说，我们如果想坐张好桌子，最好现在预定。

“唉，亲爱的，”朱莉娅说，“天气好的时候，我们两个暴风雨的孤儿能躲到哪儿去呢？”

那天晚上，我没法离开她。第二天一大早，我再次沿着走廊回到自己的船舱时，发现自己走起路来毫不费力。轮船轻松地航行在平静的海面上。我明白，我们的独处就要结束了。

我妻子在她的船舱中开心地大喊：“查尔斯，查尔斯，我感觉好极了。你猜我现在正在吃什么早餐？”

我走过去一看。她在吃牛排。

“我已经准备好去美发店了——你知道吗，他们要到下午四点才能接待我，怎么突然变得这么忙？所以，我要到傍晚才会回来，不过，今天上午会有很多人来看我们。我邀请迈尔斯和珍妮特来我们的起居室吃午饭。过去这两天，我对你而言我恐怕是个一无是处的妻子吧。你这两天在做什么呢？”

“我过了一个很愉快的夜晚，”我说，“我们玩轮盘赌博，一直玩到半夜两点，就在你隔壁的起居室里。最后，东道主晕了过去。”

“天啊。听起来真是乱七八糟。你有好好表现吗，查尔斯？没有认识什么勾引男人的海上女妖吧？”

“周围几乎一个女人也没有。我绝大部分时间都跟朱莉娅在一起。”

“哦，那挺好的。我一直都希望你们俩能熟悉起来。在我所有的朋友中，我知道你肯定会喜欢她。我希望你会是上帝赐予她的知己。她最近相当抑郁。我觉得她应该不会提到那件事，可是……”我妻子说起朱莉娅纽约之行的最新版本，“今天上午，我会邀请她来参加鸡尾酒会。”她作出决定。

朱莉娅是和其他人一起来的。现在，我只要能在她身边，就会感觉很幸福。

“我听说你一直在替我照顾我丈夫。”我妻子说。

“是的，我们现在是好朋友了。他和我，还有一个我们不知道名字的男人。”

“克拉姆先生。你的胳膊怎么了？”

“还不是因为洗手间的地板。”克拉姆先生详细解释起他摔倒的过程。

那天晚上，船长来到餐桌就餐，我们一圈人到齐了，两名要求参加晚餐的人坐在主教右手边的椅子上。是两个日本人，他们对主教的世界亲善计划表现出浓厚的兴趣。船长老是拿朱莉娅对暴风雨的忍耐能力开玩笑，说要请她来当船员。多年海上航行经验让他在任何场合下都能开得出玩笑。我的妻子刚从美容院出来，脸上没有任何过去三天痛苦经历留下的痕迹，在很多人眼里，她比朱莉娅更加光艳照人，而朱莉娅的忧伤已被一种无法言传的满足和安详取代。可对我来说，那种感觉并非无法言传。她和我，被人群隔开，各自身边都围着一圈人，如同前一天晚上我们躺在彼此臂弯中时一样。

船上四处洋溢着节日的气氛。虽然天一亮大家就要起床收拾行李，但每个人都决定，要在这个晚上好好享受之前被暴风雨夺走的快乐。没有一个可以让我们独处的地方。船上每一个角落都人潮拥挤。舞曲声、兴奋的高谈阔论声充斥耳边，到处是来去匆匆、端着托盘的乘务员，负责彩券抽奖的船员大声喊：“凯丽的眼睛——一号；腿，十一号。我们要摇口袋了。”斯特文森特·奥格兰德太太戴着纸帽子，克拉姆先生缠着绷带，两个日本人优雅地扔着彩纸，发出像鹅一样的嘶嘶声。

整个晚上，我都没有同朱莉娅单独说话。

第二天，我们在轮船的右舷见了一分钟，其他人都拥到左舷看登船的官员和德文郡绿油油的海岸线。

“你有什么打算？”

“在伦敦待一阵子。”她说。

“西莉娅会直接回家。她想看孩子们。”

“你也回家吗？”

“不。”

“那就待在伦敦吧。”

“查尔斯，那个红头发的小个子男人——福尔纳夫。你看到没有？两个便衣警察把他带走了。”

“我没看到。船那边人太多了。”

“我找到列车时刻表，发了电报。我们晚饭前就能到家。孩子们那时候应该睡了。我们也许可以把乔乔叫起来，但仅此一次，下不为例。”

“你回去吧，”我说，“我要待在伦敦。”

“啊，查尔斯，可你一定要回家啊。你还没见过卡洛琳呢。”

“难道她会在这一两周时间里发生很大变化吗？”

“亲爱的，她每天都在变化。”

“那非要现在见她有什么意义呢？对不起，亲爱的，但我必须把画拆包，看看它们经过这一路旅程后是什么状况。我必须马上为画展做准备。”

“必须吗?”她说。可我知道，我只要一说起我这行业的奥妙，她立马就会结束抗议。“太叫人失望了。再说，我还不知道安德鲁和辛西娅会不会从公寓搬出去呢。他们说要租到这个月底。”

“我可以去住酒店。”

“那里太冷冰冰了。我不忍心让你回来的第一晚就独自一个人。我也去住吧，我明天再回去。”

“可你不能让孩子们失望。”

“是不能。”她的孩子，我的艺术，我们各自的行当各有奥妙之处。

“那你周末会回来吗?”

“如果可以就回去。”

“所有持英国护照的乘客请去吸烟室。”一位乘务员说。

“我都安排好了，请那个和我们一桌的可爱的外国官员带我们早点下船。”妻子说。

第二章

周五举行画展预展。这是我妻子的主意。

“我们这一次一定要掌控评论的导向，”她说，“他们早该认真对待你了，他们自己也知道。这一次就是他们的机会。你如果周一开展，绝大多数人刚刚从乡下回来，只会在晚饭前匆匆忙忙写上几段评语——当然，我只担心那几家周刊。但我们如果给他们一个周末的时间思考，那他们就会有一种悠闲自得、在周日度假般的心情。他们会在美味的午餐后静下心来，挽起袖子，从容不迫地写出一篇洋洋洒洒的优美文章，以后，精美的小册子还会收录这文章。这次必须达到这样的效果。”

在我们准备画展的那个月里，她在伦敦和教区长老宅之间往返多次，修改受邀嘉宾名单，还帮着把画挂好。

预展当天早上，我给朱莉娅打电话：“我烦死那些画了，再也不想看到它们了，可我猜，我还是必须去露个面。”

“你想让我去吗？”

“我希望你不要来。”

“西莉娅给我寄来一张卡片，上面有绿色墨水写的字：‘把大家都带来’。我们什么时候见面？”

“火车上见。你也许可以帮我拿一下行李。”

“你如果快点收拾好行李，我可以接上你，送你去画廊。我十二点要在画廊隔壁试衣服。”

我到达画廊时，我妻子正站在窗边，望着外面的大街。在她身后，是六七个籍籍无名的绘画爱好者，他们手中拿着目录，正一幅画一幅画地仔细观看。他们是那种曾经买过一次木版画，因此也被列入画廊老主顾名单的人。

“还没有人来，”我妻子说，“我十点钟就在这儿了，好无聊。你来的时候坐的谁的车？”

“朱莉娅的车。”

“朱莉娅的车？那你为什么不带她进来？你说奇怪不奇怪，我刚刚同一个很滑稽的小个子男人说起布赖兹赫德，他好像很了解我们。他说他叫桑格拉斯。显然，他是《野兽日报》科珀大人手下那些快到中年的年轻人之一。我原本想跟他聊一聊，他似乎比我还了解你。他说他很多年前在布赖兹赫德庄园见过我。我真希望朱莉娅也能来，那样我们就可以问问她这个男人的事了。”

“我清楚地记得他。他是个骗子。”

“是，这是显而易见的。他一直在说什么‘布赖兹赫德团伙’。显然，雷克斯·莫特拉姆把那里变成了一个党派叛乱分子的巢穴。你知道这事吗？特丽莎·马奇曼要是还在世会怎么想啊？”

“我今天晚上要去那儿。”

“今天晚上不行，查尔斯，你今天晚上不能去那儿。大家都盼着你回家呢。你答应过我，画展一准备好，你就会回家。乔乔和奶妈做了一面旗子，上面写着‘欢迎’。再说，你还从来没有见过卡洛琳呢。”

“对不起，但我都安排好了。”

“还有，爸爸也会觉得很奇怪。而且，博伊星期天会来家里。你还没有见过新的画室呢。你今天晚上不能去。他们邀请我了吗？”

“当然邀请了，不过我知道你去不了。”

“我现在不能去啊。你如果早点告诉我，我还是可以去的。我很想在我们家见一见‘布赖兹赫德团伙’。我觉得你太残忍了，可现在不是闹家庭矛盾的时候。克拉伦斯夫妇答应午饭前来的，他们随时都有可能出现。”

有人打断我们，但来者并非皇亲国戚，而是一家日报社的女记者，画廊经理把她领到我们面前。她不是来看画的，而是来寻找一篇我艰险旅程的“人文故事”。我把她交给妻子。第二天，我在她家的报纸上读到：“‘豪华古堡’专家查尔斯·赖德以脚步丈量地图。荒野丛林的蟒蛇与吸血蝙蝠绝对比不上伦敦梅菲尔的上流社区，这是精英艺术家赖德的观点，可他放弃华屋美宅，奔向赤道非洲的废墟残垣……”

展室里的人多起来，我很快就忙于四处寒暄。妻子东奔西走，欢迎来宾，相互介绍，娴熟地将画展变成一场盛会。我看到她将朋友们一个接一个领到《赖德之拉丁美洲》的订购登记簿前。我听到她说：“不，亲爱的，我一点都不意外，不过，你不是真的以为我会觉得意外吧，是不是？你看，查尔斯活着只为了一件事——那就是美。我想，他是对英国随处可见的、现成的美感到厌烦了。他必须自己去寻找、创造美。他希望征服新的世界。毕竟，他替乡村别墅说出了最后的遗言，对不对？不，我的意思并不是说他放弃了那项工作。我相信，为了朋友，他总是还能再画一两幅的。”

一位摄影师把我们拉到一起，照相机对着我们的脸亮起闪光灯，然后他才让我们分开。

很快，一群皇室贵客进来，大家稍稍安静，让出一块空隙。我看见妻子行了个屈膝礼，又听到她说："啊，阁下，您真是太好了。"接着，我被领到空隙处，克拉伦斯公爵说："我想那边一定相当热吧。"

"是的，阁下。"

"你用机智的方式表达了那种炎热。让我感觉穿着这一身大衣好难受。"

"哈哈。"

他们离开以后，妻子说："天哪，我们午餐要迟到了。玛格特为了向你道贺才举办这次午宴，"在出租车上，她说，"我刚刚想到一件事。你为什么不给克拉伦斯公爵夫人写封信，请求她允许你把《拉丁美洲》这本书题献给她呢？"

"我为什么要把书献给她？"

"她会很喜欢的。"

"我没想过要把这本书献给任何人。"

"你就是这样，你总是这样，查尔斯。为什么要错过一个讨好她的机会呢？"

出席午宴的有十来个人，女主人和我妻子高兴地宣称他们都是来向我道贺的，但我很清楚，有一半人压根不知道我的画展，他们之所以来，是因为收到了邀请又正好没有别的安排。整个午宴期间，他们喋喋不休地讨论辛普森太太[①]的事。所有人，或者说

---

① 沃利斯·辛普森（1896—1986），辛普森太太两度结婚，辛普森为第一任丈夫的姓，后与英国国王爱德华八世交往，起初是其情妇，后爱德华八世欲娶她为妻，违反英国王位与英国国教继承规定。爱德华遂退位，将王位禅让于其弟乔治六世。沃利斯·辛普森后改称为温莎伯爵夫人。

几乎所有人，都在午宴后和我们一起回到画廊。

我在午餐后的那个钟头最忙。泰特美术馆和国家艺术基金会的代表都来了，纷纷承诺很快就会带同事再来参观，与此同时，他们还预定了好几幅画，还说会进一步考虑其他画。最有影响力的那位评论家曾以刻薄的评价否定过我，此刻却从软塌塌的帽子和羊毛围巾的缝隙中盯着我，抓着我的胳膊，说："我早知道你有这样的才华。我早就看出来了。我一直等着呢。"

我从时髦的和不时髦的人的嘴里，听到各种溢美之词。"你如果让我猜，"我无意中听到有人这样说，"我怎么也猜不到这是赖德画的。这些画太有阳刚之气，太有激情了。"

他们都以为自己发现了什么新东西。可我在出国前不久，就在这几间展室里举办了我的上一次画展，当时的情况可不是这样。当时，画展上充斥着一种明白无误的厌烦气氛。大家主要谈论的并不是我，而是这幢房子以及房主的趣闻轶事。回想起来，这个表扬我的新作充满阳刚之气和激情的女人，当时就站在我呕心沥血绘就的油画前，在离我很近的地方说："太肤浅了。"

我记得那次画展，还有另外一个原因，正是在那一周，我发现妻子不忠。她那时和现在一样，扮演不知疲倦的女主人的角色。我听到她说："现在，我无论什么时候看到什么可爱的东西——比如一幢房子，或一道风景——都会在心里想：'查尔斯画过。'我通过他的眼睛看万事万物。对我来说，他就是英格兰。"

我听到她说这样的话，她习惯说这样的话。在我们的婚姻生涯中，她说过的话一次又一次让我觉得五脏六腑纠结成团。可在那一天，在这间画廊里，我听到她的话时，却无动于衷。我突然意识到，她再也没有伤害我的能力了。我是个自由的男人了，她一时偷偷摸摸的失误让我得以解放，我头上的绿帽子让我成为丛林之王。

一天结束时，我妻子说："亲爱的，我必须走了。画展非常成功，是不是？我会想想回家以后该怎么对他们说。事情变成这样，我也不想的。"

"这么看来，她都知道了，"我想，"她是个聪明人。她在午宴以后就警觉起来，嗅到了不对劲的气味。"

我让她离开，展室里几乎空无一人——我正打算在她之后离去时，听到一个多年不曾听到的声音从旋转栏杆处传来。那是一个令人无法忘记的声音，一种自学成才式的结结巴巴，一种尖利刺耳、抑扬顿挫式的抗议。

"不。我没有带请帖。我甚至都不知道自己到底有没有收到过请帖。我不是来搞社交的，我不是来想方设法结识西莉娅夫人的，我不希望自己的照片出现在《尚流》杂志上，我也不是来展示自己的。我就是来看画的。你大概不知道这里有画吧。我碰巧对这位艺术家很感兴趣——艺术家这个词对你来说有任何含义吗？"

"安东尼，"我说，"进来吧。"

"亲爱的，这儿有个丑——丑——丑女人以为我没票，还要硬——硬——硬闯进来。我昨天才到伦敦，吃午饭时偶然听说你在办画展，于是当然就一时冲动跑到这神殿来顶礼膜拜一下。我变了吗？你还认得我吗？画在哪儿？让我给你解释解释。"

安东尼·布兰奇还是我上一次见到他时的样子，甚至和我第一次见到他时也没什么两样。他步履轻快地走过展室，来到最引人注目的那幅油画前——那是一幅丛林风景——他停顿片刻，像条无所不知的小猎狗，然后昂着头问："我亲爱的查尔斯，你是在哪儿找到这片美轮美奂的葱绿美景的？是特——特——特伦特还是特——特——特灵哪个温室的角落？是哪位好心的高利贷债主培育出这些蕨类植物供你欣赏的？”

接着，他又参观了两间展室。有那么一两次，他深深地叹了一口气，其余时间都保持沉默。他走到展室尽头时，又叹了一口气，这口气比之前的更加深长。他说：“亲爱的，这些画告诉我，你现在在快乐的恋爱中。这才是一切，对不对？或者说，差不多就是一切？”

“这些画差劲到这种地步了吗？”

安东尼压低嗓门，用尖厉的声音低声说：“我亲爱的，我们还是不要在这些单纯善良的人面前展示你的小小骗局吧。”他用不怀好意的鬼祟眼神瞄了瞄最后几位观众。“不要破坏了他们天真的快乐。你和我，我们都知道，这就是一堆乱——乱——乱七八糟的破——破——破烂玩意儿。我们走吧，别得罪了内行的鉴定家。我知道一家很下流的小酒吧，酒吧离这里很近。我们去那里聊聊你还征——征——征服了些什么吧。”

我正需要来自过去的声音唤醒自己。这一整天人来客往，大家脱口而出的都是表扬和赞美，对我来说，这就像一条漫长道路的两侧，出现接连不断的广告牌，一公里又一公里，广告牌闪现在白杨树之间，指挥你去住到某家新开的酒店。于是，你腿脚僵硬、风尘仆仆地把车开到终点，来到此行的目的地时，必然会将车开进那家酒店的前院，那酒店的名字一开始让你厌烦，接着让你愤怒，最终，却成为你满身疲惫的一部分。

安东尼领着我走出画廊，沿一条小街，走到一扇门前。这扇门的两侧分别是破败不堪的报刊店和破败不堪的药店，这扇门上有油漆写的字：“蓝色洞穴俱乐部。仅接待会员。”

“不大像是你习惯的环境，亲爱的，可我跟你保证，这儿是我的地盘。毕竟，你已经在你熟悉的地方待了一整天。”

他带我下楼，我们从一个弥漫着猫的气味的地方，来到一个充斥杜松子酒和烟蒂气味以及收音机声响的地方。

“在‘屋顶上的牛餐厅’，一个脏兮兮的老头给了我这里的地址。我很感谢他。我离开英格兰太久了，很多这种合人心意的小酒吧变化太大。昨天晚上，我第一次在这里露面，就很有宾至如归的感觉了。晚上好，西里尔。”

“呦，托尼，又回来了？”吧台后面的年轻人说。

“我们点几杯酒，到角落去坐。你必须记住，亲爱的，容我直言，在这里，你就是个引人注目的不正常角色，亲爱的。就跟我在布——布——布拉特俱乐部里一样。”

整间酒吧被漆成深蓝色，地板上铺着深蓝色的油毡。天花板和墙壁上随意贴着银色和金色的接合纸板。六七个年轻人正一边喝酒，一边玩老虎机；一个年纪稍大、衣着整洁的男人看上去像是长期暴饮暴食，应该是掌权者；水果软糖贩卖机周围有人在窃窃私语。其中一个年轻人走到我们面前，说：“你朋友愿意来跳一曲伦巴吗？”

“不，汤姆，他不愿意，而且我也不打算请你喝一杯，至少现在还不行。亲爱的，这是个非常无耻的孩子，一个经常用色相骗取钱财的小鬼。”

“哦，”我说，努力装出轻松自在的表情，可身处这巢穴中，其实一点也不轻松，“你这么多年来都在忙些什么？”

“亲爱的，我们来这儿是要聊聊你都忙了些什么。我一直在关注你，亲爱的，我是忠心耿耿的老家伙，一直在关注你呢。”他一张口说话，这酒吧、服务员、蓝色的柳条家具、赌博机、留声机、在油毡上跳舞的年轻情侣、在老虎机旁偷笑的年轻人、坐在我们对面角落独自啜饮的穿着保守、青筋暴出的老头，甚至这整个单调乏味又狡诈诡异的地方似乎都消退隐去，我仿佛又回到牛津，正从一扇拉金斯哥特式风格的窗口，眺望窗外基督教堂学院的草坪。“我去看过你的第一次画展，”安东尼说，“我发现，那些画相当得有魅力。有一幅画是马奇曼公馆的内景，非常有英国风范，非常正统，非常美丽。‘查尔斯已经做出了一点成就，’我说，‘他还要做的不止这些，他还能做的也不止这些，但毕竟已经有一点成就了。’

“可是亲爱的，即便是在那时，我也有些疑惑。在我看来，你的画里多少有些绅士派头。你一定还记得，我不是英国人，无法理解这种对良好教养的狂热崇拜。英国人的绅士架子比英国人的道德说教更让我觉得可怕。但我还是要说：‘查尔斯做出了一点成就。’他接下来会怎么做呢？

“接着，我看到你那本非常漂亮的画册——《别墅及乡野建筑》，是叫这个名字吧？一本大部头啊，亲爱的，我从中发现了什么呢？又是魅力。‘可并不完全是我欣赏的风格，’我想，‘英国特色太重了。’我喜欢刺激的东西，知道吧，不是什么雪松下的树荫，黄瓜三明治；不是银质奶油壶，也不是穿着网球服的英国姑娘——不是这些，更不是简·奥斯丁，不是米——米——米特福德小——小姐[1]。老实说，亲爱的查尔斯，我对你很失望。‘我是一

---

[1] 杰西卡·米特福德（1917—1996），英国社会抗议作家，以对高度争议的社会及政治问题之描写著称于世，著有《仁慈与不寻常的惩罚》。

个堕落腐化的意——意——意大利老头，’我说，‘而查尔斯——亲爱的，我是指你的艺术，亲爱的——是个穿着绣花细纱裙的教务长女儿。’

“你想象得到我今天吃午餐时有多么兴奋吧。每个人都在谈论你。午宴的女主人斯特文森特·奥格兰德太太是我母亲的朋友——也是你的朋友吧，亲爱的。她可真是个老古董！我完全想象不到你会和这样的人来往。他们都去看了你的画展，他们讨论的全都是你，亲爱的，他们说你怎么抛下一切去热带地区，你怎么成为高更、兰波一样的人物。你一定想象得到，我当时内心有多么欢欣雀跃。

“‘可怜的西莉娅，’他们说，‘为他做了那么多事。’‘他的一切成就都要归功于她。他太无耻了。’‘还有朱莉娅，’他们说，‘她在美国做出那样的事。’‘就在她打算回到雷克斯身边时。’”

“‘那些画呢，’我说，‘跟我说说画。’”

“‘哦，那些画啊，’他们说，‘确实非常有特点。’‘完全不是他平常的绘画风格。’‘非常有气势。’‘相当野蛮，’斯特文森特·奥格兰德太太说，‘我得说，那些画简直变态。’

“亲爱的，我在椅子上坐不住了。我多么想冲出房子，跳上一辆出租车，对司机说：‘快把我送去看查尔斯变态的画。’嗯，我确实去了，不过是在午饭后，画廊里都是些荒唐可笑的女人，戴着奇怪的帽子，真应该让她们把那些帽子都吞进自己的肚子里。于是，我休息了一会儿——就在这儿，和西里尔、汤姆，还有这些调皮的小伙子。后来，我又不合时宜地在五点钟回到画廊。亲爱的，我满心期待。可我看到了什么呢？亲爱的，我看到的是一场十分淘气又十分成功的现实恶作剧。它让我想起亲爱的塞巴斯蒂安以前很喜欢戴上假胡须装扮一番。你的这批画也都很有魅力，亲爱的，是一种简单的、充满奶油味的英国式魅力，神气活现。”

“你说得很对。”我说。

“亲爱的，我当然说得对。很多年前，我就说对了——这么多年过去，我很高兴地说，我们两个人都还不显老呢——那时，我就警告过你。我带你出去吃晚餐时，就警告过你要小心魅力的诱惑。我不厌其烦地明确警告你，要小心弗莱特家的人。魅力是导致英国衰退的重要原因。在潮湿的英伦众岛之外，它压根就不存在。凡是被它触及的一切，都会被它玷污，被它扼杀。它杀死了爱情，杀死了艺术。亲爱的查尔斯，我最害怕的是，它已经杀死了你。”

叫汤姆的年轻人又朝我们走来。“别开玩笑了，托尼，给我买杯酒吧。”我想起要赶火车，便离开安东尼，任由他们俩纠缠去了。

我在月台上，站在餐车旁边。我看见我的行李和朱莉娅的行李从面前经过，朱莉娅的女佣满脸阴沉、趾高气扬，走在搬运工身边。朱莉娅不慌不忙地到达月台时，他们正要准备关闭车门。她坐在我面前的座位上。我坐的是一张两人桌。这趟列车非常方便，开车后半小时用晚餐，晚餐后还有半小时休息。我们不用像马奇曼夫人当年那样，还要换乘支线列车，而是在中转站与另一辆列车合并。我们驶出帕丁顿车站时，夜幕降临。起初，城市的辉煌灯火被郊区的零星灯光取代，最后零星的郊区灯光淹没在荒野的无尽黑暗里。

“我好像有很多天没看见你了。”我说。

“只有六个钟头而已。我们昨天一整天都在一起。你看上去很累。”

“这一天简直就是场噩梦——人群啊，评论家啊，克拉伦斯夫妇啊，玛格特的午宴聚会啊，最后又在一家同性恋酒吧里忍受某人指责我的画长达半小时，他还说得那样理直气壮……我觉得，西莉娅知道我们的事了。”

“嗯，她总会知道的。”

“大家似乎都知道了。我那同性恋朋友回到伦敦还不到二十四小时，就听说了。”

“大家都去死吧。”

“雷克斯呢？”

“雷克斯算什么呀，”朱莉娅说，“他压根就不存在。”

我们在黑暗中飞驰，桌上的刀叉叮叮当当；随着车厢晃动，玻璃杯中的杜松子酒和苦艾酒形成的圆形平面被拉成椭圆形，又缩回圆形，它们与嘴唇接触后流回去，没有溅落一滴；我要把过去的这一天远远地甩到身后。朱莉娅取下帽子，把它扔到头顶的行李架上，如释重负地轻叹一口气，甩了甩满头乌黑的秀发——这叹息多么适合柔软的枕边，昏暗的炉火旁，多么适合敞开的卧室窗口，窗外就是满天的星光和沙沙作响的光秃树枝。

“你能再回来真是太好了，查尔斯；一切就跟以前一样。”

“跟以前一样吗？”我想。

雷克斯四十出头，大腹便便、满脸红光。他的加拿大口音没有了，取而代之的是他的朋友们都有的嘶哑大嗓门，就好像他们永远声嘶力竭地在人群中呐喊，就好像他们被青春抛弃后，再也没有时间等待开口说话的机会，也没有时间聆听，没有时间回答。只有时间哈哈一笑——用沙哑而沉闷的笑声，表达卑劣的友善。

挂着壁毯的大厅里有六七个这样的朋友：政客；四十出头的“年轻保守党人”，个个头发稀疏，血压过高；一个来自煤矿区的社会主义者，但已经没有煤矿区的口音，嘴上的雪茄烟头被咬成碎片，给自己倒酒时手在颤抖；一个比其他人年纪都大的金融家，从其他人对他的态度来看，他也一定比他们都更有钱；一个处于苦恋中的专栏作家，独自一人时安静沉默，以爱慕的眼神凝视着在场唯一的女士；他们叫这位女士“格丽泽”，这是个无所不知又放荡不羁的女人，所有其他人在心里都有一点怕她。

而包括格丽泽在内这所有人，又都害怕朱莉娅。她跟他们打了招呼，说抱歉没能在家迎接他们。她严肃正式的语气让他们安静了片刻。然后，她跟我坐在炉火边，嘈杂的谈话声再度响起，在我们耳边回荡。

“他当然可以娶她，他明天就能让她成为王后。”

“我们十月份有过一次机会。我们为什么不把意大利的舰队打到地中海的最里面去？我们为什么不把斯培西亚烧成火海？我们为什么不在潘泰莱利亚登陆？”

“弗朗哥是个德国间谍。他们就是想让他上台，以便轰炸法国的空军基地。不管怎么说，这虚张声势的一招被揭穿了。”

“这会让君主政体达到都铎王朝之后最强盛的阶段。人们都拥护他。”

“媒体都拥护他。”

“我也拥护他。”

“再说，现在除了几个还没结婚的老处女，谁在意离婚不离婚的事？”

“他如果和那帮老东西摊牌，他们会退却，就像……”

“我们为什么不封锁海峡？我们为什么不轰炸罗马？”

“应该是没有必要。一次强硬的照会……”

“一次强硬的演讲。”

“一次摊牌。”

“不管怎样，弗朗哥很快就会逃回摩洛哥。我今天看到查普冈从巴塞罗那回来……”

“……查普冈从贝维德雷堡回来……”

“……查普冈从威尼斯宫回来……”

“我们的全部要求就是摊牌。”

“和鲍德温摊牌。”

“和希特勒摊牌。”

“和那帮老东西摊牌。”

“……我要活着看着我的祖国，这片克莱夫①和纳尔逊②守卫过的土地……”

“……霍金斯③和德雷克④守卫过的祖国……”

“……巴麦尊⑤守卫过的祖国……”

---

① 罗伯特·克莱夫（1725—1774），英国军人、政治家，为不列颠东印度公司在孟加拉建立起军事政治霸权，是英属印度殖民地建立早期关键人物。

② 霍雷肖·纳尔逊（1758—1805），英国著名海军将领及军事家。

③ 约翰·霍金斯（1532—1595），英国著名航海家、海盗、奴隶贩子，维多利亚时代三角贸易的开创者，伊丽莎白时代重要海军将领。

④ 弗朗西斯·德雷克（1541—1596），英国历史上著名探险家、海盗，是第二位在麦哲伦之后完成环球航海的探险家。

⑤ 第三代巴麦尊子爵（1784—1865），英国政治家，多次担任外交大臣、首相。

“能不能请您不要这样？”感情脆弱的专栏作家一直想要掰过格丽泽的手腕，格丽泽忍不住对他说，“我不喜欢这样。”

“我在想，到底哪一种东西更可怕，”我说，“是西莉娅的时尚艺术，还是雷克斯的政治金钱。”

“为什么要操心他们的事？”

“唉，亲爱的，为什么爱情会让我痛恨这个世界？它应该起到完全相反的作用啊。我感觉所有的人，包括上帝在内，都在策划阴谋，反对我们。”

“他们就是啊，就是啊。”

“尽管如此，我们还是得到了我们的幸福。就在此地，就在此刻，我们拥有幸福。他们不会伤害到我们，对不对？”

“今晚不会，现在不会。”

“可这样的幸福能持续多少个夜晚呢？”

第三章

“你还记得，”在一个弥漫着酸橙香气的宁静夜晚，朱莉娅说，“记得那场暴风雨吗？”

“那撞来撞去的青铜大门。”

“那用玻璃纸包着的玫瑰花。”

“那个举办了一场聚会的男人，后来再也没见过他了。”

“你还记得，在最后那天傍晚，太阳就像今天一样喷薄而出吗？”

这是一个云层低垂、狂风大作的夏日午后，天色阴沉，我不得不停下工作，把坐在那里昏昏欲睡的朱莉娅叫醒——她最近经常这样坐着。为她画像从来不会让我觉得厌倦，我永远都能在她身上找到新的丰富的精美之处。最后，我们提早洗澡，换好吃晚餐的衣服，下楼了。在这天黑前最后半个小时，我们发现世界改变了模样：太阳出来了；狂风变得温柔，轻轻地拂动着酸橙树上的鲜花，吹来它的香气，那香气和黄杨树以及遭暴晒石头的香甜气味混合在一起，在雨后的空气中显得格外清新。方尖碑的影子投射在阳台上。

我从石柱廊下面拿来两个花园坐垫，把它们放在喷泉边。朱莉娅就坐在那儿，穿着一件金色紧身短上衣和一件白色长袍。她一手放在水池里，悠闲地转动翡翠戒指，让它反射出夕阳如火的余晖。她乌黑秀发的头顶上，耸立着各种石刻动物，都被覆盖在绿色的苔藓、夕照下的石堆和浓厚的阴影之中。它们周围的喷泉闪着光、冒着泡，幻化为一片片零散的光芒。

“……太多的回忆，”她说，“我们从那以后，有多少天没见过面了？你觉得，有一百天了吗？”

“没有那么久吧。”

“两个圣诞节”——一年一度的短途旅行简直令人绝望，但这是家庭惯例。波顿是我的故乡，是我堂兄贾斯珀的家。我带着痛苦的童年回忆，回到那个家，那儿的走廊铺着油松木板，墙壁在滴水！我和父亲牢骚满腹，肩并肩坐在伯父的亨伯汽车里，离长满惠灵顿巨杉的林荫大道越来越近。我们都知道，我们会在这条车道的尽头看到伯父、伯母、费丽帕姑姑、贾斯珀堂兄，还有近几年才出现的贾斯珀的妻子和孩子们。此外，就是我的妻子和孩子们，他们也许到了，也许随时会到。这一年一度的献祭将我们团聚在一起，团聚在冬青树、槲寄生和云杉丛中。我们像举行仪式般玩各种室内游戏，品尝白兰地黄油和卡尔斯巴德葡萄干。在油松板搭成的舞台上，乡村唱诗班唱着赞美诗，到处是金色的丝线和带枝叶花纹的包装纸。无论过去一年有多少不堪入耳的流言蜚语，但在这里，她和我，还是得到了夫妻应有的礼遇。“我们无论付出怎样的代价，都必须保持现状，为了孩子。”我妻子说。

“是啊，两个圣诞节……还有，我跟着你去卡普里之前，那令人销魂的三天。”

“我们的第一个夏天。”

“还记得吗？我当时在那不勒斯闲逛，后来跟着你。我们约定在山坡小路上见面，结果一团糟。”

“我回到别墅，说：‘爸爸，你猜谁到了酒店？’他说：‘我猜，是查尔斯·赖德。’我说：‘你为什么会想到是他？’爸爸回答：‘卡拉从巴黎回来时，就听说你和他现在密不可分了。他似乎特别喜欢我的孩子们。不管怎么样，把他带到这儿来，我想我们还有多余的房间。’”

“结果你就在那时得了黄疸，不让我见你了。”

“后来我又得了流行感冒，你也不敢来了。”

“我无数次地去雷克斯的选区。”

“还有加冕礼那周，你从伦敦跑出来，满心期待来见你的岳父大人。那次，你去牛津画了一幅他们都不喜欢的画。哦，对了，是有一百天了。”

“两年多的时间中，浪费了一百天……可我没有一天感到过冷漠、猜忌和失望。”

“我也从来没有。”

我们沉默了。只有酸橙树上的鸟儿，用各种清澈细弱的声音说着话，只有石刻雕塑间的喷泉流水在潺潺流淌。

朱莉娅从我胸前的口袋里拿出一条手帕，把她的手擦干，然后点燃一支香烟。我害怕开口打破这回忆的魔咒，可这一次，我们的想法并没有保持一致，因为朱莉娅最后说话了。她哀伤地说：“我们还有多少天呢？又一个一百天吗？”

“是一辈子。”

“我想嫁给你，查尔斯。”

“总会有这么一天，为什么一定要是现在呢？”

“因为战争啊，”她说，“今年，明年，也许很快就会开战。我希望和你过一两天真正和平的日子。”

“这难道不就是和平吗？”

此刻，夕阳西斜到山谷后面的森林边缘，对面的山坡完全笼罩在暮色中，我们脚下的湖水仿佛在燃烧。那光线在行将熄灭之前，反而变得更强烈、更灿烂，在草坪上投下长长的影子，也将它全部的光芒投射在房子漂亮的石墙缝隙上，像是点燃了窗户的玻璃。屋檐、石柱廊和穹顶都熠熠生辉，土地、石块和树叶中积聚的各种色彩与气息发散开来，光影照耀在我身边这个女人的头上和金色的肩膀上，让她显得格外明媚。

“如果这还不算和平，那你所说的‘和平’是什么？”

“比这多多了。”接着，她用就事论事的冰冷语气继续说：“婚姻不是我们一时冲动就能完成的。首先必须办完离婚——两边都要离婚。我们必须制定好计划。”

“计划、离婚、战争——在这样一个傍晚，说这些干什么呢。”

“有时候，”朱莉娅说，“我感觉过去和未来紧紧相逼，不愿意留给现在一丝一毫的空间。”

这时，威尔克斯走下台阶，走进落日的余晖，告诉我们晚餐准备妥当了。

画厅里，百叶窗被合上，窗帘都拉了起来，蜡烛点亮了。

“哎呀，准备了三个人的餐具呀。”

“小姐，布赖兹赫德大人半小时前就到了。他派人传来口信，说可能会稍微迟点来，请您不要等他一起用晚餐。”

“他上一次来这儿好像是几个月之前，”朱莉娅说，“他到底在伦敦做什么呀？”

这是我们俩经常谈论的一个话题，由此话题生出许多奇思妙想，因为布赖迪的确是个神秘人物，一个从地底下钻出来的生物，一只用长长的硬鼻子拱土、躲避阳光的冬眠动物。他成年以后，一直无所事事。他曾经说要加入军队，进入议会，去修道院，但这些话最终都沦为空谈。大家唯一确定知道他做过的一件事就是收集火柴盒——这还是因为在那段时间，新闻素材极度缺乏，此事成为一篇题为《同龄人独特嗜好》的新闻报道的主题。他把火柴盒摆放在硬纸板上，还编制出索引卡片。一年又一年，它们在他威斯敏斯特的小房子里占据了越来越多的空间。他原本对这篇新闻给他带来的狼藉声名感到尴尬，但后来，他又非常开心，因为他发现，这篇报道发表之后，他与世界各地的其他火柴盒收集者有了联系，并开始书信往来，相互交换复制品。除此之外，大家就不知道他还有别的什么兴趣爱好了。他是马奇曼打猎会的联合会长，他只要在家，就会尽职尽责地每周两天与大家一起打猎，但他从不与邻居打猎，尽管邻居的猎场更好。他对体育活动没有真正的兴趣，整个狩猎季外出的次数不会超过十次。他几乎没有朋友；他会去看望姑姑和姨妈们；他参加为天主教徒举办的公开晚宴。在布赖兹赫德庄园，他履行一切不可推卸的责任。他走上讲台、参加盛宴或踏入会议室时，始终带着自己独有的一种气质，那既笨拙又超然的气质，像一层薄雾笼罩在他身上。

“上周，在旺兹沃思，人们发现一个女孩被人用带刺的铁丝给勒死了。”我说，想起一个古老的传说。

“一定是布赖迪。他最淘气了。”

我们在餐桌边坐了十五分钟后，他来了。他穿着深绿色天鹅绒便服，迈着沉重的脚步，走进餐厅。他一直把这件衣服放在布赖兹赫德庄园，只要一回来，总会穿上它。他三十八岁，已经发福，谢顶，看上去有四十五岁。

“哦，”他说，“哦，只有你们两个人。我还以为会在这儿看到雷克斯呢。”

我经常想，他是怎么看待我以及我一直住在这里这件事的？他似乎把我当成了家庭成员，没有任何疑惑地接受了我。过去两年，他有过两次看似友善的举动，都让我大吃一惊：一次，在圣诞节，他寄给我一张他穿着马耳他骑士服的照片，没过多久，他又邀请我和他去晚宴俱乐部。这两次举动都可以找到合理的理由：他印了太多自己的照片，不知该如何处理；他为自己的俱乐部感到自豪。那是一个由各行各业精英人士组成的联合会，每月碰面一次，共同度过一个正式而拘谨、滑稽又可笑的夜晚。每个人都有自己的绰号——布赖迪叫“大公兄弟”——每个人都佩戴设计特别的珠宝，珠宝就像骑士勋章，用以象征各自的地位；每个人的马甲上都钉着俱乐部专有的纽扣，并有一整套引荐宾客的复杂仪式；晚餐过后，会有人读报，大家各自发表诙谐的演讲。显然，他们在比赛，看谁能带来更多的社会名流。布赖迪几乎没有朋友，我又还算小有名气，所以我才受到邀请。可即便是在那个气氛愉快轻松的夜晚，我也能感觉到，我这位东道主浑身散发出一种一旦在社交场合就浑身不自在的电磁波，又或者说，他在自己周围制造出一种让众人尴尬的气氛。他就像块木头疙瘩，冷静地漂浮在一潭死水中。

他在我对面坐下，低头对着餐盘。他头顶头发稀疏，露出粉红色的头皮。

“嗨，布赖迪。最近有什么新情况吗？”

“事实上，”他说，“我还真有新情况。不过可以等一会儿再说。”

“现在就告诉我们呗。”

他做了个鬼脸，我想他的言外之意是“不能当着用人们的面说”。接着，他说：“查尔斯，你的画画得怎么样了？”

“哪一幅？”

“你正在画的，我不知道是哪一幅。”

“我刚开始画一幅朱莉娅的素描，不过今天一整天的光线都不太好。”

“朱莉娅？我还以为你早就给她画过了呢。我猜，从画建筑到画人，是个很大的转变吧，难度大多了吧？”

他说话时经常会长时间停顿，在此期间，他的思维仿佛停滞了。但他又总会突然把你带回到他之前停顿的那个点。过了一分多钟，他说：“这个世界有各种各样的绘画主题。”

“非常正确，布赖迪。”

“我如果是个画家，”他说，“会选择完全不同的各个主题，带有丰富动感的主题，就像……”又是停顿。我心想，他会说什么呢？从伦敦到爱丁堡的快速列车？轻骑兵的冲锋陷阵[①]？亨利皇家划船比赛？他出乎我的意料，很快就开口了：“……就像《麦克白》。”想象一下布赖迪成为能画出动感画面的画家，都不免觉得荒谬至极。他的不着边际和天真幼稚让他显得荒谬，但不知为何，也往往为他赢得了一定的尊重。他一半是个孩子，一半是个经验丰富的成年人。他的身上似乎没有任何现代生活的火花。他品行相当端正，不受世俗影响，对外界漠不关心，但人们不由自主地尊重他。我们虽然经常嘲笑他，但他从来都不是十足荒谬的人。

---

① 1854 年 10 月 25 日，在克里米亚战争中，英军卡迪根勋爵率领英军轻骑兵向俄军发起冲锋，英军付出沉重代价，却几乎没有得益。

有时候，他令人心生敬畏。

我们谈起中欧，突然，布赖迪打断这个枯燥的话题，问：“妈妈的珠宝都放在哪儿了？”

“这个就是她的，”朱莉娅说，“还有这个。她自己的所有东西都在科迪莉娅和我这里。家里的珠宝首饰在银行。”

“我好久没见过那些东西了——我不知道自己是不是全见过。有些什么？是不是有些名贵的红宝石？有人告诉我有。”

“是的，是一串红宝石项链。妈妈以前经常戴，你不记得了吗？还有珍珠——她出门时经常戴。绝大部分东西都存在银行里好多年了。我记得还有些特别难看的钻石首饰，一个维多利亚时期的钻石头冠，现在没人戴了。还有不少其他上好的宝石。为什么问起这个？”

“我想找一天去看看。”

“我说，该不会是爸爸想要当掉它们吧？他不会又欠了债吧？”

“不是，不是，完全不是这么回事。”

布赖迪吃东西很慢，但吃得很多。朱莉娅和我看着烛光之间的他。没过多久，他说：“我如果是雷克斯——”他的脑子里似乎充满诸如此类的假设：“我如果是威斯敏斯特的大主教”，“我如果是大西部铁路公司的老板”，“我如果是个女演员”。好像他只是因为命运的捉弄才没有成为这些人物，而某天早晨他一醒来，很有可能就会发现这个错误得到了纠正。“——我如果是雷克斯，会住在自己的选区。”

“雷克斯说，不住在选区，每周可以少工作四天。”

“真遗憾，他不在这儿。我要宣布一件小事。”

“布赖迪，别搞得这么神秘。快说吧。”

他又做了个鬼脸，像是又在说："不能当着用人们的面呀。"

后来，葡萄酒摆上桌，只剩下我们三人时，朱莉娅说："没听到你宣布自己的事，我是不会走的。"

"好吧，"布赖迪坐回自己的椅子上，眼睛一动不动地盯着自己的玻璃杯，"你们只需要等到星期一，就能从报纸上看到白纸黑字的报道了。我订婚了，就要结婚了。我希望你们会为我高兴。"

"布赖迪。这……这太让人惊喜了！跟谁订婚了？"

"哦，你不认识的。"

"她漂亮吗？"

"我觉得说她漂亮不太准确。我想到她时，想到的是'好看'这个词。她是个大块头女人。"

"很胖吗？"

"不，是很高大。大家都叫她马斯普拉特夫人，她的教名是贝丽尔。我认识她很久了，她丈夫去年还在。现在她是个寡妇了。你们笑什么？"

"对不起。我并不是在笑话你。我们只是觉得太意外了。她……她和你差不多年纪吗？"

"差不多吧，我想。她有三个孩子，最大的儿子刚刚去了安普福斯。她的境况很不好。"

"可是，布赖迪，你是在哪儿认识她的呢？"

"她过世的丈夫，海军司令马斯普拉特也收集火柴盒。"他相当严肃地说。

朱莉娅颤抖着，就要笑出声了，可又泰然自若地恢复正常。她问："你该不会是为了那些火柴盒才娶她的吧？"

"不是，不是。他把所有的收藏品都留给法尔茅斯镇图书室了。我很喜欢她。虽然她的处境举步维艰，但仍是个非常快乐的女人。她很喜欢表演，和天主教演员协会有联系。”

“爸爸知道了吗？”

“我今天早上收到他的信，他表示同意。他一直在催我尽快结婚。”

朱莉娅和我同时意识到，我们一直在被好奇和惊讶的情绪支配。现在，我们改用几乎不带嘲讽的更温柔的语气向他道贺。

“谢谢你们，”他说，“谢谢你们。我想自己非常幸运。”

“我们什么时候才能见到她呢？我认为你应该把她带到这儿来。”

他什么话也没有说，只是喝着酒，凝望着酒杯。

“布赖迪，”朱莉娅说，“你这个自以为是的狡猾的老东西，为什么不带她来这儿？”

“哦，你知道的，我不能那么做。”

“为什么？我迫不及待地想见她。我们现在就给她打个电话，邀请她过来吧。在这样的时候，把她一个人丢在家里，她会觉得我们太奇怪了。”

“她还有孩子呢，”布赖兹赫德说，“再说，你们本来就很奇怪，不是吗？”

“你这话是什么意思？”

布赖兹赫德抬起头，严肃地看着妹妹。接着，他用同样单纯的语气继续说话，就好像他现在说的话与之前说的话并没有什么不同：“我不能叫她到这儿来，是因为这里现在的状况。她来这里不合适。毕竟，我只是这里的住客。如果说这房子现在还有主人，主人是雷克斯。在这里发生的一切都是他的事。可我不能把贝丽尔带到这儿来。”

“我真是不明白。”朱莉娅相当尖锐地说。我看着她。温柔而嘲笑的语气不见了，她现在很警觉，甚至可以说惊恐。“雷克斯和我当然都希望她来。”

“哦，是啊，这一点我毫不怀疑。难办的是另一件事，”他喝完自己杯中的葡萄酒，又重新斟满，把酒壶朝我推来，“你必须明白，贝丽尔是个严格遵守天主教原则的女人，而她中产阶级的偏见又进一步强化了这种原则。我不可能把她带到这儿来。你是选择和雷克斯姘居，还是和查尔斯姘居，还是同时和他们两个人姘居，无关紧要——我一直也无意打探你私生活的细节——可贝丽尔无论如何不会同意来做你的客人的。”

朱莉娅站起来。“你这自以为是的混蛋，为什么……”她突然住口，转身朝门口走去。

一开始，我以为她会忍不住笑出来。可我为她开门时，才惊慌失措地看到，她已泪流满面。我犹豫了。她没有看我一眼，就从我身边溜过去。

“也许是我让大家认为这场婚姻是出于利益，”布赖兹赫德继续平静地说，“我不能为贝丽尔辩护。毫无疑问，我牢固的地位确实对她有些影响。实际上，她自己也这么说过。但就我自己而言，我想强调的是，我真的非常爱她。”

“布赖迪，你对朱莉娅说那些话太过分了！”

“她应该无法反驳我。我只是在陈述一件她自己也十分清楚的事实。”

她不在图书室。我去楼上她的房间，她也不在那儿。我在她堆满东西的梳妆台旁停下脚步，想着她到底会不会来。就在那时，我朝敞开的窗口望去，灯光从阳台倾泻而出，一直照进黄昏的暮色，照到喷泉那儿。在这幢大宅里，喷泉总是以它的舒适清新吸引我们，我瞥见靠着石头的一个穿着白裙的身影。天色渐黑。我发现她躲在最阴暗的角落，坐在一张木椅上，周围是精心修剪过的黄杨树，黄杨树环绕着水池。我搂着她，她把脸紧紧贴在我的心口。

“你在外面不冷吗？”

她没有回答，只是把我抱得更紧。她浑身颤抖地抽泣着。

“亲爱的，怎么了？你为什么要这么介意？那个老呆子说什么有什么关系？”

“我不介意，他说什么都没关系。我只是很震惊。你不要笑我。”

我们相爱了两年，我感觉像是过了一辈子，可我从来没有见过她如此激动，也从来不曾感觉到自己如此无能为力。

“他怎么敢这么跟你说话？”我说，“那个冷血无情的老东西……”我的话并没有引起她的共鸣。

“不，”她说，“不是那样。他说得很对。布赖迪和他那个寡妇都很清楚，他们看得明明白白，他们在教堂门口花一便士就能买到消息。你在那里花一便士能买到任何消息，白纸黑字，清清楚楚，而且没有人会看到你付钱。只有拿着扫把的老太太在教堂的另一边，绕着忏悔室哗啦哗啦地扫地，还有一个年轻的女人在圣母七悲像前点燃一支蜡烛。你只要把一便士放进箱子，不放也行，随你的便，然后，你就可以拿走你的小册子。于是，你就得到那白纸黑字的东西了。

“千言万语汇成一个词，一个小小的、简单的却要命的词，这个词概括了你的一生。

“那就是‘活在罪孽中’，不仅是做错了事，比如我去美国是做错了事；做错了事，知道错了，可以避免再错，可以忘记错误。可他们不是这个意思。这不是布赖迪花一便士买来的东西。他的意思是那白纸黑字说得明明白白的东西。

“活在罪孽中，带着罪孽生活，反正都一样，就像个白痴的孩子，被人小心地照料着，保护着，远离世界的纷扰。他们说：‘可怜的朱莉娅，她不能再抛头露面了。她必须清楚自己的罪孽。这样的罪孽还存在，真叫人遗憾。’他们会说：‘可罪孽太强大了。像她那样的孩子总是这样。朱莉娅太容忍自己疯狂的小小罪孽了。’”

“一个小时之前，”我想，“她还坐在夕阳下，在水池中转动戒指，计算幸福的日子。现在，在第一道星光下，白日最后的窃窃私语已经终结，剩下的全是这神秘而令人心烦的悲伤！在画厅里，我们到底怎么了？烛光中，到底是什么阴影落到了我们身上？两句粗暴言语，陈词滥调而已。”她黯然神伤，她把头埋在我胸口，她的声音时而模糊，时而清晰痛苦，泣不成句的只言片语零零碎碎地传到我的耳旁。

“过去和未来。这么多年，在雪茄的烟雾中，筹码在双陆棋棋盘上哗啦作响时，那个‘蠢货’在桌边给男士们倒酒时，我一直努力做个好妻子。我怀着他的孩子，最后被死去的胎儿折磨得不成人形时，还在努力做个好妻子。我离开他，忘记他，找到了你，和你在一起两年。在与你在一起的未来，在有你或没有你的未来，战争会来临，世界会终结——都是罪孽。

“我很久很久以前就听到过这个词，那时，霍金斯奶奶在壁炉边做着针线活，圣心画像前的夜灯还亮着。科迪莉娅和我在星期天的午餐前，拿着教义问答手册，坐在妈妈的房间里。妈妈总是带着我的罪孽去教堂，她戴着黑色蕾丝面纱，在小教堂里被罪孽压得抬不起头。在天黑之前，她带着罪孽偷溜出来，在伦敦游荡。她带着罪孽穿过空荡荡的街道，在街上，送奶工的小马将前蹄踏在人行道上。我的罪孽吞噬了她，把她害死了，这罪孽比她自己致命的疾病还要残忍。

“妈妈带着我的罪孽死去；耶稣带着世人的罪孽死去，他的手脚被钉在十字架上。那罪孽笼罩着夜晚育婴室的床铺，一年又一年地笼罩法姆大街上铺着闪亮油毡的阴暗小书房，笼罩只有清洁老妪扬起的灰尘和一支蜡烛在燃烧的昏暗教堂。它在正午时分高悬在人群和士兵的头顶；除了一块蘸满醋的海绵和盗贼大发善心的话语，没有其他东西宽慰你。它将永远笼罩，永远也不会有冷冰冰的坟墓，不会有石板上铺开的寿衣，不会有黑洞里的油脂和香料；永远都只有正午的太阳，和以无缝外套作为赌注的投掷骰子的声响。

“没有退路，门都已被闩上。所有的圣徒和天使都守在墙边。被抛弃的，被擦除的，腐坏堕落的；患有狼疮的老人拿着带叉的棍子，在夜幕降临时分，一瘸一拐地走出来，在垃圾堆中翻找，希望能找到一些东西装进自己的麻袋，一些能卖出去的东西，可他最终还是带着嫌恶之情转身离开。

“没有姓名的，死去的，比如那个我还没来得及看一眼就被他们包起来拿走的孩子。”

她时而哭泣，时而低语，渐渐安静下来。我无能为力，好像漂浮在一片陌生的海洋。我放在她金纱线外套上的双手冰冷僵硬，双眼干涩难受。她在黑暗中紧紧抱着我，但我在精神上与她相距甚远，就好像很多年前，我们从火车站去她家，我给她点燃香烟时那样；就好像在教区长老宅、在茂密丛林生活的那些枯燥空虚的岁月中，我把她抛诸脑后时那样。

她说话时泪如雨下，沉默时眼泪又很快停住。她坐起来，从我怀里离开。她拿走我的手帕，浑身颤抖着站起身来。

“呃，”她说话的语气似乎正常多了，“布赖迪总是喜欢扔这种重磅炸弹，对不对？”

我跟着她走进屋子，走进她的房间，她坐到梳妆镜前。“我刚从歇斯底里的状态中恢复过来，”她说，“所以这副模样还不算特别糟糕吧。”她的双眼看起来不同寻常，又大又亮，苍白的脸颊上带着两团红晕，像她还是个小姑娘时给自己擦的胭脂。“很多歇斯底里的女人看起来都像得了重感冒。你下楼之前最好先把衬衫换了，上面全是眼泪和口红。”

“我们要下楼去吗？”

“当然，我们不能丢下可怜的布赖迪，让他一个人度过订婚之夜。”

我换好衣服回到她身边时，她说：“查尔斯，对不起，让你看到了刚才那可怕的一幕。我没法解释清楚自己为什么会那样。”

布赖兹赫德正在图书室里抽着烟斗，心满意足地读着一本侦探小说。

“外面舒服吗？我早知道你们要出去，也跟着去了。”

“外面很冷。”

“我希望雷克斯从这里搬出去后不会觉得不方便。你看，巴顿大街的房子对我们和三个孩子来说实在太小了。而且，贝丽尔喜欢乡村。爸爸在信里建议我们立刻交接房产。”

我想起自己第一次以朱莉娅客人的身份来到布赖兹赫德庄园时，雷克斯是怎么欢迎我的。“这样的安排真是叫人高兴，”他说，“这太适合我了。老家伙把一切安排好了，所有土地问题由布赖迪去和租户处理，我免费管理房子。我的全部开销只不过是家里用人的饮食和薪水。到哪儿去找比这更公平的待遇，是不是？”

“我觉得他搬走时一定会很伤心的。”我说。

“哦，他会在别处找到划算的交易，”朱莉娅说，“相信他。”

“贝丽尔还有一些她自己非常喜欢的家具。我不知道它们适不适合摆在这儿。知道吧，就是橡木梳妆台、四角凳之类的。我想把这些家具放到妈妈以前住的房间里。”

“可以，那儿很适合。”

于是，兄妹俩坐下来，谈起与房子有关的事，直到睡觉。“一个钟头之前，”我想，“在阴森森的黄杨树篱中，她还为上帝的死哭得肝肠寸断。现在，她却谈起贝丽尔的小孩是应该住到原吸烟室好，还是把他们安排到自己的教室更好。”我完全是在云里雾里。

“朱莉娅，”布赖兹赫德上楼以后，我说，“你有没有看过霍尔曼·亨特①的一幅画，叫《良心觉醒》？”

“没有。”

几天前，我在图书室里看到一本叫《前拉斐尔派②》的书。我把那本书找出来，给她念了书中对拉斯金的描述。她开心地大笑不已。

---

① 威廉·亨特（1827—1910），英国画家，前拉斐尔派重要画家。

② 也叫前拉斐尔兄弟会，是从1848年开始出现的一个艺术团体（也是一次艺术运动）。

“说得太对了。这正是我之前的感受。”

“可是，亲爱的，我不相信布赖迪的寥寥数语就能让你号啕大哭。你一定之前就一直在想什么罪孽。”

“没怎么想过，早先没想，刚才也没想。最近，随着最后审判日的号角声越来越近，才想得多一些。”

“当然，心理学家能够解释这种事情。这是一种你从儿童时期就准备好接受的状态。你在儿童时期接受的胡说八道的教育让你产生了负罪感。你心里也知道，那都是废话，是吧?”

“我多么希望的确都是废话啊!”

“塞巴斯蒂安有一次跟我说过几乎一模一样的话。”

“你不知道吗，他已经回归宗教了。当然，他从来不曾像我这般决绝地离开过它。我走得太远了，现在回不了头了。你所谓的废话如果是这个意思，那我很清楚。我唯一期望的，就是在一切人类秩序终结之前，将我的生活融入到某种规律中去。这就是我想要和你结婚的原因。我应该还想要个孩子。这是我能做的……我们再到外面去吧。月亮应该升起来了。”

一轮满月高悬夜空。我们绕着房子散步。酸橙树下，朱莉娅停下脚步，慵懒地折下一根长长的嫩枝，它是去年才长出来的，垂在树干边缘。朱莉娅一边走，一边将树皮剥去，做成一根软鞭。小孩子会这么玩，可她暴躁的动作并不像个小孩。她焦虑地拽下树叶，将它们在指尖揉碎。然后，她又开始剥树皮。

我们再一次站到喷泉旁。

“这好像是一出喜剧的背景，”我说，“场景：一个贵族之家庭院中的巴洛克式喷泉。第一幕，日落；第二幕，黄昏；第三幕，月夜。由于某些尚不清楚的原因，剧中角色总是聚集在喷泉边。”

“喜剧？”

“戏剧。悲剧。闹剧。你希望它是什么剧都行。现在是一幕和解的戏。”

“刚才发生过争吵吗？”

“第二幕有过疏远和误解。”

“哎，别用这俗气的语气说话，该死。你为什么一定要用间接的方式来看这一切？为什么一定要是一出戏？为什么我的良心一定要是前拉斐尔派的一幅画？”

“这是我的一种方式。”

“我讨厌这种方式。”

她的愤怒，就像她今天每一次情绪陡变一样，出乎我的意料。她突然把手中的鞭子抽向我的脸。她用尽全力恶狠狠地抽来，我感觉剧痛无比。

“现在你知道我有多么讨厌它了吧？”

她又抽了我一下。

“好吧，”我说，“继续。”

她的手已经举起，可就在这时又突然停下来，把皮被剥掉一半的鞭子扔进水中。树枝漂浮在月光下的水面，半黑半白。

“疼吗？”

“疼。”

“真的吗？……是我打的吗？”

一瞬间，她的愤怒消失，眼泪再度夺眶而出，流到我的脸颊上。我伸长手臂，扶着她，她低下头，用脸颊摩挲我放在她肩上的手，像只小猫，可又不像小猫，她在我的手上滴下一滴泪。

“屋顶上有只猫。”我说。

“讨厌！”

她咬我的手，我一动不动。她的牙齿碰到我的手时，她把咬变成了吻，又把吻变成舌尖的轻轻一舔。

“月光下有只猫。”

我回到自己熟悉的心境。我们转过身朝屋子走去，走到灯火通明的大厅时，她说：“你这张可怜的脸。”她用指尖轻抚鞭痕。“明天还会有伤痕吗？”

“我觉得会。”

“查尔斯，我是不是要疯了？今天晚上到底发生了什么事？我太累了。”

她打了个呵欠，接着又不由自主地打了一连串呵欠。她坐到梳妆台前，低下头，头发遮住脸。她无助地打着呵欠，抬起头来时，我从她肩头望去，在镜子里看到一张仿佛残兵败将般茫然疲惫的脸。那张脸的旁边，是我自己带着两道深红伤痕的脸。

“太累了，”她重复一遍，脱下金色短外套，任由它掉到地上，“又累，又疯，什么好事也没干。”

我哄她上了床。她蓝色的眼睑合上，遮住了眼睛。她躺在枕头上，苍白的双唇动了动。我不知道她在跟我说晚安，还是在自言自语地祈祷——她此刻沉醉在悲伤与睡梦之间的暮光世界，育婴室里简单的歌谣传到她耳边，那古老而虔诚的韵律来自霍金斯奶妈，从信徒们用马匹驮着行李、踏上朝圣之路开始，它就以床头喃喃低语的形式，流传了数个世纪，见证了人类语言的所有变化。

第二天晚上，雷克斯和他的政治伙伴同我们待在一起。

“他们不会发动战争的。”

“他们不能发动战争。他们没有钱，没有石油。”

“他们没有钨，没有人手。”

“他们没有胆量。”

“他们害怕。”

“害怕法国人、捷克人、斯洛伐克人、我们。”

“只是在虚张声势。”

“当然是在虚张声势。他们的钨在哪里？他们的锰在哪里？”

“他们的铬在哪里？”

“我要告诉你们一件事……”

“听着听着，肯定是件好事，雷克斯要告诉我们一件事了。”

“……几天前，我的一个朋友在黑森林①里骑摩托车，他从那儿回来后，我们一起打高尔夫时他告诉了我这件事。嗯，这个朋友骑着车往前走，从小路转上公路。他发现了什么？竟然是一支军事护卫队。他停不下来，只能径直朝他们开去，撞到一辆坦克的侧面。他以为自己必死无疑……等一等，接下来就好笑了。”

“有什么好笑？”

“他居然穿了过去，摩托车上的漆都没被蹭花。你们猜是怎么回事？那坦克是用帆布做的——竹子搭成框架，外面盖着画着坦克的帆布。”

“他们没有钢。”

“他们没有工具，没有劳动力。他们连肚子都填不饱。他们没有肥肉。好多小孩得了佝偻病。”

“女人都生不出孩子。”

---

① 德国西南部与法国边境相距不远的一处森林山区。

“男人都是阳痿。”

“他们没有医生。”

“医生都是犹太人。”

“他们好多人现在得了肺病。”

“他们好多人现在得了梅毒。”

“戈林[①]对我的一个朋友说……”

“戈培尔[②]对我的一个朋友说……”

“里宾特洛普[③]跟我说，军队支持希特勒掌权，只是因为他能凭空搞到很多东西。军队一旦反对他，他就完了。军队会开枪打死他的。”

“自由党会把他吊死。”

“共产党会把他肢解。”

“他会自杀的。”

“要不是有张伯伦[④]，他现在就自杀了。”

“要不是有哈利法克斯[⑤]——”

“要不是有塞缪尔·霍尔[⑥]爵士——”

“还有1922年委员会。”

---

① 戈林（1893—1946），纳粹德国战犯，与希特勒关系极为亲密，曾被希特勒指定为接班人。

② 戈培尔（1897—1945），纳粹德国宣传部部长。

③ 里宾特洛普（1893—1946），纳粹德国外交部部长。

④ 张伯伦（1869—1940），英国保守党政治家，1937年到1940年任英国首相。在第二次世界大战前夕对纳粹德国采取绥靖政策。

⑤ 第一代哈利法克斯伯爵（1881—1959），英国资深保守党政治家，1938年至1940年任英国外务大臣，与张伯伦等人向纳粹德国施行绥靖政策。

⑥ 塞缪尔·霍尔（1880—1959），英国政务活动家，张伯伦内阁著名的绥靖主义者。

“还有和平誓约。”

“还有外交部。”

“还有纽约银行。”

“我们只需要一条坚强有力的战线。”

“一条有雷克斯的战线。”

“一条有我的战线。”

“我们会给欧洲一条坚强有力的战线。欧洲正等着雷克斯的演讲。”

“还有我的演讲。”

“还有我的演讲。将全世界热爱自由的人团结起来。德国会复兴的，奥地利会复兴的。捷克和斯洛伐克也一定会复兴的。”

“为雷克斯的演讲和我的演讲干一杯。”

“来一局桥牌怎么样？来点威士忌怎么样？你们谁要大雪茄？喂，你们俩是要出去吗？”

“是的，雷克斯，”朱莉娅说，“查尔斯和我要去月光下走走。”

我们把窗户关上，嘈杂声终于消失。月色如霜，照在阳台上，喷泉音乐般的潺潺声悠然入耳；阳台上的石栏杆也许是特洛伊人的城墙，静悄悄的花园中，也许就竖着希腊人的帐篷，而那天晚上，克瑞西达[①]就躺在里面。

“几天，几个月。”

“没有时间可以浪费了。”

“月升与月落之间，就是一生。此后便只有黑暗。”

---

① 莎士比亚著名的悲剧《特洛伊罗斯与克瑞西达》，讲述特洛伊战争背景下特洛伊罗斯和克瑞西达的爱情故事。克瑞西达是个已投靠希腊人的特洛伊教士的女儿，特洛伊国王的小儿子特洛伊罗斯爱上了她。

第四章

“西莉娅当然会得到孩子的监护权。”

“那是当然。”

“教区长老宅怎么办？我猜，你也不想和朱莉娅跑来砰砰敲我们的门，说要在那里安顿下来吧？你知道，孩子们早把那儿当成是自己家了。罗宾呢，要等到他叔叔死之后，才会有自己的住处。再说，你从来没用过那间画室，对不对？罗宾那天说了，可以把画室改造成一间非常好的娱乐室——那么大，都可以打羽毛球了。”

“罗宾可以住在教区长老宅。”

“现在，说说钱的事吧，西莉娅和罗宾自然不想为自己争取什么，可孩子的教育是个大问题。”

“都会安排好的。我会去找律师解决此事。”

“嗯，我想差不多就是这些，”马尔卡斯特说，“你知道吗，我这一辈子见过不少离婚案，从来没见过哪一桩能让各方都这么满意。那些人无论最初多么友善，一旦涉及细节问题，几乎总会反目成仇。提醒你一句，我想说，在过去两年里，我时常觉得你对西莉娅过分了一点。一个人也许很难客观评价自己的妹妹，但我一直认为她是个有趣又招人喜欢的姑娘，任何一个小伙子都会乐于娶她为妻——她很有艺术才华，正好与你志同道合。可我必须承认，你很会挑人。我也一直对朱莉娅情有独钟。不管怎么样吧，事情的进展好像是皆大欢喜。罗宾疯狂地爱着西莉娅有一年甚至更长时间了。你认识他吗？”

“有点模糊的印象。在我的记忆中，他是个满脸粉刺的幼稚年轻人。”

“哦，我可不会这么说他。当然，他是非常年轻，但重要的是，乔乔和卡洛琳都很喜欢他。查尔斯，你有一双非常出色的儿女啊。代我向朱莉娅问好，多年的老熟人了，祝她一切都好。”

“你正在办离婚吗？”我父亲说，“你们俩幸福地过了那么多年，难道有个这必要吗？”

“我们并不是那么幸福，知道吧。”

“你们不幸福吗？你不幸福吗？我清楚地记得去年圣诞节看到你们在一起时的样子，我觉得你们看起来很幸福，我当时还在想你们为什么那么幸福呢。你会发现离婚是很麻烦的，知道吗，一切又要重新开始。你今年多大了——三十四了吧？这可不是个重新开始的年纪。你必须安定下来。你有计划了吗？”

“有啊。离婚手续一办完，我就再婚。”

“唉，我认为你这是胡说八道。我能理解一个男人希望自己从来没有结过婚，只想赶快解脱出来的心理——我自己当然从来没有这样的感受——但才摆脱掉一个妻子，马上又娶一个，这可真是不可理喻。西莉娅一直对我非常客气。我在某种程度上也很喜欢她。你和她在一起如果都不幸福，那怎么指望和别人在一起能幸福？亲爱的儿子，听我一句劝，放弃离婚的念头吧。”

“为什么要把朱莉娅和我牵扯进来？”雷克斯问，“西莉娅如果想要离婚并且再婚，很好，非常好，让她结呗。那是你和她的事。

我认为朱莉娅和我过得相当幸福。你不能说我在刻意刁难你们。很多人碰到这种情况会大发雷霆。我认为自己是个通情达理的人。我有自己的事业。离婚是件非常糟糕的事，我不知道离婚能给人带来什么好处。”

“那是你和朱莉娅的事。”

“唉，朱莉娅下定了决心。我希望你能把她劝过来。我已经竭尽所能不碍手碍脚了。我如果出现得太频繁了，只管告诉我，我不会介意的。可眼下的事情实在太多了，布赖迪还想希望我从这儿搬出去。太烦心了，我要想的事情太多了。”

雷克斯的社交生活正面临转折点。事情的进展并不如他计划的那般顺利。我在金融方面一窍不通，但我听说，正统保守党派的人对他的交易都不看好；连他与人为善、做事果断这些优点都成了别人说三道四的由头，他在布赖兹赫德庄园的同党也引起议论纷纷。报纸上总是有太多关于他的消息；他与媒体大亨在一起，与眼神哀伤、强挤笑容的奉迎者在一起；他在演说中说的话总能在弗利特街[①]“制造新闻”，让他的党派领导对他相当不满；只有战争可以扭转雷克斯命运的颓势，并将他送上权力的舞台。离婚不会对他造成很大的伤害，目前让他深陷其中、无法自拔的还是赌桌上的大笔金钱进出。

“朱莉娅如果坚持要离婚，我想她一定会离的，”他说，“可她挑了一个最不适合的时间。告诉她，再坚持一会儿。查尔斯，你是个好人。”

---

① 英国伦敦市内一条著名的街道，旧时是英国全国性大报社的所在地。

“布赖迪的寡妇说：‘这么说来，你准备和一个离过婚的男人离婚，再嫁给另一个离过婚的男人。听起来好复杂，不过，我亲爱的——’她起码喊了我二十几遍‘亲爱的’，‘我常常发现，每个天主教家庭里总有一个背弃信仰的人，这个人往往还是最漂亮的那一个。’”

朱莉娅刚从萝斯康曼夫人为庆祝布赖兹赫德订婚的午宴聚会上回来。

“她长什么样子？”

“人高马大，丰满性感，当然，相貌很普通。嗓音沙哑，大嘴巴，小眼睛，头发染过——我还要告诉你，她在自己年龄这件事上绝对对布赖迪撒谎了。她至少四十五岁了。我觉得她生不出小孩了。布赖迪的眼睛简直没法从她身上移开。整个午宴期间，他一直充满爱意地望着这个女人。太恶心了。”

“她的态度友好吗？”

“谢天谢地，还挺友好的，不过是一副居高临下的样子。你看，我猜她以前一定在海军圈子里颐指气使惯了，有一帮海军军官围着她转，还有野心勃勃的年轻士兵对她大献殷勤。呃，可在范妮舅妈家，她显然不能呼来喝去，所以我这个害群之马的存在让她感觉自在多了。实际上，她把注意力都放在了我身上，问我对一些商店和其他一些事情的意见，还直截了当地说希望能经常在伦敦和我见面。我想，布赖迪唯一的顾忌是，她和我同睡在一个屋檐下。但显然，我们一起去女帽店、美容店，或在丽兹酒店吃午餐，我不会对她构成严重威胁。不管怎么说，有所顾忌的人只有布赖迪，寡妇相当强硬。”

“那她对布赖迪也颐指气使吗？”

“还没有，还没有那么过分。布赖迪只是个恋爱中的傻瓜，一个可怜的老顽固，都不知道自己身在何方了。寡妇只不过是个善良的女人，想给自己的孩子找个好家庭，决不会让任何事情挡自己的道。她眼下拼尽全力大肆鼓吹宗教那一套玩意。我敢说，她一旦得到自己想要的东西，就会比较容易相处了。”

两桩离婚引起朋友们众说纷纭，即便是在那个大难当头的夏天，在某一些角落，别人的私事还是大家首先关注的事。我妻子让别人相信离婚这件事对她来说值得庆贺，我应该受到谴责。她还让大家相信，她已经做得够好了，如果是另外一个女人，绝对不可能像她这样，忍这么久。大家背地里窃窃私语，说罗宾比她小七岁，而且比一般同龄男人更幼稚些，但他对可怜的西莉娅忠心不二，她经历所有这一切之后，确实应该得到呵护。至于朱莉娅和我，就是老一套了。“大致来说，”我的堂兄贾斯珀说，好像这一辈子从来没有用别的方式说过话，“我不明白你为什么不嫌麻烦，还要再结婚。”

夏天过去了，亢奋的人群欢呼庆祝内维尔·张伯伦从慕尼黑归来。雷克斯在下议院发表了一次狂热的演说，从此注定了自己或好或坏的命运，演说的结果被封印起来，就像海军有时发出密令，要过段时间后才能在海上打开密令。朱莉娅的家庭律师提着印有“马奇曼侯爵”字样的黑色锡铁箱，似乎坐满了整整一个房间，就此开始她缓慢的离婚进程；而我的律师的事务就简单多了，他们在朱莉娅的律师事务所隔壁的隔壁，几周前就在处理我的离婚事宜。雷克斯和朱莉娅必须正式分居，而由于布赖兹赫德庄园目前仍是她的家，所以她将继续住在那里，雷克斯将把自己的行李和贴身男仆转移到他们在伦敦的房子。律师正在我的公寓里收集不利于朱莉娅和我的证据。布赖兹赫德的婚期已定，是圣诞节假期之初，这样他未来的继子继女也能参加婚礼。

十一月的一天下午，朱莉娅和我站在客厅的窗户边，看着肆虐的寒风将酸橙树上的叶子全部吹落，狂风裹挟着落叶，将它们吹至半空，树叶团团打转，又将它们吹过阳台和草坪，吹过泥泞而潮湿的草地，把它们糊到墙壁和玻璃窗上，最后，终于在石雕旁将它们放下，仍由它们积成湿漉漉的一堆。

“到了春天，我们就见不到这些了，”朱莉娅说，“也许永远都见不到了。”

“以前，”我说，“我离开这里时，以为自己再也不会回来了。”

“也许很多年以后，我们会带着残余的躯壳，回到这里残余的遗迹……”

我们身后阴暗的房间里，一扇门打开又关上。威尔克斯沿着长长的窗户，从壁炉的火光走进黄昏的暮色，向我们走来。

“小姐，科迪莉娅小姐打电话来，留下了口信。”

“科迪莉娅小姐！她现在在哪儿？”

“在伦敦，小姐！”

“威尔克斯，这太好啦！她要回家吗？”

“她刚刚从车站出发。会在晚饭后到。”

“我十二年没见过她了，”我说——自从我们一起吃晚餐，她说自己想当修女的那天晚上之后，我就再没见过她。那天晚上，我还在马奇曼公馆画那里的客厅。“她以前是个多么招人喜欢的小孩呀。”

“她过着奇怪的生活。一开始，她去了女修道院，后来在修道院过得不顺利，就去了西班牙战场。从那以后，我就没见过她了。战争结束，其他和战地救护队去西班牙的姑娘都回来了，她却留在那里，帮当地人重返家园，还去战俘营里帮忙。真是个奇怪的孩子。她长大以后倒是很平常了，知道吧。”

“她知道我们的事吗？”

“知道，她还给我写过一封很贴心的信呢。”

一想到科迪莉娅长大后变得“很平常”，再想到她满腔燃烧的爱都被血清注射剂和灭虱粉消耗殆尽，我不免觉得痛心。她到家时，带着旅途的劳顿，衣衫褴褛，一举一动都透露出无意取悦任何人的意思。我觉得她是个丑女人。这真奇怪，我想，同样的部分，以不同的方式组合，居然产生出布赖兹赫德、塞巴斯蒂安、朱莉娅和她这样的效果。毫无疑问，她是他们的妹妹，可她既没有朱莉娅和塞巴斯蒂安的优雅，也没有布赖兹赫德的庄重。她看起来活泼轻快，讲求实际，带着被军营和急救站氛围长期熏陶出来的气质，对恶心痛苦的场面早已习以为常，以至于丧失了对人生乐趣的细微体验。她看起来比实际年龄二十六岁要大。艰苦的生活让她变得粗糙，长期说外语磨去了她精致的英语口音。她坐在炉火边，双腿微微叉开。她开口说“回家真是太好了”时，在我听来就像一只动物回到巢穴时发出的呼噜呼噜声。

这些是我在见到她后最初半小时里的印象，我将他与朱莉娅雪白的皮肤、丝绸般光滑且满戴宝石的秀发，以及我记忆中孩童时期的科迪莉比较后，这种印象更深了。

“我在西班牙的工作结束了，”她说，“政府非常客气，感谢我所做的一切，给我了一枚奖章，然后就打发我收拾行李回来了。不过这里应该就会有大量同样的工作了。”

接着，她又说："现在去看奶妈会不会太晚？"

"不会，她坐着听收音机呢。"

我们三个人一起爬上楼，去原来的育婴室。朱莉娅和我每天总会在这儿待一会儿。霍金斯奶奶和我父亲是两个看起来永远都不会改变的人，和我第一眼看到他们时几乎一样。霍金斯奶奶桌上的一堆宝贝中，现在又多了个收音机——除此之外，还有念珠，用漂亮的棕色厚纸包裹起来的红色烫金封面《贵族姓名录》，照片，以及各种节日纪念品。我们告诉她朱莉娅和我就要结婚时，她说："哦，亲爱的，我希望一切都能越来越好。"她有宗教信仰，但绝不会对朱莉娅的行为提出任何质疑。

布赖兹赫德从来不是她最喜欢的孩子，她用这样的话表达了对他订婚的祝贺："他倒是花了不少时间来做决定。"她翻遍《德布雷特贵族年鉴》，也没有找到马斯普拉特太太的任何亲戚时，又说："我敢说她一定把他迷倒了。"

我们找到她。她像往常的晚上一样，正坐在火炉边，编织羊毛地毯，旁边放着茶壶。

"我就知道你们会上来，"她说，"威尔克斯先生派人来告诉我，说你们要来。"

"我给你带了一些蕾丝。"

"啊，亲爱的，太好了。很像可怜的夫人以前在做弥撒时戴的蕾丝。不过我始终不明白，他们为什么要把它做成黑色，我觉得蕾丝应该是白色的。不过黑色总是受人欢迎，我敢肯定。"

"我能把收音机关掉吗，奶奶？"

"哦，当然可以。我见到你们太高兴了，都没注意到它还开着呢。你的头发怎么了？"

“我知道很难看。现在我回来了，会把它弄好的。亲爱的奶奶啊。”

我们坐着聊天，我看见科迪莉娅充满爱的目光落在我们所有人身上。我开始意识到，她有属于自己的美。

“上个月，我见到了塞巴斯蒂安。”

“他都走了多久了！他还好吗？”

“不是很好。这也是我去见他的原因。你们知道吗，西班牙离突尼斯很近的。他在那儿和一帮修道士在一起。”

“我希望他们能好好照顾他。我猜，他们大概会发现他是个很难控制的人吧。他总在圣诞节给我寄贺卡，但这和他在家还是不一样啊。我一直不明白你们为什么老是去国外。就和老爷大人一样。他们都说我们就要和慕尼黑打仗时，我对自己说：‘科迪莉娅、塞巴斯蒂安和老爷大人都还在国外呢，打起仗来，他们的处境多可怕呀。’”

“我让他和我一起回来，他不愿意。他现在蓄起了胡须，知道吧，还非常虔诚地信教。”

“这我可不信，我哪怕是亲眼所见，也不信。他一直都有点异教徒的气质。布赖兹赫德是那种会去教堂的人，塞巴斯蒂安不是。至于蓄胡须，我只能靠想象了。他的皮肤那么漂亮，那么白，哪怕一整天没沾过水，也那么干净。布赖兹赫德呢，你怎么给他洗脸都没用。”

“一想到你把塞巴斯蒂安彻底忘记了，”朱莉娅有一次说，“我就觉得可怕。”

“他是一切的序幕。”

“我们在海上的暴风雨中时，你就这么说过。从那以后，我就一直想，也许，我也只是个序幕。”

“也许吧。”我想，她的话像香烟的一缕烟雾，漂浮在我们之间——而我的这个想法，也像青烟般飘散，消失得了无痕迹。“也许我们所有的爱只不过是些线索和符号，就像一条漫长得令人疲累的道路上，有人在门柱和铺路石上随意涂画流浪汉的语言，这条道路早在我们之前就被别人踩踏过。你和我也许只是种典型人物，我们之间经常出现的悲伤来自我们在追寻过程中产生的失望。我们竭尽全力，你追我赶，时不时瞥见一个阴影，但它总领先我们一两步拐过转角。”

我没有忘记塞巴斯蒂安。他在朱莉娅的身体里，每天和我在一起。又或者应该说，在那些遥远的如世外桃源般的日子里，我在他的身上认识了朱莉娅。

“对一个女孩来说，这种安慰简直冷血，”我试着跟她解释时，她说，“我怎么知道自己不会突然变成另外一个人呢？这么安慰人倒是轻松。”

我没有忘记塞巴斯蒂安；这幢房子的每一块石砖上都有关于他的回忆，我听到科迪莉娅说她一个月前刚刚见过他时，我这位迷失已久的朋友便重新占据我的全部思绪。我们离开育婴室时，我说：“我想知道关于塞巴斯蒂安的一切情况。”

“明天再说吧。是个很长的故事。”

第二天，我们走在寒风肆虐的花园里，她告诉我：

“当时，一个刚从北非到布尔戈斯的记者告诉我，”她说，“他快要死了。他说那儿有个穷困潦倒的人，叫弗莱特，大家都说他是位英国爵爷，可他被神父找到时差点饿死，迦太基附近的一家修道院收留了他。这就是我听到的故事。我知道这个不完全准确——因为，我们为塞巴斯蒂安做的事不虽然多，但至少给他寄了不少钱——于是，我立刻出发。

“一切都相当顺利。我先去了领事馆，他们都知道他，他当时正在传教神父总部的医院里。领事告诉我的故事是这样的，他说有一天，塞巴斯蒂安坐着从阿尔及尔来的客车，出现在突尼斯，请求成为传教会的役工。神父们看了他一眼，拒绝了。然后，他就开始酗酒。他住在阿拉伯社区旁边的一间小旅馆。后来，我去看了那个地方，是个酒吧，楼上有几间住房，由一个希腊人看管，到处充斥着热油、大蒜、陈酒和旧衣服的气味，很多希腊小商人到这里来，玩玩西洋棋，听听收音机。他在那儿住了一个月，喝了一个月的希腊苦艾酒，偶尔出去闲逛，但他们都不知道他去了哪里，他回来后又会喝酒。他们害怕他会出事，后来有时会跟着他，发现他只是去教堂，或坐车去市区外的修道院。那儿的人都很喜欢他。他还是那么受人喜欢，你看，他不管去了哪儿，身处怎样的境地，大家总是很喜欢他。他永远不会丢失这个本领。你真应该听听老板和他的家人是怎么说塞巴斯蒂安的，他们一边说，一边泪流满面。他们显然从头到脚把他抢劫一空，可他们毕竟还是照顾了他，想办法让他吃了东西。让他们震惊的也正是这件事：他不肯吃东西，他有那么多钱，可还是骨瘦如柴。我们用奇怪的法语交谈时，一些住客也走进来。他们全都说了同样的故事：多么好的一个人，他们说，看到他情绪如此低落真叫人伤心。他们谴责他的家人居然把他丢下，让他沦落到如此境地。他们说，这种情况绝不可能出现在他们的家人身上。我敢说，他们说得很对。

“反正，这些都是后话了。我从领事馆出来，直接去了修道院，见到院长。他是个严肃的荷兰老头，在中非待了五十年。他又跟我说了他所了解的故事的一部分：塞巴斯蒂安像领事说的那样出现，蓄着胡须，提着箱子，请求成为役工。‘他非常诚恳，’院长说，”科迪莉娅模仿院长刺耳的声音，我记得，她在学校时就很有模仿的天赋，“‘请不要觉得我的话有任何可疑之处——他相当清醒，也相当诚恳。’他想去荒野丛林，走得越远越好，去最单纯的人当中，去食人族当中。院长还说：‘我们传教区里可没有食人族。’他说，好吧，侏儒也可以，或者是河边某个地方的原始村落，再不然麻风病人也可以，麻风病人最好不过了。院长说：‘我们确实有很多麻风病人，但他们都和医生、修女住在定居区。一切都被安排得井井有条。’他想了想，说麻风病人也许并不是他真正想要的，接着问有没有什么河边的小教堂——你看，他总是想要在河边——他说，神父不在时，他可以管理教堂。院长说：‘是，确实有这样的教堂。现在，跟我说说你自己的情况吧。’‘哦，我不算什么。’他说。‘我们见过不少稀奇古怪的人，’”科迪莉娅又开始模仿，“‘他也是个怪人，但非常诚恳。’院长告诉他见习期和接受训练的事，说：‘你不算年轻了。在我看来，也不算强壮。’他说：‘不不不，我可不想接受什么训练。我不想做任何需要训练的事。’院长说：‘我的朋友，我看你自己倒是需要一位传教士呢。’他说：‘是的，当然。’最后，院长把他打发走了。

“第二天，他回来了。他喝了酒。他说，他决定成为见习教徒，也愿意接受训练。‘很好，’院长说，‘对于在丛林里的人来说，有一些事情是不能做的。其中之一就是喝酒。喝酒也许不是最可怕的事，但无论如何仍然相当危险。我又把他打发走了。’后来，他每周都要去两三次，每次酩酊大醉，最后，院长下了命令，不准门房再放他进去。我说：‘哦，亲爱的，你一定觉得他非常讨厌吧。’当然了，塞巴斯蒂安的行为是他们那个地方的人无法理解的。院长只是简单地说：‘除了祈祷，我想我没有任何其他办法帮他了。’院长是个圣洁的老人，并能从别人身上发现这一点。”

“发现别人的圣洁之处？”

“啊，是的，查尔斯，这就是你必须理解塞巴斯蒂安的地方。”

“总之，最后有一天，他们发现塞巴斯蒂安不省人事地躺在大门外。他是步行走到那里的——他平常会坐车去——后来，他摔倒了，在那儿躺了一整夜。起初，他们都以为他又喝醉了，后来才意识到他病得相当厉害。于是，他们把他送进医院。从那以后，他就一直待在医院里。

“我陪了他半个月，陪他撑过了病情最严重的阶段。大多数人肯定觉得他那副模样很可怕，秃顶，胡须拉碴，但他还保持着以前那种亲切愉快的态度。他们让他单独住一间房，那间房简直就只是个僧侣的修行室，一张床，一个十字架，四壁白墙。起先，他不能多说话，他看到我时，一点儿也不惊讶。后来，他觉得惊讶了，又不愿多说话，直到我就要离开，他才告诉我他全部的经历。绝大部分都跟库特有关，库特就是他那位德国朋友。嗯，你见过他的，所以应该很清楚。库特听起来是很讨厌，但塞巴斯蒂安为能照顾他很开心。塞巴斯蒂安告诉我，他和库特住在一起时，有一段时间基本戒了酒。库特生病了，伤口迟迟不愈。是塞巴斯蒂安帮他渡过难关。后来，他们去了希腊，库特逐渐好起来。你也知道，有时候，德国人去到一个优雅的国家，似乎就能找回正直高尚的感觉。这种情况也发生在了库特身上。塞巴斯蒂安说他在雅典变得相当有人情味。可后来，他被关进监狱，我不太清楚是因为什么。显然，不完全是他的过错——好像是和某个官员起了争执。他一被关起来，德国政府就来抓他。当时，德国政府正从全世界各个角落搜寻所有的德国人，把他们变为纳粹党羽。库特不想离开希腊，希腊人却不想要他。于是，他和很多其他恶棍一起，被直接从监狱押送上一艘德国轮船，回了家。

“塞巴斯蒂安跟着去了，一年时间过去，他没有找到库特的丝毫踪迹。最后，他可以说是挖地三尺，终于在一个乡村小镇里找到他，这时，库特已经穿上纳粹冲锋队员的衣服。起先，他不愿与塞巴斯蒂安扯上任何关系，而是滔滔不绝地说起官方的口号，什么祖国复兴啦，什么他属于祖国啦，什么在种族生活中寻找自我价值的实现啦，诸如此类。可那只是表面的东西。塞巴斯蒂安六年来教他的东西毕竟超过希特勒这一年对他的影响。最后，他终于放弃，承认他痛恨德国，说他想逃出去。我不知道他这么说到底在多大程度上只是出于对安逸生活的向往。他想骗塞巴斯蒂安的钱财，想去地中海游泳，想在咖啡馆里闲坐，还希望有人把他的皮鞋擦亮，那是多么轻松的日子。然而，塞巴斯蒂安说不完全是这么回事，库特在雅典时就开始学着长大了。塞巴斯蒂安也许说得对。不管怎样，他决定逃跑。可失败了。塞巴斯蒂安说，他无论做什么，好像总会惹上麻烦。他们抓到他，把他送进集中营。塞巴斯蒂安没法接近他，也听不到任何关于他的消息，甚至都不知道他被关在哪个集中营。就这样，他在德国逗留了将近一年时间，又开始喝酒，终于有一天，他在酒醉时结识了一个刚从集中营里出来的人，那正是库特待过的集中营。他这才知道，库特在进集中营的第一周就在自己的牢房里上吊了。

“就这样，塞巴斯蒂安的欧洲之行结束。他回到曾经让他快乐的摩洛哥，沿海岸线游历，从一个地方到另一个地方，直到有一天，他清醒时——当时，他醉酒的频率已经相当高了——冒出要逃到野蛮人中去的念头。所以，他现在就在那儿了。

“我没有建议他回家。我知道他不愿意，而他身体太虚弱，不可能跟我争辩。我离开时，他看上去很快乐。当然，他永远都不可能去丛林或加入教会了，院长会照料好他的。他们想过让他当个勤杂工。你也知道，教会里总有几个吃闲饭的怪人。他们既不能完全适应外面的世界，又不能适应宗教的规矩。我觉得我也算是这种人。只不过我因为不喝酒，所以比较容易找到活干。”

我们走到小路的拐弯处，脚下是最后也最小的一个湖，湖上有石桥，桥下漫溢的湖水汇成一道瀑布，流入下面的小溪。在湖对岸，小路转了个弯，通向房屋。我们在护栏边停下脚步，低头看着黝黑的湖水。

“我有个家庭女老师从这座桥上跳下去，自杀了。”

“是啊，我知道。”

“你是怎么知道的？”

“这是我听说的第一件关于你的事——在我见到你之前。”

“真是太奇怪了……”

“你跟朱莉娅说了塞巴斯蒂安的这些事吗？”

“说了个大概，没有我对你说得这么详细。朱莉娅从来不曾爱过他，知道吗，不像我们这样爱他。”

“爱”。这个词像在责骂我。科迪莉娅说的是“爱”，不是“爱过”。

“可怜的塞巴斯蒂安！”我说，“太可怜了。这一切会怎么收场呢？”

“我想我可以准确地告诉你答案，查尔斯。我见过他这样的人，我相信，他们更贴近上帝，更受上帝的喜欢。塞巴斯蒂安会活下去，一半身陷俗世，一半超脱凡尘。他会拿着扫帚和一大串钥匙，每天慢条斯理地到处晃荡，成为大家都熟悉的一个身影。他会成为老神父们最喜欢的人，也会成为新信徒们嘲笑的对象。每个人都知道他酗酒；每个月，他会消失两三天，大家点点头，会心一笑，用各式各样的口音说：‘老塞巴斯蒂安又去找乐子了。’然后，他会披头散发、满脸羞愧地回来，在接下来的一两天里，他在小教堂里会显得格外虔诚。花园里可能会有几个他小小的藏宝之处，他时不时会偷偷喝几口。每当有说英语的客人来访，他们会让他出面当向导，他会表现得特别迷人，他们在离开之前还会问起他，也许会有人暗示他们，他在英国国内有些亲属是达官贵人。他如果活得够久，一代又一代散布在天涯海角的传教士会想起他，想起这个奇怪的老头曾经是他们学生时代的一部分。他们会在做弥撒时怀念他。他会形成一些虔诚的小怪癖，会有自己强烈的个人信仰。人们会在闲暇时发现他在小教堂里的身影，他不在时，大家还会想念他。最后，某一天早晨，他又狂饮一番后，人们会在大门口发现奄奄一息的他。他们给他做最后的圣礼时，只有轻轻颤动的眼皮表明他仍然有意识。就这样度过一生，似乎也不是那么糟糕。”

我想起繁花盛开的栗树下抱着泰迪熊的少年。“谁也想不到会有这样的一天，”我说，“我想他应该没有受很多苦吧？”

“哦，怎么会，我想他还是受了不少苦。你绝对想象不到，像他那样失去行动的能力，是种怎样的折磨——没有尊严，没有意志。但没有人能不受磨难便成圣徒。他的磨难就是这种形式……

过去几年，我见过太多苦难。很快，每个人都将面临更多的苦难。苦难是爱的春天……”接着，她似乎为了迁就我不信仰宗教的立场，又补充一句：“他住的地方非常美，知道吗，就在海边——有白色的修道院走廊，有钟楼，有一行行绿色的蔬菜，夕阳西下时，会有修道士给蔬菜浇水。”

我笑了。“你知道吗？我是无法理解这一切的。”

“你和朱莉娅……”她说。我们朝屋子走去时，她又说：“你昨天晚上见到我时，是不是在想：‘可怜的科迪莉娅，原来是个多么迷人的小姑娘，长大后成了一个相貌平平、虔诚信教，还做了不少善事的老处女。’你是不是觉得我‘命运多舛’？”

这不是敷衍搪塞的时候。“是的，”我说，“我确实这样想过。可现在不这么想了，不太这么想了。”

“说来好笑，”她说，“我想到你和朱莉娅时，想到的也是这个词。我们在楼上育婴室和奶妈在一起时。我就在想你们‘命运多舛的恋爱’。”

她的语气略有些嘲讽、温柔、微妙，这是她从她母亲那里继承而来的。那天晚上再晚些时候，我想起她的话，不禁倍感辛酸。

朱莉娅穿一件中式绣花长袍，只有我们两人在布赖兹赫德庄园吃饭时，她通常会穿这件衣服。这件长袍沉甸甸的分量和笔挺的褶子突显了她宁静的神态。她戴着式样淡雅的金项圈，优雅地伸长脖子，双手静静地放在膝上长袍的群龙之中。无数个夜晚，我总是幸福地凝望她这副模样，那天晚上，我看着坐在炉火和灯光中的她时，竟无法将视线转开。我爱她美丽的容颜，我突然想：“我还在什么时候见过她这样呢？为什么这个场景有似曾相识之感？”我几乎立刻想起来了，那天，暴风雨来临之前，她就是这样坐在轮船上。同样的模样。我意识到，她现在重又获得我原本以为她已永远失去的东西，也就是那具有魔力的哀伤，是它将我吸引到她身边。她命运多舛的表情仿佛在说："我人生的目的应该不止如此吧？"

那天晚上，我在一片漆黑中醒来，躺在床上久久难眠。我在脑海中翻来覆去地回想和科迪莉娅的谈话。"你知道吗？我是无法理解这一切的。"我怎么说了这句话？我常常觉得自己好像突然短路了，就像一匹全力奔跑的骏马遇到障碍，不肯一跃而过，只是退回到栏杆边，胆怯得连鼻子都不敢凑上去闻一闻障碍，更不用说看一看了。

我的脑海中出现另一幅画面，一幢北极圈里的小木屋，一个设陷阱捕猎的孤独猎人。猎人穿着毛皮大衣，与油灯、柴火为伴。屋里的一切都干燥、温暖、井然有序。屋外，寒冬最后一次暴风雪正肆虐横行，积雪在门口堆积，悄无声息地在木门外积压着越来越沉重的压力。门闩在插销中挤得越来越紧。时间一分一秒地过去，屋外漆黑的夜里，白色的雪堆封住大门。很快，风力减弱，太阳从冰封的斜坡上重现天空。高高的山上，一直积聚能量的大团融雪开始移动、滑落、翻滚，然后整个山坡好像都要坍塌下来。这时，这个灯火通明的小屋就会裂开，分崩离析，随着雪崩坠入深谷沟壑，消失踪影。

第五章

我的离婚案，或者说，我妻子的离婚案被安排在布赖兹赫德婚期前后听审。朱莉娅的案子则要到下一个开庭期才能处理。不过搬运游戏已经全面开始——我的东西要从教区长老宅搬到我的公寓，我妻子的东西要从我的公寓搬到教区长老宅，朱莉娅的东西要从雷克斯的房子和布赖兹赫德庄园搬到我的公寓，雷克斯的东西要从布赖兹赫德庄园搬到他自己的房子，马斯普拉特太太的东西要从法尔茅斯搬到布赖兹赫德庄园——我们所有人都在不同的程度上无家可归了，可突然，我们的行动被叫停，马奇曼侯爵宣布，鉴于当前的国际形势，他决定回到英格兰，在自己的老宅安度晚年，这一不合时宜而又戏剧般夸张的举动显然是他长子奇怪个性的原型。

唯一一位从此变动中获益的家庭成员是科迪莉娅。在混乱的局势中，可怜的她原本都被人遗忘了。布赖兹赫德倒是正式请求科迪莉娅把他的房子当做自己的家，她只要觉得适合，想住多久便住多久，可得知未来的嫂子计划在婚礼后立刻将自己的孩子安排在那儿过节，并且还让她的一个姐姐和姐姐的朋友来照看管理时，科迪莉娅决定搬走，还说要在伦敦自立门户。现在，她发现自己就像童话故事中的灰姑娘，突然被擢升为乡间别墅的女主人，她的哥哥和嫂子却陷入上无片瓦遮身的境地。他们原本以为自己再过几天就会成为掌握绝对控制权的主人。房产移交契约原本已拟好，只等签名，此刻却被卷起来，放进林肯会所[1]一只黑色的锡铁箱子里。马斯普拉特太太尤其痛苦，她并非野心勃勃的女人，比布赖兹赫德庄园小得多的地方就足以让她心满意足，她也真的很想给孩子们在圣诞节期间找个住处。法尔茅斯的房子被清理一空，准备出售；而且，马斯普拉特太太在离开那里时，就自己的新家说了一通无可厚非但确实是夸夸其谈的大话。他们不能再回去了。她不得不赶紧将自己的家具从马奇曼夫人的房间搬到一处废弃的马车房，又在托基租下一幢带家具的别墅。我说过，她不是个野心勃勃的女人，但种种过高的期望突然被拉低到如此程度，她不免尴尬万分。在庄园，工人们原本在准备迎接新娘进门的装饰，此时也开始把彩旗上的新娘字样换下，以马奇曼家族的徽标取而代之。旗帜的冠冕上，象征伯爵地位的花梗被隐去，取而代之的是模板印刷的花球和草莓叶[2]图案，为马奇曼爵爷的归来做准备。

爵爷的各种计划，通过一系列接踵而至又相互矛盾的电报，首先传到律师那里，再传到科迪莉娅那里，最后才传到朱莉娅和我这里。马奇曼爵爷会按时抵达，参加婚礼；他会在婚礼后到，他在布赖兹赫德伯爵及夫人途经巴黎时与他们见过面了；他会在罗马与他们见面。他的身体状况不好，完全不适合旅行；他正要准备出发；冬天的布赖兹赫德庄园给他留下了不愉快的回忆，所

① 英国林肯律师学院简称。伦敦四所律师学院之一，负责向英格兰及威尔士的大律师授予执业认可资格。

② 英国贵族在正式场合会头戴冠冕。布赖迪是伯爵，其冠冕的周围以花梗上的球作为装饰，马奇曼老爷是侯爵，冠冕饰有草莓叶与四个相间的银色球。

以，他暂时还不会来，要等到春暖花开，暖气设备经过彻底检修以后才来。他会一个人来；他会带上他在意大利的同居者来。他希望不要公开他回来的消息，他要过完全与世隔绝的生活；他将会举办一次舞会。最后，他选定一月中的一天归来，后来的事实证明，他真的在这一天准时回家了。

普伦德比他提早几天到，这可是个问题。普伦德并不是布赖兹赫德庄园最初的成员，他原本是马奇曼老爷在义勇骑兵队的随从，与威尔克斯只在一次令人尴尬的场合下见过面。当时，老爷打完仗，决定不回家了，他来帮忙运走主人的行李。后来，他就成了老爷的贴身男仆，正式地说，他现在也还是这样的身份。在过去几年，他引荐了一位类似副监督的人物，这是个瑞士人，算是随从，负责管理老爷的衣物，还在爵爷有需要的情况下，帮着打理家中一些不那么高贵的活。所以，普伦德现在实际上是这个飘忽不定的大家庭的总管家，有时，他甚至在电话里自称“秘书”。他和威尔克斯的关系很微妙，两人相处时如履薄冰。

幸好，这两人惺惺相惜，于是，这件事情通过还有科迪莉娅参与的三边讨论得到了解决。普伦德和威尔克斯是老爷共同的贴身仆从，就像有着完全相同地位的皇家骑兵卫队和皇家近卫骑兵队，普伦德的职责范围是老爷的私人房间，而威尔克斯的影响范围主要是公共房间。年长资深的男仆将会得到一件黑色外套，并被提升为管家，难以安置的瑞士人在到达以后则会穿普通衣服，享受贴身男仆待遇。为配合新的尊贵身份，大家的薪酬都有所增加，结果自然皆大欢喜。

朱莉娅和我在一个月前就离开了布赖兹赫德庄园，当时以为再也不会回去了，可现在，为了迎接侯爵归来，我们又搬了回来。

那一天终于到来，科迪莉娅去了车站，我们留在家中等候。天色暗沉，大风肆虐。村舍和小屋都被装饰一新，但晚上燃烧篝火和请乡村银色铜管乐队在露台表演的计划都被取消，二十五年来不曾飘扬的家族旗帜此刻在山形墙头升起，在灰暗的天空下猛烈扇动。无论人们用怎样沙哑的声音对着话筒另一端的中欧大吼大叫，也无论军工厂里的机床是怎样飞速运转，马奇曼爵爷的回归才是乡邻们的头等大事。

他应该三点到。朱莉娅和我在客厅等着，威尔克斯事先与车站站长做好了安排，能随时了解到最新消息。他宣布“火车正发出进站信号”，一分钟之后，“火车进站了，老爷上路了”。于是，我们都去前院门廊，和管家们在那里等候。很快，一辆劳斯莱斯出现在马路拐弯处，一段距离之后跟着两辆货车。小汽车停下来，先出来的是科迪莉娅，然后是卡拉。她们两人在车边站了片刻，有人把一小块毛毯递给司机，又把一根手杖递给随从。一条腿小心翼翼地迈出车门。普伦德站到车门边，另一位仆人——那个瑞士贴身男仆——也从一辆货车中出现了。他们一起把马奇曼爵爷抬出来，让他站稳。他伸手摸索自己的手杖，把它牢牢抓紧，站了一分钟，积攒力量，准备爬上通往前门的几级低矮台阶。

朱莉娅轻轻发出一声惊叹，碰了碰我的手。我们九个月前在蒙特卡洛见过他，当时他腰板挺直，仪态威严，和我第一次在威尼斯见到他时几乎没什么不同。现在，他却是老态龙钟。普伦德告诉过我们，主人最近的身体不太好，可他并没有让我们对眼前这一幕做好准备。

马奇曼爵爷弓着背，蜷缩着站在那儿。他的大衣沉重地压在身上，脖子上的白色围巾被风吹得凌乱，头顶的布帽子低低地遮住额头。他脸色苍白，满脸皱纹，鼻子被冻得通红，眼中涌出泪水并不是因为情绪激动，而是因为肆虐的东风。他喘着粗气。卡拉把他的围巾塞好，又对他窃窃私语什么。他抬起一只戴着手套的手——是学校男生戴的那种灰色羊毛手套——有气无力地向门口的一群人做了个表示致意的小手势。然后，他双眼盯着脚下的地面，非常缓慢地走进屋。

他们为他脱去大衣、帽子和围巾，还有穿在大衣里面的皮背心。他脱去这些累赘后，显得比任何时候都更加憔悴，也更加优雅。那种极端疲惫的可怜模样没有了。卡拉帮他拉直领带，他用一块印花大手帕擦了擦眼睛，又拄着手杖，蹒跚着走到大厅的壁炉旁。

壁炉旁只有一把雕有纹饰的小椅子，是靠墙摆放的一整套椅子中的一把。这是一把又硬又平、坐在上面并不舒服的小椅子，也许只有椅背上精致复杂的徽章图样可以成为它存在的理由。它自从被人制作出来以后，大概从来都没人在上面坐过，哪怕是疲累不堪的用人。马奇曼爵爷此刻坐在上面，擦着眼睛。

“是冷风吹的，”他说，“我忘了英格兰有多冷了。招架不住。”

“您需要什么吗，老爷？”

“不需要什么，谢谢你。卡拉，那些讨厌的药丸在什么地方？”

“亚历克斯，医生说了，每天吃药不能超过三次。”

“让医生见鬼去吧。我挺不住了。”

卡拉从自己包里拿出一个蓝色小瓶，马奇曼爵爷服下一颗药。不管那是什么药，反正让他振作起来。他坐着，把长长的两条腿往前伸，手杖放在两腿之间，下巴搁在手杖的象牙柄上，他开始关注所有人了，跟我们打着招呼，发号施令。

“我今天恐怕很不舒服，这趟旅行把我累垮了。应该在多佛住一晚。威尔克斯，你为我准备的是哪些房间？”

“还是您以前的房间，老爷。”

“不行了，我要等恢复过来才能去住。要爬的楼梯太多，现在只能住一楼。普伦德，在楼下给我整理一张床。”

普伦德和威尔克斯交换焦虑的眼神。

“好的，老爷。那我们应该把床铺放在哪个房间？”

马奇曼侯爵沉思片刻。“就那间中国式客厅吧，还有，威尔克斯，我要‘王后睡床’。”

“中国式客厅，‘王后睡床’，老爷，对吧？”

“对，对。在接下来的几周里，我也许要在那儿待不少时间呢。”

我从没见过有人使用中国式客厅。实际上，在这所房子对公众开放的日子里，游客只能站在门口用绳子圈出来的一小片区域向里张望，不能再向前一步。那是一间富丽堂皇但不适合居住的博物馆，四处都是齐本德尔式木雕家具、瓷器、漆器和绘画。王后睡床是展品之一，巨大的天鹅绒床幔就像圣彼得教堂里的祭坛华盖。我想，马奇曼侯爵在离开阳光灿烂的意大利之前，是不是就计划好了这瞻仰遗容式的场景？在漫长劳累的旅途中，大雨如注时，他是不是就在考虑这件事？在那个时候，孩童时期一段记忆是不是被唤醒了，也许被唤醒的是尚在育婴室里时做过的一个关于神圣成年仪式的梦？“我长大以后，要睡在中国式客厅里的王后睡床上”。

当然，这个念头最让家人困扰。大家原本以为这将是充满各种礼仪的一天，现在却忙碌混乱。女仆们生了火，把床罩拿走，铺上亚麻床单。我平常从来不曾见过的围着围裙的男仆们忙着搬运家具。整片地区的木匠都被召集来拆卸大床。拆分后的各部件在中午被分批沿主楼梯运到楼下。有以天鹅绒包裹的洛可可式巨大床沿；有同样以天鹅绒覆盖的旋绕式镀金床柱；还有尚未抛光的原木床梁，它们位于床帏之下，起到支撑结构的作用，但从外面是看不见的；染色的羽毛饰物从镀金的鸵鸟蛋中垂下，像是床帏上的一顶王冠；最后，是四张床垫，每张都需要四个人费尽九牛二虎之力才能搬动。马奇曼侯爵对自己一时兴起导致的结果似乎很满意。他坐着壁炉边，看着眼前的一片忙乱，而我们——卡拉、科迪莉娅、朱莉娅和我则围成半圆，站着和他聊天。

他的脸恢复血色，眼睛也有了光。“布赖兹赫德同他妻子在罗马和我吃过饭，”他说，“我们既然都是一家人——”他的目光颇具讽刺意味地从卡拉身上转移到我身上，“那我就不妨直言了。我觉得她挺可悲的。据我所知，她前夫是航海的，而且，据我推测，也不是个要求很高的人。我的儿子，正值三十八岁的成熟年纪，这里的情形如果不发生翻天覆地的变化，他完全可以在英格兰的众多女人中随意挑选。他怎么偏偏选中了这个——这个贝丽尔——我想我只能这么称呼她了……”他故意没把话说完。

马奇曼侯爵没有表现出任何想离开的意思，没过多久，我们每个人也拖一把椅子来，坐在他周围——就是那种带有纹饰的小椅子，因为大厅里的其他家具都太笨重了。

“我敢说，我要等到夏天才能真正恢复过来，”他说，“我就指望你们四个逗我开心开心了。”

可现在的气氛如此沉闷，我们无能为力，他倒成了我们当中最开心的那个。“跟我说说，”他说，“布赖兹赫德追求她的过程。”

我们把知道的一切都告诉了他。

“火柴盒，”他说，“原来是火柴盒。我想她已经过了生育年龄吧。”

用人把茶点端到大厅的壁炉前给我们。

“在意大利，”他说，“没人相信会有战争。他们觉得一切都会‘安排’好的。朱莉娅，我想你现在应该打听不到政局方面的消息了吧？幸好，这位卡拉通过婚姻关系，成了英国臣民。她不是很习惯提起这事，但事实也许会证明，这个身份将很有价值。从法律上来说，她是希克斯太太，是不是，亲爱的？我们虽然对希克斯知之甚少，但不管怎么说，战争万一爆发，我们都应该感谢他。还有你，”他把进攻的矛头转向我，“毫无疑问，你会成为官方的画家[①]吧？”

“不会。实际上，我现在正和特别预备队谈判，准备接受他们的委任。”

“哦，你应该成为画家。上一次打仗的时候，我们中队就有位画家，跟了我们几周——直到我们上前线。”

他这番尖酸刻薄之言对我来说倒是很新鲜。我一直都觉得，他文质彬彬的外表之下其实有一副恶毒心肠。现在，这种恶毒就像他凹陷皮肤下的嶙峋骨骼，突显了出来。

床还没有整理完，天就黑了。我们都去看床弄得怎么样，马奇曼侯爵此刻也步履轻快地走过隔在大厅和他卧室之间的房间。

“我要祝贺你们。这里看上去相当不错。威尔克斯，我记得这

---

① 第一次世界大战期间，英国战争部指定一批画家描绘战争的进程。英国在第二次世界大战期间有过类似之举。

儿好像还有个银水盆和一个银水壶——应该是放在了我们称之为‘红衣主教更衣室’的房间里，我记得——想想看，要是把它们放到这台子上会是什么样。还有，你能不能把普伦德和加斯顿叫到我这儿来，行李可以等到明天再收拾——只需要装衣服的箱子和我今晚要用的东西。普伦德都知道的。你让普伦德和加斯顿陪我，我要上床睡觉了。我们稍后再见，你们要是在这儿吃晚饭，我会很开心的。”

我们转身离开。我走到门口时，他把我叫了回去。

“这里看上去非常不错吧？”

“是的，非常不错。”

“你要不把它画下来吧，呃——画名就叫‘临终病榻’，怎么样？”

“是的，”卡拉说，“他就是回来等死的。”

“可他刚到时，还自信满满地说到身体恢复的事。”

“那是因为他病得太厉害了。他清醒时，知道自己要死了，也能接受这一点。他的病时好时坏，有时候一连好几天，他都很硬朗，充满活力，可突然，他又做好死的准备，身体就垮了，还特别害怕。我也不知道他身体越来越差以后会怎么样。要不了多久了。罗马的医生说他活不过一年。有个人会从伦敦过来，我想应该就是明天，他会告诉我们更详细的情况。”

“是什么病？”

“他的心脏，是心脏出了毛病，病的名字很长。他会死于一种名字很长的病。”

那天晚上，马奇曼侯爵兴致高昂。整个房间布置得颇有贺加斯绘画的风格，在充满中国艺术情调的怪异壁炉旁，摆着供我们四人用餐的餐桌餐椅。老爷子靠在一堆枕头上，小口喝着香槟，品尝为他回来特地准备的一道道菜肴。他对菜肴赞不绝口，但几乎什么都没有吃。威尔克斯为了今天这个场合，特地拿出金盘。在此之前，我还从来没见过有人用它吃饭。金盘，再加镀金的镜子、精美的漆器、大床的帷帐以及朱莉娅的中式外套，共同营造出一种童话剧中阿拉丁[①]洞穴的氛围。

晚餐结束，我们正要离去时，他又情绪低落了。

“我还不想睡，”他说，“谁陪我坐一会儿？卡拉，亲爱的，你太累了。科迪莉娅，你能不能在我这个蒙难地照看我一个钟头？”

第二天早上，我问她昨晚是如何度过的。

“他差不多立马就睡着了。我两点钟时进去看他，添了点柴火，发现灯都开着，可他睡着了。他一定是中途醒来把灯都打开了，他得下床才能开灯啊。我想，他也许是害怕黑暗吧。”

科迪莉娅有在医院工作的经验，所以，照顾父亲的责任自然落到她肩上。医生来的那天，也自然而然地向她交代注意事项。

“除非他病情进一步恶化，”她说，“否则，我和那个贴身男仆就足以照顾好他了。我们暂时还不必把护士请到家里来，除非临时有需要。”

到了这个阶段，医生也没什么建议了，只说让他尽量舒服一点，并开了一些心脏病发时服用的药物。

“他还有多久时间？”

“科迪莉娅小姐，有很多人，医生预言他们活不过一周，可他

---

① 阿拉丁是中古阿拉伯神话故事集《一千零一夜》里的人物。

们都活到了很大的年纪，而且还老当益壮，四处走动。我从医学中学到了一件事，那就是永远不要预言什么。”

两位医生长途跋涉来到这儿，就是为了告诉她这句话。在场的本地医生所得到的也不过是以医学术语表达的相同建议。

那天晚上，马奇曼侯爵再次把话题转到儿媳身上。儿媳一直在他的脑子里打转，他一整天都在思考各种隐晦的方式表达自己的观点。此刻，他躺在枕头上，终于又说起儿媳。

“我从没像现在这样在乎过家庭传统的继承问题，”他说，“可一想到贝丽尔将要在这房子里取代我母亲曾经的位置，我就真心觉得恐惧。为什么要让那对没有教养又生不出孩子的夫妻坐在这里，眼睁睁看着这房子在他们周围腐朽崩塌？不瞒你们说，我不喜欢那个贝丽尔。

“我们在罗马会面也许是个错误。我们在其他任何地方见面，我也许都会更有同情心一些。但仔细考虑一下，我在哪儿跟她见面不会感到厌恶呢？我们在拉涅利酒店吃晚餐，那是一家我光顾了很多年的安静小餐馆——你们都知道的。贝丽尔似乎把整个餐馆塞满了。我当然是东道主。我听到贝丽尔催促我儿子赶快吃饭的那些话，觉得很不舒服，别人会以为她才是主人呢。布赖兹赫德一直是个贪吃的孩子。一个妻子如果真的从心底关心丈夫，就应该想办法约束他。不过，这事还不是很要紧。

“毫无疑问，她听说了我是个生活不规矩的男人。她对我的态度，我只能用无赖来形容。一个下流的老头，这就是她对我的看法。我猜，她以前见过下流的海军老将领，知道该如何取悦他们……我实在不想重复她说的话。我只给你们举一个例子。

“她说，他们那天早上去梵蒂冈听教皇布道，教皇还为他们的婚姻祈福——我并没有很认真听她说——我想，反正这样的事她之前也做过，只不过是和另一个丈夫、另一位教皇。她眉飞色舞地说她如何同一大群新婚夫妻一起参加早前的仪式，这些夫妻绝大部分是来自社会各阶层的意大利人，有些单纯的姑娘穿着结婚礼裙，相互赞美恭维，新郎们则仔细打量自己的新娘，同时又不免将自己的新娘和别人的比较一番，诸如此类。接着，她说了一句：‘当然了，这一次我们是跟教皇私下在一起，可你知道吗，马奇曼侯爵，我感觉我才是把新娘领进教堂的那个人。’

“她说这话相当粗鄙。我到现在还没完全明白她的意思。她这是故意拿我儿子的名字开玩笑①，还是在暗示我儿子无疑是个处男？你们觉得呢？我觉得应该是后者。不管怎么说，我们就是在这样的客套话中度过了那个晚上。

“我想，她也不是特别适应这儿吧，你们认为呢？我应该把这儿留给谁？限定继承权②到我这里就结束了，知道吧。哎，不可能是塞巴斯蒂安了。谁想要这座房子？谁？你想要吗，卡拉？不想，你当然不想要。科迪莉娅呢？我想我还是把它留给朱莉娅和查尔斯吧。”

“当然不行，爸爸，这是布赖迪的。”

“那也是……贝丽尔的喽？我得让格雷森哪天赶紧过来一趟，解决这事儿。是时候更改遗嘱了，现在的遗嘱里面都是些不正常的、过了时的东西……我还是很想让朱莉娅住在这儿的，亲爱的，你今天晚上真美，你一直都是那么美；你更加适合这里，适合

---

① 在英文中，bride 是“新娘”，布赖兹赫德的昵称为 Bridey。

② 继承财产必须遵照特定的继承人顺序，马奇曼侯爵这句话的意思是，他可以按照自己的意愿，把财产传给任何人了。

多了。”

很快，他就派人去伦敦找来律师，可在律师来的那一天，他的心脏病又犯了，没法见律师。“还有时间，”他痛苦地喘着粗气说，“另找一天，等我身体好点再说。”他一直在思考继承人的问题，并经常提起我和朱莉娅应该什么时候结婚，什么时候接管庄园。

“你觉得，他真的打算把庄园留给我们吗？”我问朱莉娅。

“是的，我觉得他是这么打算的。”

“可布赖迪会痛苦的。”

“是吗？我倒觉得他并不是很喜欢这里。我很喜欢，你知道的。他和贝丽尔去别处找个小房子住，会更开心。”

“你的意思是，你打算接受？”

“当然。这是爸爸愿意留给我们的。我想你和我住在这里会非常幸福。”

我开始有了一种期待。我随塞巴斯蒂安第一次来这里，在马路上转过弯，第一次见到布赖兹赫德庄园，见到它那与世隔绝的幽僻山谷，那鳞次栉比一个比一个低的湖泊，那前方最显眼的豪华古宅时，就有过这样的期待，仿佛世上其他一切都已被我抛弃、遗忘。这个世界，有属于它自己的宁静、爱情和美好。这是一个士兵在异国他乡野营露宿时做的梦，这样的期待太高了，仿佛人在沙漠中忍饥挨饿许多天，又经历无数个被豺狼追赶的黑夜后，在眼前看到一座神庙高高的尖塔。可我有时候满脑子都是这样的幻觉，我应该为此谴责自己吗？

侯爵持续病重的数周时间显得格外漫长，全家人的生活也与病人衰弱的状况保持相同的步调。有几天，马奇曼侯爵会穿戴整齐，站在窗边，或扶着贴身男仆的胳膊，从一楼一个房间的壁炉前走到另一个房间的壁炉前，客人们来了又走——邻居，租户，从伦敦来的生意人——一包又一包新书被大家拆开并加以讨论，一架钢琴被搬进中国式客厅。二月底的一天，阳光出人意料地灿烂，爵爷叫来一辆汽车，走到客厅，穿上皮大衣，准备坐车出门。就在这时，他又突然失去乘车出行的兴趣，说："今天不去了。以后再说吧。等到夏天，再找一天出去。"他扶着男仆的胳膊，被带回到自己的椅子上。还有一次，他突发奇想，说要换个房间。于是，他给用人们下了详细的指令，要他们把东西都搬到画厅去。他说，中国的艺术风格妨碍了他的休息——他要在晚上把所有的灯都打开——可他很快对换房间失去兴趣，撤销所有指令，仍然住在原来的房间。

在其他的日子，他坐在高高的床上，靠着枕头，喘着粗气，全家人大气也不敢出。可即便是在这时，他还是希望我们围绕在他身边。无论白天或黑夜，他不能忍受独自一人待着。他不能说话时，就盯着我们看，如果有人离开房间，他就会露出难过的表情。这时，在他身边靠着枕头、挽着他胳臂、经常一坐就是几个小时的卡拉就会说："没关系的，亚历克斯，她很快就会回来。"

布赖兹赫德和妻子度完蜜月回来，住了几个晚上。马奇曼侯爵正病重，不愿让他们靠近自己。这是贝丽尔第一次来到庄园，她如果没有对这里表现出一丝好奇，反倒不正常了，毕竟，这个地方先前差点成了她的家，而以目前的情形看，很快又会成为她的家。贝丽尔是个正常人，所以在逗留期间把整个庄园彻底视察了一番。在她看来，马奇曼侯爵的病重造成了奇怪的混乱局面，这个家还大有改进之处。她有一两次提到她曾经拜访过与本庄园规模相仿的政府官员宅邸，并说起那些宅邸的管理之道。白天，布赖兹赫德带她去会见佃户，晚上，她带着快乐自信的态度，和我聊绘画，和科迪莉娅聊医院，或和朱莉娅聊衣服。我们的心头却笼罩着背信弃义的阴影，因为只有我们清楚，他们合理的期望即将落空。在他们面前，我很不自在。但我这种神态对布赖兹赫德而言并不新奇，他习惯打交道的那群人都很腼腆，所以，我的内疚并没有被他发现。

最后，形势变得越来越明显，马奇曼侯爵完全不想看到他们。布赖兹赫德被允许单独去做一分钟的告别。然后，他们就离开了。

“我们在这儿什么也做不了，”布赖兹赫德说，“贝丽尔也觉得特别痛苦。病情如果恶化，我们会回来的。”

侯爵病重的时间越来越长，越来越频繁，家里请了一位护士。“我从来没见过这样的房间，”护士说，“在哪儿都没见过，什么便利设施都没有。”她想把病人搬到楼上去，楼上有自来水，她也可以有自己的更衣室，有一张可以让她暂时“躲避”的“合用”的小床——这些都是她习惯的东西——可马奇曼侯爵坚决不愿改变主意。很快，他连白天黑夜也分不清了，家里又请来第二位护士，伦敦的专家回来了。专家们推荐了一种相当大胆的新疗法，可他的身体似乎厌倦了所有的药物，对它们没有任何反应。很快，他就没有复原的时候了，只有身体在迅速崩溃的过程中出现的片刻好转状态。

布赖兹赫德被叫来。正值复活节假期，贝丽尔忙着照顾孩子。他一个人来了，在父亲身边静静站了几分钟。父亲也坐着静静地看着他。他离开房间后，在图书室里找到我们，说：“爸爸该见见神父了。”

这个话题不是第一次被提起。马奇曼侯爵刚回来时，教区神父出于礼节前来拜访——由于庄园小教堂关闭，所以梅尔斯德又开了新的教堂和神父住宅。科迪莉娅用各种道歉和借口敷衍了他一番。他走后，科迪莉娅说："现在还不行。爸爸目前还不想见他。"

朱莉娅、卡拉和我当时都在场，我们每个人都有话要说，也都准备开口，可仔细想了想，又都没有说。后来，我们四个人再也没有提起此事，朱莉娅和我单独在一起时说过："查尔斯，我看宗教问题以后会成为一个大麻烦。"

"他们难道就不能让他安心地走吗？"

"他们所谓的'安心'，有着完全不同的意思。"

"这简直是种迫害。谁也说不清楚他这一辈子对宗教的看法。这个时候，他的脑子糊涂了，又没有力气反抗了，他们就来了，说他想临终忏悔了。在此之前，我对他们的宗教多少还是有些尊重的。可他们如果做出这样的事，那我就知道，大家说的关于他们做的每件蠢事都是真的——他们搞的那一套无非就是迷信和诡计。"朱莉娅什么话都没有说。"你难道不同意吗？"朱莉娅还是什么都没说。"你难道不同意吗？"

"我不知道，查尔斯。我真的不知道。"

我们再也不提这个问题，但我感觉到，问题一直存在，并且在马奇曼侯爵病重的这几个星期里变得越来越严峻。科迪莉娅每天清晨开车去做弥撒时，我看到了这个问题；卡拉后来和她一起去做弥撒时，我看到了这个问题；它原本只是手掌大小的一片小小乌云，但马上就要膨胀成我们必须面对的一场暴风骤雨了。

此刻，布赖兹赫德以他沉重粗暴的方式，把这个问题甩到我们面前。

“哦，布赖迪，你觉得他会同意吗？”科迪莉娅说。

“我必须让他同意，”布赖兹赫德说，“我明天就把麦凯神父带来。”

乌云还在卷积，没有丝毫消散的迹象。我们谁都没有说话。卡拉和科迪莉娅回到病房，布赖兹赫德想找一本书，找到后便离开了我们。

“朱莉娅，”我说，“我们要怎么阻止这场无聊的闹剧？”

她过了一会儿才说：“我们为什么要阻止？”

“你和我一样清楚，这么做——很不恰当。”

“我算什么呀，可以反对不恰当的事？”她悲伤地问，“再说了，这件事能造成什么危害呢？我们还是问问医生吧。”

我们问了医生，医生说：“这很难说。当然，可能会惊吓到他。但从另一个方面来说，我也知道在某些病例中，它对病人起到了极好的安抚效果。我甚至还看到过它起到积极的刺激作用。当然了，对亲属来说，它通常也是极大的安慰。我真的觉得这件事应该由马奇曼侯爵自己决定。我要提醒你们的是，没有必要现在就开始担心。马奇曼侯爵今天非常虚弱，明天也许又会强壮起来。再等一等不好吗？”

“唉，他没帮什么忙。”我们离开医生后，我对朱莉娅说。

“帮忙？我实在不明白，你为什么那么在意，不愿我父亲接受临终圣礼。”

“因为那不过就是装神弄鬼和虚伪做作。”

“是吗？不管怎么说，仪式存在了将近两千年时间。我不懂你为什么突然大发脾气，”她提高了嗓门，最近几个月，她总是动不动发怒，“看在上帝的分上，你可以给《泰晤士报》写文章，你可以去海德公园发表演讲，你可以发动一场‘消灭天主教’的暴动，但不要拿这件事来烦我。我父亲见不见教区神父，跟你、跟我有什么关系？”

我很熟悉朱莉娅这种激烈的情绪波动，上次，在月光下的喷泉旁，她就是被这种情绪控制，我隐约猜到她会如此的缘由，也知道这情绪无法被语言平息。但我不能说什么，因为我还不知道她那个问题的答案。我感觉到，这涉及不止一个人的命运。高高山坡上的积雪就要开始滑动了。

第二天早上，布赖兹赫德和我以及刚刚值完班的夜班护士一起吃早餐。

“他今天精神多了，”护士说，“差不多好好地睡了三个钟头。加斯顿来给他剃胡子时，他还说个不停呢。”

“很好，”布赖兹赫德说，“科迪莉娅去做弥撒了。她会开车带麦凯神父来这儿吃早餐。”

我见过麦凯神父几次。他是个矮壮结实、和蔼可亲的中年人，一半格拉斯哥血统，一半爱尔兰血统。我们见面时，他总喜欢问我这样的问题：“赖德先生，你觉得画家提香[①]比画家拉斐尔[②]更忠实于艺术吗？”而且，更让我尴尬的是，他会记住我的回答：“赖德先生，我想起上次有幸与您会面时您所说过的话，那么，现在是不是可以说，画家提香……”通常，他还会以诸如此类的反

---

① 提香（1490—1576），意大利文艺复兴后期威尼斯画派代表画家。

② 拉斐尔（1483—1520），意大利画家、建筑师，与达·芬奇、米开朗基罗并称“文艺复兴艺术三杰”。

思结束谈话："啊，赖德先生，一个人能有您这样的才能，还有您这么多可以用于发挥才能的时间，真是幸运啊。"科迪莉娅惟妙惟肖地模仿他的语气。

今天早上，他享用了一顿丰盛的早餐，瞥了报纸的大标题一眼，然后用轻快而专业的语气说："布赖兹赫德伯爵，你觉得那位可怜的老人现在准备好见我了吗？"

布赖兹赫德带他走出去，科迪莉娅跟在后面，我被留下独自坐在各式各样的早餐美食旁。不到一分钟，我听到门外传来他们仨的声音。

"……只能抱歉了。"

"……可怜的人。你们别忘了，他看到的可是一张完全陌生的脸。就是这个原因，都是因为这个——来了个出乎他意料的陌生人。我很理解。"

"……神父，很抱歉……让您这么远跑来……"

"千万别介意，科迪莉娅小姐。唉，我在戈波斯时，还有人朝我扔过瓶子呢……给他一些时间吧。我见过比他更糟糕的病人，但他们最后都在平静中与世长辞。为他祈祷吧……我会再来的……现在，你们如果不介意，我想去看一看霍金斯女士。是的，是的，我认识路。"

接着，科迪莉娅和布赖兹赫德走进房间。

"神父此行似乎并不顺利。"

"是的。科迪莉娅，麦凯神父从奶妈那里下来以后，你能不能开车送他回去？我要去给贝丽尔打个电话，看她需要我什么时候回家。"

"布赖迪，情况很不妙。我们该怎么办？"

“我们已经把目前能做的事都做了。”他离开房间。

科迪莉娅表情严肃，从碟子里拿起一片培根，在芥末酱里蘸了蘸，吃掉了。“可恶的布赖迪，”她说，“我就知道不行。”

“刚才发生了什么事？”

“你想知道？我们排成一列走进去，卡拉正在大声给爸爸念报纸。布赖迪说：‘我把麦凯神父带来看你了。’爸爸说：‘麦凯神父，你被带到这儿来恐怕是个误会。我还没有到要死的时候呢，再说，我二十五年没有参加你们教会的活动了。布赖兹赫德，送麦凯神父出去。’于是，我们都转过身，走出来。我听到卡拉又念起报纸来。事情就是这样，查尔斯，就是这样。”

我把这消息告诉朱莉娅时，她正躺在床上的小桌旁，周围是一堆乱七八糟的报纸和信封。“巫师走了，”我说，“那个神医走了。”

“可怜的爸爸。”

“布赖迪一定很失望。”

我感觉自己大获全胜。我对了，其他人都错了，真理胜利了。自从喷泉旁那晚上之后，我一直感觉有个威胁悬在朱莉娅和我头顶，现在它被解除了，也许永远消失了。我心中还有另一个自己不能说出来也不知道该怎么说的小小胜利。它不合时宜，但令我相当得意。我想，今天早上的事只怕会让布赖兹赫德离他的合法遗产越来越远。

我在这一点上猜对了。伦敦的律师派了个人来，一两天之后，全家都知道马奇曼侯爵另立了新遗嘱。可是，我认为宗教论战已经平息的想法却是错误的，在布赖兹赫德待在庄园的最后一晚的晚餐后，论战再度爆发。

“……爸爸说的是：‘我还没有到要死的时候，我二十五年没有参加教会的活动了。’”

“不是‘教会’，是‘你们的教会’。”

“我不觉得这有什么区别。”

“区别可大了。”

“布赖迪，他的意思再清楚不过了。”

“我想，他想表达的就是字面的意思。他的意思是，他还不习惯定期接受圣礼，同时，由于他现在还没有到要死的时候，所以，他不打算改变自己的习惯——但只是暂时这样。”

“你这是诡辩。”

“一个人想要把话说准确时，大家为什么总认为他在诡辩呢？他的意思很明白，他那一天不想见神父，但他真的‘快要死的时候’，就会愿意见了。”

“我真希望有人给我解释解释，”我说，“这些圣礼到底有什么意义。你们的意思难道是说，他如果一个人死去，就会下地狱，但如果有神父往他身上涂油——”

“哎，不是油的问题，”科迪莉娅说，“做这个仪式是为了拯救他。”

“这更奇怪了——好吧，不管神父做了什么——做完以后，他就可以进天堂了。你们相信的不就是这个吗？”

这时，卡拉插话：“我记得我的护士告诉过我，要不就是别人告诉我的，反正有人跟我说过，尸体冷掉之前神父赶到了就可以了。是这样吗？”

其他人都把矛头转向她。

“不是的，卡拉，不是这样的。”

“当然不是。”

“你完全弄错了，卡拉。”

“呃，我记得阿方斯·德·格雷内特死的时候，格雷内特夫人把神父藏在门外——因为他连看神父一眼都觉得受不了——尸骨未寒，夫人把神父带了进去。这可是夫人亲口告诉我的，他们为他做了整套安魂弥撒，我也参加了。”

“做了安魂弥撒并不意味一定能上天堂。”

“可格雷内特夫人认为这就可以了。”

“哦，那她弄错了。”

“你们这些天主教徒，到底知不知道神父能做出什么好事？”我问，“还是说你们这样安排，只是为了让你们的父亲有一场基督教葬礼？你们真的是希望他不下地狱吗？我只想听你们告诉我真实的答案。”

布赖兹赫德跟我详细说起来，他刚说完，卡拉就以一句简单的声明破坏了这个团结的天主教徒阵线，她说：“我之前从来没听过这些。”

“我们要弄清楚一点，”我说，“他必须按照自我意愿行动，他必须真心悔悟，并希望得到赦免。对不对？只有上帝才知道他有没有真正按照自我意愿行事，神父是不会知道的。神父如果没有在场，他独自一人，按自我意愿行动了，那效果应该和有神父在场一样啊。况且，一个人也许会由于身体太虚弱而没有做出外在的行动，但实际上，他的意志力很可能还在起着作用，对不对？他也许躺着不动，看上去像在等死，但他实际上一直都在祈祷，都在等待救赎，而上帝会理解他的，对不对？”

“差不多吧。”布赖兹赫德说。

“哦，那看在上帝的分上，”我说，“神父到底有什么用呢？”

大家都不说话，朱莉娅叹了一口气，布赖兹赫德深吸一口气，像是准备进一步详细分析这个话题。沉默中，卡拉说：“我只知道，我如果是你们，在请神父这件事上会格外谨慎。”

“愿上帝保佑你，”科迪莉娅说，“我相信这就是最好的答案。”

我们不再争论，我们基于各自的理由，都认为这场争辩难有定论。

后来，朱莉娅说：“我希望你不要再挑起关于宗教的争论了。”

“不是我挑起来的。”

“你没有说服任何人，也没有真的说服你自己。”

“我只想知道这些人到底相信什么。他们还说这一切都是以逻辑为基础的。”

“你如果让布赖迪把话说完，他会把事情说得非常有逻辑。”

“你们有四个人，”我说，“卡拉对宗教一无所知，她也许相信，也许不信；你，多少知道一些，但完全不信；科迪莉娅知道得不少，但疯狂地相信；只有可怜的布赖迪，他很了解，也很相信，但我觉得，他一旦要跟别人解释，总是表现得很差劲。大家都说：‘至少天主教徒很清楚自己信仰的是什么。’今天晚上，我们做了一次公正而典型的剖析——”

“哦，查尔斯，不要妄下结论。我觉得你对自己都开始产生怀疑了。”

几周过去，马奇曼侯爵还活着。六月份，我的离婚案终结，我的前妻再婚了。朱莉娅九月才能获得自由。我发现，我们的婚事一步步临近，朱莉娅谈起它时变得越来越充满渴望。战争也在逼近——我们俩对此深信不疑——可朱莉娅那种温柔的、微妙的，有时甚至看似绝望的渴求却并非因为她自身之外的不确定因素。有时，那渴求之情会突然变得阴暗，成为短暂爆发的仇恨，这时的她就像一头被关在笼子里的动物，努力想要挣脱一切限制她爱我的束缚。

我被召唤到战争部，接受询问，并被列入名单，以备紧急状况下被征召；科迪莉娅在另一份名单中。名单，再次成为我们生活的一部分，就像我们还在念书。大家都在为即将到来的“紧急状况”做一切准备。在阴暗的办公室里，没有人说起“战争”这个词，它是禁忌，但如果出现“紧急状况”，我们就会被召集起来——紧急状况不是斗争冲突，而是人类意志的行为；它也不像仇恨愤怒或报复惩罚那样清楚简单；它像从海里冒出来的一种东西，一个怪兽，脸模糊不清，尾巴从海底深处猛地拍出水面。

马奇曼侯爵对发生在自己房间之外的事毫无兴趣。我们每天都把报纸拿给他，念给他听。他躺在枕头上，转过头来，眼睛盯着四周床帏上复杂的图案。“还要继续念吗？”“你如果还没有觉得厌烦，就请继续念吧。”可他并没有听，只是偶尔听到熟悉的名字时，会嘀咕一句：“欧文……我认识他——平庸之辈。”或者说些不着边际的评论：“捷克人倒是很好的马车夫，仅此而已。”他的思绪早已远离俗世杂事，在当时、当地，他一心想的都是自己的事。他一心想着这场为活下去而进行的孤独斗争，没有力气去关注别的战斗。

医生现在每天都和我们在一起，我问他：“他有活下去的强烈意愿，是不是？”

“你要这么说？我会说，他有对死亡的极端恐惧。”

“这有什么区别吗?”

“哦，亲爱的，当然有区别了。他从恐惧中得不到任何力量，知道吧。恐惧只会耗尽他的力气。”

除了死亡，他还害怕黑暗与孤独，也许是因为它们和死亡类似吧。他喜欢我们都待在他的房间里，让灯光彻夜亮着，照亮一个个充满内疚的身影。他不想我们多说话，他自己却要说，但他的声音那么小，我们经常听不清他在说什么。我想，他之所以说话，是因为他相信只有自己的声音才能让自己确信还活着。他不是说给我们听的，也不是说给其他任何人听的。他是说给自己听的。

“今天好多了。今天好多了。我现在可以看到，在壁炉的角落里，一个中国官老爷拿着金铃铛，他脚下有棵歪歪扭扭的大树，树上盛开着鲜花。我昨天糊涂了，把小宝塔当成了一个人。很快，我就会看到那座桥和三只鹳鸟，我知道山上的小路通到哪儿。

“明天会更好的。我们家的人都长寿，结婚也很晚。七十三岁不算太大。我父亲的姑姑，朱莉娅姑奶，活到八十八，她在这儿出生，在这儿死去，一辈子也没有结婚。她在特拉法加海战中亲眼看到山上的灯塔亮起火光，她总把这里叫‘新房子’，他们在育婴室和在田地里时总是这么称呼这里。那时候，目不识丁的人总是记得很久以前的事。你们现在还能在村里教堂的旁边看到一幢旧房子，他们把那儿叫做‘城堡山’。是霍利克家的地，地上坑坑洼洼的，一半都荒废了，坑里的荆棘那么深，根本没法耕作。他们挖开地基，把石块搬走，去盖了新房子。原来的房子在朱莉娅姑奶出生时，就有一百年的历史了。那些记忆才是我们的根，记忆扎根在城堡山荒废的坑洞中，扎根在荆棘和荨麻堆中，扎根在无人唱诗的老教堂的墓碑和礼拜堂中。

“朱莉娅姑奶知道那些坟墓里埋着谁，她还知道盘腿而坐的骑士、穿着紧身上衣的伯爵、像罗马元老一样的侯爵、石灰石、雪花石和意大利大理石。她用乌木手杖敲过带有纹饰的盾牌，将头盔上的圆环放在老罗杰爵士的墓碑上。那时，我们都是骑士，阿金库尔战役[①]后，我们才成了男爵，到了乔治王朝，我们得到更高的荣誉。他们是最后来的，却最先走了，男爵的爵位被继承下来。你们都死了以后，朱莉娅的儿子将会以他出生在全盛时期之前的祖先的名字来命名。在那时，我们还要剪羊毛，到处都是广阔的玉米地，在那时，万物生长、大兴土木。我们排干沼泽，开垦荒地，一个人修了一幢房子以后，他的儿子会在上面加上穹顶，他的孙子会在两侧加上客房，并在河边筑起堤坝。朱莉娅姑奶亲眼看着他们立起那喷泉，喷泉被移动到这儿之前，就已经有古老的历史了，在那不勒斯经历了两百年的风吹日晒，又在纳尔逊时期被斗士马[②]运到这儿。很快，喷泉就会干涸，但雨水会将它填满，落叶将漂浮在水池中。湖面上，成片的芦苇扩散开来，又逐渐萎缩。今天好多了。

“今天好多了。我很小心的，不会让自己吹到冷风。我只吃适量的时令菜，喝上好的红葡萄酒，睡在自己的床上。我还会活很久的。他们让我们下车，把我们送上前线时，我都五十岁了。命令说，年纪大的可以留在根据地，可我的指挥官，也是和我住得最近的邻居，沃特·维纳布尔斯却说：‘你和那些最年轻的小伙子

① 发生于1415年，是英法百年战争中著名的以少胜多的战役。

② 斗士马（1917—1949），是美国生产并训练的纯种竞赛马匹中的一匹，是美国20世纪最具影响力的一匹马。

一样强壮，亚历克斯。’当时，我确实很强壮。现在，我只要还能呼吸，就依然强壮。

“没有空气，天鹅绒帷帐里一丝风也没有，夏天来了以后……”窗外，午后耀眼的阳光下，是茂密的玉米地和芳香的水果树，吃饱的蜜蜂慢慢寻找蜂巢，但马奇曼侯爵对此视而不见，“夏天来了以后，我会下床的，我会坐在外面，更加顺畅地呼吸。

“谁能想象得到，这些小金人，这些在自己国家里都是绅士的人，能够不用呼吸还活这么久？就像煤矿里的癞蛤蟆，躲在深深的矿底，无忧无虑。上帝啊，他们为什么要给我挖个洞呢？难道人一定要在自己的地窖里被活活憋死吗？普伦德、加斯顿，把窗户打开。”

“窗户都开着呢，老爷。”

他的床边放着一个氧气罐，氧气罐连着长长的管子和面罩，还有一个可以让他自己操作的活塞。他常常说：“瓶子空了，护士，来看啊，没有东西出来了。”

“不是的，马奇曼侯爵，里面还很满呢，看这个玻璃球里的气泡就知道了，压力很足。你听，你难道没听到嘶嘶的声音吗？你试着慢慢呼吸，马奇曼侯爵，很轻很轻地呼吸，然后你就会感觉很舒服了。”

“像空气一样自由，他们都这么说——‘像空气一样自由’。现在呢，他们把我的空气装在铁罐子里给我拿来了。”

又有一次，他说：“科迪莉娅，小教堂现在成什么样了？”

“妈妈去世以后，他们把它锁起来了，爸爸。”

“那是她的教堂，是我送给她的。我们家的人一直都是建筑者。那小教堂是我为她建的，建在阁楼的背阴处，用旧围墙后面的老石砖建的。它是新房子中最迟建成的一块，却是最先消失的。战争爆发之前，那里一直有位神父。你还记得他吗？”

“我那时还太小了。”

“后来，我就走了——留下她在小教堂里祈祷。那是她的教堂。是属于她的地方。我再也没有回来打扰过她祈祷。他们说，我们是为自由而战，我获得了自己的胜利。这是一种罪孽吗？”

“我认为是的，爸爸。”

“仰望苍天，大喊复仇吗？你觉得，是不是因为这个，他们才把我关在这洞穴里？还在旁边放上一个黑色桶子，桶子里装着空气，墙壁上是不需要呼吸就能活下来的小黄人。你有没有这么觉得，孩子？可风很快就会吹来了，也许是明天。然后我们就又能呼吸了。坏事对我来说反倒是好事呢。明天会更好的。”

就这样，直到七月中旬，马奇曼侯爵还在躺着等死。他为了争取活下去累得精疲力竭。大家都以为他的病情不会出现什么急剧变化，于是，科迪莉娅去了伦敦，去和妇女组织商量如何应对即将到来的“紧急状况”。可就在那一天，马奇曼侯爵的病情突然恶化。他静静地躺着，一动不动，喘着粗气，只有睁开的眼睛时不时环视房间四周，才表明他仍然还有意识。

“他是不是快不行了？”朱莉娅问。

“这可说不准，”医生回答，“他真要死的时候，很可能就是这个样子。但他也可能从目前的状态中恢复过来。我们唯一能做的就是不要打扰他。哪怕是一丁点的惊吓，也可能会要了他的命。”

“我要去找麦凯神父。”她说。

我并不意外。我看得出来，一整个夏天，她一直怀有这个念头。她离开以后，我对医生说：“我们必须阻止这场闹剧。”

他说："我的工作是负责病人的身体。至于到底是活着好，还是死了好，人死了以后又会发生什么，都不关我的事。我只想努力保住病人的性命。"

"可你刚刚说过，任何惊吓都会要了他的命。像他那么怕死的人，还有什么比把神父带到他面前更可怕的事呢？何况他还有力气的时候，曾经赶走过这位神父。"

"我想这确实可能会要了他的命。"

"那你会加以阻止吗？"

"我没有权力阻止任何事。我只能提出建议。"

"卡拉，你怎么认为？"

"我不想让他不高兴。这是我现在全部的希望，我希望他能在不知不觉中去世。但不管怎样，我又希望有位神父在场。"

"你能不能试着劝劝朱莉娅，让神父先不要进去——等到他快要死之前再进去？到那个时候，神父也不会对他造成什么危害了。"

"好吧，我会请求她不要让亚历克斯不高兴。"

过了半个小时，朱莉娅带着麦凯神父来了。我们在图书室里碰头。

"我给布赖迪和科迪莉娅发了电报，"我说，"我希望你能同意，在他们回来之前什么事都不要做。"

"我真希望他们现在就在这儿。"朱莉娅说。

"你没法独自承担这责任的，"我说，"目前在场的人都反对你。格兰特医生，你把刚刚对我说的话再对她说一遍。"

"我刚刚说了，他见到神父也许会受到惊吓，然后没命。他如果没受到惊吓，也许可以安然度过这次发病。我作为他的医生，反对任何可能惊扰到他的事。”

“卡拉?”

“朱莉娅，亲爱的，我知道你想把事情做到最好，可你也知道，亚历克斯并不是个虔诚信教的人。他总是对宗教嗤之以鼻。他现在正处于最虚弱的时候，我们不能乘虚而入，借此安慰自己的良心。麦凯神父等到他没有意识时再去，他仍然可以得到一个体面的葬礼。是不是，神父?”

“我去看看他怎么样了。”医生离开了我们。

“麦凯神父，”我说，“你也知道，你上一次来的时候，马奇曼侯爵是怎么对你的。你难道觉得他现在会有什么改变吗?”

“感谢上帝，在上帝的恩泽下，这完全是有可能的。”

“也许吧，”卡拉说，“等他睡着以后，你可以溜进去，对他念一念赦罪的话。他永远也不会知道的。”

“我见过太多男女去世时的情形，”神父说，“还从来没见过谁后悔在临终前有我陪伴。”

“可他们都是天主教徒啊，马奇曼侯爵从来不是个真正的教徒，他只是名义上的教徒——这么多年来，不管从哪个方面来说，他都不是信徒。他对天主教嗤之以鼻，这是卡拉说的。”

“主来召唤的并非善人，而正是需要忏悔的罪人。”

医生回来了。“情况没什么变化。”他说。

“那么，医生，”神父说，“我怎么可能惊吓到任何人呢?”他先把那张温和、无辜、坦诚的脸转向医生，然后又转向我，“你们知道我想做什么吗?一件很小很小的事，没有任何排场。我不会穿什么特别的衣服，知道吧。我就这样子走进去。他知道我这副模样。不会吓到他的。我只想问问他，他有没有为自己的罪孽感到悔过。我只想让他做出一点小小的表示同意的意思。不管怎样，我希望他不要拒绝我。这样，我就会给予他上帝的饶恕。接下来的事虽然不是必须的，但我还是想做，我想给他施涂油礼①。这也没有什么，就是从这个小盒子里蘸一点油，手指在他的头上碰一下。你看，没有任何会伤害到他的事。”

“唉，朱莉娅，”卡拉说，“我们该怎么说呢？让我去跟他说吧。”

她去了中国式客厅，我们默默等待着。在朱莉娅和我之间，是一道燃烧的火墙。卡拉很快就回来了。

“我想他压根没听见，”她说，“我还以为我知道该怎么跟他说呢。我说：‘亚历克斯，你还记得从梅尔斯德来的神父吧。他上次来看你的时候，你太任性了。你狠狠地伤害了他的感情。现在，他又来了。我希望你能看在我的分上，见一见他，交个朋友。’但他并没有回答。他如果没有意识了，那看到神父时也就应该不会生气了。是不是，医生？”

一直沉默地站着、一动不动的朱莉娅突然动起来了。

“谢谢你的建议，医生，”她说，“不管发生什么事情，我来负全部责任。麦凯神父，现在就请您去看看我的父亲吧。”她没有看我一眼，领着神父朝门口走去。

我们跟在后面。马奇曼侯爵还像我早上看到他时那样躺着。不过此刻，他的眼睛是闭上的，双手放在被单上，掌心向上，护士用手摸了摸他的脉搏。“进来吧，”她轻快地说，“你们现在不会

---

① 天主教神父往往给临终的人施行涂油礼，油代表圣灵。神父在涂油之前，为临终之人祷告，求主赦免其罪，接受临终之人的灵魂进入天堂，然后神父以油涂其前额。

打扰到他了。”

“你的意思是……”

“不是，不是，只是他现在意识不到什么了。”

护士把氧气面罩罩在他的脸上，嘶嘶的气流声是床边唯一的声音。

神父在马奇曼侯爵身边弯下腰，为他祈祷。朱莉娅和卡拉在床脚跪下。医生、护士和我站在她们身后。

“现在，”神父说，“我知道你在为一生的种种罪孽深感悔悟，是不是？如果可以，就表示一下。你真心悔悟了，是不是？”什么表示也没有。“努力回忆你的罪孽，告诉上帝你悔悟了。我要赦免你的罪孽。我给你举行仪式时，请告诉上帝，说你悔悟了，说你不该违逆他的旨意，”神父说起拉丁文，我听出来他在说，“我以天父之名赦免你的罪孽……”我看到他画了个十字。我也跪下了，祈祷：“哦，上帝，如果真的有上帝，如果真的有罪孽，请您原谅他的罪孽。”躺在床上的人睁开眼睛，叹了一口气。我一直想象人在临死前一刻就是这样叹气的。可他的眼睛还在转动，所以我们知道他还没有死。

我突然很想看到他做出一点什么表示，哪怕只是出于礼貌，哪怕只是为了我所爱的这个女人。朱莉娅此刻正跪在我的前面，祈祷着。我知道，她所祈求的只是一点点表示。她所要求的是一件看起来微不足道的小事，只是对现状的一种认可，只是人群中的一个点头。我的祈祷就更加简单了：“上帝啊，请您原谅他的罪过，上帝啊，请让他接受您的原谅。”

我要求的是一件多么小的小事。

神父从口袋里拿出一个小银盒，又用拉丁语说了几句话，然后用一小团蘸了油的东西碰濒死的病人。他做完他该做的事，把盒子放回口袋，送出最后的祝福。突然，马奇曼侯爵把手抬到自己的前额，我以为他感觉到了圣油的触碰，想要把它擦掉。“哦，上帝，”我祈祷，“请不要让他那样做。”我的担心完全没有必要，因为那只手又慢慢地移到胸口，再移到肩膀。马奇曼侯爵这是在做画十字的手势。这时，我明白了，我的祈求得到的并不是一件小事，也不是表示认可的随便一点头。我突然想起童年时曾经见到的一幕，圣殿的帷帐被从头到尾揭开了。

一切都结束了。我们站起身。护士走回到氧气瓶旁。医生弯腰检查病人。朱莉娅悄悄对我说：“你能不能送麦凯神父出去？我还要在这里待一会儿。”

到了门外，麦凯神父又变成我之前熟悉的那个单纯和蔼的人。“嗯，能亲眼见到这么美好的一件事真好。我知道它一次又一次这样发生过。魔鬼会顽固抵抗到最后一刻，可上帝的恩泽对他来说是无法抵挡的。我猜，你不是天主教徒吧，赖德先生？可至少，女士们得到了宽慰，你还是会为她们感到高兴吧？”

我们坐着等候司机时，我突然想到我应该为麦凯神父的这次服务付钱。我尴尬地开口问他。“哦，这事你不用费心了，赖德先生。这是我的荣幸，”他说，“无论你愿意给我点什么，在我们教区都将会派上用场。”我在钱包里找到三英镑，给了他。“哎，说真的，这真是太慷慨了。愿上帝保佑你，赖德先生。我会再来的，不过，我觉得那个可怜的人已经对这个世界没什么留恋了。”

朱莉娅一直待在中国式客厅，直到那天傍晚五点。她的父亲去世了。这证明在那场争执中，神父和医生都是正确的。

现在，我回想起我和朱莉娅之间最后的谈话，一些只言片语是我们最后的回忆。

父亲去世后，朱莉娅在父亲的遗体旁待了几分钟。护士走到隔壁房间，宣布去世的消息。我从开着的门里瞥见朱莉娅的身影，她跪在床脚，卡拉坐在她身边。没过多久，两个女人一起走出来，朱莉娅对我说："现在还不行，我要把卡拉送到她在楼上的房间去，等会儿再说。"

她在楼上时，布赖兹赫德和科迪莉娅从伦敦赶到了。最后，我和朱莉娅就像一对年轻的恋人，偷偷地单独见面了。

朱莉娅说："就在这个阴暗的地方，就在这楼梯的角落里——让我们用一分钟来道别吧。"

"过了这么久，你只有这一句话要说吗？"

"你知道我要说这句话了吗？"

"今天早上，我就知道了。今天早上之前，我就知道了。今年一整年，我都知道。"

"我是直到今天才明白的。哦，亲爱的，你如果能理解我就好了。这样，我可以忍受和你的分离，或者说，能比较容易地忍受分离。我如果相信有心碎这回事，我得说我的心碎了。我不能嫁给你，查尔斯，我再也不能和你在一起了。"

"我知道。"

"你怎么会知道？"

"你打算怎么办？"

"就这样继续下去——一个人过。我怎么知道该怎么办呢？你非常了解我。你知道我不是那种会哀悼一辈子的人。我一直都很坏。也许我又会变坏，还会受到惩罚。不过，我越坏，就越需要上帝。我不能拒绝他的慈悲。我就是这个意思，和你开始一段新的生活意味着离开他。人只能期望看到接下来要走的一步。可我今天看到了一件无法饶恕的事——就像在学校教室里犯下的错，错到没法接受惩罚，只有妈妈才能处理——这件坏事我差一点就做了，可我还没有坏到那种程度。我不能与上帝作对。查尔斯，上帝为什么让我明白了这一点，却没有让你明白呢？也许是因为妈妈、奶奶、科迪莉娅、塞巴斯蒂安——也许是因为布赖迪和马斯普拉特太太——他们都在为我祈祷。又或者，这是我与上帝私下达成的协议。我如果放弃一件我非常想做的事，那我无论有多坏，他最终都不会对我完全绝望。

“现在，我们俩都要孤单一人了，我也没有办法让你明白。”

“我可不想让你好过，”我说，“我希望你会心碎。但我都明白。”

雪崩终于发生，雪崩后的山坡空无一物，最后的回声消失在白茫茫的斜坡上，新的土堆闪闪发光，一动不动地躺在静静的山谷里。

后　记　　旧地重游

“这是我们到目前为止遇到的最差劲的地方，”指挥官说，“没有任何便利设施，也没有娱乐场所，旅部就在我们头顶。弗莱特家的圣玛丽教堂倒是有个酒吧，大概能坐二十个人——当然，军官不能进去，营区里有一家海陆空三军合作社①。我希望每周能去梅尔斯德·卡伯里一趟。马奇曼庄园在十英里之外。你到了那儿，就会发现到处一团糟。军官首先应该关心如何给士兵组织好娱乐活动。军医，我还想让你去看看那些湖，看看湖水适不适合洗澡。”

“好的，长官。”

“旅部希望我们替他们把房子打扫干净。我看到一些胡子拉碴、吊儿郎当的人在司令部周围游荡，我想他们应该可以给我们解决这个麻烦。不过……赖德，你会发现那五十几个人都很拖拉。你必须在十点四十五分去庄园向营司令员报告，他会给你看我们将要接管的是什么。”

“好的，长官。”

“在我们之前驻扎此地的同胞似乎不是很大胆。这个山谷很适合用来进行突袭训练，也在迫击炮的射程中。武器训练官，今天上午去做一次侦查，在旅部到达之前安排点事做。”

---

① 英国政府于1921年建立的一个单位，负责营运英军的康乐设施及供官兵、军眷消费的各种商店、营站等。

“好的，长官。”

“我会亲自和副官出去侦查训练区域。有谁碰巧熟悉这里吗？”

我什么话也没有说。

“那就这样了，开始行动。”

“这是个很有特色的漂亮老宅，”营地指挥官说，“可惜被破坏得太厉害了。”

他是一位上了年纪的陆军中校，退休后又被重新从几英里之外的地方安排到这里。我们在大门前的空地见了面，我带领我半个连队的人等候命令。“进来吧。我带你到处看一看。这里太大了，很容易迷路，我们只征用了一楼和六七间卧室。楼上的一切还是私人财物，绝大多数房间里塞满家具。你大概从来没见过那样的家具，有些还是无价之宝呢。

“顶楼住着一个看门人和几个老用人——他们不会打扰到你的——还有一个遭遇了闪电战的红十字会随军神父，朱莉娅小姐让他住在这里——他是个整天紧张兮兮的老头，也不会惹麻烦的。他把小教堂打开，允许我们进去，竟然还有不少人去呢。

“这个地方属于朱莉娅·弗莱特小姐，她现在这么称呼自己。她原来嫁给一个什么部的部长莫特拉姆。她现在去了国外，做妇女服务工作，所以我得尽量帮她看着这儿。说来也奇怪，老侯爵竟然把所有的东西都留给了她——儿子们可就不好受了。

“这里，是上一拨人安排文员的地方。不管怎么说，房间还是很多的。我把墙壁和壁炉都用木板盖上了，你看——下面都是很宝贵的古老工艺品。哎哟，好像有人在这里乱来了，这些当兵的！都是些爱搞破坏的穷鬼！幸好我们及时发现，要不然这笔账该记到你们头上了。

“这又是个很大的房间，以前挂满织锦壁毯。我建议你把这儿当成会议室。”

“我到这儿来只是打扫整理的，长官。旅部的人会分派房间。”

“哦，好吧，那你的活儿还挺轻松。上一拨人还是很正派的，可他们不应该把壁炉弄成这个样子。他们是怎么搞的？这壁炉看起来挺结实的呀。不知道能不能修好。

“我猜旅长会把这里作为办公室，上一个旅长就是这么干的。这里面有很多画，都没法搬走，是画在墙上的。你看，我尽量把画都遮起来了，不过，没什么能挡住这些当兵的——就像旅长在角落里干的那勾当一样。在外面的柱廊下，还有一个画了画的房间——都是些现代风格的画，但你如果问我，我会说这些画是这里最美丽的作品。之前他们把那儿当作通讯部，搞得乱七八糟的，太可耻了。

“这个难看的地方是他们的食堂，所以我没用木板把墙壁盖起来，它就算被破坏了，也没什么关系。这里总是让我想起一家贵得要命的妓院，你知道吧——叫‘日本家园’……这间是接待室……”

我们没花多长时间，就逛完这些充满着回声的空房间。接着，我们走到外面的阳台上。

“那些是其他军官的公共厕所和洗衣房，我不明白他们为什么要把厕所和洗衣房建在那里，在我接管这项工作之前就建好了。所有这些原本是和前面隔开的。我们铺好穿过树丛的小路，让它和主道连接。小路虽然不雅观，但非常实用。进进出出、运送东西的车辆很多，把这个地方弄得七零八落的。你看，这是一个冒冒失失的家伙开着车，从黄杨树丛中冲过去的地方，他把所有的栏杆都撞垮了。他开的是辆载重三吨的卡车，不知道的人还以为他开的至少是辆丘吉尔型坦克呢。

“那个喷泉是我们的女主人最钟爱的地方。以前，年轻军官在招待宾客的夜晚，总喜欢在里面胡闹，实在不像话，所以，我用铁丝网把它拦起来，把水关掉了。现在看起来是很脏，司机们把香烟头和吃剩的三明治都扔在里面，再加上我在它周围围上了铁丝网，所以也没办法进去清扫。不过它还是很壮观的，是不是？

“好吧，你到处都看过了，我就先走了。祝你今天一切顺利。”

他的司机把香烟扔进没有一滴水的喷泉水池，敬了个礼，打开车门。我回敬一个礼，营地指挥官的车便穿过酸橙树林中新开辟的碎石小路，走了。

“胡珀，”我看到手下的人开始工作了，说道，“我把你留下来，你觉得你一个人能把这群人管好半个钟头吗？”

“我只是在想，我们能上哪儿搞点茶喝。”

“天哪，”我说，“他们才刚刚开始工作呢。”

“他们都已经厌烦得不行了。”

“让他们继续干活。”

“好嘞呦。”

我没有在荒凉废弃的一楼停留太长时间，而是上了楼，在熟悉的走廊里徘徊。我试着推锁上的房门，有些房门可以打开，里面是一直堆到天花板的家具。最后，我终于碰到一位端着茶的老女佣。“哎呀，”她说，“这不是赖德先生吗？”

“正是。我刚刚还在想，什么时候会遇到熟人呢。”

“霍金斯奶奶还在楼上她原来的房间。我正要给她端点茶。”

“我替你送吧。”我说。我穿过一扇扇铺着厚毛呢的门，爬上没有铺地毯的楼梯，来到育婴室。

我开口说话之前，霍金斯奶奶没有认出我是谁。我的到来让她有些迷糊。我在她的壁炉旁坐了一段时间后，她才恢复平静。在我认识她的这么多年里，她几乎一直没什么改变，可现在开始显得老态龙钟。过去几年的变故在她的生命中出现得如此之晚，以至于她无法接受，也无法理解。她告诉我，她的视力模糊了，只能做最粗糙的针线活。我们刚相见时，多年的温和语气有些尖锐，但没过一会儿，她又像我们初次相见时那样温柔与朴实。

“……只有我还在这里了，再加上那两个姑娘和可怜的蒙布林神父，他家遭到轰炸，片瓦无存，什么家具都没有了，朱莉娅大发善心，收留了他，他的精神好像受到了一些刺激……布赖兹赫德的太太现在也是马奇曼太太了，按理说，我应该喊她‘夫人’，但我觉得很别扭，她也觉得很别扭。起初，朱莉娅和科迪莉娅离开这里去战场后，她就带着两个儿子搬到这儿，接着，军队的人把他们赶出去，他们去了伦敦，在伦敦的家里住了不到一个月，布赖迪就带着义勇骑兵走了，跟可怜的老爷当年一样。接着，他们家遭到轰炸，什么都没有了，她以前带到这里后放在马车房又拉走的家具也没有了。她在伦敦郊外找了处房子，军队又把那房子也占用了。我上次听别人说，她现在住在海边的一家旅店，那毕竟还是和自己的家不一样，是不是？好像也不太合适。

“……你昨天晚上听了莫特拉姆先生的演讲吗？他把希特勒狠狠骂了一顿。我对照顾我的爱菲姑娘说：‘希特勒如果听了他的演讲，一定会感觉没脸见人的，不过我觉得希特勒听不懂英语。’谁想象得到莫特拉姆先生现在还混得这么好呢？还有他那么多朋友，也都混得不错，他们原来经常来这儿。我跟威尔克斯先生说——威尔克斯现在每个月固定两次从梅尔斯德坐公共汽车来看我，他真是太好了，我很感谢他。我对他说：‘我们原来在不知情的情况下招待过一群天使呢。’威尔克斯一直都不喜欢莫特拉姆先生的朋友，我是从来没见过他们，但我经常听你们说起，朱莉娅也不喜欢他们，但他们都干得相当不错，不是吗？”

最后，我问她：“你有朱莉娅的消息吗？”

“科迪莉娅上周才给我写过信，她们俩还是和以前一样，一直在一起，朱莉娅在信的最末尾问候了我。她们俩都很好，但她们不能说自己在什么地方，蒙布林神父从字里行间推测出她们应该在巴勒斯坦，布赖迪的义勇骑兵队也在那儿，所以，这对他们三个人都挺好的。科迪莉娅说，他们期盼战争结束，早日回家，我相信大家都是这么期盼的，不过，我能不能活到那一天就是另外一回事了。”

我陪她待了半个小时，离开时，向她保证还会经常回来。我走到大厅时，我看不到任何有人干过活的迹象。胡珀满脸愧疚。

“他们都去拉铺床用的稻草了。布洛克中士告诉我，我才知道这回事。我不知道他们还回不回来。”

“不知道？你是怎么下的命令？”

“嗯，我跟布洛克中士说，他如果认为还有必要，就带他们回来。我的意思是，如果在晚饭前还有时间，就带他们回来。”

此时已将近十二点。“你又一时头脑发热了，胡珀。今天晚上六点之前，什么时候去拉稻草不可以啊。”

“哎，上帝呀，对不起，赖德。布洛克中士他——”

“这是我自己的错，谁让我走了呢……晚饭后立刻把这批人集合起来，带他们回到这里，把活干完才能走。”

“好嘞哟。我说，你刚才是不是说你之前知道这个地方？”

“是的，我很熟悉这里。它属于我的一个朋友。”我说完这话，立马觉得这话听起来很奇怪，就像塞巴斯蒂安没有说“那是我家”，而是说“那是我家里人住的地方”那样奇怪。

“这房子好像没什么用——这么大的房子只住着一家人，有什么用？”

“呃，我想旅部会认为它很有用。”

“可他们当初修这房子时，并不是为了这个用途吧？”

“当然不是，”我说，“这当然不是修建它的目的。可这也许就是建筑的乐趣之一，就像生了一个儿子，期待着他长大以后会变成什么样。我是不会知道了，我从来没有修建过什么东西，也放弃了看着儿子长大成人的权利。胡珀，我现在没有家，没有儿女，人到中年，连爱情也没有。”胡珀看着我，想知道我是不是在开玩笑，他断定我应该是在开玩笑，于是笑了起来。“你现在回营地去吧，指挥官如果侦察完回来了，你不要碍他的事，不要跟任何人说我们今天上午什么也没干。”

“好嘞哟，赖德。”

这所房子里还有一个地方我不曾去过，所以，我现在要去那里。长期无人问津的小教堂并没有显出任何破败凋敝的迹象，新艺术绘画作品还像以往那样光鲜夺目，新艺术灯光再一次在神坛前点亮。我念了祷告文，一句我刚学会的古老的祷告文。然后，我就离开了，转身朝营地走去。我走在路上，伙房的号角声在前方响起。我想：

“建筑者不会知道他们的作品将落得怎样的用途，他们用旧城堡的石砖搭起一座新房，一年又一年，一代又一代，他们给这房子添砖加瓦，将其延伸扩大。一年一年过去，公园里最粗壮的树木长大成材，可一场突如其来的霜降来临，胡珀的时代来临了。这里全被荒废，一切成就毫无意义。城市为何孤寂而立。虚无中的虚无，一切都是虚无。

“可是——”我一边思索，一边迈着更加轻快的步伐朝营地走去，号角声暂停片刻后又响起，召唤士兵，好像在说：快——来——吃，快——来——吃，热腾腾的土豆。“虚无还不是我要就这房子说的最后一句话，甚至不是一句恰当的话，它只是个在十年前就已死去的字眼。

“建造者始料未及的一些东西从他们的作品中产生了，从一场惨烈的、小小的人间悲剧中产生了，我在其中扮演了一个角色。一些我们当时没人想到的东西产生了。一团小小的红色火焰——在临时营地的铜铸大门前，一盏设计得丑陋不堪的铜铸灯盏再次点亮；古老的骑士从他们的坟墓里曾经见过那火光，又亲眼看着它的熄灭；那火焰再一次为其他士兵燃烧，这些士兵远离故土，他们的心灵留在了比阿克城和耶路撒冷还要更加遥远的地方。如果不是因为这些建造者和悲剧演员，灯光不会重新点亮。今天早上，我找到了它，它在古老的石块中再度燃烧。”

我加快脚步，走到被我们当作接待室的小屋。

“你今天看起来高兴得不同寻常啊。”副指挥官说。